死の10パーセント

フレドリック・ブラウン

を通報してきた男に翻弄さ……罪の謎に挑む刑事を描いた「死の警告」。『シカゴ・ブルース』で忘れがたい印象を残した青年探偵エドとアムおじが活躍する「女が男を殺すとき」「消えた役者」。検死局で起きた不可解な死体損壊事件「球形の食屍鬼《グール》」。稼ぎの10パーセントと引き換えに、ある男に自分のマネジメントを任せた俳優志望の青年の数奇な物語「死の10パーセント」など、本邦初訳3作を含む全13編。謎解きミステリ、〈奇妙な味〉等、『短編ミステリの二百年』の編者が選りすぐった多彩な名作短編のフルコース！

死の10パーセント

フレドリック・ブラウン短編傑作選

フレドリック・ブラウン
小　森　　収　編

創元推理文庫

TEN PERCENTER AND OTHER STORIES

by

Fredric Brown

目次

死の10パーセント

フレドリック・ブラウン短編傑作選

序文――フレッド・ブラウンを思い起こして

ウィリアム・F・ノーラン

スナップ写真は止まった時間の一片であり――悠々たる時の流れの途中駅である。カメラは人生の一瞬を記録し、琥珀《こはく》に閉じこめられたハエのようにまるごと保存する。やがて、その写真はタイムマシンとなって、正確な日時と場所へわれわれを連れもどし、過去にふたたび引き合わせてくれる。昔の思い出や忘れていた感情が湧きあがる。

そのよい例が、わたしの目の前の机に置かれた一枚のスナップ写真だ。撮影されたのは一九五二年の夏。勢ぞろいしたわれわれ――わたし、フレッド・ブラウン、ビル・ゴールト、クリーヴ・カートミルをレンズがとらえている。フレッドは青白く物思わしげで、メタルフレームの眼鏡の奥から繊細さをのぞかせ、おなじみの薄い口ひげをたくわえている。ゴールトは襟《えり》のあいたポロシャツ姿で、見るからに頑健でたくましい。カートミルはしかめた顔にかすかな笑みを浮かべて、両手を杖の上で重ねている（子供のころにポリオにかかって障碍《しょうがい》が残ったせいだ）。そしてわたしはと言えば、脇のほうでひょろりと不恰好に、緊張した面持ちで立っている。

そのスナップ写真の時代、三十年以上の歳月が失われる前には、全員が南カリフォルニアに住んでいた。フレッドとビルとクリーヴは酒を片手にポーカーを楽しむ飲み友達で、安雑誌や大衆雑誌に絶えず華々しく名前が載るベテラン作家仲間だった。当時二十四歳のわたしはまだ経験が浅く、プロとして雑誌に作品を発表する二年前で、作家になることに恋い焦がれていた。年季のはいった職業作家である彼らを、畏《おそ》れと尊敬と羨望《せんぼう》をこめて仰ぎ見ていた。

そのころフレッドは、ゴールトの書籍デビューに向けて力を貸していた。ウィリアム・キャンベル・ゴールトの初著書である長篇小説 *Don't Cry for Me*（一九五二）の版元はブラウンの作品をよく出していたE・P・ダットン社で、カバーにはフレッドが気前よく寄せた宣伝文が躍り、作者と作品を褒めちぎっていた。

そういうところはいかにもフレッドらしい。わたしが駆け出しのころにも、もっと書けと励まし、持てる知識と技術を惜しみなく分け与えてくれた。フレッドという男はあたたかく物静かで、珍妙なユーモアを具《そな》えてことば遊びを愛し、型破りな考えの持ち主で、草稿をすべて頭のなかで書きあげてしまうのだった（初稿から印刷までの過程でほとんど、あるいはまったく直しが必要なかった）。

フレッドは音楽に格別の愛情を注いでいた。その年、わたしは新しいテープレコーダーを購入していて、フレッドが吹く横笛を録音したテープがいまも手もとにある。カリフォルニアに来る前はニューメキシコのタオスという小さな町に住んでいて、「町一番の横笛吹き」だったという。そして、ネズミを思わせるいたずらっぽい笑顔で「何しろ、あの町ではほかにだれも横笛を吹かなかったんだから」と付け加えるのだった。

フレドリック・ウィリアム・ブラウンは一九〇六年十月下旬、オハイオ州シンシナティでひとりっ子として生まれた。十四歳のとき、母が癌《がん》で死去した。新聞記者だった父も、フレッドが十代半ばのころに没した。ひとりになったフレッドは、一九二二年、シンシナティにあった機械工具の会社〈コンガー&ウェイ〉で雑用係の仕事を得て、一九二四年までそこで働いた（このときの経験は、一九五九年（実際には一九五八年）に出版された自伝的小説 *The Office* に活かされている）。

若き日には移動遊園地《カーニバル》で働いたこともあり、一座の読心術師と同じテントで暮らした。「毎日二十四時間、あの空気に浸っていた」、そして「ぼくの体内にはいまもあの空気が流れている」と、カーニバルを舞台にした小説『現金《げんなま》を捜せ！』（一九五三年）の覚え書きに本人が書いている（フレッドが書いた物語にはカーニバルのテーマが幾度となく顔を出す）。

二十歳になったフレッドはインディアナ州のハノーヴァー・カレッジに入学したが、在学したのはまる一年にも満たない。一九二九年にヘレン・ブラウン（血縁関係はない）と結婚し、翌一九三〇年には、ミルウォーキーで十七年間つづけることになる校正者としてのキャリアを歩みだした（ずいぶん皮肉なものだ、とわたしはずっと思っていた。というのも、フレッドのファーストネームは作家として過ごした全期間にわたって、Frederic、Frederick、Fredrick、Fredrik などと、しじゅう綴《つづ》りまちがえられていたのだから（正しくはFredric）。それどころか、彼の死後かなり経って、わたしが小説『ローガンズ・ワールド』の献辞にフレッドの名を入れたとき、バンタム社の編集者はわたしの書いた綴りが誤りだと決めつけて、最終ゲラで"Frederic"に変えてきた)。

校正の仕事は、もちろんフレッドがみずから選んで就いた仕事ではなかった。ウェルズ、ヴェルヌ、バロウズ、ジャック・ロンドンらの作品に心躍らせて少年期を過ごしたフレッドは、プロの作家になるという夢をいだいていた。夢が現実になったのは、一九三八年、ミステリを掲載する大衆誌に最初の作品が売れたときだ。それから大衆市場向けにさまざまなフィクションを量産するようになったものの、安雑誌の稿料だけでは妻とふたりの息子との生活を支えきれなかった。校正者としての仕事で生活費を補った。

一九四〇年代には書籍の分野に進出しようとしたが、初の長篇『シカゴ・ブルース』が十二もの出版社から拒まれ、「長篇小説作家としての自分はお先真っ暗」とみずから判断した。やがて、ダットン社が賭けに出て、一九四七年にこの小説を出版する。翌年にはフレッドはニューヨークにいて、アメリカ探偵作家クラブ(MWA)から、エドガー賞の最優秀新人賞を授与された。ダットン社の賭けが吉と出たわけで、同社はフレドリック・ブラウン作のミステリをさらに求めた。フレッドが四十一歳のときのことだ。

「あれがぼくの作家としてのキャリアのほんとうの出発点だったよ」フレッドはわたしに言った。「『シカゴ・ブルース』の成功のおかげで、《ミルウォーキー・ジャーナル》紙の校正係を辞めて、フルタイムで執筆できるようになったんだ」

フレッドはこの本が刊行された年に離婚し、作家の集まりで出会ったエリザベス・チャリアーと一九四八年に再婚した。ふたりは翌年、タオスへ移り住んだ。
「引っ越したのはフレッドの健康のためよ」ベスが言っていたものだ。「生まれたころからぜんそくを患《わずら》ってたから、きれいな空気が必要だった。タオスには一九五〇年代のはじめまでいたの」
ニューメキシコ時代に、フレッドは趣味で水彩画を描きはじめた（ほかにチェス、ゴルフ、横笛もたしなんだ）。執筆も絵画制作も、タオスに残る歴史的な建物、ガバナー・ベント・ハウスの一室でおこなった（「ニューメキシコの初代知事が一八四八年に頭の皮を剝《は》がれて殺された部屋だ――犯罪がらみの作品を書くにはぴったりの環境だったよ」）（ベントが暗殺されたのは実際には一八四七年）
一九五二年には、ブラウン夫妻はカリフォルニア州ヴェニスに転居していた（そこはレイ・ブラッドベリの初期の活動拠点であり、一九五〇年にわたしはレイに出くわしたことがある）。当時はまだ、スモッグの問題はたいしたことがなく、海風のおかげできれいな空気が保たれていた。一九五二年にSF地方大会〈ウェスターコン〉（サンディエゴ市街のUSグラントホテルで開催された）で共同実行委員長をつとめたわたしは、SFの専門家のひとりとしてフレッドを招待した。ほかにブラッドベリ、カートミル、カットナー、ネヴィル、ヴァン・ヴォークト、バウチャーなども招いている。フレッドは〝二面を持つ作家〟で、SF作家としてもミステリ作家としても同じくらいよく知られていた。本人はどちらのジャンルの仕事も心から楽しんでいた。

あの年の大会での彼の姿がいまも目に浮かぶ――シャイで小柄で、〝脚光を浴びる〟ことをきらって目立たぬようにしていた。とはいえ、作家仲間たちと同席することにはまちがいなく前向きで、参加できることを喜んでいた。

　大会がおこなわれた週末のあと、わたしたちは盟友になった。プロット作りにまつわる特別な問題についてあれこれ意見を交わし、フレッドの突飛なプロット作成法を明かされたときには驚愕したのを覚えている。「最低でも年に一作、長篇ミステリの新作をダットン社に渡さなきゃいけなくてね」フレッドは言った。「毎年締め切りが近づくたびに、新たにまともなミステリのプロットを考えるなんてぜったいに無理だという確信が強まる。だから大陸横断バスの往復切符を買って、どこか遠くの街まで行って帰ってくるあいだ、その小説のこと以外はいっさい考えないようにするんだ」

　カリフォルニアに帰るころにはかならず、頭のなかで筋書きがすっかりできあがっていた。あとは机に向かって書くだけだった。

　一九五四年には、フレッドとベスはロサンゼルス近辺からアリゾナ州トゥーソンへ生活拠点を移していた。こんどもまた健康上の理由だった。フレッドが離れてしまうのは残念だったが、その後も心のこもった文通がつづいたし、わたしの職業作家としてのキャリアが一九五〇年代半ばにはじまったときにも、力強く援助してくれた。

　ふたたび顔を合わせたのは一九六一年のことだった。ハリウッドでの昼食に誘われた。フレッドは、ヒッチコックのテレビ番組の脚本を書くため、そしてSF長篇『73光年の妖怪』

の映画化に向けた売りこみをするため、ロサンゼルスにもどっていた（結局映画の話は実現しなかったが、テレビドラマを何作か書いた）。

フレッドの両手が震えていたのをいまでも覚えている。五十五歳になり、以前にも増して痩《や》せて、ずいぶん弱ってもいた。南カリフォルニアが好きでたまらないのに、このあたりにはもう住めないと言っていた。「ぼくの役立たずの肺にとってスモッグは命とりでね」と。

そしてトゥーソンへ帰っていった。

一九六三年の終わりには、肺気腫のせいでもう本を書けなくなっていた。最後のミステリ長篇が出版されたのがこの年だ。

フレッドは自分の作家生命が尽きたのを知っていた。一九七一年九月には、手紙でこう認《したた》めている。「もうずいぶん長いこと、これといった創作活動をしていない」

病状は末期だった。一九七二年三月十二日（実際には三月十一日）、六十五歳にしてフレッドは肺気腫のためにトゥーソンで逝去《せいきょ》した。

正確なところ、作家として活動した二十何年かのあいだに、フレッドは何を成しとげたのだろうか。数字をあげるなら、刊行された長篇小説は二十八冊に及び、二百七十篇余りの短篇や中篇（大衆誌や一般誌など六十冊以上に掲載されたもの）のなかから秀作を集めた選集も数冊世に出ている。ミステリでは長篇二十二篇を書きあげ、そこには人物造形とサスペンスの妙が融合した極上の野心作もいくつか含まれている。わたし自身が昔からいちばん気に入っているのは『通り魔』で、SF長篇『発狂した宇宙』はまさに名作と呼ぶにふさわしい。

それはいまなおほかに類《るい》を見ない作品であり、不気味でユーモアがあってテンポがよく、無限の創造力に満ちている。フレッド印の最良のフィクションそのものだ。

（越前敏弥訳）

"Introduction: Fred Brown Remembered"
初出：*Before She Kills,* Dennis McMillan Publications, 1984

オードブル

5セントのお月さま

The Moon for a Nickel

越前敏弥 訳

初出：*Street & Smith's Detective Story*, March 1938

夜の零時《れいじ》になろうとしていた。焼けつく真夏の日の名残りで、湖のほとりは蒸し暑かった。白髪の交じった乱れ髪の小男が力なくたたずみ、その横に大きな黒い望遠鏡が空を向いて立っていた。そこにさがった手書きの看板にはこうあった――〝五セントでお月さまを〟。

あまりにも暑い。商売はあがったりだ。

さざ波の立つミシガン湖の上には、金色のボールのような月がのぼっている――が、だれも興味がないらしい。背後では、公園の向こうに高いビルが建ち並び、黒い不気味な輪郭が黒い闇を背に浮かんでいる。ところどころで、明かりのついた四角い窓が白く輝いている。

肩に手がふれられ、小男は跳びあがった。人が近づく気配など感じなかったからだ。

黒いソフト帽を目深《まぶか》にかぶった男がすぐそばに立っていた。ゆうべも見かけたやつだ、と小男は思った。一時間近くこのあたりを歩きまわり、望遠鏡やビルや人々をじろじろ見ていた。

ソフト帽の男は一ドル札を差し出していた。「木のあたりでも散歩してきたらいいよ、あんた。北斗七星を見たいんだ」

小男は一ドル札をポケットへ突っこんだ。一ドルは一ドルだ――特にいまはそうだ。なかなかお目にかかれるものじゃない。小男はふらふらと歩いていき、ベンチに腰かけた。相手が望遠鏡を持ち逃げしないよう、どうにか見張っていられるぎりぎりの場所だ。

とはいえ、何ができるわけでもない――相手の男は愛想がいいが手強そうでもある。そう考えると、小男はひどく不安になってきた。一ドルを渡されて散歩をしてこいと言われるなんて、ふつうのことではない。それどころか、これまでに一度もなかった。でも一ドルは一ドルで、あと四十九枚あれば――

小男はこの謎の男をどうにか視界の隅にとらえつつ、何気ないふうを装っていた。関心があるそぶりをしてはまずいという予感があった。

ソフト帽の男は望遠鏡の向きを大きく変え、公園沿いの道をはさんで建つ最も近いビルに向けたらしい。

そして、ピント調整のねじをまわしつづけた。ようやく納得したらしく、こんどはそれぞれの窓の奥を熱心に調べるかのように、望遠鏡をゆっくりと横へ動かしていった。それから少しだけ上へ向けて、おそらく上階の窓を見ている。つぎに下階も。

やがて、ハンカチを取り出して額《ひたい》をぬぐった。けれども、ポケットにもどす前に、ハンカチを大きくひと振りした。望遠鏡をふたたびまわして湖の上空へ向ける。それから、何も言わずに足早に歩き去った。

乱れた白髪頭の小男は、望遠鏡の前までゆっくり歩いてもどった。自分にはなんの関係もないことだし、首を突っこまないほうがいいのはわかっていたが、その目は相手の男を追い、黒い人影が公園内を二ブロック歩いていくのをとらえていた。

そして影が大通りの街灯の下へ出ると、ふたたびはっきりと姿が見えた。相手の男は、路肩に停めてあった大きな車の運転席に乗りこんだ。

だが、車は走り去らなかった。その場にとどまり、何かを待っていた。

小男はこれ以上深入りすべきではないと思った――車の運転席にも、後列の無人の席にも、唐突な死がすわりこんでいる。

いまここで死ぬのはご免こうむりたかった。妻が重い病気にかかって手術が必要で、費用をなんとか工面することが自分にまかされているのだから。しかし、五十ドルは月に劣《おと》らぬ彼方にあった。

そう、月だ――望遠鏡をもう一度月に向けて、だれかが五セントを持ってきた場合に備えておかなくては――。レンズをのぞくと、金色の円盤がぼんやり見えた。ピント調整のねじへ手を伸ばし、それから手をおろした。こんなことをしてどうなる？

自分も帰ったほうがいいかもしれない。今夜はもうおしまいにして。一ドル札は思わぬ拾い物だったが、じれったさが増すばかりでもあった。いつどこでどうやって、妻の手術に必要な残り四十九ドルを手に入れればいいのか。妻のやつれた顔が目の前をよぎり、ぼやけた月の円盤に重なって見えた。

小男は振り向き、公園の向こうにそびえるビルの正面を見あげた。ところどころに明かりがともっている。四階の窓にひとつ、八階には並んでふたつ。望遠鏡の傾斜角がどれくらいだったか、正確に思い出そうとした。あの男が見あげていたのは五階か六階だろう。

突然、六階で何かが光るのが見えたかと思うと消え、もう一度うっすらと輝いた。たぶん懐中電灯だろう。それっきり光は見えなくなった。何分か過ぎた。

やがてビルの入口から男がふたり出てきて、停まっているあの車のほうへ足早に向かった。ひとりは小さな鞄《かばん》を持っていた。

望遠鏡のそばに立つ小男のなかで、好奇心が警戒心を打ち負かした。車のナンバーや三人の男たち全員の特徴を覚えておけば、報奨金にありつけるかもしれないというかすかな望みもあるにはある。けれども、おもに好奇心に突き動かされた。

小男はできるだけ手早く望遠鏡の向きを変え、慣れた手つきでピント調整ねじを軽くひねって、狙いを定めた。

遠くの光景がほんの数メートル先のもののようにいきなり視界に飛びこみ、男たちが車に乗りこもうとしているのがわかった。

ふたりとも屈強そうだ。ひとりは襟《えり》のすぐ上にぎざぎざの白い傷跡が長く走っている。細長い鼻に、ネズミのような小さい目。もうひとりは運転席の隣に乗りこむところで、顔はまるまると太っている。望遠鏡越しでも目の下のたるみがはっきり見え、ちょびひげの本数まで数えられそうなほどだ。

小男は望遠鏡で車の動きを追えるように身構えた。ナンバープレートを読みとるには、車が一ブロック近く動かないと無理だろう。それでも、三人の男たちについては、いつどこで見かけても識別できる。手を伸ばせばふれられそうなほどで、すぐそばにいるかのようだ。

さっき望遠鏡を借りにきた男の運転で車が動きだすのが見えた。あまりにも近くに見えるので、一瞬、エンジンの音が聞こえないことに驚いたほどだった。

そのとき、運転席の男の顔が動き、公園内の湖のほう、望遠鏡のほうへ視線を向けてきた。唇《くちびる》が音もなく悪態をつくのが見えた。その男は望遠鏡を指差して、ほかのふたりに何かを告げた。

計画が変わったのは明らかだった。車は大通りでUターンし、公園内に乗り入れる小道へ進んでくる。着くまでにまだ数ブロックあるものの、まちがいなく迫っていた。

しばし小男は立ちすくんだ。じっとしているあいだにも、車はうなりをあげてまっすぐに向かってくる。やがて小男はやみくもに草地を駆けだし、小道から遠ざかろうとした。

ブレーキのきしる音が響いた。銃が火を噴き、怒ったスズメバチのように、銃弾が左耳の脇をかすめた。

火を噴くオートマティック拳銃が二挺《ちょう》になった――車をおりて追いかける間《ま》も惜しんで、男たちは小道から撃ってくる。だが、明かりがじゅうぶんではなく、小男のほうもジグザグに逃げる冷静さがあった。

そのとき、別の音、歓迎すべき音が小男の耳に届いた――警察車の一群から鳴り響く甲高《かんだか》いサイレンだ。三方向から公園に向かってくるらしい。大通りに二台の警察車が現れ、それぞれ別の小道へハンドルを切って、公園にはいってきた。

射撃がはじまったときに劣らず唐突に、オートマティックが沈黙した。大きな黒い車はふたたび動きだしたが——パトカーが前にまわりこんで小道をふさぐように停まり、強盗たちの車に向けて一挺のリボルバーが火を噴いた。フロントガラスが粉々になり、車は耳障りなブレーキの音を響かせて停まった。二台目の警察車が後方についた。三台目からはふたりの刑事が草地を駆けてきて、ひとりはサブマシンガンをかかえていた。

大きな車からいっせいに銃撃がおこなわれ、銃を持った刑事は腹這いになって、そのまま撃ちはじめた。サブマシンガンの断続的な連射音が、拳銃の短く鋭い響きを掻き消す。その車の横っ腹に十五センチ間隔で一列に穴があいた。

まだ吠《ほ》えているのはオートマティック一挺だけだ。やがてそれも小道へほうり出され、投降を試みた持ち主が車外に出ようとドアをあけた。しかし、その男はそのまま倒れこみ、アスファルトにできた血だまりのなかへぶざまに手脚を投げ出す恰好になった。

そこにひろがった静寂のなか、白髪交じりの乱れ髪の小男は、サブマシンガンを撃った刑事へ歩み寄った。

「あの連中の顔ならわかります」

そういった瞬間、自分のことばがいかに間が抜けて響くかを思い知らされた。刑事は当惑顔で見返してきて、その視線は小道に倒れた死体へと、さらには物言わぬふたりを乗せた車へとさまよっていった。

「おれもわかるがね」刑事は微笑《ほほえ》んで言った。

「つまりですね」小男は言った。「強盗の現場を目撃したんです」つづけて、自分の望遠鏡がどのように使われたかなど、一部始終を話して聞かせた。「ひょっとして」ひょっとしないのは百も承知で小男は尋ねた。「報奨金をもらえたりしませんかね」

「なんの報奨金を？」刑事は尋ね、歯を見せて笑った。「宝石強盗の見張り役に望遠鏡を貸してやった共犯者として捕まらないだけでも、運がいいと思わなきゃな」

小男がひるむと、刑事はさらにたたみかけた。

「いや、こいつら、逃げるときに警報器を鳴らしちまってね。もしここで乱れ撃ちをはじめてなかったとしても、どのみち大通りのもう少し先で捕まってたさ」

警察の救急車がやってきて、三人の死体を積みこんだ。穴だらけになった車に警官がひとり乗って、まだ自力で走れるのを確認した。

小男はすごすごと望遠鏡のそばにもどった。人だかりができている——街なかで事故や事件があると真っ昼間だろうと真夜中だろうと集まる物好きな大群衆が、銃撃戦に引き寄せられたわけだ。何百人もうろついている。騒ぎに人混みは付き物だ。

小男は元気を取りもどした。人出のあるところ、商売のチャンスありだ。

「お月さま、五セント」望遠鏡の横に立って、呼び声をあげた。「五セントで月が見えるよ」

だが、月をどうしても見たい者などいなかった。五分間で、実入りは五セント玉ひとつだった。

小男はふと振り向いて、大通りの向こうのビルを見た。強盗に遭った店がまばゆく照らされている。望遠鏡を店の窓に向けてみた。まるで窓枠のすぐ外からのぞいているかのように、制服警官や刑事たちが店内を調べているのがはっきりと見える。奥の壁際には壊された金庫もある。店主の宝石商とおぼしき男も姿を見せた。

小男は妙案を思いついた。

「犯行現場をご覧あれ！」声を張りあげた。「望遠鏡で犯行現場の見物、五十セントだよ！」

小男の手に五十セント玉を押しつけて、だれかが望遠鏡をのぞいた。さらにひとり。望遠鏡のまわりに人垣ができた。小男の顔は輝き、ポケットは重くなっていった。こんなにもたくさんの五十セント玉がこの世にあるとは驚きだった。何時間も経ってようやく帰路に就いた小男のポケットのなかでは、六十一ドルぶんの硬貨がジャラジャラと鳴っていた。

スープ

へま

Boner

広瀬恭子 訳

初出：*Popular Detective,* October 1942

カナル・ストリート七三四番地。通報があったのは、閑静《かんせい》な地区にたたずむこのこぢんまりとした家からで、通報者のカール・ヘフナーは電話口での印象そのままの人物だった。

年齢は五十五歳といったところ、身のこなしも語り口ものんびりしていながら、体つきは屈強だ。頭頂部の髪は薄く、こめかみのあたりには白いものが目立つ。灰色の目は静かで落ち着きはらっていた。見るからにドイツ系だが、ブント（米国の親ナチ団体）に心酔するタイプではない。

「そうです」わたしは彼に伝えた。「ＦＢＩの者です。一緒にいるのは同じくＦＢＩのトム・マードック。さきほどのお話では、ドイツのスパイが接触してきて、あなたが警備担当の日に手引きして工場に入れろと言ってきたとか？　ことわれば、ドイツにいるご親戚の身に危険がおよぶと言って」

ヘフナーはうなずいた。「お伝えしたように、時間稼ぎをしておきました。そろそろあの男が戻ってくるころです。陰で話を聞いておいて、証拠を押さえたら逮捕してください」

「トム、きみは窓から見張っていてくれ。ヘフナーさん、あなたはたしかドイツ生まれで、アメリカの市民権をおもちなんでしたね。そしてノーダイク社で警備員の仕事をしておられる？」

「はい、勤続二十年になります。市民権をもらったのはそのずっと前です。上司もわたしが善良なアメリカ人だと知っているものですから、会社が新型の対戦車砲の部品製造に軸足《じくあし》を移したあともそのまま雇ってくれているんです」

「そしてドイツにご親戚がいらっしゃる、と」

「ひとりだけ。いとこです。あいつは――」

「ご心配にはおよびません、ヘフナーさん」わたしは言った。「そのスパイが戻ってきたら、ひとことも口外できないようにしてやりますから。つまり、あなたがいとこを見捨てたなんてことをね。しっかり口を封じてやります。ノーダイクの工場にいつ入れろということは言っていましたか」

「今晩だと思います。聞いてみましょう。あの男の口から証拠になるような言葉が出るまで、じっくり話をさせてもらいたいんです」

「道の向こう側を歩いてくる男がいます、この家を見ています」トム・マードックの声が割ってはいった。「ああ、道を渡ってきますね。カーテンのおかげでこっちの姿は見られていません」

「こちらへ」ヘフナーがとっさに反応し、玄関近くのクローゼットの扉を大きく開いた。

「トム、きみがはいれ」わたしは言った。「わたしはソファのうしろに隠れる。それなら、いざとなったらやつをはさみうちにできるから――」

呼び鈴が一度するどく鳴り、わたしは姿を見られないように頭を低くした。ドアに向かうヘフナーの足音、そして戻ってくるふたり分の足音。

「ミスター《ヘア》・ヘフナー、気持ちは固まりましたね」質問というより決定といった口ぶりだ。

ヘフナーは自分の役回りをうまくこなした。ばれたら大変だと言って乗り気でないふりをしながら、相手が単独で動いていること、ヘフナーが工場に引き入れるのはそのスパイ本人であることを聞きだした。

「もちろんわたしはひとりで仕事をします、ヘア・ヘフナー。ときにはあなたのような人たちの力を借りることもありますがね……。わたしの名前？　シュミットと呼んでください」

「ヘア・シュミット。それでわたしがいやだと言ったら？」

「なにをばかな！　言ったでしょう。警察に言えば、われらが祖国《デア・ファーターラント》にいるあなたのいとこの命はありません。なんとも穏やかでない死ですよ、ヘア・ヘフナー。撃ちはしません。強制収容所での自然死です。その差はおわかりいただけるでしょうが」

「ええ、しかし――」

「それからもうひとつ、わが友よ《マイン・フロイント》。わたしの指示はすでに祖国に伝えてあります。その筋の精鋭があなたの親戚を見つけ出しますよ。わたしの命令ひとつであなたのいとこは逮捕されずにすみますが、万一なんの連絡もなければ逮捕です。おわかりですね？」

大型ソファのうしろでわたしは声に出さず悪態をついた。やつとてそれぐらいのことは考えていて当然だった。おそらく、はったりではないだろう。いま言ったような手はずを整えていないわけがない。ということはつまり――

「わたしをはめようとすればどうなるか、言うまでもないですな」シュミットが言った。

「頼りにしてますよ、ヘア・ヘフナー」

シュミットが出口に向かった。ヘフナーには気の毒だが、この男を捕らえねばならない。ようやくこうして居場所をつかめたわけで、単独行動をしているという話も本当だった。だからいままでしっぽを捕まえられなかったのだ。

わたしは立ち上がった。シュミットは戸口で振りむいて、片手をあげるナチ式敬礼をしていた。わたしの姿と、手にした銃を目にするとその顔から血の気が引き、もう一方の手もあがって、先にあげていた手の横に並ぶ形になった。

トム・マードックがクローゼットから出てきた。シュミットの背後に回り、やつの手がのびる暇すらなかったルガーを取りあげる。それから手錠をかけた。

ヘフナーはといえば、声を出さずに笑っている。

「さて、種明かしといきますか」ヘフナーは言った。「そいつの反応が楽しみだ」

わたしはあっけにとられて見返した。「いったいなんの話ですか」

ヘフナーはカナリアをたらふく食べた猫のように満面に笑みを浮かべた。

「シュミットの伝言を受け取った連中がいざ手を下そうとしたらどうなるでしょう。わたしが改名していたと知ったら――いや、あの名字に誇りをもてなくなったので変えたんですがね。

ヒムラーという名は、そのまま英語にするとヘブンマンになります。さすがにそれはあまりに間が抜けていると思って、アングロ・サクソン風にヘフナーにしたんです。いとこのハインリヒを粛清せよとの指示が味方のスパイからゲシュタポに届くだなんて、さぞかし見ものでしょうね——なにしろハインリヒはやつらの親玉なんですから！」

魚料理

女が男を殺すとき

Before She Kills

高山真由美 訳

初出：*Ed MacBein's Mystery Book* #3, 1961

1

シカゴ・アヴェニューのすぐ北にあるステート・ストリート沿いの古いビルのドアには、〈ハンター&ハンター探偵事務所〉と綴《つづ》られたレタリング文字がついていた。ぼくはそのドアをあけて入った。当然だ。ぼくはハンターのうちの一人なのだから。名前はエド。もう一人はぼくのおじ、アンブローズ・ハンターだ。

奥のオフィスへ通じるドアは開いていて、アムおじさんが机に向かってソリティアをしているのが見えた。背は低め、体は太めだが機敏な男だ。不揃《ふぞろ》いな茶色い口ひげを生やしている。おじに手を振り、外側のオフィスにある自分の机に向かう。昼食をとってきたところだった。交替で出かけるので、今度はおじが行く番だ。

しかし今日は例外だった。おじはカードを集めて積みあげ、こういった。「来てくれ、エド。話がある」

ぼくは奥のオフィスに入り、椅子を引き寄せた。暑い日で、大きな蝿《はえ》が二匹、円を描きながら室内を飛びまわっていた。手を伸ばして蝿叩きをつかみ、一方が、あるいは両方がどこかに止まるのを待った。「ボムが要る」

「ええ? 爆弾《ボム》で誰を吹っ飛ばすっていうんだ?」

「殺虫剤《バグ・ボム》だよ」ぼくはいった。「よくあるスプレーのやつ。飛んでる蠅をそのまま仕留められるように」

「そりゃフェアじゃないな、エド。座ってる鴨《かも》を撃つようなもんだ、絵面は正反対だがね。蠅にもチャンスをやらなくちゃ」

「わかったよ」ぼくはそう答えながら、一匹が机の角に止まったところを叩いた。「それで、話っていうのは？」

「仕事だ、まあ、もしかしたら。依頼人が――いや、そうなる可能性のある人物ってことだが――やってきたんだよ、きみがメシを食っているあいだに。仕事を頼みたいといわれたんだが、引き受けたものかどうか。いずれにせよ、きみにやってもらうしかない一件だから、まずはじっくり話しあおうと思ってね」

もう一匹の蠅も止まったので殺した。そいつを叩いたときの風圧で小さな四角い紙切れが机から落ちた。拾ってみるとハンター&ハンター宛に振りだされた小切手で、オリヴァー・R・ブックマンとサインしてあった。知らない名前だ。五百ドルの小切手だった。

あれば助かる金額だ。ここひと月ほど、事務所の景気はよくなかった。「もう引き受けたんじゃないか。責めてるわけじゃないけど」ぼくは小切手を机の上に戻しながらいった。

「これにはかなりの説得力があるからね」

「いや、引き受けてはいない。オリーが、やってきたときすでに小切手を切っていて、話をしているあいだにそこに置いたんだ。だが、きみと相談しないうちに引き受けるつもりはないと伝えたよ」

「オリーだって？　知ってる人なの？」

「いや、ちがう。しかしそう呼んでくれといわれてね。口にしてみたらそれが自然だった。そういう男なんだ。いいやつだよ」

ぼくはその言葉を信じた。おじ自身もいいやつだけれど、人を見る目は鋭く、相手がペテン師なら一キロ離れていてもわかるのだ。

おじはいった。「オリーによれば、妻が自分を殺そうとしている、少なくともそういう計画を温めているそうだ」

「興味深い」ぼくはいった。「だけどぼくたちにできることなんかないよ――その妻が実際に行動を起こすまでは。起こしてしまったら警察の仕事だし」

「それはオリーにもわかっている。だが、思いきった行動が取れるほど確信が持てないから、誰かに同意してもらいたい、ただの妄想じゃないといってもらいたいらしい。そうすれば行動を起こす決心ができる、と。だからきみに内側から観察してほしいそうだ」

「どうやって？　なぜぼくに？」

「オリーには異母兄弟がいて、シアトルに住んでいるんだが、妻は彼に会ったことがなく、オリー自身ももう二十年会っていない。その弟っていうのが二十五歳だから――きみならその年齢で通るだろう。仕事でシアトルからシカゴに来たふりをして、二、三日一緒に過ごしてもらいたいそうだ。ファーストネームを変える必要さえない。きみはエド・カートライトになりすますんだ。知っておくべきことは全部、オリーが手短に教えてくれる」

ぼくは一瞬考えてからいった。「少しばかり変わった依頼だけど――」あからさまに五百ドルの小切手に目を向けながらつづける。「どうしてうちの事務所に来たか訊いた?」

「ああ。コスロフスキーにいわれて来たんだ。コシーの友達なんだよ。おなじクラブに入っているんだ」コスロフスキーは保険会社の調査主任で、ぼくたちは何度か彼のために働いたことがあった。

ぼくは尋ねた。「つまり、保険が絡《から》んでるってこと?」

「いや、オリー・ブックマンの保険契約は財産のわりに少額で、ずいぶんまえにかけたものだ。いまはかけられない。心臓病のせいで」

「そう。コシーは妻を調べたいっていう彼の計画に賛成してるの?」

「それをコシーに訊いてみろというつもりだった。なあ、エド、オリーは二時にわれわれの結論を聞きに戻ってくる。それまでにはわたしも昼食をとって戻ってこられる。だが、出かけるまえにかいつまんで話しておきたかったんだよ、きみがよく考えられるように。コスロフスキーに電話をかけて、オリーについて訊いてもいい、なんであれコシーが知っていることを」

アムおじさんは立ちあがり、黒い中折れ帽を手に取った。季節外れでも必ずかぶるのだ。帽子のことでからかってもなにもいいことはない。

ぼくはいった。「出かけるまえにもう一つだけ。いつか、ブックマンの妻がその本物の異母兄弟に会ったらどうするの？　かなり気まずいことにならない？」

「それはわたしも訊いてみた。そんなことはまずないといっていたよ。オリーと弟のあいだにはまったく付き合いがないらしい。オリーがシアトルに行くことはないし、弟がシカゴに来る可能性も千に一つだ、と。じゃあ、行ってくるよ、エド」

コスロフスキーに電話をかけた。そう、ブックマンが何をしてもらいたいか伝え、お薦めの事務所がないか尋ねたとき――コスロフスキーや彼のところの決して多いとはいえないスタッフが一時的に手いっぱいなときは外部の調査員を雇うことがあると知っていたのだろう――ぼくたちを推薦したのはコスロフスキーだったからだ。

「ブックマンの考えが当たっているとは思えないんだが」コスロフスキーはいった。「まあ、彼の金だし、支払い能力があるわけだから。ブックマンが自分の金の一部をそういうふうに使いたいっていうなら、ほかでもないきみたちがその仕事を引き受けてもいいんじゃないかと思ってね」

「ブックマンのいっていることが正しい可能性はあると思う？　妻についてってことだけど」

「わからないよ、エド。妻のほうには一回か二回しか会ったことがないから――そうだな、冷えたジャガイモみたいな女だと思ったが、人を殺すようには見えなかった。それでもまあ、なにかいえるほど知ってるわけじゃない」

「ブックマンのことはどれくらい知ってる？　まともな人か、突飛なことを思いつきそうな人かはわかる？」

「ずっとまともだったよ。親友というわけじゃないが、ここ三、四年の様子はよく知っている」

「どのくらい裕福なの？」

「富豪ではないが、困らずにやっていける程度には。あえて推測するなら十万ドル以上、まあ、二十万ドル足らずの現金は用意できるだろうね。殺そうと思うには充分な額だな」

「仕事は？」

「建設業だが、引退したようなものだ。年齢のせいじゃないがね、まだ四十代だから。狭心症を患《わずら》っているんだ。一、二年まえに、無理をするな、さもないと……と医者からいわれている」

アムおじさんは二時少しまえに戻ってきたので、オリー・ブックマンが現れるまえにコシーとの会話の内容を伝える時間があった。ブックマンは朗《ほが》らかな丸顔をした大柄な男で、一目で好感が持てた。彼はしっかりと握手をした。

「やあ、エド」ブックマンはいった。「きみの名前がエドでうれしいよ。もしちがったとしても、そう呼ぶことになるんだから。つまり、きみが仕事を引き受けてくれれば。きみのおじさんからははっきりした返事がもらえなくてね。どう思う？」

少なくとも話を聞くことはできるとぼくは答え、奥のオフィスで居心地よく椅子におさまってからいった。「ミスター・ブックマン――」「オリーと呼んでくれ」ブックマンが口を挟んだので、ぼくはこうつづけた。「わかりました、オリー。いま思いつくところで、仕事を断る理由が一つあるとすれば、仮にあなたの考えが正しいとしても――もしあなたの妻がほんとうに殺人を考えているとしても――それを証明できる可能性はものすごく低いということです。彼女が考えている手段を、阻止できるうちに判明させることもむずかしいと思います」

オリーはうなずいた。「わかるよ。だがそれでもやってみてもらいたいんだ。正直にいってね、エド、おれだって自分が妄想をたくましくしているだけ
かもしれないとは思っている。だから誰かほかの人の意見がほしい――その誰かが少なくとも数日くらいわれわれと一緒に過ごしたあとで。それでもしきみがおれに同意するようなことになったら、あるいはおれの考えを肯定できるようなしるしが一つでも見つかったら、そのときは――まあ、なんとかするよ。イヴは――妻の名前だ――離婚を承諾しないし、別居にさえ同意してくれないんだが、かまうもんか、家を出てクラブの宿泊所で暮らすことくらいならいつだってできる。殺されるよりはそのほうがマシだ」

「それじゃあ、もう離婚を持ちかけてはみたんですね？」

「ああ、おれは――最初から話そう。ちょっと恥ずかしい部分もあるんだが、きみはすべて知っておくべきだからね。イヴと出会ったのは……」

2

二人はオリーが三十五歳、イヴが二十五歳――イヴ本人の主張によれば――だった八年まえに出会った。イヴはナイトクラブで働くストリップのダンサーで、イヴ・エデンという芸名を使っていた。本名はイヴ・パッカー。優雅なブロンド女性で、美しかった。オリーはイヴを好きになり、すぐに口説《くど》きはじめた。イヴがステージ以外の場所では物静かで慎ましく、よく見かけるような典型的なストリッパーのタイプではないとわかると、オリーはますます熱心に口説いた。とうとう関係を持ったときには情欲が敬意に昇華していた。いずれにせよ、オリーはそろそろ結婚して落ち着いてもいいころだと以前から思っていたのだ。

そんなわけでオリーはイヴと結婚したが、これが大きな間違いだった。じつはイヴは完全に、病的なまでに不感症だった。結婚まえの何週間かは演技をしていたのであり、その演技はうまかった。だが結婚後は、まあ、ハネムーンのあとには、演技をつづける理由がなくなった。ほしかったもの――生活の保障と世間体――は手に入れた。セックスは大嫌いだったが、それはそれ。オリーが精神分析医のところに連れていこうとしても、いや、分析医にかかるように説得してくれるかもしれないと思って結婚カウンセラーのところへ連れていこうとしたときでさえ、にべもなく断られた。ほかの点においては、イヴは完璧な妻だった。見せびらかせば友人の誰もが羨《うらや》ましがるほどの美人だったし、感じよく客人をもてなしたり、使用人の扱いや家のなかのあれこれを切りまわすのもうまかった。外からわかるかぎりでは、非の打ちどころのない結婚生活だった。だが少し経つと、頭がおかしくなりそうだ、とオリーは思った。だから離婚してくれといって、慰謝料や離婚後の生活費について気前のいい条件を提示した。しかしイヴはすでにほしいものを、つまり結婚生活とそれによる社会的地位を手にしていたので、それを手放して離婚経験者になるなどまっぴらなのだ。たとえそれで生活レベルが下がることがまったくないとしても。オリーは自分から離婚を申し立てることもできるといって脅《おど》したが、イヴは鼻で笑った。オリーには法廷で申し立てられるような離婚の根拠は一つもないし、自分は絶対にそういう根拠を与えるつもりはないとイヴはいう。オリーにいえるイヴの唯一の欠点については否定すればいいだけで、そうなれば笑い者になるのはオリーなのだ。

耐えられない状況だった。オリーはどうしても子供がほしい、少なくとも一人はほしい、それにごくふつうの結婚生活を送りたいと思っていたのだから。家庭内の状況を仕方のないものとして受けいれ、ほかの場所でときどき気晴らしをすることで正気を保ち、日々なんとかやってきた。気晴らしはとくに真剣なものではなく、ごくふつうの暮らしを送りたいごくふつうの男が望む程度のもので、それなりに成功していた。

しかしとうとうのっぴきならない事態が起こった。三年まえの浮気がただの浮気で終わらず、決定的な愛情に変わったのだ——しかも双方向の愛情だ。相手はドロシー・スターク、三十代前半の寡婦だった。夫は五年まえに朝鮮で亡くなっていた。新婚旅行を終えてすぐ、海外に赴いたのだ。オリーはどうしてもドロシーと結婚したかったので、自分が貧乏になるほどの慰謝料をイヴに申しでた——これは心臓の病気が発症して半分引退することを余儀なくされるまえの話で、あと二十年は稼げると思っていた。しかしイヴは拒否した。どんなに金を積まれても離婚するつもりはないといって。オリーはこのころ、イヴの不感症は自分が相手のときだけかもしれないというかすかな望みに賭け、大枚をはたいて私立探偵を雇ったのだが、その金は無駄になった。イヴはよく外出するが、ブリッジ・パーティーに行くか、お茶を飲みにいくか、一人で、あるいはきちんとした女性の友人たちと一緒に映画や芝居に出かけるだけだった。

アムおじさんが口を挟んだ。「以前にも私立探偵を使ったことがあるんだね、オリー。好奇心から訊くんだが、そのときとおなじ事務所に頼まないのはなぜだい?」

「不正直な連中だとわかったからだよ、アム。イヴに法的な問題がなにも見つからないという結論に達したとき、連中はイヴをはめるための金額を提示してきたんだ」オリーはぼくたちも聞いたことのある事務所の名前を口にし、アムおじさんはうなずいた。

それからオリーは話をつづけた。その先はたいして長くなかった。ドロシー・スタークはオリーが自分と結婚できないことを知っていたが、オリーがものすごく子供を、できれば息子をほしがっていることも知っていて、オリーを愛しているので自分が子供を産んでもいいといった。オリーも同意し——たとえ自分の姓を与えることができなくても子供がほしかったのだ――二年まえ、ドロシーは息子を産んだ。二人は息子をジェリーと名づけた。ジェリー・スターク。オリーにとっては目に入れても痛くない息子だった。

イヴ・ブックマンはジェリーの存在を知っているのかとアムおじさんが尋ねると、オリーはうなずいた。

「だが、イヴにはどうしようもない。なにができるっていうんだ、おれと離婚する以外に？」

「だけど、そういう状況なら」ぼくはオリーに尋ねた。「イヴにはどんな動機があるっていうんですか？ それに、なぜいまなんでしょう？ ここ二年、状況に変化がないのに？」

「変化なら一つあったよ、エド、ごく最近ね。二年まえ、おれは新しい遺言を作成したんだ、イヴにはいわずに。ほら、狭心症の診断を受けて、もってあと数年だろうと医者にいわれたものだから。それで、遺産くらいは、大半がドロシーと息子のものになるようにしたかった。だから――そう、四分の一をイヴに、四分の一をドロシーに、そして半分は信託にしてジェリーに遺せるように遺言状を作成したんだ。そして前文でなぜそんなふうにしたかを説明した。イヴとの結婚生活がほんとうはどんなものだったか――実際には結婚生活と呼べるようなものではなかったことと、その理由を書いた。おれがジェリーの実父であることも認めた。イヴは遺言の内容を争うこともできる。だが、そんなことをするだろうか？ 争うとなれば、遺言の内容が面白おかしく新聞に書きたてられ、大きなスキャンダルになる――イヴは地位や世間体がなによりも大事な女なのに。もちろん、ドロシーにも害は及ぶだろう。しかし、たとえ部分的にでも争いに勝てば、いつでもよそへ移れるし、名前を変えることもできる。

ジェリーについては、もしこういうことがいまから数年のうちに起これば――その可能性は高いわけだが――まだ幼いから傷つくようなこともないだろう。いや、なにが起こっているかもわからないはずだ。そうだろう？」

「そうですね」ぼくはいった。「だけどそんなにイヴが憎いなら、なぜ――」

「なぜ完全に遺言から外して、なにも残さないことにしないのか？　なぜなら、そんなことをしたらイヴが確実に争うからだ。四分の一を与えることであの女が渋々納得し、遺言の内容を争うより体面を保つほうを選ぶことをおれは望んでいるんだよ」

「なるほど」ぼくはいった。「でも、もう二年もおなじ状況だったんですよね。さっきの話では、最近なにか――」

「最近も最近、昨夜のことだ」オリーが言葉をかぶせるようにいった。「おれはその遺言書をオフィスに隠しておいた。まあ、引退したも同然だから、オフィスといっても自宅なんだが。で、昨日の夜、それがなくなっていることに気がついた。数日前にはあったのに。つまり、どうやったかは知らないが、イヴは遺言書を見つけたんだ。そして破棄した。だからもしもいまおれが死んだら――遺言書がなくなっていることに気づかず、まだ新しく作成していない状態だったら――遺言による指定がとくになければ、自動的にすべて自分のものになるとイヴは思っている。十万ドルを超える遺産が動機というわけだ、遺言書がなくなっていることに気づくまえにおれを殺すための」

アムおじさんが尋ねた。「〝イヴは思っている〟といったね。実際はちがうのかい？」

「昨夜のうちならちがわなかった」オリーは険しい顔でいった。「だが、今朝、弁護士のところへ行っておなじ条件で新しい遺言書を作成し、弁護士に預けてきた。最初のときもそうすべきだったよ。しかしイヴはそれを知らないし、おれは知られたくないと思っている」

今度はぼくが質問した。「なぜですか？」ぼくはそれを知りたかった。「新しい遺言書が自分の手の届かない場所にあると知っていれば、あなたを殺してもなんにもならないとイヴにもわかるわけでしょう。仮に殺人がばれなかったとしても」

「そうだね、エド。だがおれはむしろイヴにやらせたいんだよ。で、失敗させたいんだ。そうなればおれは世界一の幸せ者だ。確実に離婚の根拠が手に入って——殺人未遂ならまちがいなく根拠になるだろう——ドロシーと結婚できるんだから。正式に息子の父親になって、おれの名前を残すこともできる。おれは——そのチャンスがあるなら、イヴに殺されるリスクも喜んで引き受ける。失うものはほとんどなくて、成功すればすべてが得られるんだから。ほかにドロシーと結婚できる方法はないんだよ、イヴのほうが先に死なないかぎり。それはまったくありそうにない。イヴは馬みたいに元気だし、おれより若いからな。それにもしイヴが首尾よくおれを殺したとしても、捕まってしまえば遺産は手に入らない。ドロシーとジェリーがすべてを受けとることになる。法律でそう決まっている、そうだろう？　つまり、殺した相手の遺産を手に入れることなど誰にもできない。さあ、おれの話はこれで全部だ。仕事を受けてくれるか、エド？　それともおれは、誰かべつの人間を探さなきゃならないんだろうか？　そうならないといいんだが」

ぼくはアムおじさんに目を向けた――大事なことを決めるときには必ず相談することにしているのだ。おじはいった。「わたしはかまわないよ、エド」それで、ぼくもオリーに向かってうなずいた。「引き受けましょう」

3

ぼくらは詳細を詰めた。オリーはすでに航空便の予定時刻を確認しており、シアトルから来るパシフィック航空の便が夜の十時十五分に到着予定であることを知っていた。ぼくはそれに乗って到着したふりをする。一方、オリーのほうはぼくからの偽の電報を受けとることになった。仕事でシカゴに向かい、数日から一週間くらい滞在するので、もし都合がついたら空港まで迎えにきてもらえないかという内容だ。ここではぼくがリードするかたちでオリーにこう提案した。ときどき女性オペレーターとして仕事を手伝ってもらう女の子がいるから、その子がウエスタンユニオンのオペレーターのふりをしてオリーの自宅に電話をかけ、電話に出た人に電報を読みあげるようにしたらどうか、と。それはいい考えだとオリーも同意した。その電報を受けるのはイヴなのだから。ぼくたちは電報の文面を考え、その後、オリーは受取人払いの荷物が届くはずだからという口実で自宅に電話をかけて妻の在宅を確認した。イヴは家にいたので、ぼくは頼もうと思っていた女の子に電話をかけて電報の文面を伝え、オリーの電話番号を教えてかけてもらった。電報の発信地はデンヴァーにしておいた。もし本物のエドが今日の夜到着予定なら、すでに飛行機に乗っているはずで、電報は乗り継ぎで寄った場所から送らなければならないからだ。なぜ乗り継ぎ地点まで来てからやっと兄に空港まで来てくれと連絡する気になったかについては、もっともらしい説明を考えておくよ、とぼくはオリーにいった。

実際には、飛行機到着の一時間まえに、シカゴのダウンタウン——環状線の内側のループと呼ばれる地区——にあるモリソン・ホテルのロビーで会うことにした。オリーは北部に住んでいるので、もしほんとうに空港へ行くなら車で一時間かかり、ループまで戻るにも一時間かかるから、ぼくたちはさらなる計画と打ち合わせに二時間使えるはずだった。その後、そこからオリーの自宅へ向かうとなれば、車中での三十分も使えるだろう。

つまり、オリーはいますぐぼくに家族の歴史を説明する必要はないのだ。今夜、時間はたっぷりある。ただ、エド・カートライトがどんな仕事をしているかだけは訊いておいた。もし必要なら午後の時間を使って、どんな仕事であれその業種の専門用語を調べておこうと思ったからだ。しかし本物のエドは印刷店を経営しているのだとわかった。これは思いがけない幸運だった。高校を出たあと、アムおじさんと一緒に働きはじめるまで数年のあいだ、ぼくも印刷工の見習いをしていたのだ。だから軽い世間話に必要な程度にはその商売のことを知っていた。

ちょうどオリーが帰ろうとしていたときに電話が鳴った。仕事を頼んだ女の子が確認の電話をくれたのだ。オリーの自宅の電話に出た女性がミセス・オリヴァー・ブックマンと名乗ったので電報を読みあげた、といっていた。これで第一段階が完了したとオリーに伝えることができた。

オリーが立ち去ったあと、アムおじさんはぼくを見て尋ねた。「どう思う、エド？」

「さあね」ぼくはいった。「まあ、五百ドルは五百ドルだよ。預け入れのために、小切手をいまのうちに投函しておこうか？　ぼくは明日はここに来ないから」

「そうだな。その気があるなら投函しておいてくれ。それで午後は休みを取ったらどうだね。今夜から仕事がはじまるんだから」

「わかった。じゃあこいつを持って出て、それからいくつか荷物を取りにいく。着替えのシャツとか、靴下とか。で、今夜はおいしいものを食べるのはどう？　六時に〈アイルランズ〉で待ち合わせして」

アムおじさんはうなずいた。ぼくが外側のオフィスにある自分の机へ向かい、預金伝票と封筒を用意していると、こちらへやってきて机の角に腰かけた。

「エド」おじはいった。「もしかしたらオリーは正しいかもしれない。いずれにせよ、その可能性があることを念頭に置くべきだ。一つ思いついたんだが。狭心症みたいな、深刻な心臓のトラブルを抱えた男を殺すのに、一番簡単な方法はなんだろう？　ショックを与えるとか、激しい運動をさせるとかなにかして、発作を引き起こすことじゃないかね。でなければ、発作が起きたときのために、常用している薬――たぶんニトログリセリン錠だろう――を砂糖の錠剤にすり替えておくとか」

ぼくはいった。「その線は自分でも考えたよ、アムおじさん。ループに着いたら、ドクター・クルーガーと話をしておいたほうがいいかもしれないと思っていた」ある意味では、クルーガーはぼくらの主治医のようなものだった。ぼくたち自身が医師のビジネスの対象になることはほとんどないが、法医学絡みで知りたいことがあるときにいつも案内所のように使っていた。

「ちょっと待った。わたしが電話してみるよ。今夜夕食に誘って、知識を拝借する代わりに食事をおごらせてもらうといいかもしれない」

アムおじさんは奥のオフィスに行って電話をかけた。ドクターと話をしているのが聞こえる。こちらに出てくると、おじはいった。「取引成立だ。ただし、六時じゃなくて七時になった。きみにとってもそのほうがいいだろう、エド。スーツケースを持ってくるといい。そうすれば、〈アイルランズ〉でゆっくりして、そこから直接オリーに会いに行ける。もう一度家に帰る必要はない」

そこでぼくはいくつか用事を済ませ、帰宅して身支度《みじたく》を整えてからスーツケースに荷物を詰めた。ぼくのことを調べるために誰かがスーツケースのなかを覗くかもしれないと思ったわけではないが、用心するに越したことはない。シアトルのラベルがついた衣類を持っていくことはできないが、シカゴのラベルのついたものやシカゴの有名店の商品とわかるものを避けることはできるし、実際にそうした。それから、モノグラムの入ったものも避けた。まあ、ぼくは取りたててモノグラムが好きなわけじゃないので、そんなにたくさんは持っていなかった。その後は〈アイルランズ〉へ行く時間になるまでだらだらトロンボーンをいじって過ごした。

店には時間ぴったりに着いた。ドクターとアムおじさんはすでにいて、テーブルにはマティーニが三つ並んでいた。ぼくがもし遅れてもほんの数分のことだろうとおじにはわかっていたので、注文しておいてくれたのだ。

アムおじさんから電話で聞いていたおかげで、改めて尋ねられなくてもドクターは狭心症のことを話しはじめた。完全に治すことはできないんだ、という。しかし患者は、充分に気をつければ長生きすることもある。重いものを持ちあげたり、階段を上ったりといった身体運動は避けなければならない。過労も駄目だ。軽い仕事でも長時間つづけるのはよくない。深酒も避けるべきだ、ほかに悪いところがなければときどき飲む分には害にならないが。激しい感情の乱れもできるだけ避けたほうがいい。癇癪《かんしゃく》を起こすのは一階分の階段を駆けあがるのとおなじくらい危険なんだ。

そう、ニトログリセリン錠が使われる。狭心症の患者はみんな持ち歩いていて、発作が起こりそうになると一錠か二錠を口に放りこむ。この錠剤は発作を未然に防ぐか、あるいは飲まなかった場合に比べて発作をはるかに軽くする。ここでドクターは小さなピルボックスを取りだして、ニトログリセリン錠を見せてくれた。白くてとても小さな粒だった。

やはり発作を回避する、または軽くする目的で使われる、ニトロよりさらに効果的なべつの薬がある。亜硝酸アミルだ、ガラスアンプルに入っている。緊急時に、アンプルを割って中身を吸入するんだ。しかし亜硝酸アミルはニトログリセリン錠より使われる頻度が低い、と医師は説明をつづけた。よほどひどいケースか、ニトロでは助けにならないような発作のときにしか使わない。亜硝酸アミルはくり返し使うと効果が減ってしまうからね。たびたび使うと患者に耐性ができてしまうから。

ドクターはいろいろ持参していた。亜硝酸アミルのアンプルも持っていて、見せてくれた。念のために一つもらってもいいかと尋ねると、理由も訊かずにくれたうえ、万が一使うことになったらどこを持ってどう割るのが一番いいか教えてくれた。

ぼくたちは二杯めのカクテルを飲み、ぼくはもういくつか質問をして答えをもらい、狭心症のことはだいたいわかったと思った。その後、料理を注文した。〈アイルランズ〉はシーフードで有名だ。内陸のシーフードレストランではおそらく国内で一番の店なので、三人とも魚介類を頼んだ。ドクター・クルーガーとアムおじさんは、ロブスターと格闘した。ぼくにはそんな度胸はなかったので、舌平目を食べた。

4

コーヒーを飲んだあと、ドクターは帰らなければならなかったが、ぼくが店を出る時間まではまだ十五分か二十分くらいあった。スーツケースがあるので、モリソン・ホテルまでタクシーに乗るつもりだった。荷物がなければ、歩いて時間ぴったりに着けるところだったのだが。アムおじさんとぼくはそれぞれ二杯めのコーヒーを頼んでおしゃべりをした。寝るまえに散歩がしたい気分だから、きみと一緒にタクシーに乗ってホテルへ行き、そこから歩いて帰るよとおじはいった。

ぼくからスーツケースを取りあげようとするベルボーイを撃退して、ロビーにあるふかふかの椅子でくつろいだ。五分か十分ほどそこに座っていると、自分の名が呼ばれるのが聞こえた。立ちあがり、呼び出しをしていたベルボーイに手を振ると、彼はこちらへやってきてお電話ですと告げ、ぼくを待っている電話のところへ連れていってくれた。ベルボーイに五十セント渡して電話に出た。かけてきたのはオリー・ブックマンだった。そうだろうとは思っていた。ぼくがここにいることを知っているのはオリーとアムおじさんだけで、おじとはほんの十分まえに別れたばかりだったから。

「エド」オリーはいった。「計画変更だ。イヴが、今夜はなんの予定もないから一緒に車に乗って空港に行きたいっていうんだ。ノーとはいえなかったよ、断る理由がないからね。だからきみには、タクシーを捕まえておれたちより先に空港に着いていてもらわなきゃならない」

「オーケイ」ぼくはいった。「いま、どこですか?」

「南に向かっている途中で、ディヴィジョン・ストリートにいる。口実をつくってドラッグストアに寄ったんだ。約束の時間になるまでは、どうしたらきみを捕まえられるかわからなくてね。タクシーを急がせれば、おれたちより先に着けるだろう。こっちはなんとか引き延ばすよ――イヴに不審に思われない程度にゆっくり運転する。ガソリンスタンドに寄ることもできるし、そこでタイヤをチェックしてもらってもいい」

「もし飛行機が遅れたら、ぼくはどうしたらいいですか？」

「飛行機のことは心配しなくていい。きみはパシフィック航空のカウンターのそばにいてくれ。で、おれがカウンターに近づくのが見えたら、途中で捕まえるんだ。飛行機が到着していようがいまいが、それは問題にならない。着いているかどうかイヴにわかるまえに、おれがさっさと全員を連れだすから。おれのほうは、到着予定時刻よりまえに空港に着かないように気をつける」

「そうですね」ぼくはいった。「だけど、オリー、ぼくはもう二十年もあなたに会っていないはずでしたよね――それに当時は五歳かそこらだったはず。なのにどうしてあなたのことがわかるんです？　いや、それをいうなら、あなたはどうしてぼくがわかるんですか？」

「簡単なことだよ、エド。おれたちは一年に一回、クリスマスに手紙のやりとりをしている。それで、去年のクリスマスを含めて何回か、手紙と一緒にスナップ写真も送りあっただろう。覚えているかい？」

「もちろん」ぼくはいった。「だけどイヴはぼくが送った写真を見なかった？」

「ちらっと見たかもしれない。だが、七カ月まえのことだから覚えていないだろう。それに、きみと本物のエド・カートライトは身体的特徴が似ている――黒髪で、ルックスがいい。きみは弟で通るよ。しかしわれわれがカウンターに到達するまえに必ず捕まえてくれ。そうしないと、そのへんにいる誰かが飛行機はまだ到着していませんよとかなんとかいってくるかもしれないからな。さて、これ以上話しているとまずい」

独り言で少々悪態をつき、モリソン・ホテルのロビーを出てタクシー乗り場へ向かった。もう少しオリーと一緒に打ち合わせのできる時間があることを当てにしていたのに。こうなると、ほとんどオリーにしゃべってもらうしかない、少なくとも今夜は。まあ、オリーならそれくらいの対処はそつなくできるだろう。ぼくは両親の名前すら知らなかったし、その両親が生きているかどうか、自分にオリー以外の存命の親類がいるかどうかもわかっていなかった。自分が結婚しているかどうかさえ知らないのだ――まあ、結婚していればオリーはそういっただろうとは思ったが。

しかし、大半のおしゃべりは任せるとしても、自分がどういう仕事でシカゴに来たことにするかは考えておいたほうがよさそうだった。自分のことはわかっていなければおかしいし、オリーはそれについてはなにも知らないはずなのだから。まあ、タクシーに乗っているあいだに考えればいいだろう。

事故でもないかぎり、オリーよりずっと早く空港に着けるのは明らかで、事故などまっぴらだったので、空港まで行ってもらいたいと告げるとき、タクシーの運転手に余分の金を渡して急いでくれといったりはしなかった。それでもメーターはカチカチと順当に上がるだろう。運転手は時間ではなく距離で稼ぐのだから。

空港に到着するころにはつくり話もできあがっていた。詳細までは考えなかったが、突っこんで訊かれることはないだろうと思ったし、もし訊かれても、印刷関係の設備のことならイヴ・ブックマンよりぼくのほうが詳しかった。飛行機の時間より優に十分は早く着いた。パシフィック航空のカウンターのそばに椅子を見つけ、ブックマン夫妻が来るであろう方向に顔を向けて座った。十五分後――飛行機らしくいうなら〝定刻どおり〟に――ぼくが乗っているはずのシアトル便の到着が放送システムを通して告げられ、さらにその十五分後――ぼくが旅客機を降りて、足もとにあるスーツケースを回収できたくらいの時間だ――夫妻が来るのが見えた。正確には、オリーが来るのが見え、イヴ・ブックマン、別名イヴ・エデンにちがいないと思われる洗練された物腰のブロンド美人がオリーと一緒にいるのが目についた。すごい美女だった。ハイヒールを履いているとオリーより五センチくらい低い程度で、ぼくのために靴を脱いでくれるのでもないかぎり、ぼくとおなじくらいの身長だった。オリーに聞いた話からすると、イヴが靴を脱いでくれることなどまずありそうになかった。とりわけ空港にいるいまは。

立ちあがって二人のほうへ歩いた。が、そこでスナップ写真しか見たことがないのだと思いだし、少々自信のなさそうな声で尋ねる。「オリー?」そしてためらいがちに握手の手を差しだした。

オリーは大きな手でぼくの手をつかんでぶんぶん振った。「エド! いやあ、信じられないな、何年ぶりだろう。おれが最後にきみを見たとき、もちろん写真を勘定に入れなければだが、きみときたら――まあ、その話はあとでいい。イヴに紹介するよ。イヴ、こちらがエドだ」

イヴ・ブックマンはぼくに向かって微笑《ほほえ》んだが、手は差しださなかった。「ようやく会えてうれしいわ、エドワード。あなたのことはオリヴァーからずいぶん聞かされているから」うしろの言葉はただの社交辞令だといいのだが、とぼくは思った。

ぼくもイヴに笑みを返した。「悪い噂じゃないといいんだけど。でもたぶん悪い話もしたんだろうなあ。オリーと最後に会ったときのぼくは手に負えない悪ガキだったから。あのときはまだ――ええと――」

「五歳だ」オリーがいった。「さあ、ここでなにを待っているんだ？　エド、まっすぐ家に向かったほうがいいかい？　それとも、どこかに寄って軽く一杯ひっかけるか？　最後に会ったときのきみは酒呑みというわけじゃなかったが、もしかしたらいまでは――」

イヴが口を挟んだ。「家に帰りましょう、オリヴァー。いずれにせよ、あなたは寝るまえに一杯飲むでしょう。そして一日に一、二杯しか飲めないのはわかっている。オリヴァーはあなたに話したかしら、エドワード？　心臓の不調のことは手紙に書いてあった？」

オリーがまたぼくを助けてくれた。「いや、そんなに大事なことでもないからな。だが、わかったよ。まっすぐ家に帰って、いつもの一杯か二杯を飲むことにしよう。あるいは、今日は特別だから、三杯にしたっていい。エド、きみが座っていたところにある、あれがきみのスーツケースかい？」

　ぼくはそうだと答え、戻っていって荷物を持ち、それから夫妻と一緒に駐車エリアへ、幌《ほろ》をおろした美しいクリーム色のビュイック・コンバーティブルが停めてある場所へ向かった。オリーはイヴのためにドアをあけ、イヴが乗ったあともそのまま押さえていた。「乗っててくれ、エド。三人ともまえに座れるから」オリーはにっこりした。「イヴはMGを持っていて、そっちを運転するのが好きなんだが、今夜はその車では来られなかった。あんなバケットシートじゃ三人入りきらないからな」ぼくが乗ると、オリーはぐるりと回っていって運転席についた。ぼくに運転させてくれたらいいのになあ、と思った。最新のビュイックは運転したことがないのだ。しかしそれを申しでる理にかなった口実を思いつかなかった。

　三十分後、ぼくは申しでるのではなく、強く主張すればよかったと後悔していた。オリー・ブックマンは運転が下手だった。スピードを出すとか、危険な走り方をするわけではないが、運転が雑なのだ。オリーがギアをガリガリいわせているのを見ると、ぼくもガリガリ歯ぎしりしたくなった。それに、動きだすのも止まるのも急すぎる。そのうえ平気で車線をまたいだまま走るし、信号で停止するタイミングも最悪だった。

　しかしオリーは話上手だった。ひっきりなしにしゃべり、ほとんどイヴに向かって話しているように見せかけつつ、じつは効果的にぼくに説明していた。「きみに話したことがあったっけ、イヴ？　どうしてエドとおれの姓がちがうのか――父親がおなじで、ちがうのは母親のほうなのに。おれは親父の最初の結婚でできた子供で、エドは二回めの結婚でできた子供なんだ。だから生まれたときはエド・ブックマンだった。だが、親父はエドが生まれてすぐに死んで、エドの母親が——おれの継母《けいぼ》だな——二年後にウィルクス・カートライトと再婚したんだ。エドはまだ小さかったから、二人は新しい父親に合わせてエドの姓を変えたんだが、おれはもう高校を出るくらい大きかったから名前を変えなかった。そのころには独立していたしな。まあ、エドの母親も継父《けいふ》もすでに故人だ。エドとおれだけが生き残りってわけだ。それで……」ぼくはしっかり聞いて、事実関係を整理した。オリーはときどき質問を振ることでぼくを話に引きこんだが、質問はつねに答えへのヒントを含んでいるか、どう答えても大した情報は明かさないようなものだった。「エド、きみが生まれたときの家、ほら、町の北にあったあの家だが、まだあるのか？　ああ、最近あそこに行くようなことはないのかな？」とか。

家に着くころには、家族の歴史がすっかり頭に入っていた。

5

家はぼくが思ったような戸建てではなかった。ハワード・ストリートのすぐ北、コールマン・ブールヴァード沿いにあるアパートメントで、それでも広かった——十部屋あるとあとで知った。四階だったが、エレベーターがあった。考えてみれば、オリーは狭心症があるのだから、階段を上らなければならないような家には住めないのだろう。けれどもあとになって、二人が結婚以来ずっとそこに住んでいたことを知った。つまり、心臓病のせいで引っ越したわけではないのだ。

すてきなアパートメントで、家具の趣味もよく、リビングはプールが入りそうな広さだった。「こっちだ、エド」オリーが楽しそうにいった。「きみの部屋に案内するよ。荷解《にほど》きをして、もしそうしたければ少しさっぱりするといい。まあ、われわれも間《ま》もなくベッドに入ると思うがね。長旅で疲れただろう。イヴ、おれたちが部屋を見ているあいだに、マティーニをつくってもらえないかな？」

「わかったわ、オリヴァー」完璧な妻として、イヴは部屋の隅にある、小さいがいろいろと揃ったバーカウンターのほうへ行った。

ぼくはオリーのあとについて、ぼくの部屋になるはずのゲストルームへ向かった。「荷解きをしながら、少し話をしたほうがいいだろうね」二人で部屋に入ってドアを閉めたあと、オリーはいった。「衣類は吊るすか、そこのドレッサーにしまってくれ。さて、いまのところうまくいっているね。疑いを招いてもいない。きみはよくやってくれている」

「まだ訊かなきゃならないことがたくさんあります。いまはそんなに話しこんでいる場合じゃないと思うけど、いつならチャンスがありそうですか？」

「明日だな。なにか理由をでっちあげて、街なかに行かなきゃならないというよ。きみのほうはすでに口実があるね――仕事で来たんだから。思ったより早く仕事が終わったことにしてもいいが、せっかくこんなに遠くまで来たんだから一週間はいることにした、というのはどうかな。そうすれば好きなだけ家のなかをうろつけるし、おれが出かけるときだけ一緒に出かけても不自然じゃない」

「そうですね。それについてもまた明日。だけど今夜、まだ三人でしゃべるでしょう？ 安全な話題はなにかな？ イヴはぼくの商売の規模についてはなにか知っていますか？ それとも、ぼくが即興で自由につくり話をしても大丈夫ですか？」

「即興でやってくれ。きみの商売についてイヴに話したことはない。おれ自身もよく知らないよ」

「よかった。もう一つ質問があります。どうしてぼくは、たった二十五歳で独立して仕事をしているんですか？ この年齢なら、たいていの人はまだ誰かに雇われて働いているはず」

「継父のカートライトから引き継いだんだ。カートライトは三年まえに死んでいる。きみは継父の店で働いていたんだが、その後オフィスに移って経営を引き継いだ。おれが、あるいはイヴが知るかぎり、きみはその仕事をそこそこうまくやっている」

「わかりました。それから、ぼくは結婚していますか？」

「いや、しかし結婚を考えている女の子がいることにしたいなら、それもでっちあげてしゃべれる安全な話題だな」

スーツケースの中身を最後までドレッサーの引出しに入れてしまうと、二人でリビングに戻った。イヴはカクテルをつくり終えてぼくたちを待っていた。みんなで座ってマティーニをちびちび飲みながら、今度はぼくが中心になってしゃべった。口をすべらせてまずいことをいいそうになるのを、オリーに止められることもなかった。

オリーは二杯めを飲もうといったが、イヴは立ちあがり、わたしは疲れたから、よければ失礼させてもらうといった。それからオリーに対し、あと一杯でやめておいてねと、妻としてふさわしい態度で注意した。オリーはそうすると約束し、自分とぼくのために二杯めをつくった。

最初の一口を飲んでグラスを置くと、オリーはあくびをした。「ほんとうにこれが最後の一杯になりそうだよ、エド。おれも疲れた。話をする時間なら、明日たくさんあるし」

ぼくは疲れていなかったが、オリーが疲れたというのなら、あとは明日でかまわなかった。ぼくたちはかなりのスピードで寝酒を飲みほした。

「おれの部屋はきみの隣だ」オリーはグラス二つをバーカウンターに戻しながらいった。「部屋同士をつなぐドアはないが、もしなにか必要になったら、壁を叩いてくれれば聞こえる。おれは眠りが浅いんだ」

「ぼくも。だからそちらもおなじように、必要なら壁を叩いてください。ぼくのほうがあなたを守るために来たのであって、その逆じゃないんだから」

「それから、イヴの部屋はおれの部屋の反対隣だ。そっちにも部屋同士をつなぐドアはない。まあ、あっても使わないだろうがね、たとえそのドアが大きくあけ放たれていて、こちらから向こうまで赤いカーペットが敷かれていたとしても」

「でも美人ですよ」オリーの反応を確かめるだけのために、ぼくはいった。

「そうだな。しかしおれには一夫一婦制が染みついているんだと思う。こんなふうにいうと陳腐に聞こえるかもしれないし、実際陳腐なんだが、神のまえではおれはドロシーと結婚しているものと思ってる。求めているのはドロシーだけなんだ、ドロシーと息子だけ。さて、そろそろ寝るとするか」

ぼくはベッドに入ったが、すぐには眠れなかった。横になって目を覚ましたまま、予備段階の印象を整理し、考えた。イヴ・ブックマンについては——そう、ぼくは結婚生活に関するオリーの話を信じたし、誇張されているようにも思わなかった。たいていの人はイヴを見てものすごく色っぽいと思うだろうが、色気についてはぼくには独自のレーダーのようなものがある。そのレーダーのスクリーンには一つも輝点がともらなかった。それに、コスロフスキーは人を判断することにかけては平均よりずっと能力が高いのだが、その彼はイヴをどういっていたっけ？　ああ、そうそう、冷えたジャガイモだ。

もともとセックスや男が大嫌いな女もいる。そういう女のなかには、男を興奮させたうえで欲求不満に陥《おちい》らせるのが楽しいからという理由でストリッパーになる者もいる。そういう女が屈して男と関係を持つとすれば、それは——オリーがそうだったように——男に金があるからで、その男を引っかけて夫にできると思うからだ、イヴがオリーにそうしたように。ひとたび安全に縛りつけてしまえば、男は一人で放っておかれ、女のほうは、見かけはきれいなまま冷めきった状態に戻れるわけだ。事実、イヴは会場いっぱいの男たちを欲求不満にさせる特権を手放したが、一人の男を徹底的に苦しめることができるのだ——その男が彼女を求めつづけるかぎり。それをつづける一方で、世間体を整え、社会的地位を手に入れることさえできる。

もちろん、ぼくに対してはとても感じがよかったし、快くもてなしてくれた。まちがいなく、オリーの友人みんなに感じよく接しているのだろう。そしてその友人の大半は——独自のレーダーを持たない人々は——おそらくイヴがベッドでも火の玉で、オリーはものすごくラッキーな男だと思うのだろう。

しかし殺人となると——納得できるだけのものがもう少し必要だった。完全にオリーの想像かもしれない。殺人の可能性をほのめかす唯一の具体的な事実は、遺言書が消えたことだけだ。イヴはそれを盗みだして破棄したのかもしれないが、それでもオリーがもう一度同様の遺言を作成するまえに殺そうなどとは思っていないかもしれない。遺言書がなくなっていることにオリーが気づかなければいいと思っているだけかもしれない。

いや、しかしぼくが間違っている可能性もある。ひどく間違っている可能性も。ぼくがイヴと出会ってからまだ三時間も経っていないが、オリーのほうは八年も彼女と暮らしているのだ。たぶん、一目見ただけではわからないなにかがあるのだろう。まあ、それならぼくは目をよく開いたまま、オリーの五百ドルに見合う仕事をするだけだ。オリーがなんでもないことから殺しをでっちあげていると決めつけることなく。ぼくは眠りに落ち、オリーが壁を叩くこともなかった。

6

七時に目が覚めたが、まだ早すぎるし、この家の人たちが起きだすまえにうろうろして迷惑になりたくなかったので二度寝した。二回めに目覚めたときには九時半だった。起きてシャワーを浴び、ひげを剃《そ》った。ぼくの寝室には個別のバスルームがついていた。おそらくどの部屋にもついているのだろう。着替えまで済ませると探索に出た。リビングに戻り、そこを通り抜けるとダイニングがあった。テーブルは三人が朝食をとれるようにセットしてあったが、まだ誰もいなかった。

コックか家政婦らしき落ち着いた感じの年配の女性が――じつはその両方で、名前はミセス・レッドベターだとあとで知った――パントリーを抜けてキッチンへ通じるドアのそばに姿を現し、ぼくに向かって微笑んだ。「あなたがミスター・ブックマンの弟さんね。朝食にはなにを食べますか?」

「ブックマン夫妻が朝食をとるのは何時ごろですか?」ぼくは尋ねた。

「ふだんはもう少し早いんですけどね。でも、きっと昨夜は遅くまでお話ししていたんでしょう? もうすぐ起きてくるとは思いますけど」

「だったら、一人で食べることもないかな。少なくともどちらかが来るまで待ちます、ありがとう。それから、なにを食べるかについては——なんでも。この家の人が食べるものに合わせます。とくに好き嫌いはないので」

彼女は笑みを浮かべてキッチンへと姿を消し、ぼくはリビングへ移った。マガジンラックのそばの椅子に座り、《リーダーズ・ダイジェスト》の最新号をパラパラとめくった。短い記事を選んで読んでいると、オリーがやってきた。よく休めた様子で元気だった。「おはよう、エド。もう朝食は済ませたかい?」

自分もほんの少しまえに起きたところで、誰かが来るまで待つことにしたと、ぼくはオリーに話した。「それならもう食べよう」オリーはいった。「イヴのことは待たなくていい。いま着替えているところかもしれないが、もしかしたら昼まで寝ているかもしれない」

だが、イヴは昼まで寝てはいなかった。ぼくたちがコーヒーを飲みはじめたときにやってきて、自分はコーヒーだけでいいとミセス・レッドベターにいった。二時間後にランチの約束があるから、と。三人でテーブルを囲んでコーヒーを飲んでいるととても居心地がよく、なにかおかしなことがあるなどとは考えられなかった。だが考えられはしなくとも、感じることはできるかもしれない。いずれにせよ、ぼくは感じた。

目的の仕事のために出かけるなら街なかまで乗せていこうか、とオリーがぼくに尋ね、ぼくはもちろんお願いした。ぼくたちはその日の予定について話しあった。ミセス・レッドベターは今日の正午から夜いっぱい休みを取るので、今夜は夕食が出ないのだとわかった。イヴはランチの約束のあとは午後じゅうブリッジをしてくるから、ループで待ち合わせをしてどこかで夕食にしないかといってきた。ぼくはもちろんシカゴを知らないことになっているので、店は二人に選んでもらった。七時に〈パンプ・ルーム〉で落ちあうことに決まった。

オリーとぼくは家を出た。建物の裏にあるガレージに向かう途中、もしよければビュイックを運転させてもらえないかとオリーに尋ねた。運転が好きなのだが、あまりその機会がないからといって。

「かまわないよ、エド。だが、きみとアムは車を持っていないってことかい?」

一台ほしいのだが、まだ車を買う余裕がないのだとぼくは話した。仕事に必要だったときはレンタルで済ませ、遊びに出かけるときはなしで済ませた。

ビュイックはすばらしく運転しやすかった。自分で運転席に座ってみれば、ギアはスムーズに切り替わり、走り出しや停止のときにガクンと前のめりになることもなく、信号でもいいタイミングで止まれて、車線をまたいで走ることもなかった。こういう車はいくらぐらいするのかとぼくは尋ね、ぼくたちもいつか買えるといいんだけど、といった。ただ、ぼくらがほしいのはセダンなんだ、コンバーティブルだと尾行の仕事に使うには目立ちすぎるから、とも話した。車をレンタルするときには、ふだんはグレーのような無難な色のセダンを選ぶ。昔の探偵は黒い車を使ったものだけど、近ごろでは黒い車は赤とおなじくらい目立つようになってしまった。

どこまで運転したらいいか尋ねると、オリーはドロシー・スタークと息子のジェリーに会いに行きたいと答えた。二人はシカゴ・アヴェニューのそば、ラサール・ストリート沿いのアパートメントに住んでいた。ぼくはほかのことをしたほうがいいだろうか、それとも二人に会ったほうがいいだろうか。オリーは会ってもらいたいという。

もしそうしてほしければ、ちょっとのあいだ顔を出すのはかまわない、ただ、ぼくにはべつの計画がある、とぼくはオリーに話した。ぼくはオリーのアパートメントの鍵を借りて部屋に戻りたかった。ミセス・レッドベターとミセス・ブックマンが確実に出かけた頃合いを見計らって。今日はミセス・レッドベターの午後半休の日だから、こっそり家のなかを見てまわるのにまたとない機会だった。もちろんいいよ、鍵は車のキーとおなじリングについているし、なんだったら〈パンプ・ルーム〉での待ち合わせまで車も使ってくれてかまわない、とオリーはいった。ドロシーの家から店まではほんの少しタクシーに乗ればいいだけだから、と。イヴがランチの約束のあと、ブリッジをやりに出かけるまえにいったんアパートメントに戻る危険はあると思うか尋ねると、ほぼ確実に戻らないはずだとオリーは答えた。ただし、ブリッジ・クラブは五時半にはお開きになるから、おそらくその後自宅に戻って夕食のために着替えるだろう、ともいった。それなら大丈夫だ。ぼくはそのころにはいなくなっている。

ラサール・ストリートに車を停めたとき、オリーに訊いておくべきことを思いだした。ミセス・スタークには誰として会ったらいいのか――エド・ハンターか、エド・カートライトか。カートライトのままで行こう、とオリーはいった。もしドロシーにほんとうのことを話したら、オリーの身に危険があるのではないかと心配するからだ。それに、弟ということにしておいたほうが簡単だし、説明も少なくて済む。

ぼくは一目でドロシー・スタークが好きになった。小柄で、黒髪で、ハート形の顔をしている。容姿はまずまずだ――イヴの美貌には遠く及ばない――が、温かくて誠実さがにじみ出ていた。それに、ほんとうにオリーを愛している。レーダーなどなくてもわかった。二歳のジェリーはよちよち歩きのかわいらしい幼児だった。ぼくは子供は好きでも嫌いでもないが、オリーは息子に夢中だった。

三十分いただけで、ループで仕事関係のランチの約束があるからといって暇を告げた。しかしとても楽しい三十分だったし、オリーはここではまったくの別人だった。この小さなアパートメントで心おきなくくつろいでいた。コールマン・ブールヴァード沿いの広いアパートメントにいるときよりもずっと居心地がよさそうに見えた。イヴではなく、ドロシーのほうがオリーの妻のような感じだった。

事務所までは五、六ブロックだったし、一時よりまえにコールマン・ブールヴァードに着きたくなかったので、アムおじさんがいるかどうか、ステート・ストリートまで車で行ってみることにした。おじはいた。ぼくはいままでに知ったわずかな情報と、これからどうするつもりかを話した。

「エド、きみが転がしている車にわたしも乗せてくれ。これから二人で早めの昼食をとって、その後、わたしも出向いて住みかの捜索を手伝うのはどうだろう。二人なら二倍の仕事ができる」

魅力的な申し出だったが、却下した。もしも運悪くイヴ・ブックマンが予定外の時間に戻ってきたら、ぼく一人ならなんとでも言い訳できるが、アムおじさんがいるとややこしくなる。だけど車には乗せてあげるよ、とぼくはいった。いますぐ事務所を出て、ハワード・アヴェニューまで一緒に乗っていき、そのあたりで食事をするのだ。その後、おじはハワード駅から高架鉄道《エル》に乗って戻ればいい。二時間も昼休みを取ることになるが、それくらいなら気が向けばいつでもやっていた。おじもそのアイデアが気に入った。

　道のりの後半は運転を代わり、アムおじさんもこの車が大好きになった。昼食後、レストランからオリーのアパートメントに電話をかけ、十回以上鳴らしてミセス・ブックマンもミセス・レッドベターもいないことを確認した。それからおじをエルの駅まで送り、ぼくはアパートメントへ向かった。

7

　玄関を入ると、ドアチェーンをかけた。もしイヴが早すぎる時間に戻ってきたら、どぎまぎしながら説明するはめになるだろう。ぼんやりしていて無意識のうちにかけてしまった、というしかなく、きっと馬鹿みたいに見えるはずだ。だが知らないうちに入ってきたイヴに、彼女のドレッサーの引出しをあさっているところを見つかるよりはましだった。

　最初は家全体を見ることにした。これまでにぼくが足を踏み入れたのは、リビングとダイニングと客用寝室だけだった。奥からはじめることに決め、ダイニングとパントリーを抜けてキッチンに入った。広いキッチンで、設備も充実していた。自動の食洗機や生ごみ処理機まであった。キッチンの片側に接する隣の部屋は配膳室兼貯蔵室で、反対隣の部屋は寝室だった。もちろんミセス・レッドベターの部屋だ。その三部屋を見てまわったが、どこにも手は触れなかった。ダイニングに戻り、おそらく私室か書斎につながるはずのドアを見つけた。書斎には机があった――古風なロールトップデスクで、本物のアンティークだ。それからファイルキャビネットが二つと、ぎっしり詰まった本棚があった。本は大半が建築関係かビジネス書だったが、棚の一つに何冊か小説も交じっていた。おもにミステリだった。それからタイプライターと口述録音機の置かれた台があった。ここはオリーのオフィスなのだ。まだ関わっている仕事については、ここでやっているのだろう。口述録音機があるということは、パートタイムで秘書を雇っているにちがいない。週に何日か、一日何時間かはわからないけれど。手紙の内容を録音して、それを自分で書き起こすことなどしないはずだ。

ロールトップデスクは閉じてあったが、鍵はかかっていなかった。ふたを開くと、仕切り棚に書類や封筒がいっぱいに詰まっているのが見えたが、それをじっくり調べたりはしなかった。オリーの仕事には手出し無用だ。だが、もしかしたらオリーはポオの「盗まれた手紙」のような方式で、まえの遺言書を隠すのにこの棚のどこかに押しこんでいたのではないだろうか。もしそうなら、イヴは遺言書を見つけたとき、ほんとうはなにを探していたのだろう？　これについてはあとでオリーに訊いてみること、と頭のなかにメモをした。

机の上に電話があったので、書いてある番号を確認した。リビングにある電話とおなじ番号ではなかったので、内線でつながっているわけではなく、べつに引いてあるものだ。

机のふたを閉じ、リビングに戻って横のドアを抜けると、寝室へつづく廊下に出た。廊下にあるべつのドアをあけると、リネン用のクロゼットだった。

オリーの寝室はぼくがいる客用寝室とおなじ大きさで、家具の並びもおなじだった。ドレッサーのほうへ向かう。ドレッサーの上の小壜《こびん》にはニトログリセリン錠が入っていた。百錠入りのもので、まだ半分ほど残っている。その横に、亜硝酸アミルのガラスアンプルがあった。昨夜夕食の席でドクター・クルーガーからもらって、ぼくがポケットに入れているのと似たものだった。アンプルを観察し、手が加えられていないことを確認した。実際のところ、手を加えるのは無理だろう。しかしニトロ錠のほうはいくつか壜から取りだしてポケットに入れた。もしおじに渡す機会があれば、ほんとうにラベルどおりの薬かどうか、ラボに持っていって確認してと頼める。

部屋を隅から隅まで調べたわけではないが、ドレッサーの引出しとクロゼットは確認した。なにを探しているのか自分でもよくわからなかったが、銃がないかとは思っていた。もしオリーが銃を所持しているなら知っておきたかった。けれども銃は見つからなかったし、爪やすりより危険なものはなにも出てこなかった。

イヴ・ブックマンの部屋は当然ながら一番の捜索対象だったが、べつに急いでいるわけではなかったので、取りかかるまえに少しばかり作戦を練ることにした。リビングに戻り、もしイヴがランチとブリッジのあいだに帰宅するとしたらいまがその時間だと思ったので、ドアチェーンを外しておいた。家にいるのを見つかったとしても、何食わぬ顔でここにいるだけなら問題にならないだろう。人と会う約束が明日に変更になったとでもいえばいいだけだ。オリーは——イヴにとってはオリヴァーだ——ループでやることがあったので、車と家の鍵を貸してくれた、ということにすればいい。

バーカウンターでハイボールをつくり、座って飲みながら考えたが、考えてもどこにも行きつかなかった。自分が探しているものがなにか、一つはわかっていた——大きさと色はニトロ錠とおなじだが、じつは別物という錠剤だ。でなければ銃か、ほかの凶器。または毒——見てそれとわかれば。思いつくのはそれくらいだった。それにたとえイヴが実際に夫の命を狙っていたとしても、そういうものがどれか一つでも見つかるとは思えなかった。もう一つ、考えたのは——オリーのオフィスを見たのだから、もう銃を探すのはやめたほうがいいということだった。銃を持っているなら知っておきたかったが、たぶん寝室ではなく書斎に置いておくだろう。

もう一杯、今度はショートカクテルをつくり、さらに少し考えてみたが、アイデアは一つしか思い浮かばなかった。スタークのアパートメントに電話をかけてオリーを捕まえられれば、銃については訊くだけでいい。それに、あと一つか二つ、思いついた質問もできる。

使ったグラスをゆすいで拭き、電話のある場所へ向かった。電話帳を調べてラサール・ストリートのドロシー・スタークを見つけ、その番号にかけた。オリーが出たので、いま気兼ねなく話せるかと尋ねると、大丈夫、ドロシーはおれをベビーシッター代わりに残して買物にでかけたから、という。

ぼくは銃について尋ね、オリーは一つも持っていないと答えた。

ドレッサーの上にアンプルと錠剤を見つけたことを話し、どちらもいくつかは持ち歩いているのかと尋ねた。錠剤のほうはつねに持ち歩いているとのことだった。しかしアンプルは持ち歩かない、ニトロ錠がいつも効くので、アンプルは狭心症がもっと悪化したときのために、家のなかの手の届く場所に置いてあるだけだという。オリーはアンプルについてドクターとおなじことをいった。たびたび使っていると効かなくなるのだ、と。オリーはいままでに一度しか使ったことがなく、どうしても必要にならないかぎりもう使うつもりはないといった。

電話を切ったあとになって、遺言書はオフィスのどこに隠してあったのか訊くのを忘れたことに思い当たった。しかしもう一度かけなおして尋ねるほどのことでもなかった。好奇心を満たす意味しかないとしても知りたくはあったが、急ぐこともないので、次回二人きりで話せるときに訊けばいいと思った。

もう一度ドアチェーンをかけた。もう二時を過ぎていたので、イヴがブリッジ・クラブに行くまえに戻ってくることはないといまや確信していたが、安全策をとるのも悪くない——そしてぼくはイヴの部屋に入った。

8

イヴの部屋はほかの寝室よりも広かった。まちがいなく、もともと主寝室としてつくられた部屋だろう。更衣室がついていて、クロゼットのスペースもたくさんあった。完全に調べ尽くすにはずいぶん大きな縄張りだが、もしイヴになにか秘密があるなら、それはきっとここで見つかるはずだった。キッチンのようなレッドベター夫人の領分でも、オリーのオフィスでも、リビングのような中立的な領域でもなく、この部屋で。イヴがここで多くの時間を過ごしているのは明らかだった。寝室によくある家具や化粧台に加え、小説の詰まった本棚と、よく使われているように見える書き物机があった。ため息をつき、仕事に取りかかった。

二時間後、いままで知らなかったことで新たにわかったのは――いや、薄々そうじゃないかと思ってはいたが――女は男が可能だと思うよりずっと多くの衣類や化粧品を保持できる、という事実だった。

すべての場所を覗き終わった。書き物机を除いて。ここは最後に取っておいたのだ。引出しが三つあり、一番上には未使用の文房具が入っているだけだった。紙や封筒、鉛筆、インクなど。ペンがなかったが、イヴはおそらく万年筆を使っているはずで、それは持ち歩いているのだろう。まんなかの引出しには使用済みの小切手が入っていた。きちんと整理され、ゴムバンドで留めてある。小切手の控えや銀行取引明細書もおなじようにまとめてある。使いかけの小切手帳はなかった。持ち歩いているにちがいない。一番下の引出しには辞書が入っているだけだった。メリアム－ウェブスター社の『カレッジ辞典』。もしイヴが、各種料金を支払うための小切手を送る以外に誰かと手紙のやりとりをしていたとしても、返事を出し終えたときに破棄したらしく、いまは一通も所持していない。手紙はまったく出てこなかった。

安全な時間はまだ一時間近くあった。ブリッジ・クラブが五時まえにお開きになることはまずないはずだから。見るべきものがほかになかったので、ぼくは銀行取引明細書と使用済みの小切手を調べはじめた。すぐにわかったことが一つあった――これはイヴ個人の口座で、衣類その他の個人的な支払いのためのものだった。月に一度、きっちり四百ドルの入金があった。それより多くも少なくもなく、毎月ぴったり四百ドル。この口座から振りだされている小切手のなかには、家計費と思われるものは一つもなかった。家計はオリーが管理しているか、あるいはたぶんいるはずのパートタイムの秘書に任せているのだろう（これもさっき訊き忘れたことの一つだったが、やはり急いで知りたいと思うほどでもなかった）。この口座は完全にイヴ個人のものなのだ。小切手の一部は――たいてい二十五ドルか、五十ドルで――現金化されていた。ほかの小切手は大半が切りの悪い数字で、店舗宛に振りだされていた。毎月一回、〈ハワード・アヴェニュー・ドラッグストア〉宛のものがあった。化粧品と見て間違いなさそうだ。ほかの小切手の宛先は、だいたいがブティックやランジェリーショップのたぐいだった。ときどきどこかの女性宛に二十ドルから三十ドル程度の中途半端な額が振りだされることがあったが、これはおそらくブリッジの負けで、現金の持ち合わせがなかったのだろう。銀行取引明細書からは、イヴが完全に小遣いに頼って暮らしているのが見て取れた。毎回四百ドルが入金されるころには——必ず月の初めだったが——繰越金が二十ドルか三十ドル程度の金額を超えることはなかった。

　使用済みの小切手の束をもう一度調べた。なにを探しているのか自分でもわからなかったが、意識して働かせている頭が見逃したなにかを、無意識が捉えていたにちがいない。実際、そうだった。百ドルを超える額の小切手は多くはなかったが、一揃いの衣服の代金として〈ヴォーグ・ショップス〉という会社宛に振りだされた小切手はどれも百ドルを超えていた。二百ドルを超えるものもいくつかあった。ひと月四百ドルのイヴの小遣いのうち、少なくとも半分がこの一カ所に使われていた。そのうえ、ほかの小切手の日付はばらばらなのに、〈ヴォーグ・ショップス〉宛の小切手は全部きっちり一日の日付だった。合計したらどれくらいになるのだろうと思い、紙と鉛筆を手に取って、前年の最初の六カ月に支払われた総額を六枚の小切手から割りだそうとした。最小額が百六十五ドル五十セントで、最大額が二百五十四ドル二十五セントだったが、合計すると——驚いた。六枚の小切手の合計金額は千二百ドルになった。ぴったり。ちょうど。きっかり千二百ドル。そして一分後、同年の後半六カ月のあいだに振りだされた六枚の小切手の合計金額もおなじだとわかった。二回となると、偶然ではありえない。

イヴ・ブックマンは月平均二百ドルの金を誰かに払いつづけている。そしてその事実を、一目見ただけではわからないようごまかすために、金額を多少上下させながら、平均して二百ドルになるように調整していた。何枚かの小切手を裏返してサインを確認すると、どれも〈ヴォーグ・ショップス〉のゴム印が押され、その下にジョン・L・リトルトンという署名があった。さらにその下に押されたゴム印から、こうした小切手がすべて〈シカゴ第二ナショナルバンク〉のディアボーン支店で入金、もしくは現金化されていることがわかった。

これがどういうことであれ、小切手からわかる事実はこれで全部だった。小切手帳をバンドで留めなおし、もともとあった場所に戻して、最後に部屋全体をもう一度見まわし、すべてがもとのままになっているか確認してからリビングに戻った。事務所にいるおじに電話をかけるつもりだった――もしいなければ、あとで家のほうで捕まえればいい――が、まずはドアチェーンを外した。電話で話しているさいちゅうにイヴが入ってきたら、話題を変えて印刷設備の話でもすればいい。そうすれば、アムおじさんならわかってくれるだろう。

おじはまだ事務所にいた。わかったことを早口で伝えた。ぼくが話し終えると、おじはいった。「大したものだよ、エド。きみは確実になにかをつかんだ。それがなにかは、わたしが調べよう。ブックマン夫妻から離れないでくれ。外のことは全部わたしがなんとかする。ひとまず、思いがけない幸運が二つある。一、今日は金曜日だから銀行は六時まであいている。二、窓口係の一人がわたしの友人だ。確かなことがなにかわかったら連絡するよ。そっちの電話には、こっそり会話を聞けるような内線があるのかね？」

「ないよ」ぼくはいった。「オリーのオフィスにもう一つ電話があるけど、回線はべつだから」

「結構。それなら堂々と電話をかけて、きみを呼んでもらおう。もし誰かがそばにいたら、きみは仕事の電話のふりをすればいい。そっちからはミーレ縦型印刷機の値段の話でもしてくれ」

「わかった。あと、もう一つ」ぼくはオリーの小壜から抜いた、ニトログリセリン錠であるはずの薬二粒について話した。夕食の約束で街へ向かう途中、事務所に寄っておじさんの机の上に置いておくから、明日のうちにラボに持っていってほしい、と伝えた。あるいは、もしニトロ錠に特徴的な味があるなら、ドクター・クルーガーに舌で確かめてもらってもいい、ともいった。

9

電話を切ると五時になっていた。一杯飲もうと決め、バーカウンターでショートカクテルをつくって飲んだ。それから自分の寝室へ行き、夜のために急いでシャワーを浴び、清潔なシャツに着替えた。

ちょうど出かけるためにドアをあけようとしたとき、ドアが反対側から開き、イヴ・ブックマンが入ってきた。イヴはぼくを目にすると愛想よく驚いてみせ、こちらはたまたま家の鍵とオリーの車を借りることになった経緯《けいい》を話したのだが、ぼくがここに着いたのはほんの三十分まえで、夕食のために身ぎれいにしてシャツを着替えたところだといった。

イヴは、もう五時半だから、少し待ってわたしもオリーの車に乗せていって、といった。そうすれば夕食後にビュイックもMGもあって車が邪魔になるようなこともなく、みんなで一台に乗って帰ってこられるじゃない、と。

それはとてもいい考えだ、とぼくはいった。実際いい考えではあった、アムおじさんに錠剤を届けたいという事情さえなければ。だが、逃げ道があった。ぼくはイヴに、紙と封筒と切手をもらえないかと尋ね、イヴは自室からそれを持ってきてくれた。着替えるためにイヴが部屋へ戻ったあと、ぼくはおじに宛てて事務所の住所を封筒に書き、錠剤を紙に包んで封筒に入れ、封をした。あとは途中で投函すればいいだけだった。ディアボーン郵便局で投函すれば、朝の配達で事務所に着くだろう。

すっかりくつろいで雑誌を読んでいると、イヴが出てきた。支度にそんなに長くかからなかったので、ぼくは驚いた。リビングに戻ってきたイヴはとても華やかで美しかったので、ぼくは彼女にそういった。まだ六時十五分で、そんなにとばさなくても七時までに〈パンプ・ルーム〉に着けた。オリーはまだいなかったが、テーブルが予約してあり、案内係が伝言を持ってきた。ちょっとした問題があり、少し遅れるとのことだった。

結局、オリーはかなり遅れた。彼が現れたときにはぼくたちは三杯めのマティーニを飲み終わるところで、オリーはひどく申し訳なさそうに遅れたことを詫びた。オリーの一杯めに合わせてぼくたちももう一杯飲むことにした。その後の食事はすばらしくおいしかった。夫妻のもてなしを当てにして街の外からやってきた客人として、ここはぼくに払わせてほしいといい張った。ほんの小細工だった。どのみちオリーの財布から出るのだから。

ナイトクラブへ繰りだそうかという話も出たが、イヴがこういった。オリーは疲れた顔をしているし――実際そうだった――もしクラブに出かけたら、きっと度を過ごすまで飲みたくなってしまう。一杯か二杯なら家で飲むことだってできるでしょう、オリーが二杯までにすると約束するならね、と。オリーは約束するよといった。

オリーが、じつはほんとうにちょっと疲れているんだと認めたので、またぼくが運転するという提案が苦もなくできた。イヴはいままでより気安げに見えた。夕食のまえに飲んだマティーニのせいかもしれないし、あるいは、もしかしたらぼくのことを気に入ったのかもしれない。しかし距離を置いたうえでの好意ではあった。ぼくのレーダーがそう告げていた。

家に戻り、ぼくがバーテンダーをすると申しでたのだが、イヴはやんわりと断って自分でみんなの飲み物をつくった。それを飲みながら、なんということもない話題でおしゃべりをするうち、ふと見ると、オリーが突然グラスを置き、かすかに前屈みになった。右手を左腕の下に入れている。

それからオリーは姿勢を正し、ぼくたちが二人とも心配しながら自分を見ていることに気がついた。オリーはいった。「なんでもない。ただちょっと疼《うず》いただけで、発作じゃないよ。

だが、まあ大事を取って薬を――」

オリーはポケットからゴールドの小さなピルケースを取りだして開いた。

「まいったな」オリーはそういって立ちあがった。「〈パンプ・ルーム〉に着くまえに最後の一錠を飲んだのを忘れていた。結局、ナイトクラブに繰りだしたりしなくて正解だったな。もう大丈夫。薬を詰めてくる」

「ぼくが――」

しかしオリーは完全にふだんどおりの様子で、ぼくがいいかけたことを払いのけるようにしていった。「ほんとうに大丈夫だ。心配しないでくれ」

そしてしっかりした足取りで廊下へ出ていった。それからドアが開く音、次いで閉まる音が聞こえてきたので、問題なく薬のある場所にたどり着けたのがわかった。

イヴがおしゃべりをはじめ、ぼくがまえにちょっと口にしたシアトルの女の子について訊いてきたので、ぼくはそれに答え、おしゃべりを楽しんだ。が、しばらくして突然オリーの不在が気にかかった。少なくとも五分、もしかしたら十分くらい席を外したままだ。ピルケースに薬を詰めているだけにしては長すぎる。もちろん、部屋にいるあいだにトイレに行くことにしたのかもしれないが、それでもやはり心配だった。ぼくはすばやく立ちあがり、なんの説明もせずに失礼しますとだけいってオリーの部屋へ向かった。

ドアをあけた瞬間、オリーを見て死んでいると思った。オリーはドレッサーのまえのラグにうつ伏せで横たわり、ドレッサーの上には錠剤の小壜も亜硝酸アミルのアンプルもなかった。

ぼくはオリーのほうへ身を乗りだしたが、生きているか死んでいるか確認するために時間を使ったりはしなかった。もし死んでいれば、ぼくがドクター・クルーガーからもらったアンプルを使ってもオリーに害はない。そしてもし生きていれば、二回めのアンプルの使用がオリーの生死を分けるかもしれない。顔を見たり、心臓の鼓動を確認したりはせず、髪を一握りつかんで床から数センチ顔を持ちあげ、その下に手をすべりこませてオリーの鼻の真下でアンプルを割った。

イヴがドア口に立っていた。救急車を呼んでくれ、いますぐ、急いで、とぼくは吠えるようにいった。イヴはリビングへ駆け戻った。

10

オリーは死ななかった。だが、あのアンプルをドクターからもらって持ち歩いておくというぼくの冴えたアイデアがなかったら、まちがいなく命を落としていたはずだ。オリーはしばらくのあいだひどく具合が悪く、アムおじさんとぼくが彼に会えたのは二日後、日曜日の夕方になってからだった。

オリーはやつれた灰色の顔をしており、ベッドで安静にしていなければならなかった。しかし話をすることはできたので、病院はぼくたちに面会時間を十五分くれた。おとなしくしているかぎりオリーにはもう危険はないが、あと一週間、いや、もしかしたら二週間は入院してもらう、と病院側はいっていた。

しかしどんなに具合が悪そうに見えても、ぼくは手加減しなかった。「オリー」ぼくはいった。「うまくいきませんでしたよ、あなたのちょっとした企みは。ぼくはイヴがあなたを殺そうとしたと告発するために警察に行ったりしなかった。一方で、いまのところあなたのことを大目に見るつもりでもいる。あなたがイヴをはめるようなかたちで自殺を図ったと話すために警察に行ったりもしなかった。ドロシーとジェリーをあれほど愛しているあなたが、そんな計画を立てるわけがないから」

「おれは――そうだな」オリーはいった。「どうして――そんなふうに思ったんだい、エド？」

「まず、あなたの手」ぼくはいった。「ただ倒れただけにしてはずいぶん汚れていた。その手と、うつ伏せに倒れていた事実から、あなたがどうやってまさにあの瞬間に発作を引き起こしたかわかりました。あなたは腕立て伏せをしたんでしょう――健康な人がやっても、とくに集中力を要する激しい運動だ。それを気を失うまでつづけた。ほんとうに致命傷になってもおかしくなかった。

あなたは錠剤とアンプルがあの日の午後にはドレッサーの上にあったのを知っていた。そしてイヴが帰宅したのはぼくが薬を見たあとだったから、イヴが薬を隠した可能性もあった。そところが実際には、薬を隠したのはあなた自身だった。タクシーで帰宅して——もし証明しなきゃならないとなれば、そのタクシーを見つけることはおそらくできるでしょうね——自分で薬を隠した。あなたはイヴとぼくが街なかへ向かったと確信できるまで待たなければならなかった。だから〈パンプ・ルーム〉に来るのがあんなに遅れたんでしょう。さて、おじからも知らせがありますよ——あなたがそれにふさわしいかどうかはわからないけど」

アムおじさんは咳払いをしていった。「あんたは結婚していなかったんだよ、オリー。自由の身だ、イヴ・パッカーとの結婚は合法ではなかったから。イヴは以前結婚して、まだ離婚していなかった。おそらく再婚するつもりがなかったからだろう、あんたがプロポーズをするまでは。そしてプロポーズされたあとには、もう離婚するには遅すぎた。

イヴの法律上の夫はリトルトンという名のバーテンダーで、十年まえにイヴのもとを去った。ところがどういうわけかイヴと再会し、イヴが不法にあんたと結婚していることを知ると、彼女を強請《ゆす》りはじめた。イヴは三年間、平均して毎月二百ドル払っていた。あんたが与えていた小遣いの半分だ。一見出費に説明がつくようにしながら男に小切手を送れる方法を、二人で考えだした。まあ、その方法は問題じゃない」

ぼくはあとを引き継いでいった。「ぼくたちは重婚のことも警察に通報しませんでした。あなたがイヴを告訴したり、自分で警察に話したりすることはないと思ったから。あなたはイヴを殺人の罪に陥《おとしい》れようとしたことで、彼女にいくらか借りができたと思う。ぼくたちはイヴとも話をしました。イヴは静かに街を出て、リノに行くつもりだといっていました。

だからもう少ししたら、あなたは離婚して自由の身になったと公表できる。そしてドロシーと結婚し、ジェリーを正式に息子にすることができる。

まあ、たまたまイヴのほうもほんとうに離婚するつもりでいるんです。相手はあなたじゃなくて、リトルトンだけど。ぼくはイヴにいったんですよ、再出発のために妥当な金額をあなたが出してくれるんじゃないかって。たとえば一万ドルならどうだろう――妥当な金額といえませんか?」

オリーはうなずいた。オリーの顔はもうさっきほどやつれていなかったし、灰色でもなくなってきた。思ったよりずっと早くよくなりそうだ。そんな予感がした。

「それで、きみたちについては」オリーがいった。「おれはどうしたら――」

「われわれは貸し借りなしだ」アムおじさんがいった。「最初の依頼料ですべてカバーできる。ただし、もうわれわれにあんたの仕事をさせようとは思わないでくれ。私立探偵っていうのはコケにされるのが嫌いなんだよ。知らず知らずのうちに誰かをはめる手伝いをさせられるなんてまっぴらなんだ。あんたがしようとしたのはそれだ。二度と顔を見せないでくれ」

ぼくたちは二度とオリーに会わなかったが、数カ月後に一度だけ連絡があった。ある朝、ウエスタンユニオンの配達人が事務所にやってきて、手紙と小さな箱を置いていった。配達人は、返事を待たなくていいと指示を受けています、といってすぐに帰った。

封筒には結婚の知らせが入っていた。事後報告のたぐいで、招待状ではない。オリヴァー・R・ブックマンとドロシー・スタークの結婚のお知らせで、裏側に走り書きがしてあった。「きみたち二人がおれを完全には許せないとしても、結婚を記念するこちらからの贈り物くらいは受けとってもらいたい。ディーラーには事務所の正面に停めておいてくれといってある。書類はグローブボックスのなかだ。いろいろありがとう――これを受けとってくれることも含めて」そして小さな箱にはもちろん車のキーが二つ入っていた。

思ったとおり、それはビュイック・セダンの新車だった。色はグレー。すごい車だ。ぼくたちは突っ立ったままそれを眺めた。おじがいった。「さて、エド、オリーを少しは許してもいいかね?」

「いいんじゃない」ぼくはいった。「ほれぼれするような車だし。だけど指定の時間を守らなかった人がいるみたいだよ、ディーラーか、配達人か。この車はずいぶん長いあいだここに停まっていたらしい。見てよ」

フロントガラスの上にある駐車違反の切符を指差して、ぼくはいった。「初めての行き先は市役所だ。そこでさっさと罰金を払って、心に一点の曇《くも》りもなくドライブを楽しむのはどう?」

ぼくたちはそうした。

魚料理

消えた役者

The Missing Actor

高山真由美 訳

初出：*The Saint Detective Magazine*, November 1963

「〈ハンター&ハンター探偵事務所〉です」ぼくは電話に向かってそういった。ミスター・ハンターのうちの一人かと向こうが訊いてきたので、そう、エド・ハンターです、とぼくは答えた。

以前からそうだったし、もちろん、いまもそうだ。〈ハンター&ハンター〉は探偵二人でやっている事務所で、シカゴのニア・ノース・サイド、ステート・ストリート沿いにあった。おじのアムことアンブローズは、背は低め、体は太めだが機敏な男だ。昔、私立探偵事務所で仕事をしていたことがあり、その後、巡回カーニバルで働く芸人になった。おじとは十年まえ、ぼくが十八で父親を亡くしてから行動をともにするようになり、カーニバルで何シーズンか一緒に働いたあと、シカゴのスターロック探偵事務所で二人とも探偵として働いた。そうやって数年過ごしてから、自分たちだけで探偵事務所をたちあげた。いまだに豆粒みたいなビジネスだけど、まあ、二人とも豆は好きだから。ぼくたちはお互いうまくやっているし、世間の大半ともうまくやって食い扶持《ぶち》を稼いでいる。

「フロイド・ニールソンだ」電話の相手がいった。「仕事を頼みたい。いまからそちらへ向かったら、誰かいるかな?」

「一人はいますよ」ぼくはいった。「まあ、おそらく二人いるでしょう。だけどまずはどういう仕事か聞かせてもらえますか？　もしそれがわれわれにはできない、あるいはわれわれが扱わないような仕事なら、わざわざ来てもらうこともありませんから」

「人探しだ。息子のアルビーなんだが。息子を見つけてもらいたい」

「警察には行ってみましたか？」

「もちろんだ。失踪人捜査課のチャダコフという男のところ。警部補だったかな。自分にできることはこれで全部で、あとは新しい情報が入ってくるのを待つしかないといっていた。もっとなにかしてほしいなら、私立探偵を雇うべきだ、と。それであんたのところを薦められてね」

大丈夫そうだな、とぼくは思った。相手のぶっきらぼうなしゃべり方にも慣れつつあった。ときどき、警察にいるぼくたちの友人が、こっちになにかを放って寄こすことがある。その場合はだいたい信用できるのだ。最初に警察に行くのは正直な人たちだけで、そういう人たちがその後、警察に可能な範囲よりもっと多くの力を貸してほしいといってくることがときどきあった。

「どのくらいでこちらまで来られますか、ミスター・ニールソン？」ぼくは尋ねた。

「一時間。もっと短いかもしれん。サウス・ステート・ストリート沿いのアイディール・ホテルにいる。そっちはノース・ステート・ストリートだろう。確かループを突っ切るバスがあったはずだな。そのほうがタクシーで行くより早いだろう」

ぼくはバスのナンバーを教え、どこで乗ればいいか、どこで降りればいいかを伝えた。相手は礼をいって電話を切った。

いったん受話器を置いて、すぐにまた取ろうとした。トム・チャダコフに電話をかけて、まえもってわかることがあれば確認しておこうと思ったのだ。だがそこで時計を見て、アムおじさんが昼食から戻るはずの時間をすでに数分過ぎていることに気づいたので、待つことにした。一緒に電話を聞いてもらうほうがいい。どちらか一人がこの仕事に取り組むにしても、二人でやるにしても。

一分くらいするとおじが帰ってきたので、ぼくはニールソンからの電話の内容を話し、これからチャダコフ警部補に電話をかけるから一緒に話を聞いたらどうかといった。おじは承知して、奥にある自分のオフィスに入り、ぼくがダイヤルしているあいだに受話器を取りあげた。

チャダコフはすぐに捕まり、ぼくは自分たちが知りたいことを訊いた。

「ニールソンね、そうそう」チャダコフはいった。「ここしばらくうるさくつきまとわれてね、厄介払いしたくてそっちに送ったんだ。まあ、金になったら夕飯くらい奢《おご》ってくれ」

「オーケイ」ぼくはいった。「で、その人がいまここに向かっているんだけど、なにか先に知っておいたほうがいいことはある？」

「問題ないってことくらいだろう。あの男の息子は賭け屋に八百ドル借りてずらかったんだ。謎でもなんでもないんだよ」

「探偵を雇えるほど金回りがいいなら、賭け屋に払う金を出してやるくらい簡単じゃないの？」

「ああ、あの男はアルビーにちゃんと金を渡したさ。だがその金は賭け屋まで届かなかった。アルビーはその金を新しい元手として使ったほうがいいと思ったんだろうな。仕事をクビになったばかりだったから、金を持って逃げても失うものがなかったんだろう」

「彼のことを教えて。彼っていうのはアルビーだけど」

「そうだな、やつは書店でかなり給料のいい仕事に就いていた。ふかふかのねぐらがあって、金回りがよくて、レッド・コーガンっていう賭け屋を相手にツケで競馬をやっていた。コーガンは知ってるか？」

「聞いたことはある」ぼくは答えた。

「アルビーはそいつから馬券を買い、負けたときにはその分の金を払いこんでいたわけだ。ところが一週間とちょっとまえだったか、アルビーへの貸しが八百ドルになっていることに突然コーガンが気づいた。手下の一人がアルビーのねぐらに行ったが見つからない。書店まで足を運んでみると、アルビーがクビになったことがわかった。さて、これのどこに謎がある？」

「まず、ふかふかのねぐらだね。どんな家？」

「アルビーは私生活ではヒッピーだった。毎日八時間かそこらは書店で真面目に働いて、あとの時間はヒップな生活ってやつを実践してたわけだ。やつのねぐらを見れば、おれのいっている意味がわかるよ」

「トム、アルビーが最後に目撃されたのはいつ？」

「一週間ちょっとまえ。先々週の土曜の夜。七月六日だ。ジェリー・スコアっていう友達に車のキーを借りたんだよ、土曜の朝に。書店をクビになった翌日だな。で、夜遅くに返してる。べつの友人とか、ほかの誰かがそのあと見かけたとしても、話はしていない。

困ったことになったので、父親に会いにいって金を借りたいといっていたそうだ。その父親ってのがあんたたちの依頼人だよ。フロイド・ニールソンはウィスコンシン州のケノーシャ近くで農業をやっていた男で――」

「〝やっていた〟というのは？」ぼくは口を挟んだ。「いまはやってないの？」

「十日まえに農場を売ったんだ。この辺りから出ていく準備をしてるんだよ。いまはシカゴにいて、最後に一目息子に会おうとしてる」

「だけど九日まえに会ったばかりなんでしょう」

「ああ。そんなに遠い昔じゃない。いや、おれのいい方がまずかったかな。親父さんは自分が出ていくまえに確かめたいんだよ、アルビーが無事でいることを。

それに、あの男はアルビーがほんとうに逃げたとは思っていない。ただ八百ドルの借金をやり過ごそうとしているだけだ――少なくとも手もとに八百ドル分の余裕ができるまでは――と思ってるんだ。アルビーはシカゴが好きだし、ここに友達も大勢いるし、それだけでも出ていったりしない理由には充分だといっていた。もしかしたら当たってるかもな、おれにはわからんが。しかしだ、犯罪やなんかの証拠はなにもなくて、あるのは失踪した事実だけとなると、これ以上税金をかけて調べるわけにはいかないんだよ。失踪者名簿に載せておくことはできるが、今後もそれだけだ。まあ、なにか新しいことがわかればべつだがね。あんたたちが依頼を引き受けてなにか発見できれば、たとえばアルビーを殺す動機のあるやつがいたとかな、そうすれば警察ももう一度捜査するよ」

「賭け屋から逃げたことは動機にならないの？」

「エド、昔とはちがうんだ。賭け屋はそんな豆粒ほどの金のために人を殺したりしない。それにな、コーガンはそういうたぐいの男じゃない。少しばかりアルビーを脅《おど》しつけることはあったかもしれんが、それだけだ。おそらく実際に脅したんだろう、それでアルビーはビビっちまった。もしシカゴにとどまる気なら、きっと金を返しただろうが、どこかべつの場所で再出発するための元手として使ったほうがいいと思ったんじゃないか。いずれにせよ、やつに再出発が必要だったのは確かだからな。これはほんとうだよ」

「なるほどね」ぼくはいった。「だけど、そんなに決まりきったような一件なら、ぼくたちが依頼を受けたら貧乏な親父さんから金をせしめるだけってことにならない？」

「いや、そこまで貧乏じゃないさ。質素ではあるがね。まあ、そんなにふっかけないでやってくれ」

冗談でいっているだけだとわかっていたので、ぼくはそれには答えなかった。チャダコフや、警察にいるほかの友人たちは、ぼくらがぼったくるような真似はしないと知っている。

だからこそ、ときどき仕事を回してくれるのだ。

「ほかになにか、アルビーについておもしろい話はないの？」ぼくは尋ねた。

「そうだな、えらくかわいい色つきの恋人がいた。ビート族ってのはそういう好みなんだな」

「さっきはヒップといってたのに、今度はビートだって。どっちなのさ？」

「ちがいがあるのか？」

ぼくはいった。「ノーマン・メイラーって誰だ？」

「ノーマン・メイラーはちがうと思ってるみたいだけど」

「それはいい質問だね。だけど女の子の話に戻ろう。色つきってなんなの？　緑色？　オレンジ色？　何色のこと？」

「エド、ハーシーチョコの色ってことだよ。だがな、なんでそうやってちびちびほじくりだすような真似をしてるんだ？　おれの手もとにファイルがある。だから警察が話を聞いた人間の名前と住所を——そう多くはないが——教えてやるよ。そいつらがなにを話したかも。そうすれば、おしゃべりはおしまいにして、仕事に戻らせてもらえるんだろうからな」

それはいいね、とぼくはいい、フールスキャップ判の紙を引き寄せてメモを取った。それが終わると、警察が知っていることは全部アムおじさんとぼくにもわかった。まあ、アルビー・ニールソンの失踪については。ぼくはチャヤダコフに礼をいって、電話を切った。

アムおじさんが奥のオフィスから出てきて、外側のオフィスのぼくの机を挟んだ向かいに腰をおろした。「さて、エド。どう思う？」

ぼくは肩をすくめた。「やっぱりアルビーはただ逃げただけじゃないかな。だけどもしニールソンが少しばかり金を使ってみてから納得したいっていうなら、ぼくたちにそれを止める権利はないんじゃない？」

「ないな。いずれにせよ、ニールソンがなんというか聞いてみるか」

彼がなんというかは間《ま》もなく聞くことになった。ニールソンは五十代のように見えた。灰色の髪と、おなじく灰色の顎《あご》ひげ。メタルフレームの眼鏡をかけ、赤くなった皮膚ともっと赤い首はずっと戸外で働いてきた男のものだった。ウィスコンシンの日光は比較的穏やかであるとはいえ。

「警察め」ニールソンはいった。「あのチャダコフってやつ。人のいうことを信じようとしない。アルビーは家出などしないといったのに。八百ドルなんかのためにするもんか。金ならあったんだから」

ぼくは尋ねた。「あなたとアルビーの仲はどうでしたか、ミスター・ニールソン？　ふだんは？　それから、アルビーがあなたから金を借りたときは？」

「大体のところまずまずだった。そりゃあ、意見の不一致はたくさんあったが。変わってるからな、あいつは。高校を出たとたんに家を出て、シカゴに来たんだ。だが、連絡は取っていた。ときどき手紙で。ひょっこり顔を出すこともあった。一晩泊まるだけのことも、週末ずっといることもあった。たいていは車を借りられたときに」

「あなたのほうがシカゴの息子さんを訪ねたことは？」

「一年に一回か、二回、シカゴに商用があれば。泊まることはなかった、仕事で必要ないかぎり。だが、そういうときはホテルに泊まった。あまり感心しなかったからな——あいつが〝ぼくのねぐら〟と呼ぶ場所には」

「アルビーのお母さんはどうしているんですか？　それから、仲のいいきょうだいはいますか？」

「きょうだいはいない。母親は死んだよ、あいつが十二のときに。だいたい母親になんの関係がある？」

「われわれは全体像を捉えようとしているんです、ミスター・ニールソン」ぼくはいった。「では、アルビーとあなたは、アルビーが高校を卒業してシカゴに来るまでは二人きりで暮らしていたんですね？」

ニールソンはうなずいた。ぼくは尋ねた。「何年まえまで？」

「十一、二年まえだな。アルビーはいま三十だ」

「そのあいだに、アルビーがあなたから金を借りたことはありましたか？」

「小さな額を何回か。しばらく仕事がなかったりしたときに。だが、いつも返してきた、仕事にありつくと。それもずいぶんまえの話だ。書店の仕事に就いてからは、最近まで金を借りに来たことはなかった。ずいぶん払いのいい仕事だったんだな」

「では、現在貸している八百ドルについても、返ってくるかどうか心配はないんですね？」

「まあ、時間はかかるだろうが、返してくるさ。もう充分懲《こ》りて、ギャンブルもやめたんだろうから」ニールソンはいったん口をつぐみ、トントンと煙草《たばこ》を詰めていたパイプにおもむろに火をつけた。「あの金を渡すまえに、思いきり怒鳴りつけてやった。ああいうギャンブルのやり方について、だ。ある程度なら、ギャンブルそのものに反対するわけじゃない。おれだって毎週土曜の夜にはケノーシャに行って、ちょっとばかりポーカーなんぞやったもんだよ。だが賭けるのは払いきれる額だ。おれがアルビーを叱ったのは、ギャンブルで借金をこしらえることだ。たっぷりいって聞かせたよ、金を渡すまえに」

「でも口論にはならなかったんですね？」

「まあ、最初にいくらかはなった。だがすぐにおさまったし、あいつは夕食までいたよ。おれの計画の話をした。いまじゃおれも半分引退したようなもんだ」

「半分引退とはどういうことですか、ミスター・ニールソン？」おじが口を挟んだ。ぼくはそれを訊こうか流そうか迷っていたところだった。

「ケノーシャのそばの土地が、だんだん手に負えなくなってきた。一人ではな。だが人を雇うのはいやなんだ。ああいう連中はいつも大変なときにやめるからな。で、決めたんだよ、もし充分な金額が手に入るなら――実際、手に入った――あそこを売って、もっと小さな農場を買おうと。いまより歳を食っても自分一人でやっていけるような農場だ。たぶん、日が沈むまえに毎日一時間か二時間余るような生活だ、昔みたいに毎日十二時間以上働くんじゃなくて。それに、もっと穏やかな気候の場所がいい。アルビアルビーと話したのもだいたいそんなようなことだ。おれはフロリダを考えてた。アルビーはカリフォルニアのほうが気候がいい、湿気がなくて、といっていた」

「もうどちらにするか決めたんですか？」

「どっちともいえる。カリフォルニアを見てみることにした。フロリダはまえに見たからな。カリフォルニアのほうが気に入って、望みの土地が見つかったら、そのまま向こうにとどまるつもりだ」

「先々週の土曜日にアルビーとそういう会話をしたあと、連絡がないんですね？　手紙も？」

「ない。あいつには手紙を書く理由もないしな。何日かのうちにシカゴを通る、フロリダかカリフォルニアに向かう途中に——そのときはまだどっちか決めていなかった——と話してあったんだが。別れの挨拶がてら、おまえのところにも寄るよ、と。おれたちが最後に会ったときのことだ」

「それが土曜日の夜八時くらいのことなんですね。その後、アルビーは十時ごろにシカゴに戻った」

「そうだな、だいたい車で二時間だからな。で、おれは月曜に家を出た。思ったほど荷づくりに時間はかからなかった。それからずっとここにいる。今日で一週間だ。アルビーを見つけたい。でなければ、あいつになにがあったのか——とにかくなにかしら知りたい、ここを出発するまえに。カリフォルニアへは急ぐわけじゃないが、ここではもうずいぶん時間を無駄にしてるし、おれはシカゴが好きじゃない。映画をたくさん観て時間をつぶせるが、できるのはそれくらいだ。あのチャダコフってやつ、あいつはアルビーが逃げたと思ってる。おれはいまもそうは思ってない。もっと調べてほしいなら、あんたたちのところへ行ってみろといわれた。それでここにいる」

「ぼくたちに運がなくて警察とおなじ程度のことしかできなかったり、息子さんが自分の意志で街を出たという警察の判断は正しかったと結論することもありえますが、シカゴにはどれくらいいるつもりですか？」

ニールソンが突然カッカッカッと笑いだしたので、ぼくたちは驚いた。これまではにこりともしなかったのだ。「つまり、おれがいくら使うつもりかと訊いてるんだな。だったら反対に訊こう。あんたらの料金はいくらだ？」

ぼくは、あとはよろしくという意味でアムおじさんのほうをちらりと見た。二人いるときはいつも、料金の話はおじにしてもらう。

「一日七十五ドル」おじはいった。「プラス経費です。依頼料として二百ドルの先払いをお願いします。これは二日分の料金と経費になります。二日あれば、少なくとも予備的なご報告ができるでしょう。それに、経費はそんなにかかりそうにありませんから、二日経った時点で調査を切りあげるなら、おそらくいくらか払い戻しがあります」

ニールソンは顔をしかめた。「一日七十五ドルで、二人がかり？　それとも一人でやるのかね？」

一人分だと話すのも、その後の交渉もアムおじさんに任せた。おじは結局、これがほんとうに最低限の料金だといって一日六十ドルまで下げた。実際、それが個人の依頼に対する最低額だった。それより料金を下げるのは、保険会社とか、借金取立人とか、ほかにはくり返し仕事をくれる相手の場合だけだ。最終的に、アムおじさんは百五十ドルの依頼料で承諾した。つまり経費として使えるのは三十ドルだ。

ニールソンは二十ドル札と十ドル札を数えた。それからもう一つ思いついたことがあるといって、今日が一日分にカウントされるのかどうか知りたがった。もう午後二時だから、というのだ。われわれのうちどちらかが丸一日分と見なせるくらい夜遅くまで働かないかぎり、今日はカウントしない、とアムおじさんは請けあった。

そのあいだに、ぼくはまたべつの質問を思いついた。「ミスター・ニールソン、アルビーはあなたから金を借りたとき、書店の仕事をクビになったといっていましたか？」

ニールソンはまたカッカッと笑っていった。「いや、いわなかった。職場で捕まえようと思って店に電話するまで知らなかったよ。アルビーは抜け目ないからな、無職だとばれたら金を貸してもらえないかもしれないと思ったんだろう。おれはどっちでも貸しただろうがね。あいつは長期間無職だったことはなかったからな。だが、そうとは知らなかったわけだし、安全策を取ったことを責める気はない。会った日の土曜は、店が改築で金曜から日曜までの三日間休みだといっていた」

「もう一つ訊きたいんですが。金は現金で渡しましたか？　それとも小切手で？　もし小切手だったら、どこで現金化されたか調べればなにかしらわかりますよ。その額の小切手を土曜日の夜遅い時間や日曜日に現金化することはできなかったはずだから」

「現金だ。銀行口座を閉めたから、手もとにかなりの現金があって、残りは預金小切手にしてあった。現金ならまだたっぷりある、次の農場を買うまで銀行小切手に手をつけなくていい程度には」

ニールソンは立ちあがり、ぼくらは二人でドアまで見送った。ぼくが思いつくべきだったことをアムおじさんが尋ねた。「ミスター・ニールソン、もしアルビーが実際まだシカゴにいて、われわれが見つけたら、彼にはなんと話したらいいですか？　あなたがアイディール・ホテルにいるから連絡するようにというだけでいいんですか？」

「もっと強くいってもらっていい。おれに連絡したほうが身のためだぞ、と伝えてくれ。おれは遺言を書いていない。存命の血縁はアルビーだけだから、あいつはいまもおれの相続人だ。だが、ずっとそのままにしておく必要もない。カリフォルニアで遺言書をつくって、あいつを相続から外すこともできる。いつか、八百ドルよりはるかに高くつくことになる」

ニールソンはドアノブに手を伸ばした。だが、アムおじさんの質問とそれに対する答えを聞いて思いついたことがあった。ぼくはいった。「ちょっと待ってください、ミスター・ニールソン。こういう可能性もあるのでは？　元手として八百ドルがあるあいだは、街にとどまって賭け屋に払うのがいやで街を離れたけれど、どこかでまた仕事に就いて、借りた金を返せそうになったら、すぐにあなたに手紙を書くつもりでいるとか？」

「ああ、その可能性はある。おれもそれは考えた」

「余計なお世話かもしれませんが、ミスター・ニールソン、その場合にもアルビーを相続から外すつもりなんですか？」

「実際にそうなったら考える。寄こす手紙の中身次第だ。金を返しはじめるそぶりが見えればいいが。いまは、もしそれがほんとうだとしても、あいつのことを怒っている。一言知らせてくれれば、おれはここで無駄な時間と金を使わずに済んだのに。まあ、怒りはそのうちおさまるよ」

「カリフォルニアでの行き先が決まっていないなら、どうやって郵便を転送してもらうつもりなんですか？」

「おれの農場を買った男が預かっておいてくれるんだ、おれが手紙で知らせるまで。だが、まだアルビーからの手紙はない。昨日の夜、電話をかけて確かめた。請求書が二通と、あとはチラシばっかりで、もしアルビーが偽名を使っていたとしても、それらしい個人的な手紙はなかった。それくらいはおれも考えたよ。おれはしがない農夫かもしれんが、馬鹿じゃない」

「そうですね」ぼくはいった。「もちろん車で西へ向かうまえに、最後にもう一度ケノーシャに電話をかけますよね？」

「ああ、車じゃないがな。ピックアップトラックは農場と一緒に売った。次の車はカリフォルニアで買うよ。くそ長い距離を運転するよりは列車のほうがいい」

「報告は書類でほしいですか？」ぼくは尋ねた。

「紙がなんの役に立つかわからんね。なにかわかったら、ホテルに電話して知らせてくれ。

ここを発つまえにまだ映画を観るなら、昼間観る。夜はホテルにいるよ、あんたからの電話を受けられるように。あるいはアルビーからの電話を。もしあんたがやつを見つけたら」

これで思いついたことは全部訊いたので、もうニールソンを引き止めなかった。アムおじさんはぶらぶらと奥のオフィスに入り、ぼくもぶらぶらとついていった。

「どう思う、アムおじさん？」

おじは肩をすくめた。「アルビーってやつは逃げたんだろう。父親もそう思ってるんだよ、だが最後の試みとして何日かわれわれに仕事をさせたいっていうなら、力を貸すしかあるまい。ずいぶんと頑固な老いぼれだったからな」

「そうだね。ええと、仕事はぼくの番だよね。おじさんは先週四日がかりの仕事をして、ぼくは二日しか働いてない。ぼくが今回やればちょうどいい」

「オーケイ、エド。車を使うかね？」

ぼくは首を横に振った。「行き先はだいたいこの近所だ。歩くか、ときどきちょっとタクシーに乗るかしたほうが早いよ、駐車できる場所をいちいち探すより」

おじはあくびをして、ソリティアでもするのだろう、机からカードの束を手に取った。

「わかった。わたしは五時までここにいるよ。夕方まで働くつもりかい？　それとも今日は半日で切りあげるかね？」

「夜まで働いたほうがよさそうだ」ぼくはいった。「ぼくが夕食までに戻ってくるのを当てにしないで。もし会えたら一緒に食べよう」

自分のデスクに戻り、チャダコフと話しているあいだに書いたメモを手に取った。それから行ってきますとおじにいって事務所を出た。

まず書店に行くことにした。店は五時に閉まるかもしれないし、ほかの住所はみんな個人宅だから、おそらく昼間より夜行ったほうが話を聞きたい人々に会えるだろう。

プレンティス書店はミシガン・アヴェニュー沿いにあった。入ったことはなかったが、どこにあるかは知っていた。歩いて二十分ほどで着いた。

いまは客が一人もいなかった。正面にいた女性店員が、オーナーのミスター・ハイデンは奥のオフィスにいますと教えてくれた。奥へ行くと、オーナーは出版社のカタログかなにかを見ていた。ぼくは自己紹介をして、身分証を見せた。

「あなたはアルビー・ニールソンを今月五日の金曜日に解雇しましたね?」

「ええ。それ以降、会っていません。知っていることは全部、先週ここへ来た捜査員に――警察の捜査員に――話しましたよ。あなたは誰に雇われているんです? ニールソンに金を貸した男ですか?」

「アルビーの父親です。息子が姿を消して心配しているんです。父親のためだと思って、いくつか質問に答えてもらえませんか?」

オーナーは渋々「どんな質問ですか?」といい、見ていたカタログを置いた。

「なぜアルビーを解雇したんですか?」

「残念ながら、そういう質問にはお答えできません」

「事前に通告をしましたか?」

「いいえ」

「だったら、それが質問の答えになっていますよね? おそらくアルビーがレジで金をあさっているところか、なんらかの方法で店の金を着服しているのを見つけたんでしょう。しかし告訴はしないことにした。それで、いまとなってはもしアルビーについてそんなことをいったら中傷になる、といったところでしょう」

ハイデンはぼくに笑みを向けたが、ほんのかすかな薄笑いだった。「それは質問ではありませんね、ミスター・ハンター。あなたがどんな結論を引きだすかは、わたしにはコントロールできませんよ」

「彼が次の仕事に就くための推薦状を書くつもりはありましたか?」

「いいえ、ありません。しかしその理由を明かすのはお断りします」

「まあ、あなたにはその権利がありますからね」ぼくは認めていった。この線ではなにも出てきそうになかったので、べつの線を試すことにした。「仕事以外のアルビーの生活についてなにか知っていますか? 友人の名前とか、個人的なことならなんでもいいんですが」

「残念ながら、なにも知りませんね。住所と電話番号以外は。その二つなら当然あなたももうご存じでしょうし。彼がここで働きはじめるまえに、本人から聞いた推薦者二人に確認の連絡を入れましたが、どういう人たちだったかはもう忘れてしまいましたよ。とくに問題なかったことだけは覚えていますが。五年近くまえの話ですからね」

「その人たちの職種は覚えていますか？」

「一人は新聞の募集広告を集める仕事をしていました。どの新聞かは忘れましたが。もう一人は金物店の店員でしたね。だが、いまではもうそれが街のどのへんの店だったかも思いだせない。友人に関してはまったく。彼にもいくらかは友人がいる——あるいは、いた——でしょうが、ここには一人も来たことがありません。友人たちに来ないでくれといっていたとか、仕事と社交生活を完全に分けたかったとか、そういう感じでしたよ。どういうタイプの人たちと付き合いがあったのかさえ、まったく知りません。それに、彼は自分のことをいっさい話しませんでした」

アルビーをなぜ解雇したかという話題に触れなければ、ハイデンは親切に協力してくれた。しかし特定の質問への答えを拒否することそのものが、まさに答えになっていた。

ぼくは自分にできる唯一のことをした。ハイデンに名刺を渡し、ぼくたちが父親のためにアルビーを見つけるのにほんの少しでも助けになりそうなことを思いだしたら連絡をくれるようにと頼んだ。ハイデンはそうすると約束した。本気でそういっているように見えた。

店を出ようとしたところで、さっきの女性店員がまだ——あるいは、また——暇そうにしているのを見かけ、アルビー・ニールソンを知っているかと尋ねた。名前には覚えがあるけれど、売上伝票や雇用記録で見ただけだという。働きはじめてまだほんの一週間で、そのニールソンという人が辞めたから自分が雇われたのだと思う、と彼女はいった。

それで、ぼくはまた七月の熱い日射しのなかに足を踏みだした。次に向かう先はアルビーのねぐらと大家のところだった。セネカという名の短い通り沿いで、湖のそばだ。今回は十分歩くだけ。アルビーは職場に近くて便利な場所を選んだのだろう。ビーチにも行きやすい場所だ、もしアルビーが泳いだり、日光浴をしたりするなら。

そこは三階建ての古い店舗で、おそらく昔は一家族用の住居だったのだろうが、いまではいくつもの部屋に分けられていた。郵便受けがたくさんあり、それぞれの下にブザーのボタンがあった。ニールソンの名前は九番の郵便受けについていたので、その下のブザーを押した。応答のビーッという音とともに鍵が一時的に開いた場合に備えて、ドアノブを握って待った。しかし予想したとおりのことが起こっただけだった。つまり、応答のブザー音は鳴らなかった。まあ、ある意味ではよかったともいえる。もしアルビーが在宅で、ぼくを部屋に通してくれて会うことができたら、ぼくらはフロイド・ニールソンに百五十ドルの大半を返さなければならないところだった。半日分以上の料金をもらうわけにはいかないし、これまでにかかった経費はゼロなのだから。

戻ってニールソンの郵便受けのガラス部分を覗いた。なかには請求書のように見えるなにかがあったが、差出人住所は読みとれなかった。錠は小さくて平らな鍵で開く、よくある小型の単純なものだった。ピッキングの道具を持ってくることを思いついていれば三十秒であけられたはずだったが、まえもってなにもかも考えられる人間などいない。

ほかの郵便受けを眺めて、ミセス・ラドクリフの名前を探した。チャダコフは彼女が大家だといっていた。案の定、その名前は一番のところにあり、名前の下に〝大家〟と書いてあった。彼女のブザーを押して、ドアノブに手をかけた。今度は応答のブザー音が聞こえ、自動的に鍵があいたので、ぼくはそこを通り抜けた。

ミセス・ラドクリフは一号室のドアをあけて、ドア口でぼくを待っていた。年齢は五十前後、小柄で細いが頑丈そうだった。シカゴの貸しアパートの女主人にはさまざまなタイプがいるが、彼女たちには共通点が二つある。厳しい目つきとタフな見かけだ。ミセス・ラドクリフも例外ではなく、彼女がラドクリフ女子大学を卒業したからという理由でラドクリフ姓を名乗っているわけではないこともよくわかった。

名刺を渡し、アルビーの不憫な老父が息子を心配しているのだとくどくど説明したが、ミセス・ラドクリフの目はまったく和《やわ》らぐことがなかった。最後には質問をするしかなかった。

「ミセス・ラドクリフ、あなたが最後にアルビーと会ったのはいつですか？」

「正確なところは覚えていないけれど、一週間以上まえだった。そのときは、出たり入ったりするのを見かけただけ。最後に話をしたのは、一日だった。家賃を払いにきてね。あそこは月末まではあの人の部屋ですよ、帰ってきても、来なくても」

「彼の部屋に入ったことは？」

「ありませんよ。あたしは部屋を貸すだけで、掃除は入居者が自分でするんだから。あたしが部屋に入るのは、入居者が出ていってから。次の人のために掃除するときだけ」

「部屋は家具つきですか？　それとも家具はなし？」

「家具はなし、コンロと冷蔵庫以外は。簡単な調理をしたい人のために、どの部屋にもキチネットがついてる。それからバスルームも。夫婦者もいないわけじゃないけど、本来は一人住まいに向いた部屋ですよ」

「アルビーの部屋を見せてもらえませんか？」

「駄目です。家賃を払っているあいだはあの人の部屋ですからね」

「だけどチャダコフ警部補には見せたんでしょう。ぼくたちはおなじ側で働いているんですよ。それどころか、警部補はぼくの友人です」

「だけどあの人は本物の警官で、あなたはそうじゃない。警部補を連れてくれば、彼と一緒に入れてあげますよ」

ぼくはため息をついた。「警部補は忙しいんですよ、ミセス・ラドクリフ。もし警部補に、ぼくに鍵を貸すようにと警察の便箋《びんせん》で手紙を書いてもらったら、それで事足りますか？」

「そうね。でなければ、電話をもらえるだけでもいいわ」

その近道を自分で思いつかなかったなんて、ぼくはなんて抜けているんだろう。電話があることにはすでに気がついていた。公衆電話がぼくのうしろの壁に取りつけてあった。ポケットから十セント硬貨を取りだし、ダイヤルしはじめた。

しかしそこでミセス・ラドクリフがいった。「ちょっと待って。あなたがちゃんと警察にかけてるってどうしてわかるの？　好きな番号にかけて、出た相手にチャダコフと名乗らせることだってできるじゃないの。警部補からは名刺をもらってるから、あ、あたしがかけるわ」

ミセス・ラドクリフはドアのすぐ脇にあるスタンドに名刺を置いていたようだった。彼女はドア口から動くことなく名刺を取り、手を出した。「でも十セントは出してもらいますよ」

ミセス・ラドクリフが電話をかけているあいだ、彼女の疑り深さ――と、正しさ――に思わず笑ってしまった。確かに、おじと一緒に仕組むことならできた。電話に出たアムおじさんがこういうのだ。「はい、失踪人捜査課。チャダコフ警部補です」

ダイヤルを回し終えたミセス・ラドクリフがこういうのが聞こえた。「ミスター・チャダコフをお願いします」ミセス・ラドクリフは何秒か耳を傾け、すぐに電話を切った。

「外出していて、明日の朝まで戻らないって。そのころにまたかけてみることね、もしまだ十セント硬貨があれば」

ぼくはため息をつき、あきらめて明日まで待つことにした。まあ、少なくともこれで調査が二日めまで及ぶことになった。

ぼくはいった。「わかりました、また来ます。ミセス・ラドクリフ、アルビーの友達を知りませんか?」

「何人か見かけたことなら。名前までは知りませんよ。それに、ミスター・チャダコフにもいったけど、あの人がどこに行ったかはまったくわからない。もしほんとうにいなくなったのだとしても。唯一、思いつくのはケノーシャ近くの父親のところだけど、アルビーを探しているのはその父親だって話だったわね」

ぼくは新しい道を試した、それでどこかへたどり着けると思ったわけではなかったが。

「アルビーはいい住人ですか?」

「いくつか問題はありましたけどね。一回か二回、大きすぎる音量で蓄音機をかけたことがあって、三階のほかの住人たちが文句をいっていたことがあった。それから、あたしが個人的に賛成できないのは――ここに女を連れこむこと。まあ、それはあの人の問題だって、わかってはいるんですけどね」

そこは追及しないことにした。その女の名前ならぼくのリストにあった。ミセス・ラドクリフに礼をいって立ち去った。もう一度来ることにしようと思ったが、まずは明日チャダコフがオフィスにいる予定かどうか確認しておかなければならなかった。

リストの次の名前はジェリー・スコア、チャダコフがアルビーの親友と見なしている人物だ。チャダコフは役に立ちそうなことをなにも引きだせなかったが、ぼくにもやってみることくらいはできる。とくに、ジェリー・スコアが二ブロックしか離れていないウォルトン・プレイスに住んでいるとなれば。

こちらもやはり、アルビーのねぐらがあるのとおなじような下宿屋の建物だった。ただし四階まであり、部屋数がやや多かった。目的の部屋のブザーを鳴らしたところ、またもや沈黙が返ってきた。そこで今回も大家の部屋を試した。名前はミセス・プルースト、こちらは〝経営者〟を名乗っていた。大柄で、太っていて、だらしない感じがした。暑さに気力を奪われているようだった。

しかしジェリー・スコアのことは教えてくれた。部屋にはいない、今日一日街を出ているから、と。どこへ行ったかは知らないが、明日には戻るといっていた、と彼女はいう。必ず戻ってくるはずだ、ともいった。ジェリー・スコアは小劇団〈北の強風〉の芝居に準主役として出演するので、毎日のように午後と夜に稽古があるらしい。ミセス・プルーストの話によれば、稽古がおこなわれるのも本番が上演されるのもクラーク・ストリート沿いの古い劇場だった。昔はバーレスクの劇場だったが、いまでは小劇団しか使わない場所になっていた。ジェリー・スコアは明日の午後には絶対そこに行くはずだった。それがドレス・リハーサルまえの最後の稽古だからだ。

ここまで話したときにはミセス・プルーストは息を切らしていて、冷たいレモネードをどうかとぼくを招いた。たぶん自分が飲みたかったのだろう。レモネードはおいしくて、ミセス・プルーストはしゃべりながらがぶがぶ飲んだ。そう、彼女はジェリーのことをよく知っていた。もう何年も自分のところに住んでいるという。ジェリーの仕事？　掃除機の訪問販売をやっていて、売上はかなりいいのよ。そういうたぐいの仕事を好んでするのは、働く時間を自分で決められて、アマチュア劇団に参加できるからね。昔はプロになりたくて、一度ハリウッドに行ったこともあったけれど、あきらめて戻ってきたの。チケットをもらって、ジェリーがお芝居に出るのを観にいったことがあるけど、とてもうまかった、と話した。ミセス・プルースト自身もショウビズ関係の人だった。昔はコーラスガールで、移動劇団に入っており、ジェリーがいま芝居をしているまさにその劇場で、彼女もかつて舞台に立ったことがあった。

ええ、アルビー・ニールソンなら知ってるわ。親しいわけじゃないけど、何回か会ったし、アルビーが演じるところも観たことがある。そう、アルビーも〈北の強風〉の一員だったけど、今回のお芝居には出ないことになっていて、一週間くらいまえにジェリーから聞いた話では、アルビーは街を出たはず。ミセス・プルーストはそう話した。

彼女がなにか隠しているといけないので——そんなふうにはまったく見えなかったけれど——ぼくは年老いた哀れな父親の話を持ちだして、その父親に頼まれてアルビーを見つけるためにジェリー・スコアに会いたいのだといった。

それが助けにはならなかったが、ミセス・プルーストはできることなら助けてくれただろう。アルビーがどこへ行ったかはジェリーから聞かなかったし、ジェリーも知らないと思う、という。ぼくは彼女を信じたし、アルビーについてはすでに話してくれたことのほかは知らないのだろうと納得した。つまり、アルビーを見つけるのに役立ちそうなことは出てこないだろう。

ミセス・プルーストが進んで話をしてくれないわけではなかった——むしろなんでもしゃべってくれた。うまく逃げださなければ、二十年以上まえに彼女自身が記事になったときの新聞の切り抜きや劇場での写真まで持ちだしてきそうだった。だが、ぼくは彼女に好感を持ったので、またいずれお邪魔しますと約束した。実際、そうするつもりだった。

五時になっていた。リストにある次の名前はハニー・ハワード、アルビーの恋人だ。彼女が住んでいるところまではタクシーに乗る必要があった。クラーク・ストリートから数ブロック西のシラー・ストリート沿いだ。しかしグレイドン劇場は——もとはバーレスクの劇場で、いまでは劇団〈北の強風〉と同類の小団体のみが使う会場だ――クラーク・ストリート沿いにあり、シラー・ストリートからほんの一、二ブロックのところだったので、そこまでタクシーで行き、その後、劇場からハニー・ハワードの家まで歩くことにした。劇場には誰もいないかもしれないが、もし今日もジェリー・スコア抜きで午後の稽古がおこなわれ、それが長引くようなことにでもなっていれば、まだ誰かがいる可能性もゼロではない。

ミセス・プルーストのドアのそばにあった玄関ホールの電話でタクシーを呼び、外で待った。意外にも、ラッシュアワーのわりにタクシーはすぐに来て、グレイドン劇場のまえで降りたときにはまだ五時半だった。

壁に漆喰《しっくい》のニンフやらサテュロスやらの装飾のあるロビーを抜け、ドアをあけようとしたが、どれも鍵がかかっていた。通路を回っていけばステージ入口がありそうだったのでそちらへ向かい、ちょうど入口に近づいたところで品のある年配の紳士がドアに鍵をかけているのが見えた。紳士はぼくのほうへ近づいてきた。失礼ですが、とぼくは話しかけ、劇団〈北の強風〉の関係者ですかと尋ねた。

紳士は笑みを浮かべた。「お若い人、私は〈北の強風〉そのものといってもいい人間ですよ。四年まえにこの劇団をたちあげ、以来ずっとマネージャーを務めているうえ、芝居を一つおきに演出してもいる。今回も私が演出をしています。それで、どういったご用件でしょう？」

ぼくは自己紹介をして、アルビー・ニールソンに興味があることと、その理由を話した。

アルビーについて個人的なことはあまり知らないが、自分の知っている範囲のことなら喜んでお話ししましょう、と紳士はいった。場所はどこがいいですか？　劇場のなかに戻ることもできるし、通りを一ブロックほど行くと静かなバーがありますよ、もし一杯ご一緒するのがいやでなければ、ともいった。

五時半だったので、一杯のほうに決めた。ハニー・ハワードのところを訪ねるまえに食事を済ませてもいい。もしこのマネージャー兼演出家との会話が長引くようであれば。

歩きながら、紳士は自己紹介をして、ケアリー・エヴァースと名乗った。その名前にはどことなく聞き覚えがあったし、紳士の顔にもかすかに見覚えがあるような気がした。もしかしたら、たぶんテレビか映画であなたをお見かけしたことがあるかもしれません、とぼくはいった。

その可能性は高いですね、もし深夜番組で古い映画をよくご覧になるなら、とエヴァースは話した。彼が映画に出はじめたのはサイレント映画からトーキーへの過渡期だった。端役や脇役が多く、重要な役柄や、ましてや主役を演じたことは一度もなかったが、全部で百六十四本の映画に出たという。その多くが、いや、大半がB級映画だったが、いまもテレビで放映されることがあった。テレビそのものに移る気はなかったそうで、七年まえに引退したらしい。

ぼくたちはバーでボックス席に座っていて、このときにはすでに何杯か飲み終わっていた。エヴァースは話をやめ、アルビーについての質問を待っていたが、お時間はあとどれくらいありますか、とぼくは彼に尋ねた。

エヴァースは時計をちらりと見ていった。「一時間ほど。七時に夕食の約束がありますが、この近くなので。十五分まえに出れば充分です」

「よかった」ぼくはいった。「それなら、少なくともあと何分かはあなたご自身の話をつづけてください。引退後にシカゴへ移った経緯《けいい》や、〈北の強風〉をたちあげたときのことを」

引退後はマリブに家を買ったのですが、カリフォルニアがどうしても好きになれなくてね、とエヴァースは話した。「実のところ、大嫌いでした。私は生まれも育ちもシカゴでね——ショウビズの世界に入ったのもここでしたし、ナイトクラブでも働きました——三十近くなるまでハリウッドには行きませんでした。それで、いまさら向こうに行ってもなにもすることがないので、シカゴが恋しくてホームシックになってしまったのですよ。一年も経たないうちにマリブの家を売り、戻ってきてレイク・ショア・ドライヴ沿いに家を買いました。昔よく出入りしていたニア・ノース・サイドのそばです。

しばらくすると、なにもせずにいるのがやっぱり退屈で、またもやホームシックですよ、今度はショウビズの世界が恋しくてね。それで小劇場を見つけました。ほかの二つの劇団と一緒に活動をはじめて、その後一人でやるようになりました。すばらしいですよ。上演と上演のあいだに休みを取るとき以外は、一日十四時間働いていますが、この仕事が大いに気に入っています」

エヴァースは皮肉っぽい笑みを浮かべてつづけた。「若い役者たちも私を気に入ってくれています——まあ、マネージャー兼演出家であると同時に資金援助もしているという、それだけの理由かもしれませんが」エヴァースの説明によれば、ほとんどの小劇団は赤字を出しつつ運営されているらしい。とりわけいい仕事をしたい、いい芝居を舞台にかけたいと思うと客の入りが悪くなる場合があり、それでも観てもらうにふさわしい観客数を集められる程度にはチケット代を低く抑えなければならない、という。

ケアリー・エヴァースは大金持ちになって引退したわけではないが、生きているうちに使いきれないくらいの金はあったし、ほかによい使い道も思いつかないので、自分に時間があるあいだ、健康でいられるあいだは、いまやっていることをつづけるつもりだった。この仕事がとても好きだったから。

まあ、ここの役者たちは劇団の仕事でたいして稼ぐことはできないのですが、とエヴァースはつづけた。「演じることが好きだから、楽しいからやっているのです。いつかプロになれるだけのものが身につくといいと思いながらつづける者もいます。実際、四年まえに私がはじめた最初のときからいた若い役者二人のうち、一人はいまテレビで端役をもらっているし、もう一人はシカゴのテレビ局のアナウンサーをしていますよ」

「劇団員にお金を貸すことはありますか?」ぼくは尋ねた。そして相手が答えるまえに慌ててつけ足した。「待ってください。いまのは出すぎた質問でした、ほんとうに訊きたかったのはこうです——アルビー・ニールソンがあなたからお金を借りた、あるいは借りようとしたことはありますか?」

エヴァースはうなずいた。「三週間ほどまえ、私のところへやってきて、五百ドル借りられないだろうかといっていました。断りましたよ。そもそも私はそんな大金は貸さないことにしていますし、それに、アルビーの話が信じられませんでした。なにか父親のために使うのだといっていましたが。しかし彼の父親に支払い能力があるという程度のことは知っていましたし、アルビーは定職に就いていたけれど——そのときは就いていたのです——競馬にはまっていることも知っていました。それで、二と二を足して結論を出したわけです。

あとでわかったところでは、私の足し算は正しかった。それどころか、その後一週間くらいのうちに、穴埋めをしようとしてさらに借金を数百ドル増やしてしまったようだった」

「アルビーと会ったのはそれが最後ですか？」

エヴァースはうなずいた。「そうです、今回の芝居のキャストを決めていたときでした。役を決めるためのテストに参加したいか尋ねたところ、答えはノーでした。とても残念でしたよ。アルビーはいい役者なのです。プロ並みとまではいわないけれどそれに近い役者、プロになれる可能性を秘めた力量のある役者です。アルビーはわたしたちが上演した芝居のうち二本で主役を務め、ほかのいくつかの作品では重要な脇役を務めました」

「アルビーについては、ほかにどんなことを知っていますか？　とくに私生活についてお聞きしたいのですが」

エヴァースはしばらくのあいだしゃべったが、話しはじめたときから、ぼくが持っている情報以上のことを彼から聞けるか確信が持てなくなっていた。ええ、ジェリー・スコアはアルビーの親友でしたよ。ハニー・ハワードは恋人でした、などといい、ほかにもすでに知っていることが並んだ。

今日、ジェリー・スコアがどこにいるか知っていますかと訊いてみた。すると、おじの葬儀でインディアナ州ハモンドに行っているとわかった。「少しばかり早めに向かったのですよ、家族と一緒に過ごすために。葬儀は明日の朝で、ジェリーは午後の稽古のために急いで戻ってくるはずです。おそらく列車を降りたその足で来るでしょう。だからジェリーの部屋に行ってみるよりも、グレイドン劇場で待ったほうが捕まえられますよ。稽古は一時半にはじめます」

「稽古中にジェリーから話を聞くことはできますか？　それとも終わるまで待つべきでしょうか？」

「稽古中にどうぞ。ジェリーはずっと舞台に立っているわけではありませんから。そうだ、エド、木曜夜の公演のチケットを一枚か二枚差しあげましょうか？　いや、それをいうなら日曜までのあいだ、どの曜日でもかまいませんが。四日間の公演なのです」

四日のうちいずれかになんとかお邪魔したいけれど、少しでも劇団のためになるようにお金を払って入場します、とぼくは答えた。

その後、エヴァースはぼくのことを尋ね、私立探偵になるというのはどんなものかと訊いてきたので、今度はぼくが話す番になった。しばらく調子よく話してから、ふと気がつくと七時を十分過ぎていたので、ぼくはエヴァースに約束のことを思いださせた。エヴァースはさらに三十秒かけて、ここの勘定は自分が持つといい張ったが——一人二杯飲んだだけだった——すぐにあきらめて、急いで出ていった。

ぼくは会計を済ませ、エヴァースよりゆっくりと店を出た。ハニー・ハワードを訪ねるほうが先か、食事が先か悩みながら。空腹になりかけていたが、いま行ったほうが会える可能性が高い——たとえば一時間後だと、夜遊びに出かけてしまうかもしれない——と気がつくと、仕事が勝った。

よくある石造りの建物だった。今日は石造りの一日だ。一つの郵便受けに二つの名前がついていた。ウィルコックス&ハワード。番号は六。けれども呼び出し用のブザーがなくて、入口のドアに鍵がかかっていなかったので、建物に入ってドアの番号を確認しながら進んだ。二階で六号室を見つけ、ノックした。

長身のとてもきれいな黒人の女の子がドアをあけた。しかし肌の色がとても薄かった——ハーシーチョコの色とはほど遠かった——ので、きっと彼女が郵便受けに二つあった名前のうちウィルコックスのほうで、ハニー・ハワードのルームメイトなのだろうと思った。ミス・ハワードは在宅ですか、とぼくは尋ねた。相手はイエスと答え、うしろに下がった。

「ハニー、あなたにお客さん」

彼女に代わってドア口にハニーが現れた。確かに肌はハーシーチョコの色で、小柄だがものすごくきれいだった。長身で肌の色の明るいルームメイトよりさらに美人だった。

ぼくは彼女にとっておきの笑みを向け、いままでの経緯を大げさに話した。

「部屋に入ったらいかが、ミスター・ハンター」ハニー・ハワードはそういって、うしろに下がった。ぼくは彼女のあとについて、趣味のいい家具の置かれた、日当たりがよく明るい雰囲気のダブルルームに入った。アムおじさんとぼくが住んでいるヒューロン・ストリート沿いの部屋と似ていた。

「できることなら喜んでお手伝いしたいと思ってる」ハニー・ハワードはいった。「でも、あんまり長くかからないといいんだけど。リサとわたしはちょうど食事に出かけるところで」

これは完璧な出だしだった。「ぼくもちょうどひどく空腹だったんですよ、ミス・ハワード。二人を夕食に招待させてもらうのはどうでしょう？　そうすれば食べながら話せて、全員の時間が有効に使える」ぼくはにっこり笑ってつづけた。「それに、全員が無料で夕食にありつける。食事代は依頼人が経費として出してくれますからね」

ハニー・ハワードはすばやくルームメイトと視線を交わし、肯定の返事を受けとったようで、こちらをふり返って笑みを返してきた。「いいわ。食事代がミスター・ニールソン持ちならなおいい。アルビーがわたしを捨てて、別れの挨拶もせずに出ていったあとなんだから、ニールソン家の人々には少なくとも夕食一回分くらいの貸しはある。行きましょう」

それでぼくたちは家を出た。ぼくは最初に電話でタクシーを呼ぼうと思い、どこへ食べにいきたいかという話になるよう水を向けたのだが、二人が行きたがったのは実のところぼくの頭にもあったクラーク・ストリート沿いの店で、二ブロック南に行けばいいだけだったので、ほんの二、三ブロックなら歩きたい、と二人はいった。

着いた場所は〈ロベールズ〉という名のとても感じのいいレストランだった。オーナーが彼女たちを知っていて、カクテルを飲んでいるあいだにぼくらのテーブルにやってきた。ぼくが紹介されると、オーナーはにっこり笑い、自分の名前はほんとうはロバートなのだが、フランス語ではロベールと発音されることを知っていたので、店の名前はそう読めるようなスペルにしたほうがちょっと洒落《しゃれ》て見えると思ったのだ、と打ち明けた。オーナーは黒人で、ウェイトレスも、常連客らしき人々の大半もそうだったが、自分が店内でただ一人の白人であることはまったく意識せずに済んだ。

質問をはじめると、ハニー・ハワードは率直に答えてくれた。少なくともそう見えた。もちろん、二人の関係の個人的な部分についてはなにも訊かなかった。それはぼくが口出しすることではない。

彼女が最後にアルビーと会ったのは木曜日の夜で、最後の目撃情報より二晩まえだった。どこかに行くようなことはいっていなかったし、父親に会いにケノーシャに行くかもしれないとはまったく聞いていなかった、とハニー・ハワードはいった。それに、仕事についても、あるいはクビになる可能性についても、なにもいっていなかった。だけどここのところ不機嫌で落ちこんでいて、賭け屋に大金を借りてしまい、そのことが心配なのだとはいっていた。五十ドルなら貯金があるから、もしそれを貸したら助けになるかと尋ねたら、ありがとう、だけどそれでは焼け石に水だ、借金の額はそれよりはるかに大きいから、といっていたらしい。

それを最後になんの連絡もない。だからちょっと傷ついている、と認めたので、彼女の言葉には説得力があった。実際、ぼくはかなり信じる気になっていた。最低でも電話をかけてさよならというくらいはできただろうに、アルビーはそれすらしなかったのだ。

いいえ、彼がどこに行ったかはまったくわからない、べつの大きな街――ニューヨークとか、ロスアンジェルスとか、サンフランシスコとか――に行ったのだろうと思うくらいで。小さな町が大嫌いだったから。もしかしたらパリへ行ったのかも。アルビーが固有名詞を出して行きたいと話したことがある場所はパリだけだったから、とハニー・ハワードは話した。

少しのあいだ、それについて考えた。これまでにアルビーが行きたがったという場所で特定の地名として出てきたのはパリだけだ。ぼくはハニーに――このときにはもうハニー、リサ、エドと呼びあうようになっていた――アルビーはフランス語が話せるのかと尋ねた。話せない、という答えだったので、ぼくはパリを除外した。手持ちが八百ドルしかないうえに仕事に就ける見込みがほとんどないとなると、どんなに魅力的な街に見えたとしたって、行っても意味のない場所だろう。それに、素性のはっきりしない人間になりかわった直後では、パスポートを取るのもものすごく大変なはずだった。

どうやら、ハニーから役に立つ情報は聞けそうになかった。明日のジェリー・スコアが最後の希望だった。わずかな希望ではあったが。

そこまで話したころにはもう食べ終わっていたので、食事の締めにブランデーはどうかとぼくは提案した。ハニーは賛成したが、リサはもう行かなければならないといった。リサはループにあるホテルでクローク係として働いていて、八時半からのシフトに入っていた。もうギリギリだった。

ハニーとぼくはブランデーを飲んだ。ぼくのほうにはもう質問がなかったので、ハニーがいろいろと訊いてきた。これまでにわかったことをハニーに話してはいけない理由はなにも思いつかなかったので、ニールソンの電話からはじまる一日の冒険について話した。

ぼくが話し終えて黙ると、ハニーはつかのま考えこむような顔でぼくを見て、それからちょっといたずらっぽい笑みを浮かべた。「あなたが見てみたいなら、これから一緒に行く？アルビーのねぐらに」

「鍵を持ってるってこと？」

ハニーはハンドバッグのなかをごそごそ探した。「鍵を一組ね。外のドアと、部屋のドアの。まだ捨てる機会がなくて」鍵を見つけると、ハニーはそれをぼくに手渡した。二つの鍵がひもでゆるくまとめられていた。

願ってもない好機だった。アルビーのねぐらを見られる、しかもハニーに一緒に見てもらえるとは。彼女なら、アルビーの持ち物がどれだけなくなっているかとか、そういうたぐいのことがわかるだろう。それに、その鍵を一人で使ったら、ぼくが面倒なことになりかねない。しかしそれはハニーが一緒にいなかった場合の話だ。もしアルビーがハニーに鍵を与えたなら、アルビーはその鍵を使う法的権利も与えたことになる。それはアルビー本人がそこにいようがいまいが変わらない。ミセス・ラドクリフだって、ぼくらが部屋にあがるのを止めだてすることはできないのだ。まあ、可能なかぎり知らせずに済ませるつもりだったが。鍵に力づけられてそれぞれに二杯めのブランデーを頼み、それから会計を済ませて電話でタクシーを呼んだ。

大家のドアは、ぼくたちがまえを通り過ぎても閉まったままだった。通路でも階段でも、誰にも会わなかった。アルビーの部屋である九号室は三階の一番手前にあった。

明かりをつけて室内を見まわしたとたん、トム・チャダコフがここを「ふかふかのねぐら」といった理由がわかった。ドレッサー以外は家具が見あたらず、床にはほぼ端から端までクッションが敷き詰めてあった。部屋の一隅にはマットレスと寝具と枕があり、残りの床はパティオで使うような緑色のクッションでいっぱいだった。クッションの大きさはさまざまで、どこにでも座れるし、どこに寝そべっても大丈夫だ。すごい。向こう端にひもで吊られたカーテンがあり、キチネットらしき場所を隠していた。一方の壁にドアが二つあり、おそらく一つはトイレで、一つはクロゼットだろうと思われた。

ハニーは玄関のドアを閉め、室内を見まわして、床が剝《む》き出しになっている部分を指差した。そこにはLPレコードの小さな山があった。「ポータブルの蓄音機がなくなってる。それに、レコードも減ってる。クロゼットを確認してみるね」

ハニーは靴を脱ぎ棄《す》て、ドアの一つに向かって進んだ。なるほど、と思った。ここで靴を脱ぐのは理にかなっている。脱げばまっすぐ歩けるからだ、床の上だろうが、クッションの上だろうが。運よくローファーを履いていたので、ぼくも靴を脱いで彼女のあとにつづいた。

ハニーはあけたドアの奥を覗きこみ、ぼくも彼女の肩越しにクロゼットのなかを見た。衣類がいくらか吊るしてあったが、多くはなかった。

「ここにはスーツケースが二つと、もっとたくさんの服があった。アルビーはやっぱり出ていったのね。蓄音機を持って、スーツケース二つに詰められるだけの衣類を詰めて。たぶんロスアンジェルスに行ったんじゃないかと思う」

「なんで？」ぼくはいった。

ハニーはクロゼットに残っていた服を指差した。「オーバーコート。ニューヨークへ向かったなら、たとえ腕に引っかけてでもコートを持っていったんじゃないかな。サンフランシスコでもそう。あのコートは新品に近いんだもの。アルビーがあれを買ったのは去年の冬だから」

「どうしてフロリダを除外するの？」ぼくは尋ねた。

「一度行ったことがあるけど好きになれなかった、といっていたから。行ったのはマイアミで、フロリダ州で大都会といえそうな街ならあそこが一番だった。それに、アルビーは南部が嫌いなの。いえ、南部人が、というか、テキサス人が」

ぼくがドレッサーを見ているあいだに、ハニーはバスルームを覗きこんで、ひげ剃《そ》り道具がなくなっていると報告してきた。ドレッサーを確認すると、上から三つの引出しは空《から》だった。一番下には汚れものが入っていた。ほかに場所がなかったのだろう。ドレッサーのてっぺんに指を走らせると、少なくとも一週間分の埃《ほこり》が積もっていた。

「出ていったと見てまちがいなさそうだ」ぼくはいった。

ハニーはキチネットとのしきりになっているカーテンの向こうに消えていた。なにを探しているのだろう。食べ物じゃないことは確かだった。夕食をたっぷりとってきたばかりだったから。

ハニーはすぐにカーテンを割って出てきて、壜《びん》を掲げながらにっこりしてみせた。「アルビーったら、半分入ってるスコッチのボトルを残していってくれたみたい」

「持っていく?」

「このまま持って帰りたいわけじゃない」ハニーはいった。「二人分のグラスも見つけた。さあ、座る場所を選んで」

ぼくは声をたてて笑い、クッションを一つ選んだ。

そして服のなかから飛びだしそうになった。ブザーが鳴ったのだ。誰かがアルビーの郵便受けの下のボタンを押したのだろう。ハニーを見ると、彼女もぼくのほうを見た。ぼくとおなじくらい仰天していた。

最初に思いついたのは無視することだった。それから気がついた。ここは建物の正面側の部屋だから、誰であれブザーを鳴らした人には明かりがついているのが見えており、ここに誰かがいるのはわかっているはずだった。

二回めにブザーが鳴ると、すばやく立ちあがった。「ぼくがなんとかする。きみはカーテンの向こうに隠れていて」そういって、ドアの脇にボタンを見つけた。これで建物入口のド

ア の鍵をあけるのだろうと思い、少しのあいだ押したままでいた。

「もしきみの知っている人だったら出てきて」ぼくは肩越しにふり返ってハニーにいった。

「そうでなければ隠れていて」

おそらくは、部屋の明かりがついているのをたまたま見かけた通りすがりの友人か誰かだろう、とぼくは自分にいい聞かせた。その場合には簡単に説明して、ぼくの身分を明かし、追い返せばいい。

威厳を保つためにローファーを履いて、待った。

ドアにノックがあり、ぼくはドアをあけた。

どんな見かけの男か、はっきりとはわからなかった。ドアがあいた瞬間に入ってきて、ハンマーのような拳でいきなりぼくの腹を殴ったからだ。まったく構えていなかったので、体内の空気が全部叩きだされ、体が二つ折りになった。仮に命が懸かっていたとしても、一言も発することができなかった。

運よく、命が懸かるようなことはなかった。男はぼくの顎に二発めを打ちこむこともできたはずだった。そうなればぼくは殴られて気絶し、死が忍び寄ってきてもわからなかっただろう。しかし男はそうしなかった。うしろへ下がり、愛想よくこういった。「レッドが会いにこいといってる。いわれたとおりにしたほうが身のためだぞ」

男は立ち去った。ぼくが起きあがろうと動きだすこともできずにいるうちに、ハニーがそばに来た。ドアを閉めたのは彼女だった。「エド！　痛い？」

しゃべれないんだ、とも、それは馬鹿な質問だよ、とも口にすることができなかった。ハニーに手を借りて部屋を横切り、マットレスの上に寝た。ぼくが体をまっすぐに伸ばして頭を下ろせるようになると、ハニーが枕を動かして頭の下に入れてくれた。そして、お酒を飲めば楽になるかと訊いてきた。そのときには息が戻り、口がきけるようになっていたので、まだ酒はいい、でも飲めるようになるまえに助けになりたいというなら、手を握ってくれればいい、とぼくはいった。

半分冗談だったが、ハニーはその言葉を真に受け、マットレスの端に腰をおろしてぼくの手を握った。たぶんそれがほんとうに効いたのだろう。まもなくふつうに息ができるようになり、激しい痛みはおさまった。腹筋がズキズキする状態は何日かつづきそうだったが。

その夜、ぼくが何時に帰宅したかは訊かないでもらいたいのだが、アムおじさんはすでに眠っていた。しかしすぐに目を覚まして、なにがあったか知りたがったので、ぼくは着替えながら要点を話した。コーガンのところの乱暴者のくだりでおじは顔をしかめ、ぼくがなにか仕返しを考えているか訊いてきた。ぼくはノーと答え、あいつがアルビーの外見を知らなかったのは明らかだし、状況を考えれば当然の間違いで、ぼくが食らったパンチはアルビーがあの場にいたら受けて当然のものだったのだから仕方ない、といった。

「このことは明日ジェリー・スコアにも話すつもりだけど、たぶんそれで終わりだね。ジェリーが手掛かりになるようなことをいわないかぎり。これまでのところ唯一わからないのは、なぜニールソンの親父さんはまだアルビーが逃げていないと思いたがっているのか、そこだけだよ。明らかに逃げたのに」

アムおじさんはいった。「そうだな。目覚ましはかけないよ、エド。わたしは充分に余裕をもって起きられるくらい早く寝たからね。きみは好きなだけ寝坊するといい、どうせジェリー・スコアには午後になるまで会えないんだから」

ぼくは十時まで眠った。起きるとアムおじさんからのメモがあったので驚いた。〝エド、荒唐無稽な思いつきを頭から追いだすためにやりたいことがある。車を使うよ、ちょっとケノーシャまで行ってくる。これは依頼人の料金には入れないつもりだ、役に立ったとわかるまでは。遅くとも夜には戻る〟。

しばらくのあいだあれこれ頭を悩ませたが、すぐに考えるのをやめた。アムおじさんが戻ってくればわかることだ。ゆっくりシャワーを浴びて着替え、十一時ごろ部屋を出た。朝刊を読みながらのんびりブランチを食べているうちに正午になった。ひょっとしてアムおじさんが戻っているか、連絡を入れたのではないかと思い、確認のため事務所に電話をかけた。留守番電話サービスで、電話は一本も来ていないことがわかった。

部屋へ戻り、一時間ほど本を読んでいると出かける時間になった。グレイドン劇場に一時半に着きたければもう出なければならない。稽古はまだはじまっていないかもしれないが、ジェリー・スコアが戻っていれば、ケアリー・エヴァースが紹介してくれるだろう。ぼくがまたおなじ話をしなくて済むように、エヴァースがすでにぼくのことをスコアに説明してくれたかもしれない。

ジェリー・スコアは長身でブロンドの若者で、年齢はぼくと、あるいはアルビーとおなじくらいだった。小粋な雰囲気があったが、これみよがしなところはなかった。人あたりがよく、好感が持てた。しっかりと握手をして、マネージャーのオフィスで話そうといってきた。稽古の最初のシーンには出ないので、時間はあるという。

マネージャーのオフィスには、使い古された机と、ファイルキャビネットと、椅子が二脚あるだけだった。スコアは一方の椅子に座り、ぼくは机の端にもたれた。

スコアの話は、ハニーやほかのみんなから聞いた話と合致した。そうだね、ぼくもアルビーは逃げだしたのだと思っている、とスコアはいった。そしてハニーとおなじく、さよならもいわずに出ていったことでアルビーに腹を立てていた。

ぼくは尋ねた。「土曜の夜に車のキーを返しにきたとき、それらしいことをほのめかしたりもしなかった？」

「土曜の夜には、会っていないんだ。最後に会ったのは土曜の朝、車を借りにきたときだった。返しにきたときには、郵便受けにキーを入れただけだったから」

ぼくはいった。「だけど、チャダコフ警部補の話では、きみは――」そこで気がついた。トム・チャダコフは、スコアがアルビーに会ったとはいわず、ただアルビーが車のキーを返したとだけいっていたのだ。

土曜の夜は家にいたのかと、ぼくはスコアに尋ねた。ああ、夜はずっといた、とスコアは答えた。しかし、なぜアルビーがキーを階上《うえ》の部屋まで持ってこないで郵便受けに入れたのか、もし疑問に思っているなら答えは簡単だ、ともいった。そのときにはすでに逃げだすことに決めていたから、逃走資金を手つかずのまま取っておきたかったんだろうね。ケノーシャまで行く際の車の使用料として十ドルもらう約束になっていたから、顔を合わせてしまったら渋々出さざるをえなかったんだよ、とスコアは話した。

「一つ、驚いたのはね」スコアはつづけた。「親父さんが金を出してくれたことだよ。アルビーも思ってもみなかったんじゃないかな。ケノーシャへは駄目でもともと、という気持ちで行ったんだ。いま考えると、仮に親父さんに出してもらえなくて資金がゼロだったとしても、アルビーは出ていったんじゃないかと思う。で、意外にも金が入ったものだから、もう抗《こう》しきれなかったんだろうね」

書店でなにがあったか知っているか、とぼくは尋ね、もちろんアルビーから聞いた、とスコアはいった。アルビーはあの店で働くようになってからずっと、給料以外に、毎週十ドルくらい現金をくすねていた。問題の金曜日の朝には少しばかりやりすぎたんだね、賭け屋への払いのことで必死だったから。それでレジに手を突っこんでいたところを捕まった。

スコアはそう話して肩をすくめた。「どこへ行ったにせよ、きっと今度はうまくやると思うよ。アルビーは――写真を見たことはある？」

スコアは立ちあがり、ファイルキャビネットのほうへ行った。「ここにスチル写真がある」スコアは引出しをあけ、ごそごそ探して、ファイルフォルダーを一冊抜きだすと、六切りサイズの光沢写真を五、六枚手渡してきた。ポートレートだ。「一番上が本人そのまま、ほかは演じた役柄のメイクをした写真。リア王が一枚あるでしょう。アルビーがやったなかでは、それが一番いい役だった」

アルビーは確かに見た目のいい青年だった。だが、父親とそっくりだな、というのがぼくの第一印象だった。本人たちが見てもほかの誰が見ても二人の関係を否定できないくらい、ほんとうによく似ていた。二枚めは、口ひげと黒い眼帯で海賊に扮《ふん》したものだった。つねに船尾楼甲板を飛びまわっている悪党だ。船尾楼甲板というのがなんであれ。三枚めは——

手にした写真が小さく震えた。リア王に扮したアルビー。顔には皺《しわ》が刻まれている。灰色の乱れ髪に、やはり灰色の不揃《ふぞろ》いな顎ひげ。その写真では父親に似ているようには見えなかった。父親そのものだった。顎ひげを剃り、この灰色のかつらの代わりに本来の短い髪を染めたら。そしてウィスコンシンの農夫のようなしゃべり方をさせたら。父親を知っており、しかも役者なのだ、アルビーならきっと……

残りの光沢写真も見るふりをしてから返した。ジェリー・スコアに礼をいい、急いで外へ出た。

やみくもに歩いて南へ向かった。道を渡るときだけは轢《ひ》かれないように気をつけた。フロイド・ニールソンは当然、八百ドルなど出さなかったのだ。フロイド・ニールソンに扮したアルビーがぼくらにいったことは、すべて割り引いて聞く必要があった。アルビーは金を借りられるとは期待しておらず、実際借りられなかった。しかし父親が農場を売ったばかりであることを知っていた。おそらく手もとの売上金を含むすべての資金を現金で持っていたのだろう。そして殺しのチャンスがあった、冷酷な謀殺であれ、激しい口論の末の争いであれ。
その後、怖くなって計画を練ったのだろう。アルビーは逃げだし、父親はまだ生きていて西へ向かったと世間に思わせておきながら、徐々に足跡を消していく。もしアルビーがいつかどこかに現れても、いつかシカゴに戻ってきても、なんの問題もないではないか？　父親は生きていて、アルビーがいなくなってからもずっと息子を探していたことになっているのだから。父親の死体が見つからなければ、殺人はなかったことになり、捜査されることもない。

そしてアムおじさんは、さっきの写真を見たわけでもないのに、ぼくより早く気がついた。あるいは、少なくとも入れ替わりの可能性があると思っていた。まさにいま、おじはニールソンの農場で、どこか死体が埋められていそうな場所――しかも決して見つかりそうにない場所――がないか、探しているのだ。墓地ではない。墓地は土が沈んでわかってしまうので、誰かがそばにいてつねに土をならさなければならない。だが、どこかに……

もしぼくが少しでも正気だったら、事務所に戻っておじを待っただろう。仮に死体を見つけられなくても――アルビーは農場ではなく、ほかの場所に死体を捨てることだってできたのだから――事件性ありと申し立てることはできる。あるいは、警察に任せることもできる。アルビーのひげを引きはがすだけでいいのだ。五センチはあったから、九日で本物のひげがそんなに伸びるはずがない。

だが、ぼくは正気じゃなかった。アイディール・ホテルのロビーに入っていったのだから。

中程度の室料のホテル、本物のフロイド・ニールソンが選びそうなたぐいのホテルだ。アルビーはずっと変装したままでいるはずだ――ここで突然、アルビー・ニールソンがわざわざ失踪人捜査課を通してぼくたちを雇った理由がわかった。自分でアルビーを探すことが、いや、探すふりをすることさえできなかったからだ。灰色のひげがあろうとなかろうと、ハニーやスコア、おそらく大家にも、本人だとわかってしまっただろう。ニア・ノース・サイドではなく、ループの南のホテルを選んだ理由もそれだ。自分で直接その地区に行くことを完全に避けたのだろう。ぼくらの事務所にいた短い時間を除いて。

ミスター・ニールソンは部屋にいますか、とホテルの受付係に尋ねた。受付係は肩越しにうしろを見ていった。「そのはずです。ボックスに鍵がありませんから。二一四号室です」

エレベーターがあったが、それを待たずに階段を上った。二一四号室のドアを見つけてノックする。ドアが開いて、相手がいった。「ああ、ミスター・ハンター。入ってくれ」ぼくが入ると、彼はドアを閉めてこちらを見た。「それで、アルビーのことがなにかわかったのかね？」

そのときになってやっと気づいたが遅すぎた。なにをいうか、なにをするか、ぼくはまったく考えていなかった。顎ひげを引っぱる？　しかしそんなことをして間違っていたら馬鹿みたいに見えるだろうし、自分でも馬鹿みたいに感じるだろうし、実際ただの馬鹿だろう。そしてぼくが間違っている可能性もあった。

だから探りを入れて相手の反応を見ることにした。

「この件はまだ終わっていません、ミスター・ニールソン。新たな事態が持ちあがりました。殺人の疑いが出てきたのです」

昨夜腹を殴られたときとおなじくらい唐突に、今度は首を絞められた。首に両手が巻きついている。拳を振りまわすタイプと首を絞めようとするタイプがいるものだが、こいつは首を絞めるほうだった。それに手の力が恐ろしく強かった。まるで鋼鉄の万力だ。

その手を自分の手で引きはがそうとしたが、無駄だった。だが、ギリギリのところで、前方から首を絞められたときに逃げるやり方を思いだした。両方の前腕を相手の腕のあいだに差しこみ、腕をぐいっと開くのだ。ぼくはそれを試した。うまくいった。

チャンスがあるうちに——またつかみかかられるまえに——急いでうしろに下がった。彼はボクシングを知らないらしく、ガードが高すぎた。ぼくはそのガードの下の腹部に右のパンチを打ちこんだ。昨夜の乱暴者がぼくを殴ったのとちょうどおなじ場所だった。たぶんあれほど強烈な打撃ではなかったが、相手のガードが下がる程度には強かった。そこで左のフェイントをかけてガードを下ろしたままにさせておき、全体重をこめて右の拳を相手の顎に叩きこんだ。彼はくずおれ、気を失った。

相手がぴくりともしないので、最初に思いついたのは、そばにひざまずいてまだ心臓が動いているのを確かめることだった。

次に思いついたのは、ひげだった。剝がれなかった。身を屈めて間近からじっくり顔を見ると、皺が描かれたものではなく、ほんとうに刻まれているのがわかった。

ベッドの端に腰をおろし、九時間くらいそのまま座っていた。まあ、そのくらい時間が経ったように感じられた。首をそっと揉《も》んだ。力強い手につかまれた場所だ。それからその力強い手を見おろし、最初に話をしたときにこの両手に気づかなかったとは、ぼくはなんてものが見えていなかったのだろうと思った。年齢のしるしをべつにしても、その手は筋肉のついた、堅い、たこのある農夫の手だった。書店員の手ではなく。人を判断するときには顔と同時に手をよく見ろと、アムおじさんはいつもいっていた。それなのにぼくはフロイド・ニールソンの手になんの注意も払わなかった。

彼が身動きしはじめ、目が開いた。

外の廊下から足音が聞こえ、ドアが強くノックされた。警察がするようなノックだった。ぼくが声をかけた。「どうぞ！」

最初に入ってきたのはかすかに見覚えのある刑事だった。殺人課のガスリー警部補だ。次に入ってきたのは知らない男だった。ケノーシャ郡の保安官助手だとあとで知った。三番めに入ってきたのはアムおじさんだった。

ニールソンは身を起こした。

ガスリーがいった。「フロイド・ニールソン、アルビー・ニールソン殺害の容疑で逮捕する。〝あなたの発言はあなたに不利な証拠として使われることがあります〟」そして手錠を取りだした。

アムおじさんはぼくに向かってウインクをした。「行こう、エド。わたしたちに用はないそうだ。まあ、いまのところは。あとで証言する必要があるかもしれないがね」

ぼくはおじと一緒に部屋を出た。外に出るとおじはいった。「きみに先を越されたよ、エド。だが、まったく、一人で突撃するなんて無茶だよ」

「そうだね」

「通りの向こうにバーらしきものが見える。われわれは、一杯飲めるくらいは稼いだと思うんだが。どうだい？」

「そうだね」ぼくはいった。

ぼくたちは飲み物を注文した。アムおじさんがいった。「きみがアイデアをくれたんだよ、エド、昨夜の最後にいった言葉で。息子が逃げたことを受けいれてまっすぐカリフォルニアに向かい、アルビーが手紙を書く気になるのを待つだけでいいのに、なぜそうしないのか解せないといっていただろう。あの男らしくないんじゃないか、失踪人捜査課の手を煩《わずら》わせたり、わたしたちのところへ来たりしながらシカゴで丸一週間もつぶすなんて、と。アルビーが逃げたものと、しっかり印象づけたかったんだね、あの男は」

「そうだね」

「想像上の借金まででっちあげてね。そもそもアルビーにその金を貸したという話が彼らしくなかったんだ、実際貸さなかったわけだし。その金をめぐって争いになり、アルビーを殺した。これがわたしの推測だった。もしその通りなら、すぐに保安官を呼べばおそらく正当防衛で罪を免《まぬが》れただろうに。だが彼は、ちょっと気の利いたやり方をしたくなった」

「そうだね」

「それでわたしは、あの男が死体を動かす危険を冒さず、農場に死体を埋めたと思った。だから農場に行ってみたんだ。自分ならどこに埋めるか考えながらあたりを見た。誰かが探さないかぎり見つかりそうにない場所を探した。戸外の墓地では駄目だ。だが、納屋の床に新しくコンクリートが張ってあった。農場の新しい所有者は驚いていたよ、ニールソンがすでに売った農場にわざわざそんな手間をかけたなんてね。それで保安官に通報したら、つるはしを持った男たちを連れてやってきた」

「そうだね」

「一つわからないことがあるんだ。あの男はどうやってアルビーにジェリーの車を返しに行かせたんだろう。その後、アルビーは農場に戻って殺されている。ここは筋が通らない」

ぼくはいった。「フロイド・ニールソンは土曜の夜、自分でシカゴまで車を返しに来たんだ。それでジェリー・スコアの住む建物のまえに停めて、キーはジェリーの郵便受けに入れた。住所は車輛登録証でわかったはず」

「その後、バスかなにかでケノーシャへ戻り、自分のピックアップトラックでまたシカゴまで来たのか。そしてアルビーの鍵を使って、夜中にねぐらから荷物を盗みだした。きっとそうだ。スーツケース二つとポータブルの蓄音機がセメントの下から出てきたんだよ。アルビーのそばから。いやはや、エド、きみがどうやって謎を解いたにせよ、まんまと先を越されたよ」

ぼくはいった。「アムおじさん、ぼくは嘘はつけない」

「そりゃいったいどういう意味だい?」

「もう四時だよ。いますぐ仕事を終わりにして、街で夜を過ごそうよ。どうせ街なかに向かっているところなんだし」

「そうだな、エド、われわれは働きすぎた。だが、それが嘘をつけないこととなんの関係があるんだ?」

「つまり、ほんとうのことを話すまえに、あと二杯くらい飲む必要があるってことだよ」

「だったらその二杯をいまここで飲んで、さっさと話を終わらせようじゃないか。どうだ?」

「オーケイ」

それでぼくたちは二杯めを頼み、それから三杯めを頼んだ。

口直し

どうしてなんだベニー、いったいどうして

Why, Benny, Why

広瀬恭子 訳

初出：*Ellery Queen's Mystery Magazine*, November 1964

じめじめとして肌寒く、霧が立ちこめる日だったが、娘はそれに合わせた装いをしていた。ニットスカートにセーター、その上に男物のトレンチコート。男物というよりも男子用というべきか——コートは十四歳になる弟のもので、その夜、映画を観にいくために借りてきたのだった。

いつもなら、三角スカーフ《バブーシュカ》は若い子を年増の移民みたいに見せてしまうからといやがるところを、今夜はそのバブーシュカをかぶって、いつ霧雨に変わるともしれぬ湿った霧からブロンドの髪を守っていた。

足もとは太いヒールの茶色いオックスフォード・シューズで、編み地のタータンチェックのハイソックスはちょうど膝下《ひざした》まである。もちろん傍目《はため》にはそんなことまではわからない。スカート丈よりトレンチコートの裾《すそ》のほうが二、三センチ長く、ふくらはぎのなかほどまであるので、コートの中に着ているものなど見えはしないのだ。

娘はサンタモニカ・シティカレッジの一年生で、十九歳だった。とてもかわいらしい顔をしていて、美人といってもいいほどだ。そしてひとりきり——ひどくおびえていた。

十月の夜、十一時半のこと。正式ではないものの事実上の婚約者といえる恋人と映画を観た帰りだった。映画のあと、ホットドッグを食べてコーヒーを飲みながら、ふたりは言い合いになった。突発的な激しいけんかだった——だが、とくに深刻なものではなく、娘にはちゃんとわかっていた。あしたになれば、あるいは数日たてば、彼を許すことになるだろう。ただ、今夜のところは、彼にはおしおきが必要だった。それもきついおしおきが。

それで娘は恋人をおいて出てきた。家に向かって、恋人が今夜車を駐めたのとは逆の方向へ半ブロックほど歩いたところで、彼が追ってきた。ひとりにしてくれないと警察を呼ぶとおどかしてようやく、恋人はあきらめて去っていった。

それで娘はひとりになった——そしていま、心の底からおびえていた。

ふたりで観たのは二本立てのホラー映画だった。ひとつは、夜更けの街角で若い女をつぎつぎ襲う切り裂きジャックふうの殺人鬼の話だった。

歩いて帰ったとしても、近道を行けばたいした距離ではない。オーシャン・アベニューと海辺の断崖《だんがい》のあいだの細長い公園を抜けて、急な階段で崖下のパリセーズビーチ・ロードへおりていく、車で行こうにも通れない道だ。娘は、その階段をおりたところから二ブロックほどの、道の海側にたつ家で両親と暮らしていた。

ひとまずここまでは、怖い思いをせずにこられた。煌々《こうこう》と灯《あか》りに照らされたサンタモニカ大通りでは。だが、娘がおそれているのは帰り道の後半、細長い公園を抜けてせまい階段をおりていく道のりだった。もしも、おりている途中で切り裂きジャックが下からあがってきたら、逃げ場がない。階段が街灯に照らされているからといって、それがなんになるというだろう。

セカンド・ストリートの角までくると営業中のドラッグストアが目にはいり、迷いが生まれた。帰り道の最後の怖いところを通りたくないなら、これが最後のチャンスだ。こんなときのためのタクシー代〝マッド・マネー〟はもっていなかったが、小銭ならある。その十セントがあれば電話でタクシーを呼べる。家に電話して迎えにきてもらうわけにはいかなかった。父親は盲腸の手術を受けて退院したばかりで、療養中のためまだ車の運転は控えるよう言われていたし、母親ときたら運転はまるでだめなのだから。

それでも、タクシー代ぐらいはどちらかが出してくれるだろう――ただし、ふたりともおそらくもう寝ているだろうし、母親のほうは寝ていようが起きていようが大騒ぎをして、ジムとなぜけんかになったのか、こと細かに説明させようとするだろう。あげく、必要以上にことをあらだて、ジムとの交際をやめるよううるさく言ってくるにちがいない――今夜のけんかはそんなに大層なものではないのに。ただジムにしっかり叩きこんでおく必要があっただけだ。こっちにだって感情というものがあるのだと、彼にわかってもらわなくてはならなかった。

まったくばかみたい――自分でもそう思った。なんにも起こりやしないんだから。きっぱりとした足どりで大通り沿いの最後のブロックを歩ききり、オーシャン・アベニューを渡って細長い公園をつっきった。公園は明るく、階段も灯りに照らされていた。怖いものなど本当にどこにもなかった。

娘は急な階段をおりていった。十段あまりおりたところで、下からあがってくる男が見えた。娘は立ちどまり、小さく震えながらどうしたものかと思いあぐねた。このままおりていけば、ちょうどまんなかで鉢合わせすることになる。だめだめ、このまま階段のてっぺんあたりで待つことにして、相手の様子しだいで引き返せるようにしておこう……つまり、あぶなそうな男だったら。

足をとめてその場に立ちつくしている口実に、娘はハンドバッグをあけ、中をひっかき回してたばこを探しているふりをした。ようやく一本取りだして唇《くちびる》にはさむと、今度はゆっくりと時間をかけてマッチを探した。

マッチが燃えあがったのは、男がほんの五、六段下まできたときで、炎の助けを借りて娘は男の顔をまっすぐ見た。まるで男があがってきたことにたったいま気づいたというふうに。

図体の大きい、まさに大男だった——おまけにそのまんまるな顔には呆けたような表情が浮かび、小さな目はうつろだった……その男がとつぜん、にたりと笑ったのか流し目のつもりか、変色して汚らしい大きな歯をむき出しにしたので、歯が一本ないのが丸見えになった。男はさらに一歩踏みだし、そして……

娘はくるりと後ろを向いて階段をかけあがった。どすどすと重たい足音が追いかけてくる。差がつまってきた——その巨体からは思いもかけない、驚くべき足の速さだ。だが、娘が感じていたのは驚きではなかった——あったのは恐れ、まぎれもない恐れだった。

階段をのぼりきって細長い公園にさしかかると同時に、娘はありったけの声をはりあげた。恐怖一色に染まった悲鳴だ。階段口から歩道に向かって半分ほど行ったところで男が追いついた。怪物のような両手が娘の喉をしめあげ、ふたりの体はどさりと草の上に倒れこんだ。娘の悲鳴がとぎれてもなお、響きわたるかん高い音があった。パトカーのサイレンだ。車内の警官たちが悲鳴を耳にするなりサイレンを鳴らし、パトカーをすばやく路肩に寄せたのだ。

娘の目は、すべりこんできたパトカーの上で点滅する赤い光をとらえた。だが、それがその目に映った最後の光景になった。助けがくるのが遅すぎた——ほんの一秒か二秒、遅すぎた……

＊＊＊

サンタモニカ警察署の取調室では三人の警官が、神妙な顔をした知的障がいのある大柄な男の事情聴取をしていた。背のまっすぐな椅子にすわった男の両脇に制服警官がついている。その前を私服の警部補が怒ったように行ったり来たりし、大男の首は警部補の足どりに合わせて右へ左へ動いていた。

警部補は固めた拳を、怒りをぶつけるようにもう一方の掌《てのひら》に打ちつけた。

「ちくしょうめ。ベニー、どうしてなんだ？　わけを聞かせてくれ」

警部補が足をとめても、ベニーという名の男の首はあいかわらず右へ左へ振られていた──だがその動作はいまやのろのろとうろたえた否定を表していた。答えるのがいやなのではない。友達だったはずなのに、ここへきて怒りのあまりすっかり取り乱した様子の警部補に、どう返事をすればいいかわからないのだ。

「ベニー、考えるんだ。心配しなくていい──ガス室送りになるってのは、おまえをおどしつけようと思って言っただけだ。すくなくともおれは、連中がそこまでするとは思っていない──とはいえ決めるのはおれじゃないんだが。ただ、死ぬまで閉じこめられることにはなるだろうな。

まったく。ベニー、おれはな、おまえがなんであの娘を殺したのか知りたいんだ。おれたちだっておまえのことをずっと前から──その、利口だとは思っちゃいなかったし、だからこそ目を離さないようにしてきた。それでも、おまえをしょっぴくはめにならなきゃいいとずっと思ってきたんだぞ。今夜までは、だ。今夜までおまえは問題を起こさずにきた。ガム一枚盗んだこともなかったし、ハエ一匹傷つけやしないと誓って言えたぐらいだ。おれたちみんながおまえの露店で靴を磨いてもらって、おまえのことを気に入ってた。それが今夜はいったいどうしてこんなことになっちまったんだ。あの娘は知り合いか？　前に見かけたことがあったのか？」

ベニーの首は否定の動きをつづけ、右から左、左から右へと揺れていた。

「どうしてなんだ、ベニー。なぜあの娘を殺した？　理由は？　なんでなんだ」

ベニーの首の動きがゆっくりになっていき、やがてがっくりと下を向いた。ベニーはいま、考えている。必死に考えて、思いだそうとしている。

ついにベニーはことばを絞りだした。「あのこ……」それからもう一度やり直して、答えを出した。「あの子、にげた」

コールドミート

球形の食屍鬼《グール》

The Spherical Ghoul

廣瀬麻微 訳

初出：*Thrilling Mystery*, January 1943

恐ろしい出来事が起こるという予感はなかった。その晩、出勤したときは、退屈で静かな夜を過ごすどころか恐怖に身が縮む体験をすることになるとは、つゆほども思っていなかった。

七時、外がちょうど暗くなりはじめたころに、検死局へ到着した。しばらく窓辺に立ち、外にひろがる灰色の薄暮《はくぼ》をながめた。

窓からは大学の背の高い建物すべてが見渡せ、通りの真向かいにはケーン寮があった。そこではジェリー・グラントが眠っているはずだった。つまり、このわたしが。

そう、〝はず〟というのはまちがっていない。当時のわたしは苦学生で、夜勤で検死局の手伝いをしながら、昼間は大学で民族学の博士課程を修めようとしていた。おかげで何週間ものあいだ、五時間以上つづけて眠っていなかった。

とはいえ、検死局での仕事はあまり大変ではなかった。数時間もあれば終わり、残りは勉強と論文の執筆に充《あ》てることができた。父が死んだにもかかわらず、無事に博士号を取得できたのは、この仕事のおかげだった。

背後からは、検死官であるドワイト・スキビン医師が机の抽斗《ひきだし》を開閉して、片付けをする物音が聞こえていた。医師が勢いよく立ちあがり、回転椅子のきしむ音が響いた。

「今夜じゅうにかならずあのカードの目録を整理しておいてくれ、ジェリー」医師は言った。「また順番がばらばらになっているんだ」

わたしは窓の外から目を離してうなずいた。「今夜のお客さんは？」医師に向かって尋ねた。

「ひとりだけだ。安置ケースにはいっているが、見にくる者はいないだろう。だが、冷蔵装置はたまに確認してくれ。ちょっと調子が悪いんだ」

「華氏《ファーレンハイト》三十二度（摂氏零度）ですよね？」わたしは言った。ただ会話をつなぐためだけに。安置ケースはつねに華氏三十二度に保たれている。

医師はうなずいた。「またあとでもどる。少しだけな。その前にペイトンが来たら、待つよう伝えてくれ」

医師がいなくなると、わたしは目録のところへ行って、整理をはじめた。ごく単純な目録——検死局へ運びこまれた遺体の所持品と、身元が特定、あるいは無縁墓地へ埋葬されたあとのそれらの処分方法だけが記録されている——なのだが、日勤の事務員たちがときおり引っ掻きまわしてしまうのだ。

この日はどこから手をつけるべきか見当もつかないほど、ひどい状態だった。作業を終える前に、地下——正真正銘の遺体保管室だ——へおりて、冷蔵装置がファーレンハイト氏をきちんと抑えつけているか、たしかめることにした。

装置は正常に動いていた。安置ケースのなかの温度計はきっかり三十二度を指している。今夜の客は四十歳前後、大柄で不細工な顔をした男だった。まちがいなく死んでいるというのに、ガラス越しでもなお、下品さが感じられた。

遺体保管室のなかがどんなふうになっているか、知らない人も多いだろう。どの町もたいして変わらないとすれば、保管室の仕組みは単純だ。ここスプリングデールの場合は、七名の客を泊めておける設備があり、そのうち六つは、まるで書類棚の抽斗のように壁へ埋めこまれている。また、それらすべてが冷蔵装置によって温度を管理されている。しかし安置ケースのほうは、身元不明の遺体を入れるためのものなので、訪問者に遺体を手早く見せられるようになっていた。それは台上の大きな棺《ひつぎ》を思わせたが、ひとつだけちがうのは、底以外がすべてガラス張りになっていることだった。

遺体の確認作業がたやすいのはそのおかげだった。加えてスイッチを押せば、遺体の顔に光があたる仕組みになっている。

何も問題がなかったので、わたしは上階へもどった。目録の整理を再開する前に、少し勉強をすることにした。仕事と勉強を交互にやったほうが、時間の流れが早く感じられ、勉強もはかどることがわかっていた。業務を三時間以内に終わらせて、残りの時間を勉強に充てることもできたが、そのやり方はうまくいったためしがなかった。

勉強には検死官の秘書の机を使っていて、ちょうど本や紙類をひろげたところで、ペイトン氏がやってきた。ハロルド・ペイトンは動物園の園長だ。ただし、そんな職に就いているとはだれも想像できないような見た目をしている。どちらかというと、一年のうち十一か月間は無職の男、といった感じだ。百貨店が一か月しかサンタクロースを雇わないからである。実際、少しの詰め物とつけひげがあれば、あとはなんの小細工も必要ないにちがいない。

「やあ、ジェリー」ペイトン氏が言った。「ドワイトはいつもどってくると言っていたかな」

「はっきりとした時間はわからないんです、ペイトンさん。ただ、ここで待つようにと」

動物園の園長は大きく息を吐いて、腰をおろした。

「今夜こそ、決着をつけるんだ」ペイトン氏はつづけた。「勝つのはわたしだがね」

ペイトン氏が話しているのはもちろん、チェスについてだった。スキビン医師とペイトン氏は比類なきチェス愛好家で、医師は週に二度ほど、妻に電話で残業があると告げては、ペイトン氏とチェスに興じていた。ときにそれは真夜中過ぎまでつづいた。

わたしは『金枝篇』（スコットランド生まれの社会人類学者、J・G・フレイザーによる著作）を拾いあげ、しおりのはさまったページを開いた。わたしはこの本が気に入っていた。人類の信仰や古い慣習に関する研究の集大成とも言える書物だからだ。

わたしが手にとった本の題名を見るや、ペイトン氏の目がわずかに光った。

「きみが受けている講義では、そういう題材を扱っているのか」ペイトン氏は尋ねた。

わたしは首を横に振った。「論文用に資料集めをしているんです。でも、こういったテーマは民族学で扱うべきだと思っていますよ」

「ジェリー、ジェリー」ペイトン氏は言った。「きみはその手の話に取り憑かれているようだ。幽霊、食屍鬼《グール》、吸血鬼、人狼。もし見つけたら、動物園に連れてくるといい。特別な檻《おり》を用意してやろう。だがそもそも、人狼は檻に入れておけるのかね？」

　どれだけからかわれても、ペイトン氏に怒りをぶちまけるわけにはいかなかった。その論文はわたしにとって、いくらか悩みの種になっていた。〝迷信の起源とその部分的正当性〟をテーマに選んだせいで、わたしはしょっちゅうばかにされていた。だれかに冷やかされると、一発殴ってやりたくなった。それでもこのときは、ペイトン氏に笑顔を向けた。

「吸血鬼なら実在しますよ」わたしは言った。「そちらの動物園にね。この前行ったとき、檻いっぱいに詰めこまれているのを見ました」

「なんだと？　ああ、チスイコウモリのことか」

「ええ。それに、一角獣《ユニコーン》もいますよね。一角獣の正体がサイだとはご存じありませんでしたか？　と言っても、一角獣を描いた中世の画家たちは、サイを見たことがなかったんですけど」

「むろん、知っているが――」

　廊下から足音が聞こえ、ペイトン氏が口を閉じると同時に、スキビン医師が姿を現した。

「やあ、ハロルド」医師はペイトン氏に声をかけてから、わたしのほうを向いて言った。「話を少しばかり聞いたよ、ジェリー。きみが正しい。ペイトンにからかわれたからと言って、自分の研究テーマを手放しちゃいかん」

　医師は机に歩み寄り、いちばん下の抽斗からチェスの駒を取り出した。

「きみたちに口では勝てないな」ペイトン氏が言った。「だがジェリー、食屍鬼はどうだ。スプリングデールを走りまわっている食屍鬼がいるとしたら、ここはやつらを捕まえるのにぴったりの場所だ。それとも、食屍鬼は正当性のない、ただの迷信なのかな」

「迷信？」わたしは返した。「どうしてそう思う――」

　そこで電話が鳴り、わたしは話を中断して電話に出た。

　電話からもどると、ふたりはチェスの駒を並べ終えていた。スキビン医師は白番で、ｅ２のポーンをｅ４へ動かした。

「だれからだった、ジェリー」医師は尋ねた。

「きょうの午後に搬送《はんそう》された遺体を見にいってもいいかという問い合わせでした。その男性のお兄さんがまだ帰宅していないらしくて」

　スキビン医師は首を縦に振ってから、ペイトン氏の初手を見て、キング側のナイトを動かした。すでにふたりともゲームに没頭していた。ペイトン氏は食屍鬼についてわたしに質問したことを忘れているようだったので、わたしもここで話を蒸し返してふたりの邪魔をするのは控えることにした。

　それから『金枝篇』もほうり出し、地下室の身元不明の遺体に関するファイルを見にいった。だれかが身元の確認にくるなら、情報をすべて頭に入れておきたかった。

　ファイルにたいしたことは書かれていなかった。衣服、ポケットのなかのあまりに少ない所持金、持ち物の種類から判断するに、男は浮浪者のようだった。身元を示すものは何ひとつなかった。

男はミル・ロードで死んだ。どうやら、轢《ひ》き逃げに遭ったらしい。ジョージ・コンシダイン氏が遺体を発見し、一台の車が走り去っていくところも目撃していた。車はあっという間《ま》に遠くへ行ってしまい、コンシダイン氏はナンバープレートも車の特徴も把握できなかった。

当然、その車が男を轢いたと断定することはできないだろう。ひょっとしたら、運転手は遺体を見たものの、酔っ払いが寝ていると思ってそのまま通り過ぎたのかもしれない。

だが前者の説のほうが可能性はありそうだった。ミル・ロードは車の往来がほとんどないからだ。一方が補修工事のせいで通行止めになっているため、そこを利用するのは通り沿いの住人だけで、その数もあまり多くない。現場付近を通る車は、せいぜい一日に数台程度だろう。

コンシダイン氏は車をおりて、男が死んでいることを確認した。いちばん近くの民家まで車を八百メートルほど走らせ、そこから警察に通報した。時刻は四時だった。

ファイルに書かれていたのはこれで全部だった。

ちょうど読み終えたところで、ビル・ドレイガーが現れた。警部補であるビルとは、検死官のもとで働きはじめてからかなり親しくなった。ビルはスキビン医師のよき友人でもあった。

「お取りこみ中すみません、先生」ビルが言った。「実は、いくつかお尋ねしたいことがあって」

「なんだ、ビル」

「その――本日運ばれてきた遺体の件です。もう検死はおこないましたか」

「もちろん。なぜだ」

「ちょっと気になって。なぜかはわかりませんが――そうですね、腑《ふ》に落ちないことがあるんです。あれはほんとうに、ただの自動車事故だったんでしょうか」

＊＊＊

スキビン医師はビショップを持ってつぎの手を指そうとしていたが、思いなおして駒をチェス盤の脇に置いた。

「ちょっと待っていてくれ、ハロルド」ペイトン氏にそう言うと、椅子を回転させてビル・ドレイガーのほうへ向きなおった。「自動車事故ではないと？」医師は問いただした。「遺体の首にタイヤ痕があったんだぞ、ビル。それだけじゃ納得できないとでも？」

「わかりません。死因はそれだけですか？　それともほかに何かありました？」

スキビン医師は椅子の背にもたれた。

「車に轢かれたことが直接的な死因だとは思っていない。あの男は倒れた際に額《ひたい》を地面に打ちつけていた。轢かれたときにはすでに事切れていたはずだ。となると、まわりに車がないときに倒れ、あとから来た車が遺体を轢いたと考えることもできる」

「真っ昼間に？」

「ふむ――そうだな、ありそうにない。だが、自分から車道へ飛び出した可能性もあるぞ。相当酔っていたからな。酒のにおいがぷんぷんしていた」

「車に轢かれたとして」ビルが言った。「状況をどうやって説明します？　つまり、どんなふうに倒れたのかとか、そういうことですが」

「そうだな。わたしの考えはこうだ。まず男が地面に倒れこみ、そこへ車が接触した。たとえば、車が来ているのに通りを渡りはじめてしまった、とかでな。クラクションが鳴って、男は引き返そうとしたが転んでしまい、運転手はブレーキをかけたが間に合わず、男を轢いた」

わたしはそれまで口を出さなかったが、この点に関しては異論があった。

「男がそこまで酔っ払っていたのが一目瞭然だったなら」わたしは言った。「運転手はどうして逃げたんでしょう。車でぶつかる前に、酔っ払いが勝手によろめいて転倒したのなら、ふつうは自分が責められるとは思わないはずです」

ビルは肩をすくめた。「そういうこともあるんだよ、ジェリー。第一に、それを証明できる目撃者がいないかもしれない。それに、たとえ自分のせいでなかったとしても、歩行者を轢いたら、頭が真っ白になる者もいる。さらに言うと、運転手自身がいくらか酒を飲んでいて、車を停めるのがこわかった、ということもありうる」

スキビン医師の回転椅子がきしみをあげた。

「そのとおり」医師はつづけた。「あるいは、危険運転で起訴された過去があるのかもしれない。しかしね、ビル、直接的な死因は、倒れたときに地面へ額を強く打ちつけたことだ。それで死ななかったとしても、タイヤに首を踏まれたらひとたまりもないがな」

「五年前にも似たような事件がありましたよね。覚えてらっしゃいますか」

スキビン医師は不服そうに言った。「五年前、わたしはここにいなかった。覚えているか」

「そうでした、忘れていました」ビル・ドレイガーが答えた。

わたしも忘れていた。スキビン医師はスプリングデールの出身だが、数年間、南米諸国で熱帯病の研究をしていた。それから町へもどり、検死官に選ばれた。スプリングデールの検死官はあまり仕事が忙しくなく、開業医よりも研究やチェスといったことに使える時間がたっぷりあった。

「下へ行って、自分の目でたしかめてきたらどうだ」スキビン医師はビルに提案した。「ジェリーが案内する。そうすれば彼も、いったん食屍鬼やゴブリンから離れて、気分転換できるだろう」

わたしはビル・ドレイガーを地下へ連れていき、ケース内部の明かりをつけた。

「必要なら、足側のガラスをはずして、遺体を引っ張り出すこともできるけど」

「それには及ばない」ビルは言い、ガラスの上に身を乗り出して、遺体をのぞきこんだ。むろん、首もとまでシーツで覆われているため、見えるのは顔だけだ。今夜の遺体はふだんより少し上までシーツがかけられている。痛々しげな首の傷を隠すためだろう。

顔もかなり損傷していた。額には大きく醜《みにく》い痣《あざ》が、顎《あご》のあたりには小さめの裂傷があった。「うつ伏せに倒れて、首の後ろを車に轢かれたようだな」ビル・ドレイガーは言った。「顔を地面にややこすりつけたからか、皮が剝《む》けている。しかし――」

「しかし、何？」だまりこんだビルに、わたしは先を促した。

「わからない。いちばん気になるのは、なぜあんなところで道を渡ろうとしたのかってことだ。どっちの側に行ったたって、通りには何もないというのに」

ビルは上体を起こし、わたしはケースの明かりを消した。

「ただの思い過ごしかもしれないよ」わたしは言った。「そもそも道を渡ろうとしていたと、どうしてわかるんだ。先生が言うに、彼は泥酔していたようだし、道を渡ろうとかそんなことはまったく考えずに、ただふらっと車道にはみ出しただけなのかも」

「うん、そうか、そうだな。よく考えれば、きみの言うとおりかもしれない。事故のことが気になりはじめたときは、死んだ男が酔っ払っていたということを知らなかったしな。よし、上にもどろう」

ふたりで地下を離れた。わたしは階段の上にあるドアを閉めて、鍵をかけた。遺体保管室への入口はそこしかなく、施錠しておく意味がわからなかった。ドアは検死官の事務室にまっすぐ通じていて、部屋にはひと晩じゅうわたしがいるだけでなく、鍵が鍵穴に挿しっぱなしだからだ。

それはつまり、こちらの目を搔いくぐれば、だれでも鍵をあけられるということでもある。

しかしそれがここの決まりだ。さいわい、遺体保管室へ行くにはあの階段を通らねばならず、保管室はこの市営ビルにあるほかの地下室と完全に壁で隔《へだ》てられている。

「満足したかね」事務室へもどると、スキビン医師がビル・ドレイガーに尋ねた。

「ええ、まあ」ビルは答えた。「しかし、あの男にはなんとなく見覚えがあるんです。はっきりとは思い出せませんが、どこかで見かけたことがあるんでしょう。まだだれも身元を確認していないんですよね」

「そうだ」医師は言った。「だがあの男が地元の住民なら、そのうちわかるさ。あすはおおぜいの野次馬がここへ押し寄せるだろう。だれかがむごたらしい死を遂げたときは、いつもそうなんだ」

家に帰ると言って、ビル・ドレイガーは去っていった。すでに勤務時間は終わっていて、ここへは立ち寄っただけだったのだ。

わたしは突っ立ったまま、しばらくチェスを観戦した。ペイトン氏の旗色が悪かった。大事な駒をふたつとられていて、守りにはいらざるをえない。奇跡が起こらないかぎり、負けは必定《ひつじょう》だ。

そこで医師がナイトを動かして言った。「チェック」結果は明らかだった。悪あがきをして決着を先延ばしにすることもできたが、ペイトン氏はキングとクイーンが相手のナイトに両取りをかけられていて、つぎの一手でクイーンを失うのは免《まぬが》れない。状況は絶望的と言えた。

「きみの勝ちだ、ドワイト」ペイトン氏は言った。「投了するよ。今夜は頭がまわらないみたいだ。ナイトが来るのが読めなかった」

「もうひと試合どうだ。まだ早いぞ」

「どうせまたそっちが勝つさ。代わりに軽くボウリングでもして、きょうは早めに解散しよう」

ふたりがいなくなると、わたしは目録の整理を終わらせてから、自分の厄介な研究に取り組んだ。もう真夜中近くになっていた。遺体を見たいと電話してきた男のことを思い出した。きっと気が変わったのだろう。兄が無事に帰ってきたのかもしれない。

わたしは冷蔵装置が動いていることを確認しに地下へおりた。異常はなかったので、階段をもどり、またドアに鍵をかけた。それから廊下に出て、正面玄関を施錠した。ほんとうはそこも鍵をかけておくことになっているのだが、この時間まで忘れていた。

その後、論文に使えそうな内容があったらすぐ書き留められるよう、目の前にノートを置いて、『金枝篇』を読みはじめた。

われを忘れて読みふけっていたのだろう。夜間訪問用の玄関の呼び鈴が鳴ったとき、驚きのあまり椅子から数センチ跳びあがった。時計に目をやると、もう深夜二時だった。

自分がどこで働いているかなど、いつもはまったく意識しなかった。遺体のそばにいるのがこわいという人もいるが、わたしは平気だった。夜の検死局ほど、勉強や読書に最適で、静かな場所はないからだ。

ところが、このときは薄気味悪さを感じていた。たまにそういうことがある。この日は、自分がどこにいるのか、どうしてそこにいるのかを忘れるほど読書に熱中していたときに、いきなり呼び鈴が鳴って、心臓が止まる思いをしたせいだった。

わたしは本を置き、長く暗い廊下へ向かった。明かりをつけると、少し気分がよくなった。突きあたりのガラスのドア越しに、だれかが立っているのが見えた。背が高く細身の男で、顔見知りではない。眼鏡をかけ、持ち手が金の杖を握っている。

「バークと申します。ロジャー・バーク」ドアをあけてやると、男が言った。「しばらく前に、兄が帰ってこないと電話をした者です。ええと――よろしければ――」

「もちろんです」わたしは言った。「どうぞこちらへ。なかなかお見えにならなかったので、お兄さんの居場所がわかったのだろうと思っていました」

「わたしもそうだったんですがね」相手はためらいがちに説明した。「友人が夕方兄の姿を見たと言うので、心配するのをやめたんです。なのに、一時を過ぎても帰ってこなくて、それで――」

検死官の事務室へはいる前に、わたしはいったん立ち止まって、長身の男に向きなおった。

「ここには身元不明の遺体がひとつしかありません」わたしは伝えた。「きょうの午後に運ばれてきたものです。ご友人がお兄さんを見かけたのが夕方だったなら、お兄さんの遺体ではないでしょう」

相手は「なるほど」とあいまいに答え、一瞬、わたしの顔を見た。そして口を開いた。

「そうだといいのですが。友人は遠くから見ただけで、通りには人がおおぜいいたらしいんです。彼の見まちがいだった可能性もあるので、できれば――」

「そのほうがいいでしょう。せっかくいらしたんですから。これではっきりしますよ」

わたしは男を連れて事務室を通り抜け、ドアの鍵をまわした。

男が遺体の親族である可能性は低いとわかって、胸をなでおろした。身元が特定される瞬間に居合わせるのが、わたしはいやだった。友人や家族が死んだとわかったときの感情を、いっしょに背負うことになるからだ。

階段の上でスイッチを押すと、遺体保管室の天井の明かりがついた。安置ケースのスイッチは下にある。階段をおりたところで足を止め、そのスイッチを入れると、長身の男が先にケースのほうへ歩いていった。前にもここへ来たことがあるらしい。

そのあとを追って一、二歩進んだところで、男がひゅっと息を呑んだ。引き返そうとして急に立ち止まったので、わたしはその背中にぶつかってしまい、転ぶまいと彼の腕をつかんだ。

振り返った男の顔はすっかり血の気が引いて、生きている人間らしからぬ灰色をしていた。

「なんということだ！　どうして前もって忠告を――」そんなことを言う理由がさっぱりわからなかった。身元の確認にはこれまで何度も立ち会ってきたが、こんな反応を見せた者はひとりもいなかった。それとも、単に死体を見ただけではなかったということか。男はたしかに、何か恐ろしいものを見たような表情をしていた。

わたしは男をよけて、ケースのほうを見た。そのとき、悪寒の波が腰から首まで押し寄せるのを感じた。こんなものは見たことがなかった——それに検死局で働いていれば、多少のことでは動じなくなる。

安置ケースの天板の、頭側のガラスが割られていて、なかの遺体は——ここはできるだけ客観的に描写しよう。いちばんいい方法は、見たままをことばにすることだ。遺体は顔の肉がえぐれていた。まるで酸をかけられたかのようだ。いや、あるいは——

わたしは気力を奮い起こし、遺体の頭側に歩み寄って、なかを見おろした。

酸ではなかった。酸なら歯形などつかない。

吐き気に襲われたが、しばし目を閉じてこらえた。後ろで、最初の目撃者である長身の男が嘔吐《えず》いている。彼を責めることはできなかった。

「これは——」わたしは言って、あとずさった。「ここで何かが起こったんだ」

ばかみたいな台詞《せりふ》だが、こういう場面で的を射たことを言える者などそういない。

「行きましょう」男に声をかけた。「警察を呼ばないと」

警察のことを考えると、気持ちが落ち着いた。警察が来れば、もう心配は要らない。何が起こったのかを解明してくれるはずだ。

＊　＊　＊

階段の前まで来たところで、まともな思考を取りもどした。上の部屋でわたしを質問攻めにするビル・ドレイガーの姿が思い浮かんだ。〝それが起こった時刻は？ 温度計からわかるはずだろう？〟

立ち止まったわたしの横を長身の男が通り過ぎ、ふらつく足どりで階段をのぼっていった。ここにひとりで残るなんて考えるだけでもぞっとしたが、わたしは男に向かって言った。

「そっちで待っていてください。すぐもどります」

言われなくとも、向こうは待つしかなかった。外へ出るには、だれかに玄関の鍵をあけてもらわなくてはいけないからだ。

わたしはきびすを返し、ほかのものを視界に入れないようにしながら、壊れたケースのなかの温度計を確認した。六十三度。室温と比べて、十度ほど低いだけだ。

ということは、ガラスが割られてからある程度の時間が経っている。ざっくりした計算だが、一時間か、それより短いくらいだろう。重たいドアで遮《さえぎ》られているので、上の部屋までガラスの割れる音は届かないはずだ。いずれにせよ、不審な物音が聞こえなかったことはたしかだ。

遺体保管室の明かりをすべてつけっぱなしにして、わたしは階段を駆けあがった。

長身の男が部屋の真ん中に立ち、茫然とあたりを見まわしていた。その相変わらず灰色の顔を見て、わたしは鏡がないことに安堵した。同じくらいひどいであろう自分の顔を、見なくてすんだからだ。

受話器を手にとると、気づけば警察でなく、ビル・ドレイガーの家の番号を告げていた。なぜ真っ先にビルへ連絡したのかは自分でもわからない。ただ、ミル・ロードの轢き逃げ事件の裏に、見かけ以上の何かがあると感づいていたのは彼だけだった。

「あの――ここから出してもらえますか」長身の男が言った。「わ――わたし――あれはわたしの――」

「残念ながら、それはできません」わたしは言った。「警察が到着するまでは。あなたは――その――目撃者なので」

自分でも変な響きだと思った。地下で何があったにせよ、男がそれとなんの関係もないことは言うまでもなかった。わたしよりほんの数秒先に遺体保管室へ足を踏み入れただけで、こちらが追いついたときも、ケースに手が届く範囲にはいなかった。とはいえ、供述をとる前に彼を帰してしまったら、警察に何を言われるかくらいは想像がついた。

そのとき、「もしもし」というビルの眠そうな声が受話器の向こうから聞こえてきた。わたしは言った。「ビル、こっちへ来てくれ。地下の遺体が――あれは――ぼく――」

ビルの声から眠気が消えた。

「落ち着け、ジェリー」ビルは言った。「だいじょうぶだ。さあ、何があったんだ」

わたしはどうにか状況を伝えた。

「当然、警察にはもう通報したんだろう？」ビルは尋ねた。

「い、いや。先にきみの顔が思い浮かんで――」

「そこで待っててくれ」ビルは言った。「まず署に連絡してから、現場へ向かう。その前に着替えなきゃいけないから、連中のほうが先に着くだろう。遺体保管室へは行かないように。あと、何もさわるなよ」

電話を終え、気分がいくらか落ち着いた。胸のつかえがおりて、最悪の事態は過ぎたように感じられた。ビルが代わりに警察へ連絡してくれると言うので、同じことをまた電話で話さずにすんだ。

長身の男——そう言えば、彼の名はロジャー・バークだった——がぐったりと壁に寄りかかっていた。

「で——電話で言ってましたけど、あの遺体ははじめ——ここへ運ばれてきたときは、ああいう状態ではなかったんですか」男は尋ねた。

わたしはうなずいた。「ここ一時間以内の出来事にちがいありません。十二時に下へおりたときは、何も問題はありませんでしたし」

「しかし何が——何が起こったんだ」

わたしは口を開きかけてやめた。地下室で何かが起こった。だが、いったい何が？　遺体保管室へ通じているのは、換気扇と階段上のドアだけだ。それに、二時間前の見まわりのあとはだれも——何も——あのドアを通らなかった。

記憶をたどりながら、考えをめぐらした。そうだ、真夜中から、二時に玄関の呼び鈴が鳴るまで、わたしは一分たりとも部屋を離れなかった。もちろん、そのあとは来客に対応するために部屋を出た。しかし、地下室で何があったにせよ、そのタイミングで起こったのではない。それは温度計が証明していた。

バークは手探りでポケットから煙草《たばこ》を取り出した。震える手で箱が差し出され、わたしは一本受けとった。なんとかマッチを擦《す》って、互いの煙草に火をつけた。

はじめの一服で、生き返った心地がした。バークも同じだったらしく、話をはじめた。

「じ――実を言うと、結局、兄かどうかは確認できませんでした。だれだって無理でしょう――あんな――」バークは体を震わせた。「そうだ、兄は左前腕に小さな錨《いかり》の刺青《いれずみ》があるんです。忘れていました。電話でそれを訊けばよかったんだ。あの遺体には――」

わたしはファイルを思い返して、かぶりを振った。

「いいえ」そう断言して、つづけた。「あれば記録に残っているはずですが、刺青についてはなんの言及もありませんでした。そういった情報は、かならず書き留めることになっているんです」

「それはよかった」バークは言った。「いや、そういう意味ではなく――。ええと、ここで待機しろと言うのであれば、椅子にすわらせてもらいます。まだ気分がすぐれないので」

わたしはそこで、スキビン医師にも電話しておこうと思い立ち、受話器をとった。警察が来る前に、話をしておいたほうがいいと考えたからだ。

警察が最初に到着した――クエンリン警部とウィルソン巡査部長、そして見たことはあるが名は知らないふたりの男。ビル・ドレイガーはたったの数分遅れで現れ、三時ごろにスキビン医師がやってきた。

そのころには警察もバークから話を聞き終え、帰宅を許可していた。ただし、警官のひとりが家まで付き添った。バークの兄がもどってきているかどうかをたしかめ、まだであれば、失踪者捜査局に捜索を依頼するためだと言っていた。だが、ほんとうの理由はバークの身元や住まいを確認したかったからにちがいない。

とはいえ、事件にバークが関与しているという証拠はなかった。だが詳細のわからないうちは、どんな可能性も見逃すことはできない。結局のところ、バークは重要な目撃者なのだ。

到着してからずっと地下室にこもっていたビル・ドレイガーが、ようやく事務室にもどってきた。

「地下の密閉ぶりは太鼓よりすごいですよ、あの換気扇を除けばね」ビルは言った。「それで気づいたんですが、換気扇の羽根が一枚、わずかに曲がっています」

「ネズミか？」クエンリン警部が訊いた。

ビルは鼻を鳴らした。「ネズミがガラスの板を割るところを見たことがありますか？」

「ガラスが割れたのは別の理由かもしれんぞ」クエンリンはわたしを見て言った。「きみはここで夜勤をしているそうだね、ジェリー・グラント。ネズミを大なり小なり見かけたことは？」

わたしは首を横に振り、ビル・ドレイガーがつぎのように付け足した。

「部屋じゅうを見てまわりましたが、穴はひとつも見あたりませんでした。床のタイルはコンクリートで固められています。壁も大きなタイルがみっちり詰まっていて、割れ目はいっさいありません。隅から隅まで調べました」

スキビン医師が階段をおりはじめた。

「来い、ジェリー」わたしに呼びかけた。「バークとやらが悲鳴をあげたとき、きみたちが立っていた場所を教えてくれ」

できれば行きたくなかったが、医師につづいて下へおりた。わたしとバークがそれぞれいた場所を示したあと、最初から最後までバークはケースより一メートル半以内には近寄らなかったと告げた。また、ケース内の温度計について警察に話したのと同じ内容を、スキビン医師にも伝えた。

スキビン医師は前かがみになって、温度計を見た。

「七十一度か」医師は言った。「これ以上はあがらないだろう。二時に確認したときは、六十三度だったと言っていたね？　そうだな、ガラスが割られたのは十二時半から一時半のあいだだろう」

クエンリンたちも、あとから地下までおりてきていた。「きょうはいつ帰宅されましたか、スキビン先生」

検死官は驚いた顔で警部を見やった。「日付が変わるころだが。まさか、きみはこのわたしが事件に関係していると思っているのかね」

警部はかぶりを振った。「念のため訊いただけですよ。しかし先生、だれのしわざか、何のしわざかはわかりませんが、こんなことをする理由はなんなんでしょう」

「さあな」スキビンはゆっくり答えた。「しいて言えば、遺体の身元を明らかにさせないためだろう。ありうる話だよ。こうなれば、遺体の男に前科があって指紋が台帳に保管されていないかぎり、身元を特定するのは不可能だ。だが、正体は〝だれか〟ではなく〝何か〟と考えれば、答は簡単だよ、警部。その〝何か〟は腹が減ってどうしようもなかったのさ」

わたしは階段の下で壁に背を預け、先ほどよりむしろひどくなっている吐き気と闘った。ネズミ？　ネズミなど一匹もいないという事実はさておき、あれだけのことをするにはとてつもない数のネズミが要るはずだ。

「ジェリー」ビル・ドレイガーが言った。「十二時から二時まで、上の事務室から一歩も出なかったのはたしかか？　よく考えるんだ。ひょっとしたら、トイレかどこかへ行ったんじゃないのか？」

「まちがいないよ」わたしは言った。

ビルは警部のほうを向いて、換気扇を指し示した。

「この遺体保管室へ侵入する道はふたつしかありません。ひとつは、ジェリーがずっとそばを離れなかったというドアで、もうひとつがあれです」

ビルが指さした方向に目を向け、換気扇とそれがある場所をながめた。壁に丸い穴があいていて、直径は三十センチくらい。中に備えつけられた車輪のような羽根車が、ゆっくりと回転している。換気扇があるのは高い天井のすぐ下、床から五メートルほどの高さのところで、ちょうど安置ケースの真上に位置していた。

「どこにつながっているんだ」クエンリンは尋ねた。

「そこの壁を抜けて」スキビン医師が説明した。「路地に通じているよ。地面から四、五十センチくらいの高さしかない。外側にもあれとそっくりな羽根車がついている。小さなモーターで動いているんだ」

「外から取りはずせるんですか」

スキビン医師は肩をすくめた。「路地へ行って試してみるといい。それがいちばん手っとり早い。だが、あれを取りはずしたとしても、通り抜けるのは不可能だ。せますぎる」

「痩せ型の人物なら――」

「いや、いくら痩せ型でも、肩幅は三十センチ以上ある。目測だが、あの穴はちょうどそれくらいだろう」

クエンリンは返事をする代わりに肩をすくめた。

「懐中電灯はあるか、ドレイガー」ビルに向かって言った。「路地へ行って、調べてこい。しかし、あれを取りはずせたとしても、いったいどうやって――」

そう言ってケースを見おろし、顔をしかめた。「全員見終わったんなら、頼むからこれをシーツで覆ってくれ。背すじが寒くなる。今夜は食屍鬼の夢を見そうだ」

それを聞いて、わたしの体にすさまじい衝撃が走った。まさに何時間か前、食屍鬼について話していたことを思い出したからだ。あれはたしか――ペイトン氏が言ったのだ――〝幽霊、食屍鬼、吸血鬼、人狼〟。それから、検死局は食屍鬼を捕まえるのにぴったりの場所だというようなことを言って、そのあと――

一同の視線がこちらに向けられていた。少なくともスキビン医師は、あのやりとりを思い浮かべていたにちがいない。医師から話を聞いた者がいるとしたら、その人物も同じものを思い浮かべていただろう。もしかして、彼らはみな知っているのだろうか。

ひとりだけ後ろに立っていたウィルソン巡査部長が、こちらから見えていることに気づいていないのか、こっそり十字を切った。

「食屍鬼だなんて、そんなばかな！」ウィルソンは無駄に大きな声で言った。「そんなものは存在しない。そうでしょう？」

最後のひとことは弱々しかったが、劇的な効果があった。だれも返事をしなかった。

わたしはと言えば、この遺体保管室にもううんざりしていた。地下にはシーツが一枚もないため、いまだにケースはそのままになっていた。

「シーツをとってきます」わたしは言って、階段をのぼろうとしたが、いちばん下の段でつまずいた。

「あいつ、脳みそを何かに食われたんじゃ――」クエンリンは途中まで言ってから、しまったという顔をしてその場を取り繕《つくろ》った。「彼は具合が悪そうだ。家に帰したほうがいいでしょう、先生」

警部は自分の言ったことがわたしの耳に届いているとは思わなかったのだろう。だがそのころには、こちらもほとんど階段をあがりきっていたので、検死官がなんと返したかまではわからなかった。

＊　＊　＊

棚からシーツを取り出し、もどろうとしたところで、一行が階段をのぼってきた。クエンリンがシーツをウィルソンに手渡して言った。

「これをかけてきてくれ、巡査部長」

ウィルソンは受けとったものの、二の足を踏んでいた。地下でのそぶりから、ひとりでもどるのはこわくてたまらないと感じているのがわかった。わたしも同じ気持ちだったが、ボーイスカウト精神を発揮して言った。

「いっしょに行きますよ、巡査部長。換気扇を見ておきたいので」

ウィルソンが壊れたケースにシーツをかぶせているあいだ、わたしは換気扇を見あげて、曲がった羽根に目を凝《こ》らした。すると、隣の羽根とのあいだから手が伸びてきて、隙間をさらに押しひろげた。

その手、ビル・ドレイガーの手は、あたりを探りながら、羽根車の軸の中心にあるねじにふれた。そう、換気扇は外からでもはずすことができたのだ。曲がった羽根が何よりの証拠だった。

しかし、なんのために？　換気扇を取りはずしたあとはどうするのか。穴は人間が通るには小さすぎるうえ、安置ケースより四メートルほど高いところにあった。

ウィルソン巡査部長が先に階段をあがり、わたしもそれにつづいた。ドアから出た瞬間、会話がやんだ。おそらく、わたしのことを話していたのだろう。

スキビン医師がこちらを見ていた。

「警部の言うとおりだ、ジェリー。顔色があまりよくない。あとはわたしたちにまかせて、きみは帰りなさい。ひと眠りするんだ」

眠る？　何を言っているんだ。こんな状況で、どうやって眠れと？　たしかに睡眠不足で頭は朦朧《もうろう》としていた。けれど、明かりを消して、暗い部屋にひとりで横たわると考えただけで――ああ、恐ろしい！　このときのわたしは正気をいくらか失っていたにちがいない。昔の戯曲をもじった一文が頭のなかを駆けめぐっていた。

食屍鬼が眠りを殺してしまった、無垢の眠り、繕いの眠りを。（シェイクスピア『マクベス』第二幕二場の台詞のもじり）

「助かります、スキビン先生」わたしは言った。「きっと――寝ればよくなるでしょう」

これでここから抜け出し、話し声のしない場所で考え事ができる。一角獣やサイを頭から追い払えば、何かをつかめるだろう。おそらく。だがいまは何も思いつかない。

帽子をかぶって外へ出たのち、建物の角を曲がって暗い路地へと歩いていった。

ビル・ドレイガーの顔の一部が、換気扇のあった丸い穴から差しこむ光に、ぼんやりと照らされていた。

こちらの気配を察して、ビルは鋭い声で「だれだ！」と叫びながら立ちあがった。暗闇に呑まれて、姿が見えなくなる。

「ぼくだよ――ジェリー・グラント」わたしは言った。「何か見つかったかい、ビル」

「ご覧のとおりだ。換気扇は外から取りはずせる。だが、人が通れるほどの幅はない」ビルはおかしな笑い声をあげた。「食屍鬼か。おれにはさっぱりだ。食屍鬼っていうのはどれくらいの大きさなんだ、ジェリー」

「その話は勘弁してくれ」わたしは言った。「真っ暗闇のなか作業をしたのかい？　懐中電灯は？」

「使わなかった。いいか、だれがやったにせよ、これを成しとげたやつがいるとしたら、そいつは明かりなんてつけなかったはずだ。路地のどちらの入口からも、目につきやすいからな。暗くても作業ができるかどうかを知りたかったんだ」

「なるほど」わたしは考えこむように返事をした。「でも、部屋のなかからの光は？」

「十二時から二時までのあいだ、明かりはついていたか？」

「えっと――いいや。そこまでは考えてなかったよ」

わたしは壁にあいた穴を見つめた。直径はちょうど三十センチほどで、頭を入れることはできるが、首から下は無理だ。

ビル・ドレイガーの姿は暗闇に消えたままだったが、目が慣れてきて、体の輪郭はなんとなくつかめた。

「ジェリー」ビルは言った。「きみは迷信のたぐいを研究しているんだったね。いったいなんなんだ、食屍鬼っていうのは」

「東洋の伝承だよ。墓を荒らして、死体を食べる想像上の生き物だ。現代では、墓から宝石なんかを盗み出す連中を指すことがほとんどだけど。近代医学が誕生したころは、死体を盗んで解剖学者たちに売る者もいた」

「じゃあ、昔とちがって現代の食屍鬼は——その——」

「正体は精神病質者《サイコパス》だったという例もわずかにある。たとえば、パリでの事件。ベルトランという男の話だ。超常現象研究家のチャールズ・フォートが著書『野生の英知』でふれている」

「野生の英知、か」ビルは鼻で笑った。「どんな事件だったんだ」

「パリの墓地にあった複数の墓が、何か、あるいは何者かによって掘り返されて——」真っ暗な路地では、その先を口にするのがためらわれる——「そして——そいつは——食屍鬼と同じことをしたんだ。犯人はなかなか捕まらず、警察はラッパ銃を持って待ち受けることにした。それで捕まったのがベルトランという男で、犯行を認めた」

ビル・ドレイガーは何も言わず、ただそこに立っていた。やがて、わたしは心を読んだかのようにビルの考えていることがわかってしまい、不安に襲われた。今夜、ほんとうにこんなことが起こったのだとしたら、犯人はひとりしかいない。

わたしだ。

ビル・ドレイガーは押しだまったまま、こちらを見て思案していた。はたしてわたしが――

その瞬間、少し前に地下室から階段をあがってきたときに、スキビン医師たちがいっせいに口を閉じた理由を察した。いや、証拠はひとつもない。消去法で導かれたものを証拠と呼ぶなら別だが。しかし、口にはしないものの、一同の目にはかすかな疑いの色が浮かんでいた。それはどういうわけか、面と向かって責められるよりも、千倍つらく感じられた。

わたしは悟った。事件が解決しないかぎり、この疑いは一生晴れることがない。あからさまに非難するのはばかげているとはいえ、それでも人々はわたしを見ていぶかり、単なる可能性にすぎないとしても、その疑惑に身を震わせる。わたしのひとことひとことが、精神の錯乱を見きわめる材料にされるのだ。

親しい友人のビル・ドレイガーですら、このとおり、わたしを疑っていた。

「ビル」わたしは言った。「まさか、きみはぼくが――」

「もちろん、そんなことは考えていないよ、ジェリー」

だが、最後まで言わなくとも意味が通じたということは、わたしの考えが正しかったということだ。

声にも、ぬぐえきれない別の響きがあった。恐怖だ。暗い路地で、わたしとふたりきり。先ほど、なぜあんなにすばやく闇のなかへあとずさりしたのかが、このときようやくわかった。ビル・ドレイガーはわたしを恐れていた。

しかし、それについて話すには、タイミングも場所もよくなかった。こんな状況で話せるわけがない。何を言っても、事態を悪化させるだけだ。

だから、わたしはただこう言った。「それじゃあ、また」そしてまわれ右をして、路地の出口へ歩いていった。

通りの反対側を半ブロック進んだ先に、終夜営業の食堂があったので、そこへ向かった。食べるためではない。もう二度と食べ物を口にできる気がしなかった。食べ物のことを考えただけで、吐き気がした。けれども、コーヒーを一杯飲めば、頭のもやが晴れるかもしれないと思ったのだ。

ハンク・ペリーがカウンターの向こうにいた。店のなかは彼ひとりだった。

「よう、ジェリー」わたしがカウンターの椅子に腰かけると、ハンクは言った。「今夜は早じまいか？」

わたしはうなずくだけで、質問には答えなかった。

「コーヒーだけ頼むよ、ハンク」そう言ってから、それ以上注文を訊かれないように付け加えた。「腹は減ってないんだ。食べたばかりでね」

言ってすぐに、愚《おろ》かなことをしたと気づいた。もし、わたしが店に来て話した内容を、あとでだれかがハンクに尋ねでもしたら。検死局にいる連中は、わたしが夜食を持参していないことも、まだ何も食べていないことも知っている。これからずっと口を開くたびに、そんなへまをしないよう、気を配らないといけないのだろうか。

だが、ハンクやほかの連中がのちにいくら勝手なこじつけをしたとしても、いまの時点では何もおかしなところはない。遺体保管室で起こったことが、ハンクの耳にはいらないかぎりは。

コーヒーが運ばれてきた。砂糖を入れて掻き混ぜ、少し冷めるまで待った。

「いい夜だな」ハンクは言った。

外の天気など気にも留めていなかったが、わたしは話を合わせた。「そうだね」

ほんとうはひどい夜だった。しかし、そう答えるには、きょう起こったことを何から何まで話さなくてはいけない。

「今夜は忙しかったかい、ハンク」

「ちっとも」

「十二時から二時まで、お客さんはどれくらいいたのかな」

「ほとんどいなかったよ。なんでだ」

「ハンク」わたしは言った。「その時間にあることが起こったんだ。実を言うと、まだそれについては話せない。新聞に載るかどうかもわからないんだ。記事にならないなら、口にしただけでぼくは仕事を失うだろう。でも、思い出してほしいんだ。十二時から二時のあいだに、おかしな人や何かを見かけなかったか」

「うーん」ハンクは言い、思案げにカウンターへもたれた。「数時間前か。何人かの客がいたはずだが、思い出せるのはみな常連だ。よく来る夜勤の連中だよ」

「窓際のグリルの前に立つと、通りの反対側が見えるだろう」わたしは言った。「路地のあたりまで見渡せるはずだ。ここは広い通りだし――」

「ああ、そうだが――」

「そこを徒歩か車で通った人を見なかった？」

「そう言えば」ハンクは言った。「ああ、男を見たぞ。一時ごろだったかな。持ち物に目が行ってね」

にわかに興奮が湧きあがり、心臓が早鐘を打つのを感じた。

「持ち物っていうのは？　あと、服装は？」

「服装はわからねえ。暗かったしな。だが、ボウリングの球《たま》を持って――」

「ボウリングの球？」

ハンクは首をこくりと振った。「それで興味を引かれたんだ。このあたりにはレーンが――ボウリング場のレーンのことだが――ないだろ。おれも趣味でやってるから、こいつはどこで投げてたんだと不思議に思ったわけよ」

「つまりそいつは、ボウリングの球を腕にかかえていたんだね？」

にわかに信じられなかったが、ハンクの声を聞けば、冗談でないのは明らかだった。

ハンクはせせら笑った。

「いいや。ちゃんとしたボウラーは、そんなふうに道を歩いたりしねえ。専用の鞄《かばん》みたいなものがあるんだ。球より少し大きめに作られてるやつもある。シューズなんかといっしょに入れられるようになってて――」

わたしはしばし目を閉じて、頭のなかを整理しようとした。よりによってこの奇怪な夜に、ボウリングの球――あるいは、ボウリングの球状の何か――が検死局のすぐ横の路地に持ちこまれるなんて……これほど奇怪なことはないだろう。それに、時刻も一致している。

ハンクの見た男が犯人でないとしたら、とんでもない偶然だ。

「見たのはボウリングの球入れでまちがいないんだね？」

「そうだ。おれも持ってるぞ。それにあれは、いかにも重たい球がはいってそうな感じだった」ハンクは興味津々な様子でこちらを見やる。「なあ、ジェリー、いま思いついたんだが、ああいう入れ物は爆弾を入れて持ち歩くのにぴったりだ。だれかが検死局に爆弾を仕掛けようとしたのか？」

「いいや」

「ボウリングの球じゃねえなら――おまえさんの口ぶりからすると、ちがうみてえだしな――中身はなんだったんだ」

「それがわかればね」わたしは言った。「それさえわかれば――」

コーヒーを飲み干して、立ちあがった。

「どうもありがとう、ハンク」そして付け加えた。「入れ物とか男のことで、何か思い出したことがあったら、ぼくに教えてくれ。じゃあ、また来るよ」

＊　＊　＊

新鮮な空気が吸いたかったので、わたしは外を歩くことにした。どこへ向かっているかは考えず、ただ歩いた。

足はひたすら前に進んでいたが、頭は同じところをぐるぐるまわっていた。ボウリングの球だなんて！　男はどんな理由で、ボウリングの球、または同じ形状の何かを持って、検死局のすぐそばの路地にはいっていったのか。たしかに、ボウリングの球なら換気扇の穴にはいる。まっすぐ落とせば、安置ケースのガラスを割ることもできる。

だが、ボウリングの球では――残りは不可能だ。

何時間か前に、だれかがボウリングについて話していたときの記憶が、ぼんやりよみがえった。あれはなんの話だっただろう。ああ、そうだ。スキビン医師とペイトン氏が、チェスをもうひと試合する代わりに、ボウリングをしにいこうと言っていたのだ。だがふたりとも、ボウリングの球は持っていなかった。いずれにせよ、スキビン医師のことばがほんとうなら、どちらも十二時には家にいたはずだ。

ボウリングの球でなければ、なんだったのか。食屍鬼？　球形の食屍鬼？

そのあまりに突飛で恐ろしい考えに、歩道の真ん中で、狂気じみた笑い声をあげそうになった。あと少しでヒステリーを起こすところだったかもしれない。

検死局へもどってこの話をし、腹をかかえて笑う場面を想像した。犯人は人喰いのボウリング球だと伝えたときの、クエンリンとウィルソンの表情を思い浮かべる。犯人は球形の――

足を止めた。不意に、ボウリングの球の正体がわかったのだ。いちばん重要な謎が解けた。どこかで時計が鳴り、三時半を告げていた。わたしはあたりを見まわして、自分がどこにいるかを確認した。オーク通りだ。グラント・パークウェイからほんの数軒ぶんしか離れていない。検死局から十五、六ブロック歩いてきたらしく、あとほんの一ブロック半で動物園だ。そこに行けば、自分の考えが正しいかどうかをたしかめられる。

というわけで、また歩きはじめた。一ブロック半進むと、通りの向こう側に動物園が、こちら側にペイトン氏の自宅があった。妙なことに、一階の部屋のひとつに明かりがついている。

玄関前の階段をのぼって、呼び鈴を鳴らした。ペイトン氏が現れた。ガウンを羽織っていたが、その下から靴とズボンの裾がのぞいていた。

ドアをあけたときも、ペイトン氏はまったく動じていない様子だった。

「どうした、ジェリー」その声には、わたしが来るのを待っていたかのような響きがあった。

「よかった、起きてらっしゃったんですね、ペイトンさん」わたしは言った。「いまからいっしょに動物園の守衛所へ行って、ぼくがなかにはいれるよう、取り計らってもらえませんか。見たい動物がいて、その檻でたしかめたいんです――あることを」

「きみは、答がわかったんだね」

「はい、ペイトンさん」わたしは返した。ふと、ある考えが浮かんで、少し怖じ気づいた。

「あなたが路地にはいるところを目撃した人がいるんです」急いでそう付け加えた。

「その人は、ぼくがここにいることを知っています。あなたがあるものを持って――」

ペイトン氏は手をあげて、微笑《ほほえ》んだ。

「心配は要らないよ、ジェリー。すべて終わったんだ――答にたどり着けるほど聡明な人物が現れた瞬間にね。それに――そう、わたしはたしかにひとりの人間を殺したが、その隠蔽《いんぺい》のために別のだれかを殺したりはしない。そうすればどうなるか、知っているから。あいつは殺されて当然の男だった。わたしは賭けに出ることにしたんだ――。まあ、それはどうでもいいことだ」

「男はだれだったんです」わたしは質問した。

「マーク・リーダム。四年前、わたしの助手をしていた男だ。あのころのわたしは愚かでね――投資で大損をして、動物園の金に手を出したんだ。予算ではそれを――。細かい話はよそう。マーク・リーダムはそれを嗅ぎあて、証拠をつかんだ。

あいつはその金をほとんど自分のものにした。そして、仕事を辞めて町を出ていった。ところが、ときどきもどってきては、わたしをゆすりつづけたんだ。あいつは卑劣な男だよ、ジェリー。こちらの想像をはるかに超える悪党だ。わたしはとうとう払える金がなくなった。だから殺したんだ」

「ミル・ロードでの自動車事故に見せかけようとしたんですね？」わたしは尋ねた。「ここで殺したあと、車で運んで――」

「そうだ。あそこで頭を轢くつもりだったんだ。顔を判別できなくするためにね。わずかに狙いをはずしてしまったが、別の車が来ていたんで、もう一度試すわけにもいかず、しかたなくその場を走り去った。

さいわい、スキビン先生はリーダムを知らなかった。あいつがわたしのもとで働いていたころ、先生は南米にいたからな。そうは言っても、ここにはリーダムを知っている住民がたくさんいる。身元不明の遺体が発見されてから一週間と経たないうちに、検死局に押しかけた野次馬のだれかがリーダムだと気づくかもしれない――それが警察の耳にはいって、調査がはじまれば、いずれ四年前の一件に行き着くだろう。殺人の直接的な証拠は見つからなくともな」

「だから、身元を特定できないようにする必要があった」わたしは言った。「なるほど。ビル・ドレイガーはあの男を見た覚えがあるけれど、だれかは思い出せないと言っていました」

ペイトン氏は首肯した。「ビルはそのころまだ巡査だったからね。ビルがリーダムを見かけたのはほんの二、三度だろうが、ほかの連中は――。さあ、ジェリー、きみは検死局にもどって、彼らに話してきなさい。わたしはここにいると伝えてくれ」

「なんてことだ、ペイトンさん。残念ですが、行かないと」わたしは言った。「何かほかに――」

「だいじょうぶ。ほら行って、みんなを呼んでくるんだ。逃げやしないよ、約束する。それから先生には、今夜のゲームはわざと勝ちを譲ってやったんだと伝えてくれ。やらなきゃいけないことがあったから、早くあそこを出たかったんだ、と。じゃあ、おやすみ、ジェリー」

なぜペイトン氏がわたしに伝言を託したのか、その理由に思い至ったのは、玄関ポーチへ送り出されたあとだった。ペイトン氏はここで警察が来るのを待つと言っていたが、生きたままそうするつもりはなかったのだ。

わたしは、家のなかへ引き返してペイトン氏を止めたいという衝動に駆られた。けれど、ペイトン氏の決めたことを邪魔しないほうが、本人のためになるのだと気づいた。

思ったとおりだった。警察と駆けつけたときにはすでに、ペイトン氏は息を引きとっていた。わかっていたとはいえ、そばで警官が報告の電話をしているのを聞いて、さまざまな感情が体のなかを駆けめぐった。それが顔に出てしまっていたのだろう。ビル・ドレイガーがわたしの肩に腕をまわした。

「ジェリー」ビルが言った。「きみにとってはひどい夜だったな。酒が必要だ。行こう」

酒を飲むと、気持ちが楽になった。素直な感嘆の色が浮かんだビルのまなざしも、それにひと役買っていた。路地で向けられたのとは、正反対のまなざしだった。

「ジェリー」ビルは言った。「きみは警官になるべきだ。あんなことまで見抜いちまうんだから——あろうことか、球の正体がアルマジロだったとは」

「でも、ほかに考えようがなかったろう？　だいたい、食屍鬼の伝承はみんな、もとをたどれば屍肉を食べる動物に行き着くんだ。ハイエナとかね。やつらが遺体保管室に侵入したら、同じような事件が起こったはずだ。でも、ハイエナを手懐けられる人間はいない――まして や縄で縛って、換気扇の穴へ押しこみ、事がすんだら引きあげる、なんてことはね。けど、アルマジロだって死体を食べるんだよ。さわられると、怯えて体を丸めるんだ。ボウリングの球みたいに。めったに鳴かないし、ハンクが言ってたような鞄に入れて持ち歩くこともできる。硬い甲羅で覆われてるから、ペイトンが途中までおろして真上から落とせば、安置ケースのガラスを割ることも可能だ。もちろん、懐中電灯で照らしながら、なかをのぞいて――」

ビル・ドレイガーはわずかに身震いした。

「学問ってのは、役に立つもんだな」ビルは言った。「迷信の起源に関する研究のことだよ。だが、いまのおれに必要なのはもう一杯の酒だ。きみはどうする?」

コールドミート

フルートと短機関銃のための組曲

Suite for Flute and Tommy Gun

越前敏弥 訳

初出：*Street & Smith's Detective Story*, June 1942

列車が駅を去るまで待ったが、結局だれもおりてこなかった。鼈甲縁《べっこうぶち》の眼鏡と田舎の牧師を思わせる帽子という、珍妙ないでたちの小男を除いては。

だが、高名なるマグワイア氏は乗っていなかった。ある意味で、わたしはうれしく思った。というのも、わたしは——そう、老レメルがこの仕事に関してわたしでは力不足だと考えて、この国でいちばんの大物私立探偵を呼び寄せたことに、腹を立てていたと言わざるをえないからだ。脅迫状の件についてもそうだ。わたしが郵政監察官を呼ぼうとすると、それにすら難色を示した。ほかでもない、この国で最高の探偵が来るのだからと言って。

つまり、レメルは約束をすっぽかされたんだろう、とわたしは納得し、微笑《ほほえ》んで家へ引き返そうとした。もしかしたら、そのマグワイアという男がレメルに遅れると電話をかけてきて、レメルがわたしが不在のときに電話してきたのかもしれない。ところが、さっきの珍妙ないでたちの小男がこちらへ近づいて、手を差し出した。「クラーク保安官ですか」小男は尋ねた。わたしがそうだと言うと、男は切り出した。「はじめまして、わたしは——」

そう、ご想像のとおりだ。

わたしは呆然と男を見つめた。「まさか、あの——」

男はにっこり微笑んだ。「ごていねいにありがとうございます、保安官。いえ、そういうおつもりでしたら、ですがね。もし期待はずれでしたら、申しわけありません。しかし――」

そのころにはわたしもどうにか握手をし、しどろもどろに何やら口走っていた。このおしゃべりな口を閉じて、だまっているべきだったのだろう。だが、昔から繊細さではなく誠実さが取り柄のわたしは、それにもかかわらず、この地域の人々から十期連続で選任されつづけている。いや、誠実にもかかわらず、という意味ではない。あまり駆け引きがうまくないのに、ということだ。

「ああ」わたしは言った。「何はともあれ、歓迎しますよ」〝何はともあれ〟はさらなる失言だと気づいたものの、もはや手遅れだった。ことばは銃弾のようなもので、いったん撃ち放ったら、もとの銃へもどすことも、撃たなかったふりをすることもできない。考えてみると、人は銃の扱いに劣らず、ことばの扱いにもじゅうぶんに気をつけるべきだ。そうすれば、どちらの被害者も減るだろう。

「すみません、マグワイアさん」わたしはこわごわ言った。「しかし、なんというか、あんたはほんとうに見た目が――」

マグワイアは声をあげて笑った。「敬称は要りませんよ。マックと呼んでください。それに、見た目のことも気にしていません。それがわたしの強みなんですから。さて、脅迫状の件です。いまお手もとにありますか」

わたしはマグワイアの腕をとった。「もちろんだよ。レメルのところへ車で行く前に、一杯飲みながらお見せしよう。はじめにわたしから大筋を説明する。これからいっしょに仕事をするんだからね。いずれにせよ、あの人の前だと話しにくいことがいくつかある」

「信頼できない人物だということですか」

「いや」わたしは言った。「そういう意味じゃない。むしろ、実直すぎるくらいでね。自分のおこないを正すだけでは満足せずに、他人のおこないにも口を出すんだ。改革家で、忌々しい絶対禁酒主義者でもある。知っているだろう、絶対禁酒主義の気どり屋連中を。あいつらにはうんざりだ」

大通りを進む途中、わたしは反対側にある建物を親指で示した。「あれがレメルの銀行だよ。銀行業に専念していれば、あんな手紙は来なかったのに。でも、政治の世界に足を突っこんで、郡政委員に選ばれた。あの人が思いつくのは――」わたしはかぶりを振った。

「なんですか」マグワイアは先を促した。

サム・フレイの店に着いたので、わたしは答えずにマグワイアをそこへ導いた。いっしょにレメルのところへ行ったら――それがレメルとの約束だったが――長く味気ない会話に付き合わされることになる。少しばかり潤滑油《じゅんかつゆ》を差しておいたほうがいいだろう。

さっきの質問に答えながら、ふたりでバーカウンターへ向かった。「思いつくのは、たいがい酒場やナイトクラブに関することでね。ナイトクラブに対する取り締まりがこんなふうにあまりきつくないことはわたしも承知しているが、それは人々がそう望んでいるからというのが大きいし、郡全体に仕事も金もはいりやすい。暴力沙汰とか、ほんとうにまずいことが起こらないよう、しっかり目は光らせている。それなのに――」

「それなのに？」

「それなのに、レメルは郡政委員会に議案を提出したんだ――聞いたこともないような、ばかげた議案をね。すべての酒場とナイトクラブを夜の十時に閉店させるというんだ。そう、夜中の十二時でも、一時でもなく、十時だよ。商売がはじまったばかりの時間だ。当然、連中はかんかんだよ。十時に店を閉めるなんて、すっかり店をたたむのとほとんど変わらない」

わたしが人差し指を曲げて呼び寄せると、サムがカウンターの奥からゆっくり歩いてきた。

「何よりまずいのは」わたしはつづけた。「それが可決される可能性があることだ。レメルはあらゆる影響力を行使している。いや、改革が必要なときはそれでいいんだが、ここでは必要がないし、むしろ逆効果だよ。ああいう度を超した絶対禁酒主義者たちがかかわると、ろくなことに――」

「――わたしにデリーエールをな、サム。軽いビールをチェイサーにしてくれ。あんたはどうする、マグ――失礼、マック」

鼈甲縁の眼鏡の奥から目が光を放った。マグワイアは言った。「コーヒーをいただきます、ホットがあればね。申しわけありませんが、保安官、わたしも忌々しい絶対禁酒主義者なもので」

午後七時に列車が着いてから、三度目の失言だった。つまり、この十分間でということだ。こうなったら、笑い飛ばすか、床に腹這いになって裏口から出ていくしかない。マグワイアの口もとを見ると、笑い飛ばしてかまわなさそうだったので、わたしはそうした。

「わたしもコーヒーにするよ、サム。ただし、ウィスキーを垂らすのを忘れずにな。銀行家レメルの話にもどろう、マック。わたしは別に、レメルがまったくの人非人だと言いたいわけじゃない。たとえあの人が――いや、人非人じゃない。レメルにも穏やかな面はあるんだ。たとえば、音楽が好きで、日曜学校でピアノを弾いている。それにこの三十年間は、週に一度はかならずデイヴ・ピーターズとジャムるんだよ」

「ジャムる？」

「わが家に高校生の娘がいてね」わたしは説明した。「学校でそういう言いまわしを覚えてくるんだ。つまり、いっしょに演奏するってことだな。デイヴはピロピロ笛を吹く」

「なんですって？」

「これは娘から教わったんじゃない。自然と頭に浮かんだんだよ。わたしはフルートがきらいでね。ひどい音がして、特にデイヴの出す高音ときたら。とんでもない！」

「デイヴというのは？」

「デイヴ・ピーターズ、銀行員だよ。デイヴとレメルは子供のころからの友達でね。デイヴはほかじゃ仕事がつづかなかったんだろう。ちょっとばかり頭が弱いんだ。趣味でフルートをはじめるなんて、やつのほかにいるわけが――まさか、マック、あんたもフルートを吹くのか？」

マグワイアはのけぞって大笑いした。それから言った。「保安官、あなたはほんとうにおもしろい人です。例の手紙を拝見していいですか」

わたしはうなずいて、それを手渡した。全部で三通、すべていかにも脅迫状らしい脅迫状だ。一通目にはこう書かれていた。

レメル――政治から手を引け。じゃなきゃクロガン郡から出ていけ。

もう一通はこうだ。

レメル――郡政委員を辞職しろ。じゃなきゃ棺桶《かんおけ》（wooden kimono）用に身長を測っておけ。

三通目はほかの二通とだいたい似た感じで、正確なことばは覚えていない。

「指紋は確認ずみですね」マグワイアが尋ねた。

「もちろん。近ごろはわたしたち田舎者でも、それくらいは知っているさ。ああ、指紋はなかったよ、マック。だが、綴《つづ》りに関して気づいたことはないか？」

「ふむ。いえ、特には。どういうことです」

わたしは得意顔でうなずいた。スプリングデールの片田舎でも、昔ながらの推理法をひとつやふたつ試せることを見せつける機会が訪れてうれしかった。「これはかなりの教育を受けた人物が書いたものだ」わたしは指摘した。「無教養という感じはしまい。〝辞職（resign）〟や〝政治（politics）〟といった単語を正しく綴れているからな。しかし、ひとつだけ簡単なやつをまちがえていて、こういう細かいミスは故意にできるものじゃない。棺桶を〝wooden kimona〟ではなく〝wooden kimono〟と綴る癖《くせ》のある人物を見つけ出せば、そいつが容疑者だ。どうかね」

マグワイアは驚いた顔をした。「そうでしょうか、保安官。最後の字は〝o〟が正しいとわたしは思っていましたが」横のスツールに置いてあったブリーフケースをあけて、小さなポケット辞書を引っ張り出す。

調べ終わったとき、マグワイアは認めざるをえなかった――わたしが綴りをまちがって覚えてさえいなければ、この推理はなかなかみごとなものだったことを。

サムがふたりぶんのコーヒーを持ってきた。わたしは砂糖をスプーンで三杯入れたあと、自分のしていることに気づき、ある種のきまり悪さを覚えた。けれども、それを認めてさらに恥を掻くのは避けたかったから、わざとそうしたという顔で、体に悪い液体を飲むしかなかった。保安官として、高名な探偵から見くだされてかまわない最低の一線があるとして、すでにそれをふた目盛り下まわっている気分だった。たとえマックが心やさしい男で、感じていることを顔に出さないとしてもだ。

マックは砂糖を入れずにブラックで飲み、こう尋ねた。「脅迫状を送ってきたのは、レメルの議案が通ったら破産しそうなナイトクラブの店主だと思いますか」

わたしは肩をすくめた。「ありうるね。破産する者はおおぜいいるだろうし、生計が立たなくなると思えばなりふりかまわない者もいるかもしれない。たしかに何人かは――いや、でも、いまは法を守っているよ。法のもとでじゅうぶんな利益を得ているからね。ただ――」

マックは言った。「どこかのナイトクラブの所有者になったつもりで考えてみましょうよ、保安官。法律など意に介さない姿を思い描くんです。さて、そういう立場だとして、このような手紙でレメルを脅すのが最良の策だと考えるでしょうか。それとも、長い目で見れば、脅迫などせず、だまってレメルを排除するほうが安全だと考えるでしょうか」

「ふうむ。なるほど」たしかに言っていることは理解できたが、それがどこへ行き着くのかが見えなかった。「本気で殺人まで犯すつもりなら、最初に脅迫状なんか送らないだろう。動機がばれて、数少ない容疑者のひとりになってしまう」

「そのとおりです」マックは言った。「それに、脅迫がうまくいく見こみがあると思わないかぎり、手紙など送らない。そうでしょう?」

わたしは考えをめぐらしながら、砂糖たっぷりのコーヒーを飲み干した。「だろうな」わたしはつづけた。「だが、脅迫については、うまくいったと言えるかもしれない。レメルは顔には出さないが、ずいぶん怯えていると思う。改革にこれまでの倍の力を注ぐつもりだと言っているが、実のところ弱っているようだ。おそらく、臆病者と見なされずに手を引く口実のたぐいをさがしているんじゃないか」

「殺人を犯すのは、よほど切羽詰まった立場にあるときだけでしょう。ただの利己的な理由だけだとしたら、レメルに手を引く口実を与えようとすると考えられませんか」

「どっちだか、わかるものか」かつて頭髪のあった場所を掻いたあと、わたしは認めた。「あんたはどう思うんだ」

「わたしにもわかりませんよ、保安官。お知り合いのナイトクラブの店主をどなたかご紹介いただけますか。話を聞くだけです」

「探偵であることを隠さずに？」わたしは尋ねた。「それとも、身元を明かさず、テキサスから来た織物業者だとか言うほうがいいのか」

マックは微笑んだ。「わたしは法の導きを受けている人間ですから、偽らないほうがいいでしょう。そのほうが、いろいろと理由をこじつけず、ざっくばらんに質問できるでしょうし」

「わかったよ、マック」わたしは言った。振り返って、声を張りあげる。「おい、サム」サム・フレイがまたふらふらとこちらへやってきたので、わたしは言った。「サム、こちらはマグワイアさんだ。あのマグワイアだぞ、新聞で読んだことがあるだろう」

サムが「はじめまして」と言い、わたしはマックに言った。「こちらがサム。この酒場のほかにも、ナイトクラブをひとつ持っている。ケリー・パイクにある店で、これから行くところの近くだ。夜はそっちの店で、昼と夕方は見てのとおり、こっちの店にいる。サムは眠らないんだ」

サムは笑顔になった。「いや、細切れにですけど、数時間は寝てますよ。あと二、三年で引退するつもりで、そしたら一日に二十時間眠って、これまでのぶんを取りもどします。時間も余ってるでしょうから」

「新しい議案が可決されたら、そうもいかなくなりますね」マグワイアが言った。

サムの顔から笑みが消える。「ええ、はい」

わたしはカウンターの奥の壁掛け時計に目をやった。「八時だ、サム。あとはジョニーにまかせて、いっしょにレメルのところへ行かないか」

マグワイアの顔に驚きがひろがる。「サムはうちの保安官補でね」わたしは説明した。「手紙のことはすべて承知している。身近にいれば、いろいろと役に立つよ」

「容疑者に引き合わせてくださるものと思っていたんですがね」マグワイアは不満げに言った。「それとも、容疑者全員が保安官補なのですか」

サムは小さく笑った。「いいえ」わたしのかわりに答える。「両方にあてはまるのは自分だけです。しかし、行くのは早すぎませんか、保安官。今夜はデイヴ・ピーターズが来てるはずです。二重奏の時間を邪魔する者を、レメルはだれだろうと許さないって、以前おっしゃってましたよね」

「向こうがわたしたちを待っているんだ」わたしは言った。「今夜はデイヴを早く来させるから、こちらが着くころには終わっているはずだ、とさ。上着をとってこい、サム、来る気があるなら」

サムは店の裏へ行き、マグワイアが尋ねた。「なぜサムを連れていくんですか。かまいませんが、理由が気になって」

「理由はふたつ。その一、サムはあの議案の影響を受けそうなナイトクラブの経営者全員を知っている。レメルと話したあとに、夜通し語れるほどじゅうぶんなネタを提供してくれるよ。その二、サムは以前から、レメルと会って議案について話す機会を望んでいた。どれだけ不当な思いつきかをわかってもらえるかもしれないと考えているんだ」

「なるほど」マグワイアは言った。突然、相手の思考の流れがわたしにもわかった。ついさっきこの男は、脅迫状の送り主は、臆病者と思われずに手を引く口実を銀行家に与えようとしたのではないかと問いかけたのだった。

「サムはぜったいに脅迫状など送っていない」わたしはすかさず言った。「誠実でまじめな男だ。ハエ一匹殺せないよ」

マグワイアは静かに言った。「そうでしょうね。しかし、脅迫状の送り主だって、まだハエ一匹傷つけていないでしょう？　もしかしたら、犯人にはレメルを傷つける意図がないのかもしれない」

「つまり、すべてが単なるはったりだと？　そう考えているのか」

マグワイアは微笑んだ。「保安官、まだレメルさんと会ってすらいないわたしに、事件についての見解を聞かせろとおっしゃるのですか。なんと言っても、わたしはまだここに着いたばかりですし、持っているのは先入観を排する態度だけです。いま述べているのは可能性であって、見解ではありません」

そう、マグワイアはいつもどおり正しく、わたしが愚問を発しただけだ。しかし前言を取り消そうとしたところで、サムが上着と帽子を身につけて現れたので、三人でわたしの車に乗りこみ、レメルの家へ向かった。

それは不規則にひろがった巨大な屋敷で、翼棟が三つあった。門へ近づいたとき、何かがおかしいという感覚に襲われた。ときどきそういうことがあり、ごくたまにあたるが、たいがいは思い過ごしだ。

私道で車のエンジンを切ってすぐ、自分がまたまちがっていたことに気づき、安堵の息を吐いた。ふたりはまだ演奏中だった。

フルートの音は大きいわけではないが、遠くまでよく響くから、デイヴの息苦しげな高音は聞きまちがえようがなかった。ふたりで私道から玄関ポーチへとつづく道を進み、レメルの名づけた〝音楽室〟の前で、わたしはマグワイアに微笑んだ。シェードがあがっていて、カーテンも引かれていたので、通り過ぎるときにふたりの姿がはっきり見えた。レメルはピアノの前の椅子に腰かけて鍵盤を勢いよく叩き、その後ろにデイヴが立って、体の左側でピロピロ吹いている。

「来るのが早すぎたらしいな」わたしは言いながら、玄関の呼び鈴を鳴らした。「だが、こちらに落ち度はない。約束は八時で、もう十五分過ぎている」

ドアが開き、レメルの執事であるクレイグがお辞儀とともに脇へよけて、わたしたちを招き入れた。わたしは「やあ、ボブ」と声をかけ、通りしなに肩を叩いた。

優雅な白に身を包んだエセルダ・レメルが勢いよく廊下を歩いてきた。「クラーク保安官」エセルダは言って、ぎこちなく手を差し出した。歓迎するふりをしようとしているらしい。

わたしは客を紹介した。

「ヘンリーが待っています」エセルダは告げた。「夫とピーターズさんがあれを終えるまで、客間でお待ちいただければ――」ふたりが何をしているかは口にせず、ただ非難がましい小さな笑い声を漏らした。そのとき、なぜヘンリー・レメル――絶対禁酒主義者である男――が鍵盤叩きに解放を求めているのかが理解できた。ほかの男ならブロンドの女を囲ったかもしれないが、ヘンリー・レメルはそういう手合いではない。

わたしたちは中へはいった。客間は、廊下をはさんで音楽室の向かいにあった。耳障りな音楽がいったん止み、すぐにまたはじまった。ふだんふたりが演奏しているのはなじみのある曲で、タイトルはわからなくても、家の蓄音機で聞いたことがあるようなものだった。けれども、この曲は一度も聞いたことがない。フルートのために作られたような感じがし、短く小さな高音の連続、トリル、オクターブの跳躍などが曲じゅうにちりばめられている。悪くはないが、よくもなかった。

そのとき、それは起こった。あまりに突然で、一瞬よりもずいぶん長く感じられるあいだ、全員が固まった。一度あの音を耳にした者は、けっしてまちがえない。わたしはそれを聞いたことがあり、サムもあった。マグワイアはわたしたち以上に経験があったにちがいない。

そう、あれは短機関銃による雄叫《おたけ》びのスタッカートだ。五、六発の銃弾が一気に連射されたため、ほとんど一発のように聞こえた。フルートは高音の調べの途中で、息を呑む人間を思わせる調子はずれの音を立てたのち、沈黙した。それと同時に、ピアノの鍵盤が二十余りいっせいに強く押されたような——鍵盤の上にだれかが倒れこんだような——恐ろしい不協和音が響いた。

さっきも言ったとおり、ずいぶん長い時間、わたしたちは動かずに見つめ合っていた気がしたが、そんなはずはなかった。というのも、廊下に出てもなお、鍵盤は明らかに押さえつけられたままで、ピアノの弦の震える音が響いていたからだ。

客間のドアのいちばん近くにいたのはレメル夫人で、廊下を横切って、閉ざされたドアへ最初に手を伸ばしたのも夫人だった。夫人はドアノブをひっつかんだが、夫がその聖なる部屋にいるあいだ、だれにも邪魔されないよう、つねにドアの内側から鍵をかけていることを忘れていた。やがて、取り乱した様子で木の板に向かって両のこぶしを構えたが、ドアを叩く前に内側から掛け金がはずされ、ドアが大きく開いた。

ドア口にデイヴ・ピーターズが立っていた。顔は青ざめ、目が眼窩《がんか》からこぼれ落ちんばかりに大きく見開かれている。その肩越しにわたしがピアノのほうを見やると、想像どおりの光景がひろがっていた。どういうわけか、鍵盤にぐったり身を預けた姿を見ただけで、ヘンリー・レメルは死んでいるとわたしは確信した。あるはずのない脈を確認するために駆け寄っても意味がない、とひと目でわかった。

デイヴのフルートが、持ち主の手から落ちたまま床に転がっていた。屋敷奥の翼棟側の窓があいていて、そこから吹きこむ風でカーテンがかすかに揺れている。そのあけ放たれた窓をデイヴが指差していた。「あそこから撃たれたんだ」必要もないのに大声で言った。「急いでくれ、もしかしたら捕まえ――」

告げられる前に気づかなかった自分自身に悪態をつきながら、わたしはすばやく後ろを向いて、玄関へ走った。サムのほうが反応が速く、フルート吹きの銀行員のことばを待たずに駆けだしていた。すでに外へ出て、左側から屋敷の裏へまわりこんでいる。

わたしもそのあとを追って飛び出し、反対側から急いで屋敷をまわりながら、コルトのポリス・ポジティブを引き抜いた。

サムには度胸があった。銃を持っていなかったのだから、そうにちがいない。あるいは、いち早く駆けだしたのは、勇気の証《あかし》というより、ただの条件反射だったのかもしれない。というのも、屋敷の裏で合流したとき、あたりがほとんど真っ暗なのもあって、サムはわたしだと気づかず、悲鳴をあげてもどろうとしたからだ。

呼びかけると、サムは足を止めた。もう一度考える余裕ができて、わたしは言った。「静かに、サム。耳を澄ませ」暗すぎて、だれかが逃げようとしていたとしても目で追うことはできなかったが、犯人がまだ近くにいて、音が耳にはいる可能性はあった。

わたしたちは、しばしそこに立っていた。屋敷にいるエセルダ・レメルが取り乱して泣く声のほかには、なんの音もなかった。とにかく何も聞こえない。わたしは言った。「サム、わたしの車に懐中電灯がある。とってきてくれないか」

「いいですよ、レス」サムは言って、さがしにいった。わたしは銃弾が撃ちこまれたという窓へ歩み寄ったものの、一メートルほど手前で、窓から芝生へ落ちてくる四角い光がまぶしくて、何かにつまずいた。硬くて重たいものだった。

身をかがめてのぞきこむと、それは短機関銃だった。サムが懐中電灯を持ってもどるまで、そのまま待った。それから、指紋を消さないよう用心金《ようじんがね》に指を引っかけて、注意深く拾いあげた。上体を起こしながら、窓の奥へ怒りのまなざしを向けた。

あのマグワイアにわたしはすっかり失望していた。部屋に残って、レメル夫人を慰《なぐさ》め、デイヴ・ピーターズに対しても、落ち着いて質問に答えられるようなだめている。そういうことを並みの私立探偵がするのはわかるが、マグワイアのような高名な探偵がそれでは困る。ところが、あの男は部屋にとどまってしゃべり散らすだけで、犯人の追跡や面倒な雑用をわたしとサムに押しつけている。

わたしは屋敷をまわって中へもどり、殺人現場となった部屋の隅に短機関銃をおろした。どこからか現れた家政婦が、レメル夫人を上階へ連れていこうとしていた。

「逃げられたよ」わたしは言った。「地面が硬すぎて、足跡は残っていない。だが機関銃があった。そこから指紋が出るかもしれない」

「出ないかもしれませんよ」サムが言った。わたしも内心はサムと同じ気持ちだった。近ごろ、指紋を残すのは衝動にまかせて人を殺した者だけで、そういう連中は、狩りにいくことになるかもしれないからと短機関銃を持ち歩いたりなどしない。

わたしはマグワイアをにらんだ。追跡に加わらなかったことを大声で非難するわけにはいかない。実のところ、マグワイアの選択が正しく、自分たちが無駄足を踏んだのはたしかだからだ。それでもやつには腹が立ち、舌のねじがゆるんで暴走をはじめた。

「あんたは、レメルを殺すというのは店主たちのはったりじゃないかと考えていたな」わたしは言った。途中でそれは言いがかりだと気づいた。マグワイアはそんなことをひとつも言わなかったうえに、証拠がそろうまでは推測することすら拒んだのだから。そこで、別の考えが浮かんだ。

「あんたは、このサムが容疑者のひとりだとも考えていたな」わたしは問いただした。「こいつがここへ来たのは、レメルに手を引く口実を与えるためだったかもしれない、と。まあ、いまとなっては、レメルに口実は必要ない。もう消えてしまったからな。それに、事件が起こったとき、サムもいっしょにいたんだから、無理なのはわたしと変わらない。レメル夫人やデイヴやあんたとも――」

マグワイアが言った。「お静かに、保安官」あまりにもやさしく冷静で、威厳のある口調だったので、わたしはすぐさま口を閉じた。危うく喉の奥がつりそうになるほどで、頬が赤らむのを感じた。遠くから見ると足の悪いゾウにそっくりなわたしは、赤面症で――そうだと聞いている――女子生徒のように顔の色が変わる。

ところが、マグワイアはこちらを見てすらいなかった。部屋にはほかにだれも存在しないかのように、くだけた口調でデイヴと話をしている。「あなたがたが〈イル・トロヴァトーレ〉のあとに演奏していた曲ですが」マグワイアが言った。「これがその楽譜ですか」ピアノへゆっくり近づき、開かれていた譜面に目を落とす。五線紙にインクで手書きされている。デイヴがうなずいた。「わたしが作曲しました。フルートとピアノのための組曲です。今夜試してみようと思って、持ってきたんです」

「興味深い」マグワイアは何気ない口ぶりで言った。身を乗り出して楽譜をのぞきこんでいて、手にはポケットから取り出した鉛筆がある。二ページ目の中ほどを指し示して言った。「このあたりで機関銃が加わって、三重奏になったんでしたね。だいたいですが」

マグワイアは鉛筆ですばやく、五線譜の下に六つの三十二分音符とスラーの記号を書き足した。「ここに音符が六つほど」

頭がおかしくなったのだろうか。マグワイアが振り向いて話をつづけても、わたしの考えは変わらなかった。「音楽の歴史は実に興味深いですね、ピーターズさん」マグワイアが言ったので、わたしは呆然と見つめた。

死体の前で音楽の歴史について語る男を見たのは、これがはじめてだった。マグワイアはつづけた。「レブソメン大佐という人物について、本か何かで読んだことはありますか。前世紀はじめに、フランスで暮らしてい――」

このときわたしは、目の前の男がほんとうに、完全に頭がおかしくなったのだと思った。いきなり身を硬くして、右手をすばやくコートのなかへ差し入れ、オートマティック拳銃を取り出したからだ。しかしこのときばかりは、わたしもすぐに動いた。マグワイアが狙っているのがだれであろうと、その狙いが定まる前に、わたしは飛びかかった。銃弾が放たれ、左側の鉢植えの茎《くき》を吹き飛ばす。わたしの右手を顎《あご》で受けて、マグワイアは銃を落とし、虚空をつかんだので、その銃をわたしがもぎとった。一撃を食らったにもかかわらず、マグワイアは倒れなかった。立ったまま、やや悲しげにこちらを見ている。「なんと愚《おろ》かな！」マグワイアは言った。「やつの手のなかのものを撃とうとしていたのに」

わたしは唖然として言った。「だれの手のなかの何を撃つって？」

それから振り返って、デイヴを見た。椅子にぐったり背を預け、見るも無惨《むざん》な表情を浮かべている。手には小さな瓶がある。こうやって見ているあいだにも、力の抜けた指から床へ滑《すべ》り落ちていく。

サムが言った。「青酸です。手遅れですよ。解毒剤をさがしても無駄だ」

わたしにはその意味が理解できなかったが、また自分が愚行を犯したことはわかった。しかし今回は、心から後悔したとは言えない。デイヴのことはよく知っていたし、ヘンリー・レメルを殺したのなら、死への階段をのぼる前に殺人犯がたどる道を行くよりも、すぐさま世界に別れを告げたほうがよかったのだ。デイヴのような男にとっては。

わたしはマグワイアへ向きなおったが、マックとは呼ばなかった。うやうやしく銃を渡して言った。「あんたに謝らなくてはいけないな、マグワイアさん。わたしはてっきり――いや、そんなことはどうでもいい。わたしには、どうやってデイヴがレメルを殺したのかがわからない。ずっとフルートの音が聞こえていたのに」

マグワイアは銃をホルスターへしまった。「ここに譜面があります、保安官。フルートと短機関銃のための組曲ですよ。この事件はわたしの好みではありませんが、手土産にこの楽譜を持ち帰らせていただきたい。逸品ですから。よろしいですか」

マグワイアは楽譜を持って廊下へ行き、置いてあったブリーフケースに入れた。わたしはその後ろについていた。「待ってくれ。間抜けなわたしには、まだわからないんだよ。どうやってデイヴは――」

その場所からふたりの死体は見えなかった。マグワイアは大きな笑みを浮かべた。「事件は解決したんですよ、保安官。わたしは十時の列車で発たなくてはいけません。保安官補を残して、検死医を呼び、あとをおまかせできるのなら、町へもどるあいだにご説明しましょう」

わたしはサムに指示を出したあと、マグワイアを乗せて車を発進させた。「わたしの考えはこうだ。銀行の出納係だったデイヴに動機があったことは、簡単に想像できる。会計検査をすればわかるだろう。おそらく、デイヴは不正の隠蔽《いんぺい》のためにレメルの署名を偽造し、レメルが死ねば偽造が発覚しないと考えた。銀行を完全に自分で仕切ろうとしていたのかもしれない。金に困っていて、実行するか投獄されるかを選ばざるをえなくなり――まあ、動機はそんなところじゃないかな。

あの脅迫状は別の方向へ疑いを向けさせるのにうってつけのもので、それはまた、殺人が計画的だったことを示している。しかし、どうやって――そう、あんたはレブなんとか大佐の話をしていた。デイヴが瓶を取り出したのもそのときだ――たしかにな。前世紀に生きていた大佐が、今回の件といったいなんの関係があるんだ」

「レブソメン大佐は」マグワイアが説明した。「とても有名な人物でした。片腕のフルート奏者だったんですよ。フルートに強い関心のある者なら、だれもがその名を聞いたことがあるでしょう。大佐はどんな曲も器用に吹ける特別なフルートを持っていました。わたしがピーターズの譜面に短機関銃のパートを書きこんで、レブソメン大佐の名前にふれたとき、ピーターズはすべて見抜かれたと悟ったのです」

「片腕のフルート奏者だって？　まさか！　しかし……しかし、それは特別なフルートだったと言ったな。デイヴのはふつうのフルートだったじゃないか」

マグワイアはうなずいた。「ただ、ふつうのフルートでも、左手だけで吹ける音がいくつかあるんですよ。それもずいぶんたくさん。第一オクターブのGから第二オクターブのCまで、それにいちばん上のオクターブではほとんどの音が片手で出せます。

わかりますか、保安官。ピーターズは殺人を計画しただけでなく、そのために曲を作ったんですよ。やつの書いた組曲のほとんどが、片手で演奏できる高さに設定されています。

ピーターズはわれわれをアリバイとして利用するつもりだったんです。われわれの到着まで待ってから、ピーターズは客を出迎える前に一度あの曲を演奏しようとレメルを説得した。そしてはじまってすぐ、演奏しながら窓へあとずさった。部屋に着く前に銃を窓辺に隠し置き、いつでも取り出せるよう窓をあけておいたのでしょう。

銃を手にすると、ピーターズは演奏をつづけたまま、引き金を引きました。片手で短機関銃を扱うのは楽ではありませんが、一度の連射で二メートル離れた人物を仕留めることは可能です。そしてフルートを手放し、おそらく銃から指紋をぬぐい去って、窓の外へほうってから、ドアをあけた。完璧でした——レブソメン大佐の亡霊を除いてはね」

駅の車寄せへ車をまわし、ふたりで駅まで歩いた。列車の到着までずいぶん時間があり、駅には自分たちしかいなかった。

わたしは言った。「なんてことだ、マック、この殺人計画ときたら！　こんなことを思いつくのは偏った脳の持ち主だけだ。フルート奏者というのは、実はみんなちょっとおかしいんじゃないのか」

マグワイアは首をぼんやり縦に振った。ブリーフケースをおろして、デイヴの組曲の譜面を取り出す。その肩越しにのぞきこむと、短機関銃が加わったことを示す鉛筆書きされた細かい音符が見え、わたしは身震いした。

そのとき突然、下手をするとデイヴを逃がすところだったと気づいた。わたしとサムだけだったら、デイヴは逃げおおせていただろう。何も考えず、こう言った可能性もある。もうひとりフルート奏者がいれば——

「おいおい、マック」わたしは言った。「そう言えば、フルートを吹くかと尋ねたとき、あんたは答えなかった。実のところ、どうなんだ」

「ちょうど考えていたところです」マグワイアは言った。「譜面どおりに演奏したらどうなるか、あなたに聴かせてみよう、とね。さほどひどい曲ではありませんよ」ブリーフケースの底へ手を伸ばすと、黒い革のケースが現れた。ビロードで内張りされ、分解されたフルートの部品が各所におさめられている。そして、このときのマグワイアの演奏のすばらしさと言ったら……。

わたしも自分のフルートを手に入れて、かれこれ一か月が経つ。〈マイ・カントリー・ティズ・オブ・ジー〉や簡単な曲をいくつか吹けるようになった。けれども、妻からはきびしい指摘を受けている。もしクロガン郡でまた変わった殺人が起こるとしたら、おそらく計画を立てるのはフルート奏者ではなくチェスプレイヤーであり、ナイトが馬みたいだと知っているだけで、ポーンとビショップの区別もつかないわたしは、こんどもへまをやらかすにちがいない、と。

だが、人はすべての分野の専門家になることはできない。事件をその場で解決できるマグワイアのような人間にとって役立つものは、わたしのような人間にとっても役立つだろう。

コールドミート

死の警告

A Date to Die

越前敏弥 訳

初出：*Strange Detective Mysteries*, July 1942

それは朝の五時五分前のことで、第四分署のわたしのオフィスは夜明けとともに白みはじめていた。自分にとって、一日でいちばん不気味で居心地の悪い時間帯だ。暗闇のほうがまだいい。あるいは、日中か。そして、その退勤前の五分間は、いつも時の流れが最も遅い。あと五分でバーク警部が姿を現すだろう――いつもどおり、時間ぴったりにだ――そして、わたしは解放される。そのあいだ、電気時計の針は這うように動いていた。

と同時に、歯の痛みが口のなかを這いまわっていた。痛みは三時間前にはじまり、それからますますひどくなっている。九時にならないと、歯医者には診《み》てもらえない。あと四時間も先だ。もっとも、五時になって勤務が終われば、待っているあいだに痛みを少し和《やわ》らげる手立てがある。

五時四分前、電話が鳴った。

「第四分署」わたしは言った。「マリー部長刑事です」

「ああ、あなたですか、部長刑事！」その声に聞き覚えがあったが、だれなのかは思い出せなかった。ウナギの触感のようにとらえどころのない声だ。「いい朝ですね、部長刑事」

「そうだな」わたしはそっけなく答えた。

「当然ながら」声の主が言った。「窓の外にひろがる、日の出前の淡い灰色の輝きをご覧になってはいな――」

「ふざけるな」わたしは言った。「おまえはだれだ」

「あなたの友人、シビ・バラーニャですよ、部長刑事」

ようやく相手の正体がわかった。わかっても、まったくうれしくなかった。友人というのはとんでもない嘘だからだ。友人であるはずがない。警察の事件簿に、このバラーニャという大ぼら吹きは占い師として記載されている。本人がそれを自称することはない。大金を狙うとき、世のペテン師たちは神秘主義者を名乗る。バラーニャもそうだ。しかし、警察はまだ罪を問えるほどの証拠を集めきれていなかった。

わたしは言った。「で、用件は？」

「殺人の通報をしようと思いましてね」どこか退屈そうな声だった。傍目《はため》には、わたしは給仕係で、向こうは昼食を注文している客と感じられるだろう。「おたくの部署はそういうのを受けつけてるんでしょう？」

いたずらだと思ったが、わたしは手もとのボタンを押して、電話会社の交換台の小さな黄色い光を点灯させた。

そのボタンについて説明しよう。警察署には発信元を突き止める必要のある電話が山ほどかかってくる。興奮したご婦人が受話器をとり、「助けて、おまわりさん」とだけ言って、氏名も住所も伝えずにいきなり電話を切る、という具合だ。だから、この町の警察署へかかる電話はすべて、電話局の特殊な交換台を経由し、交換手たちは特別な指示を受けている。たとえ通報者が電話を切ったとしても、署内で電話を受けた者が受話器を置くまで、交換手は通話を切らない。また、こちらでボタンを押すと、交換台のライトに光がともる仕組みになっている。それは、できるだけ早く発信元を突き止めよという合図だ。

ボタンを押しながら、わたしは言った。「電話をかけてくれて助かるよ、バラーニャ。だれが殺されたんだ」

「まだ、だれも。これから起こる殺人ですよ。あなたに話しておくべきだと思って」

わたしは鼻を鳴らして言った。「殺したいやつがいるのか、それとも無差別《ランダム》に銃で撃つつもりか？」

「ラ、ン、ダルですよ」バラーニャは言った。「ラ、ン、ダムじゃない。チャーリー・ランダル。うちの近所のね。ご存じでしょう」

まあ、たしかに――バラーニャが真実を語っていて、実際に殺人を犯すつもりなら――わたしもランダルを狙えと言うだろう。ランダルはバラーニャと同じく刑務所送りにすべき男だが、警察は証拠をつかめていなかった。ピンボール台を使った商売をしていて、それ自体は違法ではないものの、商売敵を強引に叩きつぶすことがあるのをわれわれは知っていた（が、立証できずにいた）。手口は悪質だった。

ランダルはバラーニャと同じ高級アパートメントに住んでいて、バラーニャの上得意客であるという噂が流れていた。

そういったことがわたしの脳裏を駆けめぐり、ほかのあれこれにも思考が及んだ。そんなふうに言うと、長いあいだ電話越しに話をしていたように思われるかもしれないが、実際は受話器をとってから三十秒ほどのことだった。

その合間に、机上の別の電話――署同士の連絡用――を手にとって、本部のパトカー配車係につながるボタンを押した。

わたしはバラーニャに尋ねた。「どこにいるんだ」

「チャーリー・ランダルの部屋ですよ」バラーニャは答えた。「ほら、はじまりますよ、部長刑事！」

そこで銃声が聞こえ、それから受話器を置く音がした。

交換手が発信元を調べ終えるまで、わたしは受話器を耳にあてて待った。発信元が通話を切ったので、交換手はいままさに作業を進めているにちがいない。もうひとつの電話に向かってわたしは「聞こえるか、ハンク」と言った。パトカーの配車係が「はい」と答え、わたしはつづけた。「いますぐ無線で――ああ、ちょっと待ってくれ」

さっきの受話器から声が響いていた。交換手だ。「先ほどの電話はウッドバーン三四八〇からでした。名簿によると、住人はチャールズ・B・ランダル、部屋番号は――」

残りは聞かなかった。所番地と部屋番号は知っていたからだ。ほんとうにチャーリー・ランダルの部屋からかけてきたのなら、バラーニャは真実を語っていたのではないか。

「ハンク」わたしは言った。「いちばん近い車をランダルのアパートメントへ向かわせてくれ。ドーヴィル・アームズの四号室だ。殺人事件かもしれない」

そして、こんどは本部の殺人課に連絡し、ホールディング警部を呼び出した。

「ドーヴィルの四号室で殺人があったかもしれません」わたしは報告した。「被害者はチャーリー・ランダル。いたずらの可能性もあります。いちばん近くのパトカーをまわすよう手配したので、連絡が来るまで待機してもらっても、すぐに現場へ向かってもらってもかまいません」

「ただちに向かう」警部が言った。「どのみち、手が空いているからな」

それでわたしの役目は終わりだった。立ちあがってあくびをし、壁の電気時計に目をやると、時刻は五時二分前だった。二分後には署を出られるから、強い酒を三杯飲んで、歯の痛みに効くか試してみよう。そのあと、ドーヴィル・アームズへ出向く。殺しがあったなら、殺人課の連中が通報の件で話を聞きたがるはずだ。することがあれば、歯科の診察がはじまる九時まで、気がまぎれるかもしれない。

殺人事件でなければ、シビ・バラーニャと少し雑談をしよう。まだ現場か、二階上の自分の部屋にいるはずだ。〝雑談〟というのは適語ではあるまい。いたずらはご免だと、はっきり行動で示してやらなくてはいけない。

五時一分前に帽子をかぶった。窓の外を見ると、日勤のバーク警部が道の向こう側で自分の車からおりるところだった。

わたしは自分のオフィスを出て、廊下とのあいだにある待合室へはいった。そこで立ち止まった——不意に。

目の前にすわっていたのは、長身で肌が浅黒い、人あたりのよさそうな男で、テーブルにあった写真入り雑誌のひとつをながめていた。目鼻立ちがくっきりしていて、鋭い目を覆う眉は、薄い唇《くちびる》の上の小さな口ひげに劣らず太く濃い。

そこに見えるなかに、ひとつだけ奇妙な点があった。その男がだれなのかということだ。それはシビ・バラーニャ——いましがた電話をかけてきたばかりの男だった……それも、三キロも離れた場所から！

わたしはその場でバラーニャを見つめ、大きく口をあけたまま考えた。あれは二分前に起こったことで、それ以上前ではない。二分、三キロ。二分で三キロ進むことがありえないとは言わないが、ある建物の四階から別の建物の二階まで移動するのは不可能だ。さらに言うと、あれは二分というよりは一分に近かった。

また、だれかがバラーニャの声真似をみごとにやってのけたというのも、あれがバラーニャではなかったというのも、ぜったいにありえない。あれはまちがいなくバラーニャだった。声も、何もかも。

バラーニャは言った。「部長刑事、あなたは——霊能力をお持ちですか」

「はあ？」このときはそれしか出てこなかった。ここにいるはずのない男から、まったくばかげた質問を投げかけられたのだから。

「顔を見ればわかりますよ」バラーニャは言った。「警告しにきたんですけど、表情からして、すでに警告は受けとったようだ」

「なんの警告だ」わたしは問いただした。

バラーニャはしかつめ顔をした。「迫りくる死の警告です。でも、あなたもその耳で聞いたにちがいない。顔に書いてありますよ。どうやら——あの世からメッセージを受けとったらしい」

すでにバラーニャは立ちあがって、わたしの目の前にいた。そのとき、バーク警部が廊下から部屋にはいってきた。

「やあ、マリー」わたしに向かってうなずいた。「どうかしたのか」

どんな表情を浮かべていたにせよ、わたしはそれを消し去って言った。「何もありません、警部、だいじょうぶです」

バーク警部は怪訝そうにこちらを見たが、奥のオフィスへはいっていった。

バラーニャの顔を見れば見るほど不快さが募ったが、不快であろうとなかろうと、この男とは多くを話し合わなくてはならないと思いなおした。そして、それをするなら、ここでないほうがいい。

わたしは言った。「通りの向こうの店があいている。おまえの霊《スピリット》より、あそこの酒《スピリット》のほうが好みに合うんだがね。そこへ移動しないか」

バラーニャは首を横に振った。「ありがたいお誘いですが、ほんとうに家に帰らなきゃいけないんです。飲むのがいやだってわけじゃなくて——」

「おまえに殺人の容疑がかけられそうな事態になっている」わたしは引き留めた。「ドーヴィル・アームズは警官だらけだ。それでも急いで帰りたいのか」

バラーニャの瞳を薄い膜か何かが覆ったかのようだった。それまでとまったくちがう様子だが、それでいて、まぶたも瞳孔も微動だにしない。どことなく、雲に隠れた月を思わせた。

バラーニャは言った。「殺人の容疑とは聞き捨てならない。だれが殺されたんですか」

「チャーリー・ランダルだ、おそらく」

「お誘いを受けましょう」バラーニャは言った。「〝おそらく〟とはどういう意味ですか」

「待っていろ、確認してくる」わたしはオフィスへもどったが、バラーニャを見張っておけるよう、ドアをあけたままにした。「警部、電話を使ってもいいですか」と言って、了承をもらい、ランダルの番号にかけた。

警官らしきだれかが、執事のような口ぶりで応答した。「ランダル宅です」

「ビル・マリーだ。そっちは?」

「ああ」声の主が言った。執事らしさは跡形もない。「ケインです。いま着いたばかりで。本部に連絡しようと思ったところに、この電話が鳴って、だれがかけてきたのか確認しようと――」

「何が見つかった?」

「おっしゃってたとおり、死体がひとつ。ランダルのでしょう。会ったことはありませんけど、新聞で写真を見たことがあって、たぶん本人です」

「わかった」わたしは言った。「殺人課の連中がもう向かっている。到着まで、現場の保存につとめてくれ。わたしも向かうつもりだが、その前にやることがあってな。ところで――殺害方法は？」

「額《ひたい》に一発ですよ。三八口径でしょう。やつはすぐそこにすわってて、自分は見ながら話してます。ハリーが部屋のなかを調べてますよ。ちょうど電話で報告をしようと――」

「そうか」わたしはさえぎった。「縛られているのか」

「ええ、縛られてます。パジャマ姿で、額にあざがありますが、猿ぐつわはしていません。寝こみを襲われて、椅子にすわらされ、縛りつけられたあとで、自分がいまいる場所あたりから銃で撃たれたようです」

「電話のそばということか」

「はい、電話のそばです。ほかにどこがあるっていうんです」

「そうだな。わたしもあとで向かう。ホールディング警部が着いたら、そう伝えてくれ」

「犯人がわかってるんですか、部長刑事」

「まだ言えない」わたしは言って、電話を切った。

待合室へもどった。バラーニャがドアの近くに立っていた。こちらの会話が聞こえたにちがいないので、チャーリー・ランダルの死について〝おそらく〟を取り消すと告げる必要はなかった。

ふたりで通りを渡って、二十四時間営業のジョーの店にはいった。着いたのは五時五分過ぎで、署からジョーの店までわずか半ブロックの距離なのに、二分余りかかったことに気づいた。

わたしたちは店の奥のボックス席にすわった。バラーニャはハイボールを頼んだが、わたしはストレートのウィスキーをダブルで注文した。歯の痛みがひどくなっていた。

わたしは言った。「さて、バラーニャ、まずは例の警告の話をしよう。わたしについての警告だよ。どんなふうに届いたんだ」

「声ですよ」バラーニャが言った。「こういうことはいままでもよくありましたけど、こんどのはふだんより大きくて、はっきりしてました。その声が言ったんです。〝マリー部長刑事はきょう殺される〟って」

「ほかに何か言っていたのか」

「いえ、それだけです。繰り返し何度もね。五、六回は聞きました」

「で、その声を聞いたとき、おまえはどこにいたんだ」

「車のなかです。運転中で——たしか——クレイトン大通りのあたりをね。一時間くらい前でした」

「だれがいっしょにいたんだ」

「だれもいませんでした。あれは霊の声でしたよ。霊能力者になると、よく聞こえるんです。意味のないこともあれば、自分や知り合いに向けたメッセージのこともあります」

わたしはバラーニャをじっと見て考えた。こちらがいまの話を信じると本気で思っているのだろうか。しかし、表情からは何も読みとれなかった。

わたしはウィスキーを口に含んだ。「なら、おまえは親切心から、わざわざ警告をしにきてくれたというわけか。こっちがこの一年、おまえをぶちこむためにあれこれ手を尽くしていたと知っているのに――」

バラーニャは手をあげて、わたしのことばをさえぎった。「そいつは別の話ですよ、部長刑事。あたし自身はとりたててあなたのことを気に入っているわけじゃありませんが、霊能力者には世俗を超越した責務がありましてね。警告をあなたに伝える使命がなければ、あたしがそれを受けとるはずがない」

「その前はどこにいたんだ」

「仲間たちといっしょに〈アンダーズ・ファーム〉へ行きました」

〈アンダーズ・ファーム〉は農場《ファーム》ではなく、ただのナイトクラブで、町から二十五キロほど離れたところにある。そこから町へもどるとしたら、十五号線に乗って、クレイトン大通りを経由することになる。

「仲間たちを置いて、四時ごろに店を出ました」バラーニャは説明した。「夜中からずっとそこにいたんで、飽きてしまって、それに――なんだか気分も悪くて――いつもそうなんです、霊界から通信が来ると――」

「待て」わたしは尋ねた。「そのときはだれかといっしょにいたのか？　女とか」

「いいえ、部長刑事。あの夜はいろんな者が集まってて、カップルが三組と、連れなしの男がふたりで、あたしはその連れなしのひとりでした。酔っ払ってたのと、交信しそうだったんで、のろのろ運転しながら町へもどりましたよ。十五号線をおり、クレイトンを走りはじめたあたりで、声が聞こえたんです。〝マリー部長刑事はきょう殺され――〟」

「わかった、わかった」わたしはさえぎって言った。どういうわけか、それを聞くと歯の痛みがひどくなった。バラーニャの顔をじっと見て、どこまでが真実かを探ろうとした。霊からのメッセージなどというのはとうてい信じがたい。

だが、そのほかは？　いっしょにいた仲間たちの名は簡単に調べられる。とはいえ、それは所定の捜査手続きで、事件の担当者の仕事だ……。

そう、バラーニャは四時ごろに〈アンダーズ・ファーム〉を出たと言った。署に現れたのは五時か、その少し前だ。つまり、あいだに一時間ある。本人の言ったとおりにのろのろ運転したとしても、あまり長くはかかるまい。だが、一時間かかったとしてもおかしくない。

わたしは言った。「つぎはチャーリー・ランダルについてだ。おまえとの関係は？」

「とても良好でしたよ。ビジネスのことで、助言してたんです」

わたしはバラーニャの顔を観察した。「やつが商売敵をつぶすにあたって、星占いでもして運勢を調べてやったというわけか」

薄い膜がふたたびバラーニャの瞳をよぎった。わたしの言い方がお気に召さなかったらしい。おそらく図星だったはずだ。ランダルがたいていの悪玉と同様に迷信深く、シビ・バラーニャのいちばんの上得意だったのは先刻承知している。

バラーニャは言った。「ランダルさんは真っ当なビジネスをなさってたんですよ。あたしも合法的な取引について助言さしあげたまでです」

「だろうな」わたしは言った。「違法とは証明できないから、こっちは泳がしているんだ。しかし、いいか——おまえはランダルの商売にずいぶんくわしいはずだな。やつが死んで得をするのはだれだ」

バラーニャは少し考えてから答えた。「もちろん、奥さんですよ。だって、財産を相続するんでしょうから。遺言についての相談は一度もありませんでしたけどね。それから、ピート・バード。そっちについてはあなたもご存じのとおりです」

むろん、ピート・バードのことはわたしも知っていた。ランダルの唯一の商売敵だったが、あまり競い合っている感じではなかった。ランダルが手を出したがらないような小さな店に、自分のところのピンボール台を置いていたので、ほかの血気盛んな連中と同じ目に遭わずにすんだのかもしれない。しかしランダルがこの世を去ったいま、バードにとっては事業拡大のチャンスだ。

わたしは一考した。「チャーリーの妻の居場所はわかるか」

「ええ。町を出ていますよ。もっとも、いつの間にかもどって、あたしがそれを聞かされてなければ話は別ですがね」

わたしは軽く鼻で笑った。「霊が教えてくれるんじゃないのか？　……わたしに対する警告の話にもどろう。なぜわたしが殺されるのか、その霊とやらは何か言っていたか」

「いえ」バラーニャは言った。「疑ってらっしゃるようですね、部長刑事。正直に言うと、あなたが真に受けようと受けまいと、どうだっていいんです。受けとったメッセージを届けるのがあたしの仕事ですから。ほかにご質問は？　なければ、帰らせていただきたい」

わたしは立ちあがった。「どうせ同じ建物へ向かうんだ。いっしょに行こう」

「いいですとも！」バラーニャは言った。「あたしの車でどうですか。きっとパトカーがうじゃうじゃ集まってて、帰りはそのなかのだれかが送ってくれるでしょうし」

まあ、たしかにそうだ。近ごろは、タイヤの消耗を抑えるに越したことはない。だから、バラーニャの車に同乗した。乗り心地のよさに気づいたとき、わたしは迷った――たいして深刻ではないだろうが、どんな警官もときどき迷うだろう――これは法に照らして正しいことなのかと。それほど、バラーニャのコンバーティブルはすばらしい乗り物だった。

「短波無線ははいるか」わたしは尋ねた。こんな車ならラジオがついていて当然だろうと思ったし、ラジオとレコードの両方が聴けたとしても驚かなかっただろう。何か新しい報告が警察車向けの無線で聴けないか、確認したかったのだ。

「壊れてましてね」バラーニャは言った。「夕方まで動いてたんですが、〈アンダーズ・ファーム〉を出たあとに試したら、だめでした」

わたしたちは黙し、車で数ブロック進んだ。そのとき、声が聞こえた。

〝シビ・バラーニャがランダルを殺した。ランダルの妻を狙っていた〟

わたしはまばたきをして、運転席へ振り向いた。しゃべったのはバラーニャではない――

巧みな腹話術師でもないかぎりは。だが、そうだとしても驚きはしない。えせ神秘主義者の連中はあらゆるいかさま技を身につけている。

ところが、当のバラーニャがひどく怯えた様子だった。車がわずかにふらついたが、ハンドルをもどして立てなおした。バラーニャはスピードを落として言った。「いま聞こえま――」

「何も言うな」わたしは怒鳴りつけた。バラーニャの唇が動いていなかったのを確信するや、車のなかを見まわした。速度をゆるめて車内が静かになったせいかもしれないが、出発してからずっとかすかな音が漏れ出ていたことに気づいた。走行するのに同調するようになめらかに響き、なんの音だろうと不思議に思っていた。

それは無線の空電音のような小さな音で、バラーニャ側のフロントガラスとルーフの境目に取りつけられたスピーカーから発せられているらしかった。

「いったん路肩に車を停めろ」わたしは指示した。

減速しながらバラーニャが言った。「部長刑事、霊にはいい者と悪い者がいます。悪い霊は嘘をつきますから、ぜったいに――」

「だまれ」わたしは言った。「ラジオにもいいものと悪いものがある。ドライバーはどこだ」

バラーニャはグローブボックスをあけて、ドライバーを見つけた。「まさか、そんな――」

わたしは言った。「ああ、調べてやるさ。霊やお化けだとはこれっぽちも思っていないからな。音の出所を見つけてやる。そこだ！」

わたしはドライバーを使って、計器盤の後ろからそれを取り出した。電源ケーブルをはずすと、かすかな音が止まった。

なんとなく予想していたとおり、受信機が見つかった。まちがいなく、何者かが仕掛けたものだ。短波用のバンドスイッチから電源スイッチまで一本のケーブルでつながれていたので、電源がずっとはいった状態で、短波のバンドに合わせたままだった。また、コンデンサーのシャフトがゆるんでいて、ローターが回転しなくなっている。つまり、特定の短波長で送信されたものだけを受信しつづけていたということだ。

バラーニャはそれを興味深げにのぞきこんでいた。「犯人はアマチュア無線の送信機を持っている人間なのか……」

「だろうな」わたしは言った。「まちがいない。バッテリーはどうだ」

「どうって――ああ、そういうことですか」ギアを入れずにアクセルを踏むと、エンジンが勢いよく回転した。バッテリーはあがっていない。

「電源がはいりっぱなしだったんだがな」わたしは言った。「バッテリーがそれだけ元気なら、仕掛けられたのは最近だ。夕方はラジオが動いていたなら、仕掛けられたのはそのあとだろう。ナイトクラブにいたときかもしれない」

「ということは、もうひとつのメッセージの、あなたへの警告も――」

「そうだな」わたしは言った。「どうやら――謝ったほうがよさそうだ。おまえが戯言《たわごと》を言っていると思ったんだが」

バラーニャは当惑の表情を浮かべたが、それが嘘だとしたら、驚くほど芝居がうまいということだ。

わたしは微笑《ほほえ》んだ。バラーニャは言った。「でも、同じような声をこれまであちこちで聞いたんです」

「たぶん電波があの世に通じていて、霊が語っていたんだろうよ。調べたいことがあるんだ。もう行こう。このちっぽけな受信機を仲間にも見せてやりたい」

バラーニャはギアを入れて、車を発進させた。思案顔で尋ねる。「その受信機からメッセージの発信元を調べられますか」

「いや」わたしは答えた。「だが、どの波長に設定されていたかは正確にわかる。それが手がかりになるかもしれないが、戦争がはじまって、連邦通信委員会がアマチュア免許をすべて停止したんだ。だからこれは違法の受信機にちがいない」

「違法の通信は追跡できないんですか」

「できるさ。指向性のある装置を使って、電波は定期的に監視されている。それでも、ああいう短い通信は、おそらく見逃されてしまう。つまり、なんの役にも立たないってことだ」

そろそろアパートメントに到着するころ、記憶がよみがえった。「ラジオに取りついたお友達の霊がさっき言っていたことはほんとうか？　ランダルの妻といい仲なのか？」

バラーニャはしばし考えこんだ。わたしが十まで数えようとしたとき、こう答えた。「いずれ、あなたの耳にもはいるでしょう。ええ、あたしは彼女が大好きで、彼女もあたしを好いてます。彼女の夫は……」

「妻を理解していなかった？」わたしはつづけてやった。

バラーニャはこちらをにらみ、最後まで言ったら面倒なことになるであろうことばを口にしかけた。

「おい、やめておけ」わたしはさえぎった。「大事なことを考えなきゃいけない。あの受信機を仕掛けたのがだれであろうと、そいつはおまえとランダル夫人のことを知っていた。ほかに知っている者はどれくらいいるんだ。ピート・バードは?」

バラーニャは冷静さを取りもどしていた。「わかりません。だれでも推測できたと思います。ただ——チャーリー・ランダルは気にも留めてなかった。だからこっちも、あまりこそこそ隠れたりしませんでしたよ」

「ランダルは自分の妻をおまえが寝取ったと知っていたのか!」

「たぶんね。知ってたとしても、気にしなかったでしょう。〈グリーン・ドラゴン〉で煙草《たばこ》売りをしてた小柄な金髪娘を知ってますよね」

「わかると思う」わたしは言った。「なかなかいい感じの——」

「そうです」バラーニャは言った。「彼女はもうあそこで働いてません」

車がドーヴィル・アームズの前で止まり、わたしは細工の施された受信機を持っておりた。その場で、バラーニャが車をまわってくるのを待った。

エレベーターに乗ったところで言った。「まずふたりでランダルのアパートメントに向かう。眠りたいだろうが、しばらく辛抱しろ」

「なんでまっすぐ帰っちゃまずいんですか、あなただけ——」

「だめだ」わたしは一蹴《いっしゅう》した。「わたしはまずホールディングに報告する。わたしがいっしょに行くまで、おまえは部屋にもどれない。いいか、バラーニャ、おまえのアリバイでひとつだけ気に入らないのは、できすぎているということだ。こちらの見たいものが、いまなら捨てられずに上の階に置いてあるだろう。録音に利用した蓄音機や——」

そこでことばを切った。あの通報は録音した音声を使ったものではなかったと気づいたからだ。会話の途中で、わたしの言ったことにバラーニャは反応していたものだ。ランダムではなくランダルを撃つというくだらないことば遊びを、わたしは思い出した。

ともあれ、バラーニャの身柄はここにある。ホールディングが話を聞きたがるだろう。ランダルの部屋は写真を撮る者と指紋を採取する者であふれ返っていた。わたしはバラーニャを玄関で待たせ、ドアで見張り番をしている者に目を離さないよう言い残した。そして、ホールディングに経過を報告して受信機を渡すために、中へはいった。

検死医が遺体を調べているところだった。遺体は写真撮影後に寝室へ移されていた。ホールディング警部が椅子とロープのあった場所を教えてくれた。すべて電話で聞いたとおりだった。

ホールディングは言った。「バラーニャは第四分署の廊下にある電話ボックスから通報したのかもしれない。そのあと、待合室へ行って——」

「いや、そんなはずがありません」わたしは言った。「通話を逆探知したんですよ。発信元はここでした。だれかにはめられた可能性もありますが、こんなばかな話は聞いたことがありません。バラーニャをはめたかったなら、なぜわざわざメッセージを送って、犯行のたった二分後に署へ行くようバラーニャを仕向けたのか」

ホールディングは肩をすくめた。「事件の関係者に、声真似のうまいやつはいるのか」

「いいえ。いるとしたら、バラーニャです。自分で自分の声真似をする必要はありませんがね。ちくしょう！ これじゃ堂々めぐりだ。それに、歯の痛みで頭がおかしくなりそうですよ。そうだ、ランダル夫人のアリバイはどうです」

「申し分ない。滞在先だというマイアミのホテルに電話をしたんだ。ちゃんとそこにいたよ。わたしが直接話した」

「いまですか」

「それはどういう意味だ。きのうのうちに知らせることができたとでも？」

わたしはかぶりを振った。「忘れてください、警部。頭が働かなくなっているだけです。ただ、ひとついいですか。これから、だれかにバラーニャの部屋の捜索をさせますよね。そのあいだ、バラーニャはここにいて、警部が尋問をする予定でしょう。それなら、わたしも部屋の捜索に加わりたいのですが」

「帰ったほうがいい、ビル。報告がすんだから、これはこっちの仕事だ」ホールディングは言った。

「九時に歯医者へ行くまで、起きてなきゃいけないんです。することがあったほうが、この忌々しい痛みを忘れていられる。それに、きょうはわたしにとって重要な日でしてね。バラーニャの霊能力が本物なら、わたしはこれから殺されるらしい」

「いますぐバラーニャの尋問をしよう。しばらく引き留めておくが、きみにはじゅうぶん時間をやる」

「すばらしい。キッチンの流しまでばらしますよ。それから、上と下の階にだれが住んでいるか、ご存じですか——三階と五階ですが」

「三階は空き部屋だ。五階はシュルツという男が住んでいる。ここととバラーニャの階のあいだだよ」

「何者ですか」わたしは尋ねた。

「製造業者だ。ピンボール台や祭り用の景品なんかを取り扱っている」ホールディングはわたしが急に興味を示したのを見て、つづけた。「そう、シュルツはランダルとちょっとした商売をしていた。しかし事件には無関係だ。妻といっしょに町を出ているからな。もうしっかり裏はとれている」

「バードはどうですか」

「マーフィーがいま追っているところだ。その煙草売りの女の線も調べておこう。ランダルがどこかに囲っていたなら、簡単に居場所を突き止められる。やつの企み《アングル》を突き止められるかもしれない」

「企み《アングル》というよりは詐欺《カーブ》でしょうがね」わたしは言った。「まさかわたしに——」

「だいじょうぶだ。バラーニャをこっちへよこして、上の捜索にはクレムとハリーを連れていけ」

クレムとハリーとわたしは二時間かけて捜索したものの、興味を引くものは食器棚にあったスコッチの瓶ぐらいだった。殺人課のふたりは勤務中だったので手をつけなかったが、わたしはちがった。

ふたりがいなくなり、わたしは居間のテーブルで待った。ホールディングはさらに半時間、下でバラーニャを尋問していた。もどったときのバラーニャは憤然としていた。そのころにはもう、わたしの暴れるような歯の痛みはおさまり、ゆるやかで安定した痛みに変わっていた。

わたしは手を振って、テーブルのスコッチと置いておいたもうひとつのグラスを示した。

「飲もう」

「ありがとう、部長刑事、いただきますよ。そのあと、差し支えなければ、眠りたいんですが」

「わたしのことは気にするな」わたしは言った。「すぐにでも寝室で休むといい。自分の家なんだから」

「ですが――」バラーニャは当惑顔になった。

「いいんだって。わたしはここにすわって考え事をしているだけだ」

バラーニャは自分のぶんの酒をグラスに注ぎ、わたしのグラスにも注ぎ足して言った。

「あとどれくらい、ここにすわって考え事をするつもりですか」

「おまえがどうやってチャーリー・ランダルを殺したかがわかるまでだ」

バラーニャは笑みをにじませて、テーブルの隅の席に腰かけた。そして言った。「なぜあたしがランダルを殺したと思うんですか」

「おまえには不可能だという事実からだ」わたしはいたってまじめに言った。「うまくできすぎているんだよ、バラーニャ。奇術のステージみたいに。ショーそのものだ。現実とは思えない。奇術師が計画した殺人とアリバイという感じだよ。ふつうの人間はこんなことを思いつかない」

「あなたは論理的ですよ、ある程度までは」

「その限界をこれから超えるつもりだ。疲れているならベッドへ行け」

バラーニャは小さく笑って、グラスのなかの琥珀色《こはくいろ》の液体を見た。「あたしがやったと思う理由はそれだけですか」

「そんなことはない」わたしは返した。「この部屋できわめて疑わしい事実を見つけた。それで確信したんだ」

バラーニャはすばやく顔をあげた。

「何も見つからなかったという事実だよ。怪しいものが何ひとつない」

バラーニャの顔に笑みがもどった。あざけるような笑みだ。「だからおかしいと思ったと?」

「そうだ。きのうの夜、ここを出る前に、おまえは警察に見られたくない書類やメモをすべて持ち出して隠したにちがいない、とわたしの直感が告げている。おまえがここで開いている降霊会用の、いかさまの道具もな」

「降霊会なんかじゃありませんよ。説明したとおり――」

「ありえないんだ」バラーニャを無視して、わたしはつづけた。「おまえが見られたくないものを、われわれが何ひとつ見つけられないなんて。青いリボンでていねいに束ねた手紙すらない。客に関するメモの端切れすら」

「客じゃない。依頼人です」

「なら依頼人だ。とにかく何も見つからなかった。それが信じられないんだよ、バラーニャ。このアパートメントが捜索されることを知っていたのなら、ランダルが殺されることもおまえは知っていた。すなわち、なんらかの手段を使って、おまえがランダルを殺したということだ」

「さすがですね、部長刑事。その推理にはまだつづきがありますか」

「ある。おまえはランダルが殺される時刻――あるいは、ランダルが殺されたと見なされる時刻を知っていた。おそらく、あの通報の二十分前だろう。ランダルの部屋から署までは二十分かかるからな」

「じゃあ、あなたの考えでは、あたしは自分で自分自身を犯人に仕立て――」

「そうだ。あの受信機にはみごとにだまされたよ。あれは受信機なんかじゃなかったんだ、バラーニャ。わたしは頭を絞って考えてみた。あれはたしかに腹話術だった。最初の推理が正しかったんだ。それなのに、ラジオが関係していると考えて、あたりまえのように声はそこから出ているものと思ってしまった。ラジオに細工をしたのもおまえだ。降霊術をおこなう者はみな腹話術を習得している――降霊会で霊の声を披露するのにいちばん安全で簡単な方法だからな。いまや時代遅れのトリックだが」

バラーニャは言った。「おもしろいですね、部長刑事――あたしが腹話術を習得していると証明でき――」

「できない。だが、そんなことはどうだっていい。わたしが証明する必要があるのは、おまえがランダルを殺したことだ。車内であんな離れ技ができるとわかったんだから、そっちはもう考えなくていい。もう一杯どうだ？　ついでに言うと、おまえのあの発言は実にうまい思いつきだった。おまえは、いずれ警察に自分とランダル夫人との関係がばれるとわかっていた。殺人の動機となる事実をみずから打ち明ければ、われわれの出端《ではな》をくじくことができるわけだ。彼女と結婚するんだろう？　それでランダルの金を自分のものにするつもりだな」

バラーニャはわたしのグラスに酒を注いだが、自分のグラスには注がなかった。立ちあがってあくびをする。「そろそろ失礼してもいいですか、部長刑事。ほんとうに疲れてるんで」

「早くベッドにはいれ」わたしは言った。「目覚まし時計はあるのか。それとも、希望の時間に起こしてやろうか」

「けっこうです」バラーニャは寝室のドアまでゆっくりと歩き、そこで振り返った。「一杯ぶんだけ残しておいてもらえると助かります」

「新しいのを買ってやるよ」わたしは請け合った。「バラーニャ、継電器ってなんだか知っているか」

「継電器？　さあ、よくわかりませんね」

「わたしもだ。そういう名前でいいかどうかもな。とにかく、ここへ来て最初にさがしたのがそれだったんだ。しかし見つからなかった」

「どこにあると思ってたんですか」

「電話機だ。おまえ、霊からの助言を使ってランダルの件を偽装するために、あいつの家の電話線に細工をしたんじゃないのか」

「してませんよ、部長刑事。でも、細工された電話線がどう関係――」

「仮説を思いついたんだ。ある意味で、ホールディングのおかげだな。警部が、おまえは署の廊下にある電話ボックスから通報したのかもしれないと言ったんだ。ランダルの部屋からかけたんじゃないとしたら、すべて筋が通るからな。そこで考えたわけだ」

「どんなふうに？」

「ほんとうにそうだったかもしれないってな。おまえはナイトクラブから急いで車で帰ってきて、ランダルを殺し、ある仕掛けのスイッチを入れた。準備はすべて整えていたから、一瞬で実行できただろう。ランダルの部屋の電話線にはすでに細工がしてあった。仕掛けというのは、おまえの電話機に取りつけた小さな電磁石か何かだ。

おまえは車で署へ向かい、自分の部屋に電話をかける。電磁石のせいで回線がショートし、呼び鈴が鳴らずに回線が切り替わる——それによって、あたかもランダルの部屋の受話器が使われたかのように見せかけた。ランダルの回線を経由しているから、電話会社の交換台では、ランダルの番号が点灯する。もちろん、電磁石の仕掛けのせいだ。交換手が〝どちらへ？〟と尋ねると、おまえはわたしの番号を答える。そして——そう、それだけでいい。送話器の振動板の近くで輪ゴムをはじくと、銃声が鳴ったように聞こえることは、おまえももちろん知っていた。

そして受話器を置けば、どちらの回線も切れ、あとは知ってのとおりだ。逆探知するとランダルの番号にたどり着くのに、ランダルの部屋の受話器は一度も使われていなかったんだ！」

話しているうちに、バラーニャの目が大きく見開かれた。バラーニャは言った。「部長刑事、びっくりですよ。実にすばらしい。でも、そんな電磁石は見つからなかったんでしょう？」

「そうだ」わたしは認めた。「だが、悪くない仮説だった」

バラーニャはまたあくびをした。「ご謙遜が過ぎます。みごとな仮説でしたよ。では、失礼」

「ああ」わたしは言った。「しかし、逃げきれまい」

バラーニャはくすりと笑って、寝室のドアを閉めた。わたしはもう一杯グラスに注いだが、口をつけなかった。先刻飲んだ最後の三杯は歯の痛みに効かなかったので、それならもう飲まずに耐えるほうがましだと考えた。

バラーニャがベッドにはいるまで、わたしは聞き耳を立てた。その後、腕時計を見ながら、もう十分間待った。

ドアを出て閉めたが、ことさらに静かにもうるさくもしなかった。エレベーターに乗りこんだあと――音が周囲に響かないように――わざわざ二階へおりてから、五階まで歩いてもどった。ひととおり鍵を預かっていたので、そのひとつで不在のシュルツ氏宅のドアをたやすくあけた。

まっすぐ電話機のもとへ向かい、身をかがめてそれを観察した。そこにはほこりがついていなかったが、部屋のほかのものはどれも、うっすらとほこりがたまっていた。

電話機にはふれなかった。例の電磁石はここに仕掛けられているといまや確信していて、ほかの証人がいないところで覆いをはずして証拠価値をさげるのは避けたかったからだ。そのうえ、自分の直感が正しいかどうかをもっと簡単にたしかめる方法がある。

わたしは受話器をとって、「どちらへ?」と尋ねる女性の声が聞こえると、「わたしはどこから電話をかけているのだろう」と尋ねた。

「はい?」

わたしは言った。「友人の家にひとりでいるんだ。ここに電話をくれとある人に伝えたいんだが、眼鏡がなくて番号が読めなくてね」

女性は言った。「ああ、そうでしたか。そちらはウッドバーン三四八〇です」

ランダルの番号だった。これで謎が解けた。バラーニャはわたしが上階で言ったとおりの仕掛けを施していた。唯一ちがっていたのは、自分の部屋が捜索されると見越したバラーニャは、シュルツの電話機に電磁石を仕掛け、ここから通報したという点だった。

「ありがとう」わたしはつづけた。「つぎは――」

そのとき、何かが背中に突きつけられ、バラーニャの声がした。「交換手に、もういいと伝えろ」その声は本気だった。「もういい」とわたしは交換手に言った。「あとでかけなおす」

受話器を置くと、バラーニャの手がわたしの肩まで伸びて、ショルダー・ホルスターからポリス・ポジティブを引き抜いた。バラーニャが離れたので、わたしは後ろを向いた。

たしかに寝支度《ねじたく》は調えていた。パジャマの上にガウンをはおり、スリッパを履いている。だから足音が聞こえなかったのだ。きょうのうちに証拠を消しにくるとわかっていたが、もうしばらく待つと予想していたので、裏口のことまで気がまわらなかった。思ったよりスコッチを飲みすぎたのだろう。そんな見落としをするなんて。

バラーニャの顔は無表情だった。声にはわずかにあざけりの響きがある。「数時間前にお届けした霊界からのメッセージを覚えてますね、部長刑事。あながち、まちがいじゃなかったかもしれませんよ」

「こんなことをして逃げきれるはずがない」わたしは言った。「わたしを殺して、という意味だがね。逃げようとしても、警察が確実に捕まえる。殺人課の連中はわたしがおまえといっしょにいることを知っている。わたしの死体を見つけたら――」

「だまってください、部長刑事」バラーニャは言った。「いま手立てを考えて――」考える時間を与えるつもりはなかった。こいつは切れ者だ。自分のしわざだと気づかれずに、わたしを殺す方法を思いついてもおかしくない。

わたしは言った。だが、「ランダルみたいな悪党を撃ち殺したなら、いい弁護士がついて、それなりの刑ですむ。だが、この州で警官を殺したらどうなるか、知っているよな」

バラーニャは顔と声にためらいを漂わせつつ言った。「近寄るな、さもないと――」

わたしは一歩近づいて話しつづけた。「この真下、ランダルの部屋には警官が残っている。銃声はそこまで届くだろう。ランダルを撃ったときのように、消音器を仕込む暇はないぞ」

ゆっくりとバラーニャに迫っていく。いきなり動けば撃たれるとわかっていた。両手も同じくらいゆっくりおろしながら呼びかけた。「銃をよこせ、バラーニャ。その引き金を引く前に、首に縄をかけられた自分を想像しろ。引き金は引くな」

わたしは手を伸ばし、手のひらを上にして銃を受けとろうとしたが、バラーニャはあとずさった。そして言った。「やめろ、くそったれが」その声からは品位もあざけりも消えていた。こいつは怯えている。

わたしはさらに前へ進んで言った。「警官殺しをしたやつに一度会ったことがあるんだ。尋問のあとにな。尋問のおかげで、まったく死刑をこわがらなくなっていたよ。そう言えば、下の階の連中に銃声が届くことも忘れるなよ。あいつらがここへ踏みこむ前に、両方の部屋の電話線に仕掛けたものを引きあげる余裕はないはずだ」

すると、バラーニャは壁に背をつけた。わたしが追いこみすぎたにちがいない。目を見れば、撃つ気だとわかった。とはいえ、わたしの手はあと数センチで銃に届く。最後の短い一歩をすばやく踏み出し、銃を手ではたいたのと同時に、撃発が起こった。手のひらと手首に火薬の熱を感じたが、被弾はしなかった。弾は壁にあたって跳ね返り、ソファーの下に転がっていた。

手をやけどして身を引いたせいで、思わずバランスを崩した。そこへバラーニャの強烈な一撃を顎《あご》に食らい、大きくよろめいた。

五、六発パンチを食らったが、痛みをこらえて、仕返しに強烈な一発をお見舞いした。さらに五、六発打ちこまれたものの、わたしがとどめの一発を放ち、バラーニャは体を折って絨毯《じゅうたん》に倒れた。

わたしはよろめきながら部屋を横切って、電話機のほうへ向かった。鼻がひん曲がり、片目がよく見えない。口のなかに血がたまっていて、それを吐き出した。一本の歯がいっしょに出てきた。

電話でホールディングを呼び出し、報告をした。そして言った。「下の階にはだれもいませんよね。いたら、いまごろこっちに駆けつけているはずだ」

ホールディングが言った。「よくやった、部長刑事。ただちに向かう。こちらが着くまで、やつを押さえていてくれ。歯の痛みはどうなった」

「はい？」わたしは言ってから、顔全体と頭の痛みに気づいた。しかし歯の痛みは消えていた。戦いでどの歯が吹っ飛んだのかを手でたしかめた。そう、例の歯だ！

電話を切ったあと、シュルツもよい霊だと判明した。ウィスキーが簡単に見つかったからだ。膝《ひざ》の震えが止まらず、これは戦利品だと思った。もう一杯飲んだところで、廊下から声と足音が聞こえた。殺人課の連中だ。

わたしはバラーニャが倒れているソファーまで歩いていき、意識がもどっているかを確認した。まだ意識がない。そのとき、身をかがめたせいで頭がふらつき、膝から急に力が抜けた。ウィスキーか、さっきの取っ組み合いか、それとも歯医者へ行く必要がなくなった安心感か、原因はわからない。

だが、すぐに仲間が駆けつけてくれたことは、これからもけっして忘れないだろう――そして、いつの間にか自分が殺人犯の上に乗って、穏やかな眠りに就いていたことも。

サラダ

愛しのラム

The Little Lamb

武居ちひろ 訳

初出：*Manhunt*, July 1953

彼女が夕食までにもどってこなかったので、八時前には、わたしは冷蔵庫にあったハムでサンドイッチを作って食べた。心配はしていなかったが、だんだん落ち着かなくなってきていた。何度も窓際へ近づいては、町へつづく坂道を見おろしたが、彼女が帰ってくる様子は見えなかった。とても明るく澄みわたった月夜の晩だった。町の灯《ひ》が美しくきらめき、その向こうの山並みは、あと数日で満ちる黄色い月のもと、紺碧《こんぺき》の空を背景に黒く波打っている。絵にしたいと思ったが、月は別だ。月を描いたら最後、その絵は陳腐で、ただきれいなだけになる。ファン・ゴッホは〈星月夜〉で月を描いたが、あれはきれいには見えなかった。むしろおどろおどろしかったが、それを言うなら、あれを描いたときの彼は正気ではなかったのだ。正気の男にはとてもできないことを、ファン・ゴッホは数多くやってのけた。

まだパレットを片づけていなかったから、前日に着手した絵をもう少し描こうとした。山の輪郭を描き終えたところで、着彩のために緑を混ぜはじめたがうまくいかず、理想の色を作るには日の出まで待たなければならないのだと気がついた。自然光のない夜には、線を引いたり最後の仕上げをしたりはできるが、色を決めるには日光が欠かせない。わたしは翌朝やりなおすことにして、汚れたパレットを拭《ふ》き、筆も洗った。するともう九時近かったが、まだ彼女は帰ってこなかった。

いや、心配することなど何もない。友だちとどこかで楽しくやっているのだろう。わたしのアトリエは町から一キロ半ほど離れた丘の上にあり、電話もないから、彼女には連絡する手段がなかった。おそらく、〈ウェイヴァリー・イン〉で仲間と飲んでいて、わたしが心配しているなんて思いも寄らないはずだ。ふたりとも時間に縛られて行動するタイプではない。それはお互い承知している。きっともうすぐ帰ってくるだろう。

大瓶に半分残っていた安ワインを一杯つぎ、ちびちびやりながら窓の向こうの町を眺めた。外の輝く夜景がよく見えるように、部屋の明かりは消した。一キロ半先の丘のふもとに〈ウェイヴァリー・イン〉の明かりが見える。けばけばしい光は、あの酒場のやかましいジュークボックスそっくりだ。あれがあるから、わたしはあまりあそこに行かない。どういうわけか、ラムはあのジュークボックスをいやがったことがない。わたしと同じでラムも音楽の趣味がいいのに。

ほかにも点々と明かりが見える。小さな農場に、アトリエがいくつか。ハンス・ワグナーのアトリエは、ここから四百メートルほど坂をくだったところにある。大きくて、天窓つき。あの天窓はうらやましい。だが、あのがちがちに型にはまった画風はうらやましくない。あいつの絵はカラー写真にすら及ばない。というより、あいつはカメラと同じようにものを見て、心のフィルターを通すことなく絵にする。デッサンの腕はいいが、それだけだ。しかし、あいつの絵は売れる。天窓だって余裕というわけだ。

グラスに残ったワインを飲み干すと、胃の真ん中がぎゅっと締めつけられた。なぜだろう。ラムはよく、いまよりずっと遅い時間に帰ってきた。心配するに足る理由なんてない。

窓枠にグラスを置き、玄関のドアをあけた。だが、出ていく前にまた明かりをつけておいた。もし行きちがいになっても、光がラムを導いてくれる。丘を見あげて家の明かりが消えていたら、ラムはわたしが留守だと思って、どこにいるにせよ、ますます長居するかもしれない。どんなに帰りが遅くとも、わたしがラムを待たずに寝ることはないのを知っているはずだ。

ばかな考えはよせ、そう自分に言い聞かせた。まだ遅いとは言えない時間だ。むしろ早いくらいで、九時をまわったばかりなのだ。町のほうへ坂をくだっていくと、胃がいっそうきつく締めつけられて、理由もないのにそんな反応を起こす自分を罵った。坂をくだるにつれて町の向こうの稜線《りょうせん》が高くなり、星々を突きあげていく。星を星らしく描くのはむずかしい。キャンバスに小さい穴をあけ、裏から光をあてなくてはならないだろう。その思いつきにわたしは笑った——が、何がいけない？　そんなことをやる画家はいないが、だからなんだというのだ。けれども、しばらく考えて、なぜだれもやらないのかがわかった。幼稚な子供だましに見えるからだ。

ハンス・ワグナーの家が近づいてきたとき、ひょっとしてラムがいやしないだろうかと歩みをゆるめた。ハンスは独身だから、ラムがひとりで行くはずは当然ないのだが、例の酒場かどこかから、みんなでハンスの家へ移動したのかもしれない。立ち止まって耳をすましたが、物音ひとつしなかった。つまり、連中はここにはいない。わたしはまた歩きだした。

道が分かれた。ここからは何通りか行き方があるから、ラムと行きちがいになるかもしれない。最短ルートを選んだ。町からまっすぐ帰るなら、ラムはきっとこの道を選ぶだろう。カーター・ブレントの家を通り過ぎたが、なかは暗かった。しかし、シルヴィアの家には明かりがついていて、ギターの音が聞こえてきた。ドアをノックして待つあいだに、それが生演奏ではなくレコードであることに気がついた。セゴヴィアによるバッハ、《無伴奏ヴァイオリンのためのパルティータ第二番ニ短調》より〈シャコンヌ〉。わたしの大好きな曲だ。このうえなく美しく、とても繊細でたおやかで、まるでラムみたいなのだ。

シルヴィアがドアをあけ、わたしの質問に答えた。いいえ、ラムには会ってないわ。いいえ、酒場にもどこにも行ってない。午後からずっと家にいたの。それより、一杯やってかない？

わたしは心惹かれた――酒よりもセゴヴィアに――が、礼を言ってまた歩きだした。ほんとうは踵《きびす》を返して家に帰るべきだった。理由もないのに、いつもの憂鬱《ゆううつ》に呑まれかかっているのだから。ラムの居場所がわからなくて、理不尽な苛立ちを感じている。いま会えばけんかになるだろうし、わたしはけんかはきらいだ。別にしょっちゅうしているわけではない。わたしたちはお互いにかなり寛容で、理解がある――少なくとも、些末《さまつ》な事柄に関してはそうだ。ラムがまだ帰ってこないというのも、いまのところは些末な事柄にすぎなかった。

酒場までまだ距離があるうちから、もうジュークボックスの鳴り響く音が聞こえてきて、気が滅入る一方だった。窓から店内が見えるところまで来たが、ラムの姿はバーカウンターにはなかった。とはいえ、まだボックス席があるし、だれかがラムの居場所を知っているかもしれない。カウンターにはふた組のカップルがいた。わたしの知っている連中だ。チャーリーとイヴのチャンドラー夫妻に、ディック・ブリストウとロサンゼルスから来た女。前に会ったが、名前は忘れた。それから、ハリウッドのスカウトマンぶっている男のひとり客。実際そうなのかもしれないが。

店にはいると、ありがたいことに、入口を通るのと同時にジュークボックスが鳴りやんだ。カウンターへ向かいながら、ボックス席の列に目を走らせる。ラムはいなかった。

「やあ」わたしはあいさつした。知り合いの四人に、男のひとり客に（自分に言っていると思いたければそうとれるように）、それからバーテンダーのハリーに向かって。「ラムはきょうここへ来たかな」ハリーに尋ねた。

「いいや、見てないよ、ウェイン。六時以降はね、それがおれの勤務時間だから。何か飲むかい」

特に飲みたくはなかったが、ラムを探すためだけに来たと思われるのがいやで、一杯注文した。

「絵の調子はどうだい」チャーリー・チャンドラーがわたしに尋ねた。

どれか一枚の絵を指して言っているのではなかったし、仮にそうだったとしても、絵のことなんてさっぱりわかってはいない。チャーリーは町の書店を営んでいて――意外にも――

トーマス・ウルフと漫画のちがいはわかるが、エル・グレコとアル・キャップ（アメリカの漫画家）のちがいはわからない。誤解なきよう言っておくが、わたしはアル・キャップが好きだ。

わたしは「まあまあさ」と無意味な質問に対するお決まりの返事を述べ、ハリーがわたしの前に置いた飲み物をひと口飲んだ。金を払い、思案する。ラムを探すためだけに来たと怪しまれないためには、どれくらいここにいればいいだろう。

なぜだか、周囲の会話が途絶えた。わたしが来る前に話していた人がいたのだとしても、いまはだまっている。イヴを見やると、マティーニのグラスの底でマホガニーのカウンターに濡れた円を描いていた。グラスのなかでオリーブがせわしなく揺れているのを見て、ふと、あの色だ、と思い至った。つい一、二時間前、わたしがうまく作れずに塗るのをあきらめたのは、まさにあの色だった。ジンとベルモットに濡れたオリーブの色。いちばん大きな山の広い斜面にぴったりで、右側をやや暗く、左側をやや明るくすればいい。その色をじっと見つめ、あす再現できるよう脳裏に焼きつけた。今夜帰ってすぐに試してみてもいい。日光があろうとなかろうと、いまならわかる。あれが正解で、あそこにはあの色しかない。いい気分だった。さっきまですぐそこに迫っていた憂鬱は消えていた。

それはさておき、ラムはどこだろう。家に帰ってまだラムがもどっていなくても、絵を描けるだろうか。それとも、理由もなく不安になるだろうか。みぞおちがまた締めつけられるのだろうか。

気づけばグラスが空《から》だった。急いで飲みすぎてしまった。こうなったらもう一杯飲まないと、ここへ来た理由がばれてしまう。ほかの人に——ここにいる連中にでさえ——わたしが嫉妬して気を揉《も》んでいると思われるのはいやだった。ラムとわたしは、口にせずともお互いを信頼している。ラムがどこにいるのか知りたいし、早く帰ってきてほしいが、それだけだ。いったいどこに姿を消したのかと疑っているわけではない。だが、連中はそうは思わないだろう。

わたしは言った。「ハリー、マティーニをくれ」まだ少ししか飲んでいないから、ここで酒を変えても悪酔いはしないだろう。それに、あの色をじっくりと間近で観察したかった。あれが絵の主役になり、ほかのすべての基準になるのだ。

ハリーにマティーニを渡された。うまい。オリーブをさっと揺らしてみると、わたしのほしい色とはちがってやや茶色がきつすぎたが、それでもイメージはつかめた。ラムを見つけられたら、やはり今夜のうちに試したかった。ラムがいれば、絵が描ける。全体を色の面で塗り分け、あすは形を整えたり陰影をつけたりできるだろう。

とはいえ、ラムがわたしと行きちがいになってもう家にいるか、いま帰っている途中でないかぎり、あまり期待はできそうにない。知り合いはおおぜいいるし、ラムが行きそうなところを一軒一軒あたるわけにはいかない。だが、心あたりがもうひとつある。〈マイクス・クラブ〉だ。ここから一キロ半と少し行った、町の反対側のはずれにある。だれかの車に乗っていったのでないかぎり、ラムがあそこに行くとは思えないが、ありえない話ではない。電話してたしかめてみよう。

マティーニを飲み干してオリーブをかじったあと、電話ボックスへ行こうと後ろを振り向いた。ハリウッドの業界人ぶっている巻き毛の男が、ちょうどジュークボックスからカウンターへもどってくるところで、曲がはじまる前の引っ掻くような音が聞こえてきた。男がコインを入れて、下品で騒々しい曲をかけたのだ。ポルカ、それもとりわけ耳障りで不快なやつを。鼻に一発食らわせたくなったが、男はわたしに目もくれずにぶらぶらと歩き、カウンターのもといた席に腰をおろした。殴ったところで、なぜそんな目に遭うのかやつには見当もつくまい。問題は、電話がジュークボックスのすぐ後ろにあって、〈マイクス〉にかけてもお互いの声が聞こえそうにないことだった。

一曲の長さはだいたい三分で、わたしは一分間突っ立っていたが、それが限界だった。電話をかけてさっさとここを出たかったので、電話のほうへ歩いていき、ジュークボックスの裏へまわって壁からプラグを引き抜いた。乱暴にではなく、あくまでもそっと。しかし、突然訪れた静寂は乱暴だった。あまりの乱暴さに、イヴ・チャンドラーがチャーリー・チャンドラーに向かって話した最後の数語が、悲鳴のようにわたしの耳をつんざいた。金管楽器の騒音にかき消されて、こちらまでは聞こえないはずだった――のに、わたしがジュークボックスのプラグを抜いたとたん、拡声器を使ったも同然に響きわたったのだ。

「……ハンスのところかも」イヴははっとして口をつぐんだ。もっと何か言うつもりだったのだろうか。

わたしと目が合うと、イヴは怯えたような顔をした。

わたしはイヴ・チャンドラーを見つめ返した。ハリウッドの成金男にはいっさい注意を払わなかった。わたしに十セントを無駄にされたと文句を言いたければ、それは男の勝手だから、向こうからけんかを売ってくればいい。わたしは電話ボックスにはいってドアを閉めた。電話を終える前にまたジュークボックスが鳴りだしたら、こんどはわたしの勝手ということにして、こちらからけんかを売ってやる。だが、ジュークボックスは鳴らなかった。

〈マイクス〉の番号にかけ、電話に出た相手に尋ねた。「ラムはそこにいるかい」

「どちらさま?」

「こちらはウェイン・グレイだが」わたしは辛抱強く言った。「ランベス・グレイはそこにいるかな」

「ああ」電話の声がマイクだとわかった。「あなたでしたか。いいえ、グレイさん、奥さまは見えていません」

わたしは礼を言って電話を切った。電話ボックスから出ていくと、チャンドラー夫妻の姿がなかった。外で車のエンジンをかける音が聞こえた。

ハリーに手を振って外へ出た。チャンドラー夫妻の車のテールライトが丘をのぼっていく。ハンス・ワグナーのアトリエに行くならあの方向だ——わたしが聞いてはいけない話を耳にしてやってくるかもしれないと、ラムに知らせにいく気だろうか。

いや、考えるのもばかばかしい。イヴ・チャンドラーがどういうわけで、ラムがハンスといっしょだなんて突拍子もないことを考えたのか知らないが、それはまちがっている。ラムは絶対にそんなことはしない。イヴはきっと、いつかどこかでラムとハンスが一杯やっているのを見かけて、勘ちがいしたのだ。勘ちがいもはなはだしい。だいたい、ラムはそこまで悪趣味ではない。ハンスは色男だし、わたしとちがって女にもてるが、ばかで絵もうまくない。ハンス・ワグナーのような見かけ倒しにラムが引っかかるものか。

とにかく、そろそろ帰ったほうがよさそうだ。妻を探して町じゅう歩きまわっていると思われたくなければ、これ以上遠くへ足を延ばすのも、ラムを見なかったかと尋ねてまわるのもやめておいたほうがいい。他人がわたしのことを人として、あるいは画家としてどう思おうと知ったことではないが、ラムによからぬ疑念をいだいていると思われるのは望まない。

チャンドラー夫妻の車のあとにつづき、月明かりに照らされた道を歩いた。ふたたびハンスの家が見えてきたが、チャンドラー夫妻の車は停まっていない。立ち寄ったとしても、すぐに走り去ったのだ。この状況なら当然だ。あそこに停まっているのをわたしに見られたくはないだろう。恰好がつかないから。

ハンスの家には明かりがついていたが、わたしはそのまま通り過ぎ、自宅へつづく坂をのぼった。ラムはもう帰っているかもしれない。そう願いたい。いずれにせよ、ハンスのところに寄るつもりはなかった。チャンドラー夫妻が立ち寄っていてもいなくても。

ハンスの家からわが家までの道に、ラムの姿は見えなかった。だが、わたしがここへ来るまでのあいだに、ラムは家に着いたのかもしれない。たとえ——そう、たとえハンスの家にいたのだとしても。チャンドラー夫妻がラムに警告したのなら。

酒場からハンスの家までは一キロと少し。ハンスの家からわたしの家まではたったの四百メートルだ。ラムは走ったかもしれないが、わたしはずっと歩いていた。

ハンスの美しいアトリエの、あの天窓がうらやましい。建物や高級な家具はどうでもいいが、あのみごとな天窓だけは。もちろん、外に出ればすばらしい光があるが、ここぞというときにかぎって風や砂が吹きつけてくる。それにたいていは、目の前にあるものではなく想像したものを描くのだから、外でやる意味がまったくない。山を描くのに山を見る必要はない。山ならもう頭にはいっている。

見あげた先に、明かりのついたわが家が見えた。とはいえ、つけっぱなしで出てきたのだから、ラムがいるとはかぎらない。重い足を一歩一歩運んでいると、のぼり坂に少々息が切れてきた。いつの間にか、ずいぶん急ぎ足になっていたらしい。振り向くと、またあの構図が見えた。ふくらんだ月がさっきより少し高い位置にあり、明るさを増している。手前の山の黒がやや明るくなり、遠くの山はいっそう黒くなった。描けるぞ、とわたしは思った。黒に灰色を重ね、灰色に黒を重ねる。そして、単色画ではつまらないから、黄色い光を加えよう。ハンスの家の明かりのような。ハンスの黄色い髪のように黄色い光。長身で、北欧ゲルマン系の、美形。あいつの顔は彫像のように整っている。女にもてるのも無理はない。女と言っても、ラムは別だが。

呼吸を整えて、わたしはまたのぼりだした。玄関が近づいたところでラムの名を呼んだが、返事はなかった。なかへはいったが、ラムはいなかった。

家のなかはがらんとしていた。さっきのワインをグラスにつぎ、下描きした絵を見にいった。完全なる駄作。何も伝わってこない。線の見栄えはいいが、中身がすっからかんだ。キャンバスから絵の具を削りとってやりなおさなくては。なあに、前にもやったことだ。失敗したら、一から徹底的にやりなおすほかない。だが、今夜はもうよそう。

ブリキの時計は十時四十五分を指していた。まだそれほど遅くない。何も考えたくなかったので、しばらく本を読むことにした。詩がいいかもしれない。わたしは書棚へ向かった。ブレイクの名が目にはいり、彼の作品のなかでも特に純朴ですばらしい詩を思い出した。「子羊《ザ・ラム》」だ。あれを読むと、いつもラムのことを考える――〝小さな子羊、だれがおまえを作った《made》の〟。わたしとしては、この文句の滑稽《こっけい》なひねりを考えずにいられない（「make」には「～と性交する」の意がある）。もちろん、ブレイク本人にそんな意図はなかっただろうが。しかし、今夜はブレイクの気分ではなかった。T・S・エリオットはどうだろう。〝真夜中は記憶を揺さぶる、狂人が枯れたゼラニウムを揺さぶるように〟（「風の夜の狂詩曲」の一部）。だが、まだ真夜中ではないし、エリオットの気分でもなかった。「J・アルフレッド・プルーフロックの恋歌」でもだめだ。〝さあ出かけよう、きみとぼくとで、夕暮れが空一面に、手術台で麻酔をかけられた患者のようにひろがるとき――〟。エリオットは、わたしが絵の具でやりたいことをことばでやってのけた。しかし、ふたつは同じではなく、ちがう媒体だ。絵と詩では食と睡眠ほどのちがいがある。一方で、どちらの分野も千差万別でありうるし、実際にそうだ。同じ絵描きでも、ボナールとブラックではまったく異なり、そのうえどちらもすぐれている。詩人で言えばエリオットとブレイクのようなものだ。〝小さな子羊、だれが――〟こんなものは読みたくない。

　考えごとはもうたくさんだ。トランクをあけ、四五口径のオートマチック拳銃を取り出した。弾は装塡《そうてん》してある。薬室に一発送りこみ、安全装置をかけた。ポケットに銃を入れ、外へ出る。振り返らずに背後でドアを閉めると、ハンス・ワグナーのアトリエに向かって坂をおりはじめた。

　チャンドラー夫妻は警告しにあそこへ立ち寄ったのだろうか。それなら、ラムは急いで家に帰ったはず――それか、チャンドラー夫妻について彼らの家へ行った可能性もある。そのほうが、あわてて帰宅するより自然だと思ったのかもしれない。つまり、ラムがハンスの家にいなかったとしても、なんの証明にもならない。ラムがいたら、チャンドラー夫妻は立ち寄らなかったということだ。

　歩きながら、うずくまった黒い獣のごとき山々と、黄色い町の灯を見わたした。だが、その光景は何も生み出さず、無意味だった。無感情で、いかなる感覚をも拒絶している。手術台の上で麻酔をかけられた患者のように。エリオットめ、あまりに深い洞察ではないか。手でふれられはしてもけっして所有できないものを求める、荒地での報《むく》われない努力。枯れたゼラニウムを揺さぶっている。狂人が。小さな子羊《リトル・ラム》。彼女の黒っぽい髪、さらに黒々とした瞳、色白の顔。ほっそりして美しい色白の肢体。柔らかな声、わたしの髪を滑《すべ》る手の感触。そして、ハンス・ワグナーの髪。あざけり顔のあの月と同じ、黄色の。

ドアをノックした。強くもなく弱くもない、ふつうのノックだ。

ハンスのやつ、出てくるのが遅すぎやしないだろうか。

怯えた様子はあるか？　わからない。彫りの深い顔立ちは端正だが、そこに何があるのかまではわからなかった。人の顔の線や骨格なら見ればわかるが、わたしは感情を読むことができない。声だって同じだ。

「やあ、ウェイン。はいれよ」ハンスが言った。

なかへはいった。大きなアトリエにラムの姿はなかった。もちろん、部屋はほかにもある。寝室に、キッチン、バスルーム。いますぐ片っ端から見てまわりたかったが、それは露骨というものだ。だが、すべての部屋を確認するまで帰るつもりはなかった。

「ラムのことが少し心配になってね。ひとりでこんなに遅くまで外出するのは珍しいんだ。ラムに会わなかったか」

ハンスは金髪で形のいい頭を横に振った。

「帰る途中にここへ寄ったかと思ったんだが」わたしは何気なく言った。ハンスに微笑《ほほえ》みかける。「ひとりきりで落ち着かないだけかもしれない。うちに来て一杯やらないか？　ワインでよければたっぷりあるから」

むろん、ハンスはこう言うしかなかった。「うちで飲んでいけばいいじゃないか」何が飲みたいかと尋ねさえしたので、わたしはマティーニと答えた。あいつがキッチンで酒を混ぜているあいだに、部屋を調べられるからだ。

「いいとも、ウェイン。ぼくもそれにしよう」ハンスは言った。「待っていてくれ」

ハンスはキッチンへ行った。わたしはすばやくバスルームをのぞき、それから寝室へ行って、ベッドの下までくまなく調べた。ラムはいなかった。わたしはキッチンに顔を出して言った。「言い忘れたが、わたしのは弱くしてくれ。帰ってからもう少し描くかもしれないから」

「わかった」ハンスは言った。

ラムはキッチンにもいなかった。わたしが玄関のドアをノックしたあとや、なかにはいってきたあとで出ていったはずはない。ハンスのキッチンのドアなら覚えている。あけ閉めする際にかなり大きな音を立てるが、何も聞こえなかった。玄関のほかに出入り口はあそこしかない。

わたしの思い過ごしか。

もちろん、ラムがここに来ていて、警告しにきたチャンドラー夫妻とともに立ち去った可能性もある。連中が寄っていればの話だが。

天窓つきの大きなアトリエにもどり、しばし壁にかかっているものを見てまわった。吐き気を催すものばかりだったので、すわって待つことにした。変に思われないように、もうしばらくはここにとどまったほうがいい。ハンスがもどってきた。

グラスを手渡され、わたしは礼を言った。ハンスはわたしが口をつけるのをえらそうに待っている。それが気になるわけではない。ハンスには金があり、わたしにはない。だが、ハンスがわたしのことをどう思っていようと、わたしのほうがよほどハンスをきらっている。

「仕事はうまくいってるかい、ウェイン？」

「まあまあさ」わたしは言った。酒を口に含む。わたしのことばどおりに弱く作ってあって、ほとんどベルモットだ。ひどくまずい。しかし、なかのオリーブはさっきのより黒っぽく、わたしが思い描いていた色に近かった。憶測にすぎないが、この色を中心に絵を組み立てればうまくいくかもしれない。

「いい家だな、ハンス」わたしは言った。「あの天窓。うちにもほしいくらいだ」

ハンスは肩をすくめた。「きみはモデルを使わないだろう。外の景色は外にあるんだし」

「外の景色は頭のなかにあるんだ」わたしは言った。「何を描こうと、それは同じさ」話の通じない男を相手に、わたしは何を言っているのだろう。窓辺へ――わたしのアトリエに面している窓へ――歩いていき、外を眺めた。わが家へ向かうラムが見えるかと思ったが、見えなかった。ラムはここにはいない。ならば、いったいどこに？　わたしがノックしたときにここを出たのだとしたら、いま歩いているところだろう。窓からその姿が見えるはずだ。

わたしは振り向いて尋ねた。「チャンドラー夫妻は今夜ここへ来たかい」

「チャンドラー夫妻？　いいや、二日ほど会ってないね」ハンスは酒を飲み干した。「おかわりは？」

いらないと言いかけて、やめた。ふと、ほんの偶然から、クローゼットの扉に目が留まった。一度なかを見たことがある。それほど奥行はないが、男ひとりが立つにはじゅうぶんだ。

ということは、女でも。

「ありがとう、ハンス。もらうよ」

歩いていってハンスにグラスを手渡した。ハンスはグラスを両手にキッチンへ行った。わたしはそっとクローゼットに近寄り、扉に手をかけた。

鍵がかかっている。

扉に鍵は挿さっていない。これはおかしい。外出時にはどうせ戸締りするのに、なぜわざわざクローゼットに鍵をかける？

小さな子羊、だれがおまえを作ったの。

マティーニのグラスを両手に持ち、ハンスがキッチンから出てきた。わたしの手がクローゼットの取っ手にかかっているのに気がつく。つかの間《ま》、ハンスは立ちすくんでいたが、やがて両手が震えだした。彼のぶんとわたしのぶんのマティーニがグラスの縁《ふち》からこぼれ、小さなしずくになって床に落ちる。

わたしはほがらかに尋ねた。「ハンス、クローゼットにはいつも鍵をかけているのか」

「鍵がかかっているかい？　いや、かけないよ、ふだんはね」ハンスは言い方がまずかったのに気がついて、こんどはもっと大胆に言った。「いったいどうしたんだよ、ウェイン？」

「別に。どうもしないさ」わたしはそう言って、四五口径をポケットから取り出した。ハンスとはじゅうぶんに距離があるから、いくら図体がでかいとはいえ、わたしに飛びかかろうとは思うまい。

わたしは微笑んだ。「鍵をもらおうか」

マティーニがさらに床のタイルを濡らした。長身で体格のいいハンサムな金髪男どもには、肝《きも》っ玉というものがない。ハンスは恐怖で凍りついていた。それでも、なんとか平静を装おうとして言った。「どこにあるかわからないな。どうかしたのか」

「別に」わたしは言った。「だが、そこでじっとしていろ。動くんじゃないぞ、ハンス」

ハンスは動かなかった。グラスが揺れたが、オリーブはなかにとどまっていた。かろうじて。わたしはハンスを見張りながら、鍵穴に大ぶりな四五口径拳銃の銃口を押しつけた。なかで隠れている人間を殺してしまわないように、銃口を傾ける。目の端でそれをやるあいだも、ハンス・ワグナーを見つめつづけた。

引き金を引いた。この広々としたアトリエでさえ、銃声は耳を聾《ろう》するほどだった。だが、わたしはハンスから目を離さなかった。まばたきくらいはしたかもしれない。

クローゼットの扉が徐々に開きはじめ、わたしはあとずさった。四五口径の銃口をハンスの心臓にまっすぐ向ける。そのあいだにも、クローゼットの扉がゆっくりと開いてくる。

オリーブがひとつ、タイルに落ちた。ふだんなら聞こえるはずのないそのかすかな音が、はっきりと耳に響いた。ハンスを見張りながら、扉が完全に開くのと同時になかを見た。

ラムがいた。裸の。

ハンスを撃った。手は震えていなかったので、一発で事足りた。ハンスは倒れながら片手を心臓のほうへ動かしたが、間に合わなかった。タイルに頭を打ちつけ、骨が割れるような音がした。それは死の音だった。

ポケットに銃をしまうと、いまになって手が震えてきた。

ハンスのイーゼルがそばにあり、パレットナイフが受け台に載っていた。ナイフを手にとり、わたしのラム、わたしの裸のラムを木枠から切り出した。巻いてしっかりと抱きしめる。もう二度と、彼女のこんな姿を他人にさらすものか。わたしたちはいっしょにハンスの家を出ると、手に手をとり、わが家に向けて坂をのぼりだした。わたしは輝く月光を浴びるラムを見た。わたしが笑うとラムも笑ったが、ラムの笑い声が銀のシンバルのように響くのに、わたしのそれは、狂人に揺さぶられたゼラニウムの枯れた花びらのようだった。

ラムはわたしの手をすり抜けて踊った。白くほっそりとした亡霊。

ラムが振り向くと、笑い声が鈴のように響いた。「あなたってば、忘れたの？　ハンスとの関係を打ち明けたら、あなた、わたしを殺したでしょ？　きょうの午後にわたしを殺したの、忘れたの？　ねえ、ダーリン。忘れたの？」

ローストミート

殺しのプレミアショー

Premiere of Murder

国弘喜美代 訳

初出：*The Saint Detective Magazine*, May 1955

1

ディレイニーは最初の銃声で目を覚ました。ぐっすり眠っていたわけではなく、〝美しき酔いどれ〟の姿が見えなくなってあまりに退屈で、一、二分うとうとしていただけだった。美しき酔いどれがもどってきているのが見えた。銃を撃っているのは、まさしく彼女だ。見たことがないほどすばらしい脚をしている。さらに言えば、それ以外も何もかもが美しく、酔った姿までがすばらしい。酔ってはいても、それをうまくごまかしている。

また彼女は銃をうまく持って、引き金を引きつづけていた。二二口径ながら重く、銃身の長いリボルバーだ。彼女は意地の悪そうな遊び人ふうの痩せた背の高い男の胸に、銃弾を撃ちこんでいた。男は彼女からほんの数メートル離れたところに、ぐらつきながら立っている。

銃声のせいで耳が痛くなって、ディレイニーはふたたび目を閉じた。町の警察署長として、人が撃たれるのは見たくなかった。十年前にブルックリンで新米警官だったころから、銃声を聞くのが苦手なのだ。

銃声がつづいて聞こえて、六発撃ち終わったところで、また目を開いてもだいじょうぶだと思った。ところが、その前に美しき酔いどれが悲鳴をあげた。

その悲鳴の何かが、ディレイニーにかつてないほどの速さで目をあけさせた。

痩せた長身の男はまだふらふらして、呆然とうつろな表情を浮かべていた。その顔に、もはや意地の悪さはない。突然、男は立ったまま死んだように見えた。鮮《あざ》やかな赤色が、ドレスシャツの前に染み出してきている。

男は倒れた。倒れてもふたたび立ちあがるはずの役者としてではなく。男の頭はせまい舞台の床に激突し、頭蓋骨が砕けたような鈍《にぶ》い音がした。

ルー・ゴーディがディレイニーの横で息を呑み、その腕をつかんで言った。「大変だ、ディレイニー！　空包じゃなかったんだ」

ディレイニーは飲みすぎて頭がぼんやりしていたものの、言われなくてもそのことに気づいていた。

そしてゆっくりと立ちあがった……

事のはじまりは、二時間前と言っていい。正確には、十時に、ラ・フォンダ・デ・テスカというバーで、だ。ディレイニーはボックス席にすわって、目の前のテーブルにグラスを滑《すべ》らせて円を描いていた。グラスは手の動きに合わせて、心地よい音を立てた。バーの明かりは薄暗かった。それはディレイニーの心も同じだった。

テーブルの向こうから、ルー・ゴーディが分厚い鼈甲縁《べっこうぶち》の眼鏡越しに、おもしろがっているような鷹揚《おうよう》な目で見つめて言った。「きっと気が変わるさ、ディレイニー」

ディレイニーは言った。「ばかばかしい」

それから窓のほうを向いて、ニューメキシコの黄色い月光を浴びた開けた広場をながめた。

木々の隙間から、テスカ劇場のきらめく看板と、照明の文字が目にはいる。〝深夜に試写会死のカーニバル〟

ルー・ゴーディが言った。「この——観光シーズン以外——さびれた小さなニューメキシコの町はじまって以来の大きな出来事なのに、きみは行かないっていうのか」

ディレイニーは小さく笑って言った。「この町はじまって以来の大きな出来事は、毎日起こっているんだ、ルー。太陽がのぼって、輝く。そのために地球の裏側からわざわざやってくる人もいる。山だってあるし。きみもここに住んでたころは、あの山々を愛してただろ。それがいまじゃ、『死のカーニバル』とかいうB級の恐怖映画の試写会だなんだと言ってる——B級映画なんだろう？」

「まあ、そうだ。しかし——」

「しかし、きみがその脚本を書き、たまたまテスカが作品の舞台だという理由で、わたしはこんな夜にじっとすわっていなければならないのかい？」

「そりゃそうさ。少なくとも、市民の義務だ。きみは町の警察署長なんだから」

「ばかばかしい」ディレイニーは言った。それからカウンターのほうへ目を向けて、サムの視線をとらえ、指を二本立てた。サムがお代わりを二杯作りはじめた。

ルー・ゴーディは言った。「ディレイニー、どうしてもこの映画を観てもらいたいんだ。たしかにB級だが、このぼくが書いたものだからね、自分の子供みたいなものだ。恐怖映画だが、筋がよくできている。A級じゃない唯一の理由は、あれだけの予算で作るしかなかったせいだ。それでもそんな予算で、ぼくらはみごとな仕事をやりとげた。トニ・ラヴァル――彼女にまだ会ってなかったよな？」

ディレイニーは首を振った。

「彼女は最高なんだよ、ディレイニー。演技もうまいと言える」

「それなのに、なぜB級映画に？」

ルー・ゴーディは顔をしかめた。「どうしても知りたいなら言うが、彼女は酒を飲みすぎる。それさえなければ、成功できるだろうに。ところがこの数か月、ハリウッドでは〝美しき酔いどれ〟と呼ばれるようになってる。最近じゃ、売り出し中の若手女優がそんなふうなのはまずいし、大スターにはなれない。たとえ彼女が――」両手の動きで、ことばより雄弁にその先をしめくくった。

飲み物が来ると、ディレイニーは一気に半分飲んで、言った。「きみは汚い手を使おうとしてるな。危うくその手にのせられそうだ」

「ディレイニー、今夜会ってからのそのペースでずっと飲みつづけるんなら――そもそも、会ったときから飲みはじめたんだよな？」

「ああ、公平なスタートだよ」

「だとしたら、どっちにしろ、きみはこの映画の大半を見逃すことになるだろうね」

ディレイニーは笑った。「こんなのは、ほんの手はじめさ。ところで、試写会を真夜中になんてばかげたことを考えたのは、だれなんだい」

「ビル・ワイリーだ。この映画の監督だよ。だが、それほどばかげた考えじゃない。恐怖映画には悪くない宣伝方法なんだ。満員まちがいなしさ。通常の興行の最終回を見るお客に、ただで見せることになっていてね。座席にそのますわりつづけていれば、ただでこの映画を観ることができる。それに、わざわざこの映画を観にくる人もいるだろうしね」

「わざわざ観にくる人がいるなんてどうしてわかるんだ？」

「ばかを言うなよ、ディレイニー。映画に登場するスターたちが特別に顔を見せるとしても、そう言えるかい？　映画のシーンをひとつふたつ演じるとしても？　みんな入場しようと取り合いになるぞ」

ディレイニーが不満げに言った。「なるほど。それならわたしたちの席もなくなるというわけだ」

「特別な客のためにロープで一列ぶんを区切って確保してある。そんなふうに逃げようとしても無駄だよ」

「おい、サム」ディレイニーは言った。「もう一杯頼む」

「一杯でいい」ルー・ゴーディはバーテンダーにそう告げたのち、ディレイニーに向かって言う。「広場を歩いて横切れるようにしておきたいからな。ところでディレイニー、絵のほうはどうなってるんだ？　八年前にここで知り合ったころは、夢中で描きまくってたじゃないか。それがいまは町の警察署長だ。何があったんだ？」

「自分には描けないってことがわかったんだ。満足のいくようにはね。でも、もうそのころには、テスカと山々と太陽を愛するようになっていた。以前、東部で警察官だったことがあったんで、この町の警察署長が退職したときに、後釜に立候補したんだ」ディレイニーは肩をすくめた。「単なる仕事だよ、テスカで暮らしていくための」

「いつもこんなに飲むのか」

「何か月かぶりだ。たまに羽目をはずすんだ――ルー、きみの分析にかかったら、失意の芸術家だから、とでもいうのかな。こっちに加わったらどうだ？　それとも、書くと言っていたすばらしい小説はもう書けたのか」

「もちろん、書いたさ」ルーがにやりと笑う。「ただし、出版してくれる人はいないだろうね。刊行されれば、ハリウッドでもっと稼げるんだが。おや、彼女のお出ましだ」

「だれのお出ましだって？」

「トニ・ラヴァルさ。ほかにだれが来るっていうんだ？　いま、じろじろ見るなよ。ディク・コレリがいっしょに来てる」

ディレイニーは振り返って目をやった。

見たことがないほどあでやかで美しいブロンドの女が、ホテルのロビーからドアを抜けて、人のあいだを縫《ぬ》って歩いてくる。ルー・ゴーディがさっき両手を使って彼女の姿を表してみせたが、本物はそれどころではなかった。ディレイニーは思わず、まわりに聞こえるほどの音で口笛を吹いた。

その音はさいわいにも、ブロンドの女には聞こえなかったようだ。彼女は部屋を突っ切って、カウンターのスツールに腰かけた。サムがすばやく彼女のほうへ向かった。ディレイニーは男がひとり、彼女といっしょにはいってきたのにぼんやりと気づいたが、目はブロンドの女に釘づけだった。

後ろからでも、彼女は見るにじゅうぶん値した。スカートの短い衣装のようなものを着ている。ディレイニーはなんの衣装だろうと考え、彼女が演じるのがカーニバルの一幕だったことを思い出して、猛獣使いの衣装だろうと判断した。ベルトからさげたホルスターが、その推測を裏づけていた。

衣装はすべて深紅の絹でできていて、肩と背中の大半はむきだしになっている。毛先を内巻きにした金色のボブスタイルの髪が、やわらかそうな白くてまるい肩にかかっていた。

ルー・ゴーディが言った。「妙な考えは起こすなよ、ディレイニー。彼女は婚約してるんだ――デイクと」

「あれは猛獣使いの衣装なのかな」

「そのとおり。それがこの映画での彼女の役で、今夜ステージであれを着ることになってる。しかし映画には、彼女が水着になる浜辺でのシーンも盛りこんである。それでもまだ観にいきたくない、と?」

ディレイニーはぶつぶつ言った。「紹介してもらえるのか」

「すわってひと息つけよ。それがきみのためだ」

けれども、ディレイニーがにらんだので、ルー・ゴーディは笑って立ちあがった。「その前にまず何分か、時間をくれ。仕事の話をするから。台本を少しカットしようと夕飯をとりながらビル・ワイリーと決めたんだ。あのままじゃ長すぎるんでね。トニとデイクにその件で話をしたい。そのあときみを呼ぶよ。それでいいかな」

「いいとも」ディレイニーも立ちあがった。「そのあいだ新鮮な空気を吸ってくる」

ルー・ゴーディは言った。「あのバーテンダーと知り合いのようだな、ディレイニー。ぼくがふたりと話しているあいだに、バーテンダーを脇に呼んで、トニの飲み物を薄く作ってアルコールを少し減らすように言ってもらえないかな。今夜、舞台でばたんと顔から倒れたらまずいだろ。彼女のことだから、うまくやるだろうと思ってはいるが、それでも――」

「いいとも」ディレイニーは言った。さっそくサムの視線をとらえ、ロビーへと通じるドアのほうを首の動きで示す。ドアを抜けたところで、サムが追いつくのを待ち、ルーの頼みをサムに伝えた。

「いいですよ、ディレイニーさん。わたしもあのご婦人のことはちょっと心配になっていました。それにしても、おきれいですね」

「控えめに言っても、絶世の美女だね」

ディレイニーは冷たい夜のなかへ出て、劇場のきらめく看板まで広場をぶらぶらと歩いた。それから切符売りのカルメン・ゴンザレスに手を振って挨拶したのち、立ち止まって試写会の告知ポスターを見た。

〝リチャード・ウェルシュ主演、死のカーニバル、トニ・ラヴァル、デイク・コレリ共演〟と記されている。しかし、リチャード・ウェルシュは来ない、とルーから説明を受けていた。マッキン・スタジオにとって大切な役者なので、テスカの顔見世には寄越せないのだという。テスカはふたりの脇役と、ほかにふたりの端役、それと監督で満足するしかなかった。

ディレイニーは隅へ顔をあげて、ラモンの姿を探した。ラモンはちょうど広場にはいったところだった。ラモンがだいたいこの時刻にやってきて、切符売り場にいる恋人に話しかけに立ち寄ることをディレイニーは知っていた。だからこそ、ホテルから出てきたのだ。ラモンはいままでに持った部下のなかで飛び抜けて優秀だ。

ディレイニーはラモンのところまで歩いていって、こう言った。「やあ、ラモン。万事問題はないかね」

「はい。さいころ賭博場で騒動があって、その仲裁に行かなくてはなりませんでしたが、怪我人は出ませんでした」

「だれか逮捕したのか」

「いいえ。まるくおさまりましたから。もう喧嘩はしないでしょう。ただ、プエブロ族の男をふたり、牢に入れざるをえませんでした。大声でわめいてましたよ」

「やれやれ」ディレイニーは言った。「あいつらのことだ、夜どおし歌いつづけて、監獄の一ブロック以内にいる者を眠らせないだろうな。まあ、きみがぶちこまなくてはならないと思ったのなら、そうするしかなかったんだろう」親指の動きで劇場のほうを示す。「今夜、テスカの大イベントを観にいくかい」

「行きたいですね。かまいませんか」

「何かあったときのために、きみの居場所を電話会社の夜間交換手に伝えておくように」

ラモンはにっと笑って、礼を言った。

ディレイニーは言った。「じゃあな、ラモン。間抜けな先住民をつかまえないでくれよ」

明るい月光のもと、ディレイニーは広場を引き返した。トニ・ラヴァルと会う予定を思い出して、気づくと歩みを速めていた。あえて歩くスピードを落とす。トニ・ラヴァルは見たこともないほどの美女だが、それがなんだというのか。あちらはスターの卵で、こちらは辺鄙な町の警察署長だ。しかも、彼女のそばには婚約者がいる。

もどるなんて言うんじゃなかった、と不意に思った。車に乗りこんで町を出て、冷たく澄んだ薄い空気のなかを美しい山の上まで行きたかった。夜の力を借りて、頭のなかから混乱とアルコールを追い出したかった。今夜、最初の酒に手をつけはじめた瞬間のことを後悔した。それはつまり、飲むのをやめるか——それともいますぐもう一杯飲んだほうがいい、ということだった。

それでも、ルーとの約束があったので、ディレイニーは心を決めた。ロビーにもどり、バーにはいった。

最初は、もういなくなったのかと思った。それから、ふたりが新しく加わって一行が部屋の奥の大きなボックス席に移ったことを見てとった。

ルーが手を振ったので、ディレイニーはそちらへ歩いていった。

2

「ディレイニー、こちらがミス・ラヴァルだ」ルー・ゴーディは言った。

トニから手を差し出され、ディレイニーはその手をとった。そのまま、手を放すのを忘れてしまったようだったが——トニはむしろうっとりとしたまなざしを向け、手を引っこめようとする様子はなかった——ルー・ゴーディは紹介を進めた。

「こちらがデイク・コレリ」

美しき酔いどれといっしょにバーにはいってきたその男に、ディレイニーは目を留めた。けっしてきれいとは言えない顔をした、背の高い痩せた男だった。まるで死人のようだ。夜会服を着ていて、シャツの前のまばゆいばかりの白さが、男の肌を黄色く見せている。

男は信じられないほど完璧な歯を見せ、どうやら微笑《ほほえ》んだらしかった。「テスカの法律そのものだ、ってルーから聞いていますよ」男の差し出した手は、死んだナマズのような感触で、冷たいうえに、ぐにゃっとしていた。

ディレイニーはうなずき、その手を長くは握らなかった。

「ハーマン・マスターソン」

ディレイニーは見たことがないほどけばけばしいスーツを着た男と握手をした。男は笑って言った。「着ている物にだまされてはいけませんよ。わたしはカーニバルの客引き役なんです」

「ウォルター・エヴァーズ」

ディレイニーは子供並みの小さな手に向かって、腕を伸ばさなくてはならなかった。エヴァーズはこびとだった。エヴァーズは自分かほかのだれかがボックス席からはずしてきたクッションの上にすわっていたので、握手をするためにテーブル越しに手を伸ばすまで、エヴァーズの背が低いことに気づかなかったのだ。

ディレイニーはあいている椅子にすわった。トニの隣ではないものの、その次にいい席――テーブルをはさんで向かい合う位置――だった。みんなが注文していた飲み物を持ってサムがやってきて、ディレイニーのぶんも運んでくれた。

ルーが説明した。「これで勢ぞろいだ、ディレイニー。ただし、監督のビル・ワイリーは別としてね。ワイリーもまもなく来るだろう。台本を短くしたから、みんなで早めに劇場に行って、さっとリハーサルをやらなくちゃいけない。考えてみれば、ここでリハーサルをしてもいいかもしれないな。映写幕をおろした場合、劇場にはどのくらいのスペースがあるんだい？」

「たっぷりある。素人の演劇に使われることもあるんだ。きみも――その寸劇だかなんだかに出るのか、ルー」

「ぼくが？　ぼくは役者じゃない。準備ができたら、きみといっしょに客席で観るつもりだ。ただし、監督は出演することになるらしい。司会をつとめ、ある場面ではウェルシュの代役をするとか。ウェルシュを寄越してくれればよかったのに。スターなしで、いいミステリの台本を作るのは大変だったよ」

デイク・コレリが言った。「ハムなしでハムサンドイッチを作るようなものだ」

ディレイニーは驚いた。コレリにユーモアのセンスがあるとは思ってもいなかったからだ。ディレイニーはコレリを一瞥《いちべつ》し、いまのことばにこめられていたのは、ユーモアより悪意だと判断した。

ディレイニーは言った。「ウェルシュが恐怖映画に出るなんて驚きだな。西部劇にこだわってるとばかり思ってた。ウェルシュの出ているのを一、二本観たことがある」

ルーは言った。「ウェルシュには、カウボーイの衣装を着る場面を用意してある。この映画では、ロデオ乗りに扮《ふん》してるんだ。その目で見るのをお楽しみに。ショーでは、ビル・ワイリーがその衣装を着ることになってる」

「カウボーイ姿の彼は見物《みもの》よ」トニが言う。「六連発銃やら何やらね」

ディレイニーは自分の飲み物をとろうと手を伸ばしたが、そこにはなかった。代わりに、ひと口飲んだあとのマティーニがあった。自分のグラスは空《から》になって、トニ・ラヴァルの前に置かれている。

トニはディレイニーの視線を追って、にっこり微笑んでみせた。「気を悪くなさらないでね、ディレイニーさん。わたしが取り替えたの」

ディレイニーはトニに向かって顔をしかめただけで、マティーニには口をつけなかった。どんな味がするのか、飲まなくてもじゅうぶんわかったからだ。サムはさりげなくごまかすのに失敗したらしい。ジンの代わりに氷水を入れたのだ。ディレイニーは大声で言った。

「サム、バーボンをロックで、お代わりだ」

それが運ばれてくると、ディレイニーは勢いよく飲んだ。

トニが声をあげて笑った。「みんなにもう一杯ずつお願い、サム。わたしのおごりで。わたしのマティーニにはジンを使って」

サムはディレイニーをちらっと見た。ディレイニーがルーに目をやると、ルーは両眉《りょうまゆ》をあげ、肩をすくめた。ディレイニーは言った。「そうしてくれ、サム」いったいルーが何を心配しているのか、ディレイニーにはわからなかった。トニには酔っている様子がわずかにあったものの、度を越して飲んだようには見えなかった。その目は見開かれて輝いていたが——こんなに青い目をはじめて見た——声に酔った響きはなかった。とにかく、そこまではんやりしたところは見受けられない。

いずれにしても、トニはディレイニーほど酔いを感じていないように見えた。

トニは鼻に白粉《おしろい》を塗っていた。そして塗り終えると、持っていた大きなハンドバッグにコンパクトをもどし、そのバッグを自分の膝《ひざ》からテーブルの上に置きかえた。そのとき、鉛《なまり》でもはいっているようなゴツンという音が響いた。

「武器でも隠し持っているんですか」ディレイニーは尋ねた。

トニはハンドバッグをあけて、一挺《ちょう》のリボルバーを取り出した。大きなもので重そうだったが、ディレイニーはそれがほんの二二口径であることを見てとった。「ええ、持ってるわ」トニは言った。「射撃はできますか、ディレイニーさん。六発でいくつ瓶を割れるか、やってみません？」

ディレイニーはにやっと笑い、手を伸ばして銃を受けとった。それから弾倉を振り出して、弾薬を手の上に出した。空包だとわかっていたが、たしかめたかったのだ。弾薬をもとにもどして、弾倉をしめる。

「いい銃ですね」ディレイニーはそう言って、トニに銃を返した。

「でも、ホルスターに入れて持ち歩くと、体がそっちに傾いてしまうの」トニが言って、ハンドバッグに銃をもどした。「飲み物はどこ？」

飲み物が届いたが、それとほぼ同時に監督のビル・ワイリーがテーブルについたので、サムは追加をとりにもどらなくてはならなかった。ワイリーが言った。「ハイヨー！　シルバー。進め（西部劇の主人公ローン・レンジャーが馬を発進させるときの掛け声）」

ディレイニーとの顔合わせがすむと、ワイリーは別のテーブルから椅子をひとつ持ってきた。ワイリーの衣装に関してルーとトニが言ったことは、誇張ではなかった。これほどロデオにふさわしいカウボーイの衣装は見たことがなかったし、色も鮮やかだった。四五口径のコルトが、火器を入れるには凝《こ》りすぎている、銀をちりばめたホルスターにおさめられて腰のベルトからぶらさがっていた。

ハリウッドの話になったので、ディレイニーは耳を傾けるのをやめた。トニ・ラヴァルをながめていると、ときおりこっちを見ているトニと目が合った。トニの隣にいるデイク・コレリに目をやると、さっきの冷たい魚のような握手に似つかわしい、冷たい魚のような視線にぶつかった。

当面アルコールのお代わりは頼まないほうがよさそうだと判断した。これ以上飲んだら、デイク・コレリの顔を殴ってやろうという気になるかもしれない。トニのような女がコレリみたいな男と婚約するなんて、いったいどういうことなのだろう。さらに言えば、ルーから聞いていたとおり、トニが酒浸りなのはなぜなのか。ひょっとすると、コレリと婚約したから酒に溺《おぼ》れているのかもしれないが、それもおかしな話だ。いつだって婚約は破棄できる。

さっさとリハーサルにいけばいいのに、と思った。そうすればもう一杯飲める。ルーのことを考えると、お代わりを注文したり、みんなに酒を勧めたりするのは気が引けた。これまでに飲んだぶんだけでも、トニが芝居をうまくこなせるかどうか、ルーが心配しているのを知っていたからだ。

監督のビル・ワイリーはディレイニーの心を読んだにちがいない。「さあ、諸君、リハーサルに行くほうがよさそうだ」

ディレイニーはほかの面々とともに立ちあがり、カウンターのところまでついていった。

みんなといっしょに来ないかという誘いはことわった。ルーが言った。「ショーがはじまる前に、迎えにくるよ、ディレイニー」

一行が出ていくと同時に、ディレイニーはサムにダブルを注文した。目の前に飲み物が運ばれてきたとき、またドアが開いた。

トニだった。にっこり笑いかけながら言う。「忘れ物をしてしまって」

ディレイニーは自分の前のグラスを手で覆って言った。「これは駄目ですよ。一杯おごりますから、人のものをくすねるのはやめてください。このあたりじゃ盗みは法にふれるんです」

トニはディレイニーの隣のスツールに滑りこんで言った。「ダブルをお願い、サム。急いでね」

ディレイニーはトニを見た。「だれかを欺《あざむ》いて、引き返してきたんですか」

「欺いたのは自分だけよ、ディレイニーさん。それに、そんなことどうでもいいでしょ。今夜ほんとうに観にくるつもり？」

「拒んでも、ルーがもどってきて、引きずっていくでしょうね。ただし、そのころには、物が二重になって見えてるんじゃないかな」

「それじゃあ二重に悪いわ。行かないほうがいい。ひどいものだから。でも、ルーのせいじゃないのよ――もちろんビルのせいでもない。脚本と演出は問題ないの。わずかな予算でいい映画は作れない、それだけのこと」

「そんなに駄目なわけではないでしょう。少ない予算で作られたいい映画だってあります。ほら『或る夜の出来事』とか」

「今夜の出来事はあんなふうにうまくはいかないんじゃないかしら。さあ――」

目の前に運ばれていた飲み物を、トニは手にとった。ディレイニーは自分のグラスを持ちあげる。「トニさん、あなたに」

ふたりともグラスを一気にあおり、不意に互いを見つめ合った。トニがさっと目をそらす。

「忘れてください、ディレイニーさん。あなたはすてきなかたよ、でも――」

トニはスツールから滑りおりて、ドアのほうへ向かった。ちょうどそのときドアが開いて、そこにデイク・コレリが立っていた。コレリは何も言わず、トニのためにドアを押さえていた。トニは振り返りもせずに出ていった。

ディレイニーは言った。「もう一杯、ダブルで頼むよ、サム」

サムは注文の品を持ってきたが、こう言った。「飲むペースがちょっと速くないですか、ディレイニーさん」

「ああ。何か文句でも?……いや、すまない、サム。そうだな、ちょっとペースを落とすよ」

ディレイニーがその一杯で粘っていると、そのうちにルーがもどってきた。

けれどもルーがまだ少し時間があることを認めたので、いっしょにもう一杯飲んだ。

「トニ・ラヴァルがあんなふうになった理由が知りたいんだ、ルー。ああまで酒を飲むようになったのは、いつからなんだい。あの気味の悪いコレリと婚約してからどれくらいになるんだ?」

「どっちの質問も、答はここ数か月だ。だが、いいかい、ディレイニー。このふたつには関係があるかもしれないし、ないかもしれない。けど、あるとしたって、きみにはどうしようもないことなんだ。きみがラヴァルに惚れこんでいるなら、映画の試写会に行かなくてもいい。無理をすることはない。ぼくは行かなきゃならないが、きみはそこにすわって、静かに酔っていてもいい——ずっと酔っ払っていればいいってわけさ。映画もおそらく、たいしたことはないからさ」

ディレイニーはにやっと笑った。「みんなして行かせまいとしたって、ルー、わたしは行くよ。たとえ金を払わなくちゃいけなくてもな。準備はいいかい?」

ルーは肩をすくめて、スツールからおりた。ふたりで広場を歩いていたとき、ルーは言った。「トニがあの男のどこに惹かれているのか興味があるが、そもそも女が何を好むかなんてだれにもわからないからね。気味の悪い男だからこそ好きなのかもしれないな」

「あの男について知っていることを教えてくれ」

「演技はまずいが、熱心だよ。ああ、ちょい役か悪役に向いてると思う。この映画でも悪役をやってるんだ——余興では催眠術師を演じることになってる」

ディレイニーはそれについてよく考え、やがて劇場の看板が近くなってくると、まっすぐ歩くことに集中した。

部下のラモン・ガルシアが切符売りの恋人と話をしていた。ディレイニーはラモンをルーに紹介したのち尋ねた。「わたしたちといっしょにラモンを招待席にすわらせてもかまわないかな、ルー。この映画を観たがってるんだ——どういうわけだか知らないが」

「いいとも。あいてる席があるだろうし」

「カルメンもいいかな。切符売り場を閉めてから」

「もちろん」

劇場にはいると、興奮した人々の話し声で騒然としていた。ほとんどがスペイン語だ。明かりはついていて、映写幕が引きあげられて普通の垂れ幕がおりていた。

一行はロープで仕切られた席へやってきた。その区画は大半が空席だった。ディレイニーはラモンとルーを先に通して、自分が通路側の席にすわれるようにした。それからすぐまた立ちあがり、カルメンがラモンの隣にすわれるよう、前を通してやった。切符が売りきれたため、試写会がはじまる前に売り場を閉めることができたのだ。

せまい劇場のなかは、暑くてむっとしていた。ディレイニーは目を閉じたが、突然静かになったのですぐにまた目をあけた。垂れ幕があがっていて、来なかったスターの派手な衣装に身を包んだビル・ワイリーが、舞台へ歩いていくところだった。

ワイリーが言った。「このすばらしい映画を観るために集まったみなさま——」

ディレイニーはまた目を閉じた。しばらくして目をあけたのは、トニの声が聞こえて、彼女が舞台にあがったことがわかってからだった。トニと客引きとこびとが映画の一シーンを演じていた。三人を紹介し終えたワイリーは、舞台の隅、袖のあたりに立っている。

トニはいくつか台詞《せりふ》を言ったあと、何かに怒っているような演技をして、大股で舞台から消えた。ディレイニーは少しのあいだ、うとうとした。

そして、最初の銃声で目を覚ました。

ディレイニーは殺人を目撃した。ゆっくりと立ちあがる。頭はまだ酔いでぼんやりとしていた。

すばやい動きではなかったが、ほかに動こうとする者はいない様子だった。舞台上の人々は、活人画のごとくポーズをきめているふうだ。トニは片手に銃をぶらさげ、そうすれば悲鳴を抑えられると思っているのか、もう一方の手で口を覆って、目の前に倒れている死体を見おろしていた。ワイリーは依然として舞台の袖近くに立っていた。そのそばにこびとと客引きが目を瞠《みは》って立っている。舞台にあがっていたのに、台本にないトニの悲鳴を聞いてそこまであわててさがったのだろう。

ディレイニーは頭をすっきりさせるために首を振り、それから低いところに張られたロープをまたぎ越して通路に出た。舞台に背を向けて、まず観客を見まわして言う。「みなさん、そのまま席から動かないでください。移動したり席を立ったりしないで。ただし、スミッティとルイス、きみたちは除く」

運よくラモン以外の部下がふたりとも、非番だったがショーを観にきていた。ラモンには声をかけるまでもなかった。すでに通路のほうに出てきていたからだ。ルー・ゴーディがためらっていたので、ディレイニーは声をかけた。「いいんだ、ルー。来てくれ」

いで舞台にあがった。ディレイニーは五人から成る行列の先頭に立ち、低いところを照らすフットライトをまた

3

ディレイニーはディク・コレリのかたわらにひざまずき、その胸に手をあてた。コレリが死んだことを疑っていたわけではない。白いシャツの前に六つの穴があいて、そこが赤く染まっていた。せいぜい十五、六センチ程度の円内にすべておさまっていて、少なくとも一発、おそらく三発が心臓にあたっていた。

ディレイニーの手が詰め物のようなものにふれた。ビル・ワイリーの声が肩の上から聞こえる。「服の下に一センチほどの厚さの胸あてをしてるんです。空包の栓《ワッズ》のために。痛いですからね」

ディレイニーは低くうなり、シャツの前を引き裂くようにあけて、胸あてをとった。そしてコレリの心臓の上に自分の手を乗せ、すでにわかっていることをたしかめた。

ディレイニーは三人の部下に身ぶりで合図し、舞台から死体を運び出すよう指示した。

「きみたちは舞台からおりて、幕の裏あたりで待機してくれ」

客の一部が座席から立ちあがりはじめているのを、ディレイニーは目の隅でとらえた。そ

れを大声で咎《とが》めると、観客はもとどおり腰をおろした。

劇場の支配人、セス・ホイーラーがおそらく事務所からだろう、通路を進んできた。ディレイニーは手招きをした。そしてセスが近くまで来ると、こう言った。「映画は準備できてるのかな。いますぐはじめられるかね？」

「もちろんですよ、ディレイニーさん。映写幕をおろせば、すぐに」

「では、進めてくれ」

それから観客に向かって言った。「台本にはないことが起こりましたが、このショーの進行の妨《さまた》げにはなりません。みなさん着席して、映画をご覧ください。ただし、わたしのそばには近づかないこと。今夜、牢のなかで過ごしたい人は、舞台裏へ――内側でも外側でも――来るだけでいいですよ。あるいは、ホテルから半ブロック以内に立ち入るか」

ディレイニーは舞台からおりた。セス・ホイーラーは引き綱のそばに立って、映写幕をおろす準備をしている。ディレイニーはセスにうなずき、はじめるよう促してから言った。

「背景幕をあげて、舞台裏にいられるだけのスペースを確保してくれ、セス」

そして、たったいま移動した遺体のそばに立っている部下ふたりのほうへ行った。ラモンはひとつしかないドアのそばに控えている。

ディレイニーは言った。「ヘインズ葬儀社に電話をしてくれ、スミッティ。これを引きとりに来てもらうんだ。あと、グレアム医師にも電話をして来てくれと言え。もし葬儀社の車のほうが先に来たら、遺体を運ばせていい。医師にはそっちへ行って検死をしてもらおう」

三人の部下のなかで唯一のアングロ系であるスミッティがうなずき、電話をかけにいった。ディレイニーはトニ・ラヴァルのまわりにできた小さな人垣まで歩いていった。だれかがトニのために椅子を見つけてきていた。監督、こびと、客引き、そしてルーがそこにいた。ディレイニーは尋ねた。「だいじょうぶですか、トニさん。何が起こったのか話してもらえるかな」

トニは大きな青い目でディレイニーを見あげた。「も——もうだいじょうぶだと思います。でも、何が起こったのかわからないんです。だれかが——あの銃に、空包の代わりに実包を入れたのよ、きっと。わ——わたし、お酒が欲しいんですけど、ディレイニーさん。みんなで——ラ・フォンダにもどってはいけないかしら」

「すぐにもどれますよ、たぶん。銃について話を聞かせてください。ここに来てからどこに置いてあったか、バーを出てから銃をどうしていたか」

「バーを出たときは、わたしのハンドバッグにはいっていました。覚えていらっしゃいますよね。こっちに着いてからは、ドアのそば、あちらの隅のテーブルにバッグを置いていました。リハーサル中は銃を身につけていなかったから——とにかく撃てるはずもなかったんです。だって、持ってきたのは空包が六発だけであって、ひと箱ぶんじゃなかったんですもの。リハーサルのあいだ——そのあと、ショーがはじまるのを待ってるあいだも——銃はそこにありました。ホルスターに入れて身につけているのがいやなんです——重くて、体が傾いてしまうので。それで、ビルが実際に舞台上に出ていってショーがはじまるまで、銃は手にしませんでした」

ディレイニーはうなずいた。「すると、そのあいだに何者かが実包とすり替えた。その間、約三十分、時間はじゅうぶんにあった。すり替えたことを認めるか尋ねるような無駄はせず、こう訊きましょう。あの隅のテーブルとドアのあるほうへ行った者を、だれか見ませんでしたか」

数秒間だれも答えず、そのうちにビル・ワイリーが言った。「わたしたち全員にその可能性はあったんじゃないですかね、ディレイニーさん。それぞれ台本の出番に応じて出たりはいったりしていて、自分の番じゃない者が、舞台袖に行くみたいにして後ろへさがった。ちょっと思うんですが、リハーサル中かそのあと、全員が一度はそこへ行った――あるいは、行った可能性はあったんじゃないかな」

ディレイニーはふたたびうなずいた。目が合うと、ルーは肩をすくめた。

ディレイニーは言った。「あなたがたの意向は――ただし、わたし自身とトニだけは除いて――よくわからないが、ほかに尋ねるべき質問は、道を渡ってグラスを傾けながらうかがったほうがよさそうだ。だが、その前にひとつ、ちょっとやることがある」

「なんですか」そう尋ねたのは、口のうまい客引き、ウォルター・エヴァーズだった。

「だれかが空包を実包とすり替えた」ディレイニーは言った。「そのだれかが銃から取り出した空包をいまだに身に帯びているほど愚《おろ》かだとは思わないが、ひょっとしたらその可能性はある。人はときに愚かになるものだからね。二二口径の空包六発を持っているかどうか、通りを渡る前に、身体検査をするのはいやだという人はいますか」

トニ・ラヴァルに目をやって言う。「残念ながら、あなたもですよ、トニさん。ただし、わたしの部下のガールフレンドが観客のなかにいるので、彼女にやってもらえばいい」

トニは言った。「もちろんですわ、ディレイニーさん。問題ありません」ディレイニーがほかの者に順に目をやると、四人の男はうなずくか、かまわないと返事をした。

身体検査は徹底的におこなわれたが、三人の部下が手伝い、トニの検査はラモンの恋人のカルメンが受け持ったので、長くはかからなかった。そのあいだに葬儀社の車がやってきて、遺体を運んでいった。グレアム医師が到着して、葬儀社で検死をするために、あとを追ってそっちへまわってもらった。


零時を三十分すぎたころまでに、六人――ディレイニーとルー、それに台本で役を演じていた五人のうち四人――が、ホテルのバーの広い丸テーブルにもどっていた。

ディレイニーは全員ぶんの飲み物を注文した。

ルーが尋ねた。「どうなってるんだ、ディレイニー。ここではどうすることになってるんだい。きみが捜査を担当するのか、それとも郡の保安官か何かを呼び寄せるのか」

「保安官には知らせる。必要なら手伝いに来てくれるが、今晩来るかは疑問だな。ここは郡の中心地から百キロほど離れているし、山をいくつも越えて車で来るのは大変だからね」

ディレイニーはトニ・ラヴァルを見た。青ざめて震えているようだが、これまで以上に美しい。トニが訊いた。「わたし――わたしは逮捕されるのかしら、ディレイニーさん」

「あなたが銃弾をすり替えたんですか」

トニは首を横に振った。

「だったら、なぜあなたが逮捕されるんです?」ディレイニーはほかの面々を見まわした。

「こちらのトニは引き金を引いたが、銃に実包がこめられていることを知らなかったのなら、それは殺人じゃない。だが、このテーブルについているだれかがすり替えたわけだ」

ビル・ワイリーは自分の飲み物をじっと見つめていたが、顔をあげて言った。「どうしてそんなふうに断言できるのか、わたしにはわかりませんね、ディレイニーさん。ひとつ例をあげると、みんながリハーサルをしているあいだ、舞台裏にいた人物がわれわれのほかにもうひとりいる。劇場の支配人がしばらくそこにいたんですよ」

「セスは容疑者からはずれます。セスはずっとテスカに住んでいて、コレリははじめてここに来た。セスはあなたがたをだれひとり知らなかった。それに動機がない。しかも――セスは台本を見たことがあるのかな?」

ディレイニーがルーのほうを見ると、ルーはかぶりを振った。

ディレイニーは言った。「だったら、それがたしかな理由だ。空包を実包と入れ替えたらどうなるのか、セスは知りえなかった。銃がトニのハンドバッグにはいっていること、そしてそれが舞台で使われるかどうかと、どんなふうに使われるのかも知らなかったはずだ」

ワイリーが言った。「それは認めざるをえないでしょうね、ディレイニーさん。でも、すり替えが劇場でおこなわれたとどうしてわかるんです？　きょうの午後、トニの部屋ですり替えられた可能性もある。それ以降トニが銃を確認していないとしたら、われわれがハリウッドを出る前にそこですり替えられたのかもしれない——使う台本の内容を知っていて、テスカには来なかっただれかの手で」

ディレイニーは思い出した。トニに銃を見せてもらい、弾倉を開いて、そこに空包がはいっているのを確認したときに、ビル・ワイリーはまだバーに来ていなかったのだ。

そこでワイリーにそのことを説明したのち、トニに広場を渡って劇場へ行くあいだに何があったかを尋ねた。

トニは眉根を寄せた。「覚えていらっしゃると思いますが、全員そろってバーを出ました。でも、出てすぐ、ドアから二十歩も行かないうちに一杯やりたくなってしまって。テーブルにコンパクトを忘れたので、とりにもどるから待っていて、とみんなに言ったんです。ディクとルーがいっしょに来ると言いましたが、ことわりました。ほとんどみんな、ほんとうはなんのために引き返すのか、わかっていたのだと思います。

ところが、みんなは外で待っていてくれました。ただ、数分後にディクがドアのところまでわたしを迎えにきましたが。覚えておいでですよね」

ルーが言った。「そのとおりだ、ディレイニー。ぼくらは全員すぐ外にいて、彼女がはいっていって、また出てくるのを見ていた。そのあいだずっと、彼女はハンドバッグを持っていた」

ディレイニーはうなずいて、飲み物をみんなにいきわたるよう注文した。「そういうわけで、すり替えは劇場でおこなわれた。問題は、銃のなかにあった空包をどうしたかってことだ。それが気にかかってる」

またテーブルを見まわして言う。「それが気になってるんだ。空包は劇場のどこか、舞台裏にあるにちがいない。いまわたしの部下三人が総がかりで空包を探している——まだ見つかってはいないがね。見つかっていれば、報告にきているはずだ。空包が見つかるまで徹底的に探せと言ってある。もう見つかっていてもいいころだ。かなりかぎられた範囲だから」

ルー・ゴーディが椅子にすわったままそわそわと身じろぎした。「見つかることを願ってるよ、ディレイニー。そのわけはわかると思うが」

「わかるとも。きみは舞台裏にはいってまた出ていった唯一の人物だからな——セス以外のね。セスは数に入れない。きみならすり替えをやって、ここに来るまでのあいだに空包を外へ投げ捨てることができた。あるいは広場に隠すことが。ただ、そんなことをするのは、ばかげていると言えるだろう、ルー。なぜって劇場に空包を残しておけば、五人のだれがやったかわからないんだから。そして広場で空包が発見されたら——まあ、きみ以外は外に出ていないわけだ。そうなると、きみは窮地に立たされる」

ルーはうなずいた。「そういうわけで、ぼくはきみの優秀な部下たちが劇場で空包を見つけてくれたらいいと思っている。広場も捜索してるのか」

「マニャーナ」ディレイニーは言った。「念のために言うが、〝朝に〟という意味だ。ほかに舞台裏を離れた者はいないかな。手洗いに行くためにでも」

「行きました」ビル・ワイリーが言った。「たぶん、ほかにも行った人がいるんじゃないかな。たしかなところはわからないが――」

「わたしも」トニが言う。「わたしも行きました。お化粧をなおしに。もう一杯飲んでもいいかしら」

ディレイニーはドアがあく音を聞いて、振り返った。ラモンがはいってきた。ラモンは周囲を見まわしたのち、ディレイニーのところまで歩いていった。首を振って言う。

「隈なく探しましたが、ありませんでした」

「窓の外は？」

「どちらの窓も閉まっていて、あかないようになってます。だれかがドアから外に出て、捨てたのかもしれません。懐中電灯を使ってかなり広範囲を探しましたが、成果はありませんでした」

「手洗いは？」

ラモンはふたたび首を横に振った。「配管まではずしてみたんですが」

ディレイニーはため息をついた。「あそこにあるはずなんだがな、ラモン。悪いがもう一度もどって、ドアの外の広い範囲を探してくれ。二二口径の空包が小さいことはわかっているが、何しろ六発もあるんだ」

「了解しました、ディレイニーさん。もう一度調べてみます。わからないのは、そもそも空包を隠そうとした理由です。ラヴァルさんのハンドバッグが置いてあったテーブルの抽斗《ひきだし》に入れておくか——あるいは、どこか目につかないところにただ突っこんでおけばよかったのに。ところが何者かは、わざわざ隠す手間をかけている」

ディレイニーを悩ませているのもその点だった。ラモンが出ていくと、ディレイニーはまたテーブルを見まわして言った。「答を確実に知っている当人が答えるとは思わない。ただ、ほかの者のなかで、何か考えのある人はいないかね。空包を見かけた者は？」

だれもが首を横に振ったが、ビル・ワイリーだけはこう言った。「わたしの銃には空包がはいってます。四五口径の」

「それを撃つことになっていたんですか、台本のあとのほうで」

「はい、ただし一発だけですが。撃ったときに弾倉のなかで空包が撃鉄の位置にあるか心配しなくていいように、六発こめておいたんです」

ルー・ゴーディがあくびをして言った。「この一件が刺激的なのはわかるよ、ディレイニー。とりわけ、ぼくの場合は、空包が見つからないかぎりいちばんの容疑者になるんだからね。だが、もうくたくただ。ゆうべはほとんど眠ってないんでね。そろそろ休んでもいいだろうか」

「どうぞ。みなさんもお休みになってかまいません、ただし、ホテルからは出ないように」

ルーが立ちあがると、ディレイニーも立って言った。「わたしはちょっと劇場へ行って、部下たちがどうしているか見てこようと思う。ただ、ここに残る人がいるかもしれないから言っておくが、わたしもまたもどってくるつもりだ」

ほかの者たちはテーブルにとどまった。ディレイニーはルーといっしょにロビーまで歩いていった。「おやすみ、ルー。朝また会おう」そう言って、外に出た。だが、遠くへは行かなかった。ドアのすぐ外で二分待ったあと、ロビーへもどり、フロントへ向かった。

夜勤のフロント係からデイク・コレリの部屋の番号を聞き出したのち、コレリが出かけるときに預けていった鍵を受けとった。ただ実際には、鍵は絶対に必要というわけではなかった。ラ・フォンダの部屋の錠は、たいていどんな鍵でもあいてしまうような古いタイプのものだったからだ。

階段をのぼって、コレリの部屋に行った。フロントで受けとった鍵を試す前に、かがんで鍵穴をのぞいた。鍵穴にはすでに、内側から鍵が差しこまれていた。

4

ドアをそっとノックした。応答がなかったので、ディレイニーは言った。「わたしだよ、ルー。中に入れてくれ」

数秒後、ドアが開いた。ルー・ゴーディがつとめて無関心に言った。「やあ、ディレイニー」

ディレイニーはルーのそばを通って部屋にはいった。ドアを閉めたものの、鍵はかけなかった。内側から差しこまれていた鍵を抜いて、ルーに手渡す。そして帽子を脱いでドアノブにかけ、鍵穴から光が漏れないようにした。ドアはぴっちり閉まっていて、下からも横からもいっさい光が漏れないことは、外側から見てわかっていた。

「静かに話そう、ルー。ほかにも訪問者がいるかもしれない。そう思わないか」

ルー・ゴーディはうなずいた。

ディレイニーは室内を見まわした。部屋はかなりの荒れようだ。それは、ひとつにはルーが探し物をしていたからで、もうひとつにはデイク・コレリが散らかしたまま出ていったからだった。化粧台の抽斗が開いているのと、スーツケースがあけられてベッドの上に引っかきまわされたまま置かれているのは、ルーの仕業《しわざ》だと思われた。だが、テーブルの上に並ぶグラスと瓶と、吸殻のあふれた灰皿は、コレリが出たときからこの状態だったのだろう。ディレイニーはほぼ満杯のバーボンの瓶を手にとり、自分用にたっぷりと注いだ。ディレイニーが目をやると、ルーは言った。「こうなったからには、ぼくも飲もう」ディレイニーはルーにもバーボンを注ぎ、それを手渡した。

「脅迫なんだろう、ルー」

ルー・ゴーディはストレートのウイスキーをぐっと飲んで言った。「ああ、脅迫されてた。思うに、ぼくを含めて三人がね」

「トニとビル・ワイリーか」

ルーはうなずいた。それからベッドの端に腰かけて言う。「とにかく、ぼくは脅《おど》されてた。あとのふたりもそうだと思う。でなければ、トニがあの男と婚約した理由がわからない。『死のカーニバル』なんて映画に出ることに同意した理由もな。ワイリーに関して言えば、この映画の製作に賛成するってことを、デイクは前もって知っていた」

ルーはグラスに残ったウイスキーを飲み干して、深呼吸をした。「一年前、デイクがぼくのところに来て、悪役として見せ場のあるいい役、自分にぴったりあつらえた役を入れて恐怖映画の脚本を書いてくれと言った。興味がない、と返事をした――すると――でも興味を持ったほうがいいと抜かしやがった。ぼくは六年ほど前に一度だけ、まちがいを犯したことがあるんだ、ディレイニー、ハリウッドで仕事をはじめる直前にね。それほどひどい罪じゃなくて――いまとなっては訴追されないんじゃないかな。だが、コレリは文書による証拠を握っていた――それは、ハリウッドでのぼくの立場を失墜させ、仕事を失わせ、ぼくを追放のブラックリストに載せることができるようなものだった。

だから脚本を書いた。すると、ぜったいに製作されるとデイクは請け合った――脚本を気に入って、任せてほしいとスタジオを説得してくれる監督を知っている、その監督は配役に関して自分、つまりデイクの提案を受け入れるはずだって。それで、ぼくは思った――いまでもそう思ってる。ぼくの場合と同じように、ワイリーに関しても何か証拠を握っているにちがいない、ってね。いや、ぼくの場合よりひどいのかもしれないな」

「で、トニは？」

「コレリを見ただろ。薄気味の悪い男だ。トニより二十も歳上だし。脅迫に決まってるじゃないか、ディレイニー。ふたりが本気で結婚するつもりだったとは思えないんだ。ぼくが考えるに、デイクはスターの卵といっしょにいる自分を見せびらかしてまわりたかっただけなんじゃないだろうか。トニと婚約することで、みずからの名声を高めたかったんだと思う。トニとしては、受け入れるか、キャリアを棒に振るかの選択だったんじゃないかな。それでトニはコレリといっしょにいた。トニが酒を飲むようになった理由としては、それでじゅうぶんだろう。だが、ほんとうに結婚するつもりだったかというと、そんなことをするくらいなら、トニはハリウッドを去って監獄に行くほうを選んだだろうね。ぼくとしてはむしろ、そう確信している」

「で、探し物は見つかったのか、ルー」

ルー・ゴーディは首を横に振った。「きみがドアをノックしたとき、スーツケースに取りかかったばかりだったんだ。それ以外は全部調べたよ」

「何をもってきみを脅していたかは知らないけど、コレリがそれをテスカまで持ってきていたと考える理由は?」

「ただの勘だよ、ディレイニー。でも、デイクの性格からして、持ってきてたと思う。それに、デイクはニューヨークの小劇場に出ることを考えていたから、ここからハリウッドにもどるかは定かじゃなかった。そんな状態で、向こうに証拠を置いてくるとは思えない」

ディレイニーはため息をついて、言った。「たしかめてみよう。デイクがもし持ってきていたなら、うまい隠し場所に入れてるんじゃないかな、洋服とか荷物のあいだにまぎれこませるんじゃなくて。スーツケースはすべて徹底的に調べたのか」

「きみが来たとき調べはじめたばかりだったんだ。ぼくが——」

「中身をあけて、きみがそっちを調べているあいだ、ケースのほうをこっちに寄越してくれ」

ふたつ目のスーツケースから貴重な発見があった。蓋《ふた》側に、巧妙に作られた隠し底があったのだ。スーツケース自体は同じものだったが、ふたつ目のほうだけが蓋がほんのちょっとだけ厚かった。それがなければ、もう少しで見落とすところだった。

隠し底には、封筒が三通はいっていた。封がされ、表には何も書かれていない。ディレイニーはそれを裏返してみて、それぞれ右下に鉛筆で薄く頭文字が記されているのに気づいた。ひとつには〝W〟、もうひとつには〝G〟、最後のひとつには〝R〟。

頭文字を見ていると、ドアからかすかな音がした。錠に鍵が差しこまれる音だ。ディレイニーは封筒をポケットに押しこみ、すばやく入口のほうへ行って、ドアをあけた。

「どうぞ、ワイリーさん。鍵はかかってませんから」

ビル・ワイリーは舞台で着ていた衣装のまま、ベルトから四五口径の銃をぶらさげて、ばかみたいに突っ立っていた。ワイリーは鍵をポケットに入れて、部屋にはいってきた。ディレイニーはドアを閉めて、言った。

「すわってください、ワイリーさん。お待ちしてましたよ」ルーのほうへ向きなおって尋ねる。「Rの頭文字に心あたりはないか、ルー」

「どういう意味なんだ、ディレイニー」ルーはディレイニーが差し出している三通の封筒を見て、鉛筆書きの頭文字三つに目をやった。「ああ」ルーが言う。「あるとも、トニだよ。ラ《La》ヴァル《Valle》というのは当然ながら芸名だ。本名はアントワネット・リード《Reid》」ルーは封筒のほうへ手を伸ばし、三通全部とは言わずともゴーディのGと書かれた封筒をとろうとしたが、ディレイニーは三通とも自分のコートのポケットに滑りこませた。

ディレイニーはワイリーに訊いた。「トニはまだバーに？　彼女を置いてきたんですか」

ワイリーはうなずいた。「酔ってふらふらですよ」

「まもなく彼女もやってくるんじゃないかな。もし来ないようなら、呼びにいきましょう。ただ、もうしばらく待ってみましょうか。たぶん、あなたがご自分の部屋に着くタイミングを見計らって、ここに来るつもりでしょうから」

「なんでまた？」

「あなたがここにいるのと同じ理由ですよ、ワイリーさん。それにルーともね。ご存じかどうかはさておき、コレリはあなたがた三人を脅迫していました」

ディレイニーの目が暗く沈む。

ワイリーはゆっくりとうなずいた。「その封筒が――？」

「そうです」ディレイニーは言った。

「それをどうするつもりですか」

「コレリの酒を一杯いただこう」また酔いが少しさめてきていた。ディレイニーはそれが気に食わなかった。瓶を手にとり、ルーからワイリーへと視線を移す。ルーは今回は首を横に振ったが、ワイリーは言った。「少しでお願いします。その封筒をあけるつもりですか、ディレイニーさん」

ディレイニーはグラスをワイリーに手渡した。「ええ、どれか一通をあけます。どれをあけるかは訊かないでください。まだ決めてないんで」

ディレイニーは気前よく注いだ酒を口にして、電話のところへ行った。夜勤のフロント係に、劇場のラモンにつないでくれと頼む。ラモンの声が受話器の向こうから聞こえてくると、言った。「ディレイニーだ、ラモン。空包は見つかったか」

「いいえ。ここにはありませんね、ディレイニーさん。中のあらゆるものをもう一度、三人がかりで調べてみました。そのあと、ドアから投げて届くと思われる範囲をスミッティとルイスに探させて、そのあいだわたしは中の三度目の捜索をしました。床に落ちているマッチ棒の下まで見て、煙草《たばこ》の吸殻をほぐしてみたりもしました」

ディレイニーはため息をついた。「了解だ、ラモン。そこにないのなら、見つかるわけがない。いま何をしているにせよ、終わらせてこっちへ来てくれ。わたしは二一一号室にいる。スミッティとルイスには、外での作業が終わったら、家に帰って二、三時間眠り、また広場を捜索できるくらい明るくなりしだい、もどってくるよう伝えてくれ。今夜はもうやめておこう——どのみち、そこにはないと思ってる」

ディレイニーは受話器をもとにもどして、また瓶のところへ行った。しかし、瓶を傾ける前に、すばやくそれを置いて、ドアへ向かった。ドアをあけて言う。「どうぞ中へ、トニさん」

トニは少しふらつきながら立っていた。ディレイニーに目の焦点を合わせるのさえ大変そうだ。顔が赤くなり、それからもとにもどる。「何をなさってるの、わたしの部屋で――」そう言ったあと、視線をディレイニーからドアへ移し、さらにそこに記されている番号へと向ける。「失礼しました。部屋をまちがえたようですわ。わたしの部屋は廊下の先なのに」つとめてはっきり発音しようとしているが、少々呂律《ろれつ》がまわらなくなっているのにディレイニーは気づいた。

「おはいりください、トニさん。ルーとビル・ワイリーさんもいますから」

トニは一瞬ためらったあと、ディレイニーのかたわらを通って中にはいり、ソファにすわった。それからテーブルの上のグラスと瓶に目をやる。「一杯いただいてもいいかしら、ディレイニーさん」

ディレイニーはドアを閉めて言った。「もちろん」

そして一杯をトニの、もう一杯を自分のために注いだ。ワイリーとルーはどちらも首を横に振った。

ディレイニーは飲み物を持ってソファに移動し、腰をおろした。ルーはベッドにすわったままで、ビル・ワイリーは閉まったドアに寄りかかっている。トニの横にすわったディレイニーに、ワイリーは訊いた。「それで？　どうしようというんです？」それからトニを見て言う。「きみは第一幕を見逃したよ、トニ。ディレイニーさんは三通の封筒を持ってる。デイクはあの手この手で、わたしたち三人を脅していたんだ」

トニはあいたほうの手をディレイニーの腕に置いて、尋ねた。「ディレイニーさん、わたしのぶんを——あけたの？」

ディレイニーは首を振った。いや、振りかけた。振ろうとしたら部屋がぐらついて見えたので、代わりに「いいえ」と言った。自分がすっかり酔っていることに気づいた。これはまずい。よりによって今夜、なぜ酔っ払っているのか——殺人事件が起こった時点で飲むのをやめるだけの分別が、どうしてなかったのか。理由はあったが、それについては考えないことにした。

ディレイニーは言った。「きみたち三人のうちだれかが、デイク・コレリを殺した。空包を実包とすり替えることでね。だれの仕業なのか突き止められるかもしれない。それとも、そんな話は退屈かね？」

だれも答えなかった。どうやら退屈ではないらしい。ルー・ゴーディはベッドの足板越しに手を伸ばして、自分で酒を注いだ。ディレイニーは自分のグラスをルーに手渡して言った。「いっそ酔っ払ったほうがよさそうだ。わたしが理解できないのは、だれだか知らないが、空包に妙なことをした理由だ。空包は劇場にはない。全員の身体検査をしても見つからなかった。どうも劇場の外で処分されたように思える——となると、ビル・ワイリーさんは除外される。劇場から離れなかったからね」

ルーが言った。「ディレイニー、それだとトニもはずれるな。トニもまた劇場から出ていない」

「劇場からは出ていないが、広場に空包を落とすことはできたはず。トニさんはずっと銃をハンドバッグに入れて持っていた。階下のバーでわたしが銃を確認したあと、トニさんは膝にハンドバッグを置いていたから、そのあいだに空包を取り出すことは可能だった。そして広場を渡る途中、みんなといっしょにいたとしても、草地に空包を落とすことはできただろう。そうすれば銃は空になり、舞台裏にいたほかの者たちと同じだけ実包を詰める機会はあったわけだ」

トニは言った。「あなたの言いぶんは正しいわ、ディレイニーさん。わたしにはその機会があった」

ディレイニーは何か考えこみながら、飲み物を口に含んだ。「これで、だれがやったか絞られたようだね――あなただよ、ビル」

ビル・ワイリーの目が見開かれた。「冗談でしょう、ディレイニーさん。わたしは除外される、とご自分で言ったばかりじゃないですか。わたしは空包を捨てることができなかった唯一の人間なんですよ」

「そのとおり」ディレイニーは言った。「しかし、ビル、あなたは空包を捨てようと考える立場にあった唯一の人物なんだ。わからないかね。ほかのふたりのどちらかなら、空包を劇場に残していって、あっさり発見されるようにしただろう。ルーがすり替えた場合、空包を持ち去ったりはしなかったはずだ。一方、トニさんの場合、実包をこめる前に空包を外に捨てるなんてことはしなかっただろう」

ビル・ワイリーは言った。「どうしてそうなるのかわかりませんね、ディレイニーさん」

ディレイニーはまたひと口飲んで、言った。「ビル、あなたはわたしがバーのテーブルで、トニさんの二二口径の弾倉を振り出して、その時点でこめられていたのが空包だったことを確認したときにその場にいなかった唯一の人物なんだ。わたしがそんなことをしたのを、あなたは知らなかった。だから、空包に妙なまねをする理由が存在しないことを――つまり、劇場のテーブルの抽斗にただ落とすとか、劇場のどこでもいい、人目につかないところにほうっておいても、だれがすり替えをしたかにつながらないということを――知らなかった唯一の人物なんだよ。

あなたはそれを知らなかったから、われわれがこう思うだろうと考えた。空包が見つからなければ、いつすり替えがおこなわれても不思議はない――このホテルでも、もっと前のハリウッドでもおかしくない――とね。トニさんが弾をこめるときにまちがった――あるいは、故意に空包の代わりに実包をこめた――と思うんじゃないか、と。あなたは空包をうまく隠しおおせたら、銃に空包がはいっていた証拠、つまりすり替えが劇場で間際におこなわれた証拠がなくなるだろうと考えたわけだ。しかし、トニさんがバーにいた時点では銃にたしかに空包がはいっていたことを、あなた以外は全員知っていた。あなた以外のだれにも、空包に妙なことをする理由がなかったんだ」

ワイリーは眉をひそめた。「どうしてわたしにそんなまねができるんです？　万一わたしがすり替えをおこなったとして、空包をどうしたんでしょう？」

「問題はそこだ」ディレイニーは認めた。「あなたが空包をどうしたのか、見当もつかない。わかるのはただ、どうにかしてあなたがやったにちがいないということだけだ。計画的な犯行だというのはわかってるんだ、ビル。ハリウッドにいるとき、台本を読んで犯行を決意し、計画を練りあげた。ここに来る前に、空包を隠す方法をひねり出していたんだ。そして滑稽《こっけい》なのは、そんなことをしていなければ、空包をどこかに残しておきさえすれば、あなたは逃げおおせただろうということだ」

「ディレイニーさん、酔ってますね」

「そうだとも。だが、口を閉じたまえ。考えさせてくれ」

ドアがノックされた。ディレイニーは覚えのあるその叩き方に気づいて言った。「はいってくれ、ラモン」

ラモンがはいってきた。瓶の並んでいるテーブルに目をやって言う。「見つかりませんでした、ディレイニーさん。あそこにはありません。壁の漆喰《しっくい》をはがす以外のことはすべてやってみました——実際、二三口径の空包を押しこめる大きさの割れ目を一、二か所はがしてみたくらいで」

「了解」ディレイニーは言った。「わかった、さあ一杯やりたまえ。見てないことにしておくから」

ラモンが自分の飲み物を作っているあいだ、ディレイニーはルーのほうを見た。「ルー、きみ自身ミステリを書くし、多くの作品を読んでいる。何かを隠すのにうまい手はあるかい」

ルー・ゴーディは言った。「巧妙な手を読んだことがある。殺人者は小型拳銃、デリンジャーを処分しなくてはならなかった。そこでフクロウを一羽用意したんだ。そのフクロウの脚にデリンジャーをくくりつけて、飛ばしたんだよ」

「うーむ」ディレイニーは言った。「今夜ビルはフクロウを連れていなかっただろう？ ほかの手を言ってみてくれ」

ルーが答える。「当然、古典的な例として、ポオの「盗まれた手紙」が挙げられる。隠した手紙は、それとはちがう手紙であるように見せかけて、壁のレターラックに入れてあったんだ」

ディレイニーはルーをじっと見て言った。「ルー、きみは天才だ。もう一杯、わたしに注いでもらえるかな」空のグラスを手渡したのち、ワイリーのほうへ目をやった。だが、話しかけたのはラモン・ガルシアに向かってだった。「その男を逮捕しろ、ラモン。そいつの銃をとりあげて、わたしに持ってきてくれ」

ビル・ワイリーはドアのほうへ逃げようとするかのように体の向きを変えたものの、突然ラモンの手に銃が現われたのを見て、もとの向きにもどった。その顔は蒼白だったが、声は落ち着いていた。「あんたの勝ちだ、ディレイニー」

ディレイニーは立ちあがった。足もとが少々ぐらついたが、ラモンがワイリーの彫り模様のあるホルスターから引き抜き、手渡してきた四五口径のリボルバーを受けとるあいだ、ディレイニーはしっかり立っていた。テーブルまで歩いていって、四五口径の空包の弾薬を出す。全部で六発。ポケットからペンナイフを取り出して、空包のひとつから、先端に詰まっている厚紙をほじり出した。中に火薬ははいっていなかった——その代わり、小さな二二口径の空包が、四五口径の空包のなかから落ちて、テーブルに転がった。

ディレイニーはワイリーのほうへ目をやり、悲しげに首を振った。「飲む量が一杯ぶん少なすぎたな、ビル。もう十分早くバーに来ていて、わたしがトニさんの銃のなかを調べたのを知っていたら、あなたは空包を実包とすり替えたあと手洗いへ行って、あらかじめ用意しておいた場所にその空包を隠す手間をかけなくてすんだのに。そして、もしそうしていなかったら——つまり、空包をテーブルの抽斗かどこかに放置すれば——だれがすり替えたのか、はっきりさせることはできなかっただろう。たとえだれの仕業かわかったとしても、立証することはできなかったはずだ。よし、ラモン、その男を牢へ連れていけ」

ラモンがワイリーとともに出ていくと、ディレイニーは足もとがおぼつかなくなって、床に立っているのをあきらめて、ソファにすわった。そしてポケットから三通の封筒を取り出して、Gと記されている一通をルー・ゴーディに手渡した。「燃やしてしまったほうがいいぞ、ルー。だれかの手に渡る前に」

ルーの声は少しかすれていた。「ありがとう、ディレイニー。恩に着るよ」ルーは部屋から出て、ドアを閉めた。

ディレイニーはWと書かれた封筒をポケットに入れ、残った一通をトニ・ラヴァルに手渡した。

トニは目を見開いたが、封筒を受けとった。差し出されたライターも受けとる。それから震える手で、ソファの自分の側に置かれたスタンド型灰皿に開封しないままの封筒をもみくしゃにして突っこみ、ライターをつけて炎を封筒に移した。そのまま炎が紙を焼きつくすのをじっと見つめていたが、ディレイニーのほうへ向きなおったとき、トニの目には涙が光っていた。

「わたし——わたし、とっても幸せで、泣きたいくらいよ」

「トニさん、あなたは酔っているんですよ」ディレイニーは言った。「でなければ、いまもう泣いているのがわかるはずだ。お代わりは要りますか」

「いいえ。もうじゅうぶん酔っているから。お酒を飲むのはやめるわ、ディレイニーさん——飲みすぎるのはやめる。もうその必要はないの」

トニはディレイニーの肩に頭を乗せた。「ディレイニーさん、わたし——眠いわ」その目が閉じて、息遣いがゆっくりと規則的になった。

ディレイニーはトニの顔を見つめて微笑んだ。テーブルの上の瓶に目をやり、眠っている彼女を起こさずに瓶に手が届いて最後に一杯やれたらいいのに、と思った。そのうちに頭がまたくらくらしてきたので、自分もお代わりは要らないし、欲しくもないと気づいた。もうじゅうぶんすぎるくらい飲んだ。長時間飲まないでもいられるくらいに。ディレイニーはソファの背に頭を預けて、目を閉じた……

ラモン・ガルシアがもどってきたのは、三十分後だった。ドアをあけて、目の前の光景を見てとる。それからそっと静かに部屋の明かりを消し、ドアを閉めて鍵をかけた。

ラモンがロビーにあるフロントまでおりていくと、夜勤のコンスエロ・ラミレスがすわって恋愛ものの雑誌を読んでいた。ラモンは言った。「ねえ、きみ《ケリダ》、二一一号室には電話をつながないようにしてくれ。〝起こさないで〟の掛け札を一枚、貸してもらえないか。ぼくが行ってドアノブに掛けてこよう。朝になってメイドがふたりを起こさないように」

「ふたり?」コンスエロの黒っぽい目が興味深そうに輝いた。「どなたですか。映画スターのラヴァルさんと、ディレイニーさんでしょうか。すると、ディレイニーさんは——おふたりは——」

ラモンの歯が白くきらめいた。「いまのところは、ちがう」ラモンは言った。「でも、朝には《マニャーナ》。きっと朝には」

ローストミート

殺意のジャズソング

Murder Set to Music

越前敏弥 訳

初出：*The Saint Detective Magazine*, January 1957

それは十月のはじめ、ある火曜の晩にはじまった。そのときまでは上々の晩だった。おれは高値の取引に成功していて、電話が鳴ったときにはダニーからだと思い、さっそくそのことを話してやれるのがうれしかった。

ダニー・ブッシュマンとおれは、共同で中古車販売場を営んでいる。おれの名前はラルフ・オリヴァー。ダニーとは高校のころ以来の親友だ。ダニーはトランペットを、おれはサックスを吹き、いっしょに高校のバンドやオーケストラに参加した。卒業までの二年間は、小づかい稼ぎにパーティーやダンスクラブで演奏した。

卒業後、おれたちは一年間離れて過ごした。ダニーは父親の生命保険で数千ドルを手に入れると――母親は高校入学前に死んでいた――それを機に、小さいけれどいかしたダンスバンドを結成し、自分の苗字にちなんで〝ザ・ブッシュメン〟と命名した。もう忘れてしまった人のために言っておくと、ダニーの苗字はブッシュマンだ。ダニーはおれをメンバーにしたがったが、おれは考えがあって別の道へ進んでいた。ウィスコンシン音楽院への進学だ。そのころにはおれの両親も死んでいたが（妙なもので、ダニーとおれの人生は大小さまざまな点で似ている）、夜の演奏で稼げばなんとかなるだろうと考えた。それはそのとおりだったけど、クラシック音楽がくだらないとか女々しいとか言わないまでも、自分には向いていないとわかり、おれは一年もせずに退学した。ちょうど同じころ、ダニーもバンドリーダーよりただのトランペット奏者でいるほうがいいと思うようになり、ダニーいわく、〝ザ・ブッシュメン〟は茂《ブッシュ》みに還っていった。

それから十年間、おれたちは演奏で生活し、ほとんど離れることなく過ごしてきた。同じバンドが無理なら、せめて同じ街のバンドで演奏する、というふうに。

そのあいだには、おれたちの友情を壊しかねない出来事もあったが、かえって互いの絆の強さが証明された。ふたりそろって同じ女に惚《ほ》れたのだ。ドリス・デニスは、当時おれたちが出ていたトミー・ドラムのオーケストラの歌手だった。おれたちのどちらも親しかったが、ドリスが恋に落ちたのはダニーのほうだった。ふたりは結婚し、ダニーとおれの友情は変わらずつづいた。おれたち三人の友情と言ってもいい。

数か月後、トミー・ドラムは資金繰りに困り、オーケストラを解散せざるをえなくなった。才能あるミュージシャンというのは、トミー・ドラムもそうだが、みな一度は自分のオーケストラを作って腕試しをするものだ。けれども、それを成功させる商才まであるやつはほとんどいない。

ダニーとおれは、ドリスに口出しされながら、ふたりまとめて雇ってくれるバンドがないかと相談した。でも結局、ドリスに焚《た》きつけられて、音楽で食べていくには少々歳をとりすぎているという結論に達した。ダンスバンドのミュージシャンはたいてい三十歳までに転職するもので、おれたちもその歳だった。それに、ふたりともうまい具合に金があり、いまが潮時だと思えた。三人とも長いあいだ地道に働いたから、おれにはかなりの貯金があった。ダニーは競馬に目がないせいで、それよりちょっと少なかったが、ドリスにはいくらか蓄えがあり、いい使い道さえ決まったら、おれたちの出資額が釣り合うようにダニーに前貸しする考えだった。

おれたちはあれこれ話し合った。音楽を除けば、ふたりとも知識があって好きだと言えるのは車だけだった。そんなわけで、中古車販売場をやることに決まった。ダニーとおれが生まれ育った小さな町で。

それから一年近く経ったいま、商売は軌道に乗りはじめていた。少なくとも赤字から黒字に転じていたし、調子のいい日にはずいぶん儲《もう》かった。調子のいい日というのは、わりと新しい型の車を二台売った日のことだ。一台目で経費ぶんを取りもどし、二台目はまるまる利益になる。

ダニーから電話があったのは八時四十五分で、おれはもうすぐ店を閉めようとしていたところだった。営業時間は朝の九時から夜の九時までだ。ダニーが朝に店をあけて夕食どきにあがり、おれが昼食後から閉店まで働く。午後はふたりとも出ていて、朝と晩はひとりずつというわけだ。電話口でダニーが言った。「よう、ラルフ。順調か」

「最高だよ」おれは言った。「五三年型のビュイックを売った」

「やるじゃねえか。値引きなしでか」

「なしだ。現金なら四本とも新しいタイヤにしてやる約束だけどな。それでもいい取引だ」

「しびれるぜ」ダニーは言った。「こっちもいい知らせがある。この町にだれが来たと思う?」

「さあな。アイゼンハワーか?」

「もっといいぞ。トミー・ドラムだ。かっこいいコンボ・バンド（少人数のジャズ・グループ）を引っさげて、今晩〈カサノヴァ・クラブ〉で初演なんだ。つまりどういうことか、わかるな?」

「もう予約したのか」

「三人ぶんな。ただし、おまえに迎えにきてもらいたいんだ。ドリスがおれの車で女だけの集まりへ出かけちまったんで、足がなくてさ。ドリスには電話で知らせたから、終わりしだい合流する。たぶん十一時ぐらいだろう。すぐこっちへ来られるか、それともいったん家へ帰るか、どっちだ」

「すぐ行く。そっちでひげを剃《そ》って、きれいなシャツを拝借するよ。ほかはいま着てるのでいいさ」

「早いとこかましてくれ《ヒット・イット》。おれのねぐらがお待ちかねだ」

いつもこんな調子でしゃべるわけじゃないが、またトミーに会ってやつのコンボを聴こうというんだから、昔の隠語が飛び出すのも自然だった。ほかのメンバーがよければ演奏は期待できるだろう。トミー・ドラムは、その名に似合わず、最高に冴えたピアノを弾く。

十分か十五分後に、おれは店を閉めて自分の移動用の古いマーキュリー（いつ買い手が現れてもいいように、出勤中はこいつも販売場に並べておく）に乗りこみ、さらに十五分か二十分後、ダニーの〝ねぐら〟に着いた。ダニーとドリスは町の北側の小さなアパートメントに住んでいる。こぎれいだが、派手じゃない。小さな建物で、各階に二室ずつの合計四室しかなく、ブッシュマン家は一階の左側だ。おれはドアノブに手をかけた。すぐはいれるように、ダニーがあけておいてくれると思っていたが、意外にもドアはあかなかった。おれはノックをし、それからもう一度、こんどはもっと強く叩いた。

ドアの向こうは静まり返っていた。居眠りでもしてるのか？　それはなさそうだし、そもそもダニーは眠りが浅いから、最初の軽いノックだけで目を覚ましてもおかしくない。この静けさは妙だ。おれがいまに来るとわかっているんだから、外出したはずがないのに。

何分か経ち、おれは心配になってきた。このせまいアパートメントなら、どこにいたってノックの音が聞こえたはずだ。おれはもう一度、さらに力をこめてドアを叩き、ダニーの名を叫んだ。

すると、廊下の反対側でドアが開いた。ぼさぼさの白髪頭の男が玄関からおれを見ている。前に紹介された――名前が思い出せないが――ブッシュマン家の隣人だ。男は言った。「あ――あなたでしたか」つまり、おれを覚えていたらしい。「何か問題でも？」

おれは言った。「ダニーが家にいるのに――ぜったいにいるはずなんですよ。それなのに――」

男はおれを見つめた。「そう言えば、少し前にそちらでどさっという物音がしたようですよ。ご心配なら――そう、ここの錠前はひどく雑な作りでね。ふたりがかりでやれば、たぶん――」

男が言い終わらないうちに、おれはドアに体あたりした。男の言ったとおり、錠前は一度の突撃で壊れ、ドアが勢いよく開いた。

ダニーがいた。スーツの上着以外はすべて身につけたまま、居間の絨毯《じゅうたん》の上で両手両脚をひろげて仰向けに倒れ、足をドア側に向けている。おれは駆け寄ってその上にかがみこみ、震える手でシャツの首もとをあけて楽にしてやってから、さらにボタンをはずして心拍をたしかめた。隣人の男がドアのところまで来ていたので、そちらへ首をひねり、救急車を呼んでくれと叫んだ。警察の救急車だと言ったのは、これがなんであれ、何が起こったのであれ、そのほうが早く手当を受けられると思ったからだ。見当ならついていた。何者かがダニーを殴り倒したあとで何度か蹴《け》りを入れたらしく、真っ白なシャツが一部分だけ汚れていたからだ。暴行されたにちがいない。

心臓は動いている。おれはバスルームへ走り、冷たい水でタオルを湿らせた。膝《ひざ》にダニーの頭を載せ、額《ひたい》にタオルをあてていると、隣人の男がもどってきた。「じきに来ますよ。この人――だいじょうぶですか」

「息はあります。どうやら殴られたようだ」ダニーは徐々に意識を取りもどし、かすかにうめき声をあげている。

「わたしに何かできることは――」

「キッチンの流しの上の戸棚にブランデーがある。とってきてくれますか」

男が半分酒のはいったパイント瓶を持ってきた。蓋《ふた》をとってこちらに渡す。ダニーの目はあいていたが、まだどんよりしていた。しかし、瓶の口をあてがうと唇《くちびる》が開いた。瓶を傾けてたっぷりひと口ぶん流しこむと、ダニーはごくりと飲んで身震いした。

それから弱々しく体を起こそうとしたが、おれは肩をそっと押しもどした。「おい、無理するなよ。救急車がもうすぐ来るから、おとなしく寝てるんだ。どこか骨折してるかもしれない」

制服姿の警官がふたり、玄関からはいってきた。あとで知ったことだが、出動要請があったとき、たまたま数ブロック先にいたパトカーで無線を聞いたらしい。

ふたりが口を開くより早く、おれは救急車が来ているのかどうかを尋ねた。

「ええ、来ますよ」警官のひとりが言った。「何があったんですか」

「暴行を受けたようです」おれは言った。ダニーが何か言おうとしたが、だまらせた。「回復するまで待つんだ、ダニー。まずはおれたちに話をさせろ。そのほうが短くすむからな」

ところが、おれたちは三人とも救急車が来る前に話し終えていた。ダニーの話も同じくらい短かった。むしろ、もっと短かった。ダニーによると、おれと電話で話した数分後、ダニーはおれが勝手にはいれるよう、ドアの錠をあけにいった。すると、玄関に着く前にノックの音が聞こえた。ダニーは、思いのほか時間が経っていて、もうおれが来たのだととっさに判断し、ドアを大きく開いた。すると、ハンカチを顔に巻いて帽子を目深《まぶか》にかぶった大男が踏みこんできて、ダニーの顎《あご》に右パンチを見舞った。ダニーは不意を突かれ、身をかわす余裕すらなかった。

知っている男か？　記憶があるのはそこまでで、気づいたときにはおれに膝枕されていた。

いや、また会ってもそいつだとはわからないだろう。大柄な男で、身長は百八十センチぐらい、体重は少なくとも九十キロ。ダニーが覚えているのはそれだけだった。茶色いスーツを着ていたような気もするが、自信はない。ドアをあけてから倒れて気絶するまで、ほんの一秒かそこらだったんだろう。

いや、自分に敵がいるとは思わないし、どういうわけでこんな目に遭ったのかさっぱりわからない。相手がいかれていたか、ほかのだれかとまちがえて、別のやつを殴っているつもりだったのかもしれない。

ダニーは何度も平気だと言って起きあがろうとしたが、ひょっとして肋骨《ろっこつ》が折れているかもしれないし、それが肺に刺さりでもしたら大変だとおれは言い聞かせた。救急車がやってきて、ダニーは手厚く担架に乗せられた。

おれは救急病院まで同乗したが、道中はあまりしゃべらなかった。ダニーはおれに、病院から急いで〈カサノヴァ・クラブ〉へ行って、ドリスとの待ち合わせに遅れないようにしてくれと言った。先に着いておれたちがふたりともいなかったら、ドリスは心配するだろう。おれはわかったと言ったが、まだ九時半だった。時間はじゅうぶんにあったから、ひととおり診察が終わるまでいることにした。深刻な問題がなければ――どうやらなさそうだと、ふたりとも思いはじめていた――ドリスをこわがらせずに、問題ないと言ってやれる。

いったん病院に着いてしまえば、長くはかからなかった。待合室にはいってわずか二十分後、医者が容態を知らせにきた。骨折もなければ、大きな異常もない、と。

そのうち顎と肋骨に痛みが出て、いくつかあざもできるだろうが、ほかに悪いところはない。病院については、本人が帰宅したいならすぐにでもそうしてかまわないが、もう三十分ほど安静にしてから帰るように助言した、とのことだった。

「病院については、というのは」おれは言った。「ほかに何か？」

「警察ですよ」医者は言った。「刑事が来て話をするそうです」

ダニーともう一度話すため、おれは病室に入れてもらった。ダニーは検査のために脱いだ服を身につけているところで、ちょっと痛そうにしていた。ダニーは言った。「なあラルフ、刑事の尋問がすむまでおれはここに足止めだが、ドリスより先に〈カサノヴァ〉に着ける見こみはまだある。もしそうなったら、ドリスには何も――」

「ばかだな」おれは言った。「ドリスに隠しておくなんて無理だよ。新聞に載ろうが載るまいが、あすの朝起きるころにはいまよりうんと痛いはずだ。着替えを手伝ってもらわなきゃならないかもしれないぞ。顎だって、朝食のトーストもかじれないぐらい痛むだろうな。何か言わざるをえないなら、いっそほんとうのことを言ったほうがいい。ちがうか？」

ダニーは納得して、折れた。ただし、もしおれから説明することになったら、大げさにはせず控えめに話すという条件で。

病院からタクシーでダニーのアパートメントへもどり、マーキュリーに乗りこんだころには十時になっていた。〈カサノヴァ〉は町のずっと西側にあり、車で一時間ほどかかるが、おれは猛スピードで運転し、十一時よりだいぶ前に着いた。ダニーのタクシー代が高くつきそうなのは気の毒だが、ほかにどうしようもない。

店はにぎわっていた。ダニーが電話で予約しておいたのは正解だった。とはいえ、とれた席はまったくの期待はずれだった。店内はL字型になっているが、そのテーブルは角の奥側にあって、ステージが見えない。だけど、もう少ししたら、もっとましな席へ移動できるにちがいない。夕食目当ての客がそろそろ帰りはじめるころだ。

おれはテーブルの前におとなしくすわり、ハイボールを注文した。コンボの顔ぶれを見る前に音だけ聴き、トミー・ドラムがだれを連れてきたのかあててみるのも一興だろう。トミーのピアノはどこで聴いてもわかる。サックスはそれにはまったく及ばず、だれなのか見当がつかなかった。どこにでもいるテナー・サックスだ。音はなめらかで演奏も落ち着いているけれど、即興が弱い。トミーのピアノが引っ張っているが、それにも限界がある。まあ、いちおうはまともだし、ここのお堅い客どもは気にしないだろう。ドラムははるかによかったが、叩き手がだれだかわかったのは、そいつがソロをとって豪快に――それも洗練されたテクニックで――チャイナ・シンバルを叩きだしてからだった。フランク・リッチー。共演したことはないが顔見知りで、演奏は何度も聴いたことがある。いつもコンボだった。フランクはコンボひと筋で、ビッグバンドが好きじゃない。トミーと組んだいまは、まさに本領を発揮している。サックスさえましだったら、みごとなコンボになっていただろうに。

ドラムの正体がわかったから、サックスのほうはあきらめることにした。おれは半分空《から》になったグラスをテーブルに残し、ステージが見えるところまで歩いていった。サックスもやはり知っている男だったが、深い付き合いではない。ミック・オニールだ。ダニーとおれは二、三回、短い期間だが共演したことがある。ダニーは昔からこいつがきらいで、一度喧嘩になりかけたが、おれとミックの仲はまあまあだった。ミックはニューオーリンズで音楽をはじめていて、あくまでもディキシーランド・ジャズが専門だったから、そっちはなかなかの腕前だが、今夜トミー・ドラムがやっているたぐいの曲となると、まったく歯が立たなかった。トミーはなぜこいつを選んだのだろう。

手がおれの袖にふれ、声がした。「やあ、オリヴァー。すわれよ」下へ目を向けると、マックス・スタイヴァーズだった。競馬の胴元で、ゆすりもやっていると言われている男だ。何度か会ったことがある。

「こいつはジーノ・アイトゥーリ」スタイヴァーズはそう言って、同伴の男にうなずいた。「ジーノ、こっちはラルフ・オリヴァー」おれは手を差し出し、ビア樽みたいな体の男と握手した。

「すわれよ」スタイヴァーズが繰り返した。「ひどいテーブルをあてがわれたな。あそこじゃ見えんだろう」

おれはスタイヴァーズの隣の席に腰をおろした。「どうも。連れが来るまでいさせてもらいます」おれは給仕をさがした。「自分のグラスをこっちへ持ってこさせますよ」

「ほうっておけ。新しく注文してやる」スタイヴァーズが片手をあげて指を鳴らすと、ひとりではなく三人もの給仕が即座にこちらへ向かってきた。おれはそのひとりにライ・ウィスキーのソーダ割りを頼み、スタイヴァーズに向かってにやりとした。「さすがですね」

「当然だ。いくらか出資している店だからな。ところで、あんたはもとミュージシャンだろう。今夜初演のコンボをどう思う？」

「連中に会いにきたんです。昔の仲間でね。だから、おれの意見はあてになりませんよ」

給仕が飲み物を運んできたとき、ふと思いついた。ましなテーブルを要求するなら、店の所有者でもある男といっしょにいるいまのうちがいいだろう。だが、スタイヴァーズがおれを止めて給仕を追いやった。「このテーブルを使えよ。ジーノとわたしはもう出るんだ。それに、こっちのほうが広い。休憩時間になったら、バンドの仲間があんたのところへ来たがるだろうしな」

それでテーブルの件は解決し、おれは礼を言った。ゆすり屋は悪人かもしれないが、自分の味方についてくれるなら、知り合っておくのは悪くない。

スタイヴァーズたちは一分後に店を去り、それから一分後にトミー・ドラムがこちらを向いたので、おれは目を合わせて手を振った。トミーは手を振り返さず、うなずきもしなかったが、やがて曲芸めいたフレーズを弾きはじめた。昔、おれたちがふざけて作った一節だ。

数分後、演奏を終えたトミーがおれの席にやってきた。

また会えて感激だ、とおれは言った。

「最高だな」トミーは満面の笑みで言った。「ガソリンスタンドは順調かい」

「中古車販売場だよ。まあまあだな。コンボはどうだ?」

「聴いたろ」トミーは残念そうに首を振った。「ましなサックスのためならなんだってくれてやる。また吹くつもりはないのか、ラルフ」

「すっかり卒業したんだ、トミー。いまは車のセールスマンで、経営者でもある。まだ実入りはそう多くないかもしれないが、軌道に乗せてるところさ。いまに成功させるよ」

「夜だけでいいんだよ。この店に出演するあいだ――ひと月だけだ。販売場で働きながらやれる」

おれは首を横に振った。「すまないな、トミー。もうやめたんだよ。それより、いったいどうした? なんでミックを雇ったんだ。あいつがディキシー専門なのは知ってるだろう」

「ああ、もちろんな。これにはわけがあるんだ、ラルフ。もともとはウィンギー・タイラーと組んでた――サックスの名手だよ。自分にはとうてい雇えない超一流の面々にもほとんど引けをとらない。すごいさ、あいつのサックスは。ところがけさ、ここに来るためにあと二時間ほどで飛行機に乗るってときに、やらかしてくれたんだ。どうしたと思う?」

「どうしたんだ」

「虫垂を破裂させてな。それだけさ。とにかく、手術はうまくいった。待ってる時間はなくて、医者に電報で知らせてもらったんだ。でもな、この店と契約してる一か月間、ウィンギーは復帰できない。おれはピッツバーグにいて、フライトまであと二時間。もうキャンセルするしかないと観念しかけたとき、ミックにばったり出くわしたんだ。ミックはどのみち西へ行くところだったから、おれたちに同行して、かわりが見つかるまで穴を埋めてくれることになった。いつ交代させてもミックは気にしない――おまえがあいつの足を引っぱるわけじゃないんだ。ぜったいにだよ」

トミーはおれがくわえたばかりの煙草《たばこ》に火をつけた。「とにかく考えてみてくれ。ダニーに相談すればいい。あいつならきっと、昔の仲間をがっかりさせるなって言うさ。で、ダニーはどうした？」

「あとで来る。ドリスもだ」

「最高だな。それにしても、みんな、ぜんぜん家にいないじゃないか？　電話帳でおまえとダニーの番号を見つけたが、どっちもさっぱりつながらなくてな。八時半にやっとダニーと話せたよ」

「販売場にかけてくれりゃよかったんだ。ふたりとも午後はずっとそこにいるから」

「さがしたけど、ガソリンスタンドの欄を見てた」トミーは腕時計を見て、さっと立ちあがった。「山へもどるよ。まだセットの途中で、ほかの連中にはステージにいるように言ってある。あとでみんなを連れてくるさ。アスタ・バナーナ（スペイン語「アスタ・マニャーナ」（またあした）のもじり）」

おれも自分の腕時計を見て、ドリスはまだかと考えた。もう十一時半近い。まあ、女の三十分は遅刻のうちにはいらないが。

数分後、ダニーがやってきた。がっしりした体躯《たいく》の中年男といっしょで、そいつが警官でないなら、警官の変装をしているにちがいなかった。光沢のある青いサージのスーツを着て、クロークの女が取りあげ損ねた柔らかい黒の中折帽を手に持ち、ずいぶん久しぶりにお目にかかるハイカットの靴を履いている。丸顔で、目は悲しげだ。

アンドルーズ警部補、とダニーが紹介した。

ダニーはおれに向かってにやりとした。「拷問ならここへ向かう車内でしてくれって説得したんだ。タクシー代が浮いたぜ」

「言われるまでもなかった」アンドルーズが言った。「きみと話がしたくてね、それにトミー・ドラムとも。あそこでピアノを弾いているのがそうかな」

おれはうなずいてから、尋ねた。「なぜあいつとも？　ダニーの身に起こったこととはなんの関係もないはずですよ」

アンドルーズはおれをまっすぐ見据えた。「じゃあ、きみは相棒の身に起こったことを何もかも知っていると？」

「そんなはずがないでしょう。まあ、おっしゃりたいことはわかりますけど」ふと入口のほうへ目が向き、おれは言った。「ドリスが来ました。ねえ、警部補、ふたりでしばらくバーカウンターへ移りませんか。あなたはどのみちおれに質問したいんだし、そのあいだにダニーは一部始終を妻に話して、よけいな――いや、つまり、警官に付き添われながら話したんじゃ、ドリスがますます心配するでしょうから」

アンドルーズはうなずき、おれたちは席を立った。ちょうどそのとき、ドリスがおれたちを見つけたので、おれは手を振り、ダニーが席にいるのを示してみせた。それから、アンドルーズとおれはバーへ歩きだした。ところが、アンドルーズは途中でおれの腕をつかみ、直角に方向を変えた。「テラスへ出よう。わたしは勤務中に飲まないし、そうでなくてもバーは人が多すぎる」

別にかまわなかったので、おれたちはひんやりとした暗がりに出て、コンクリートの欄干に腰かけた。音楽がここまで聞こえてくる。ミック・オニールのサックスが奇抜なむせび泣きらしきものをはじめたかと思いきや、つぎの瞬間、陳腐な大音響を発した。おれは顔をしかめた。

「さて」アンドルーズが言った。「何が起こったのか、きみなりに話してもらおう」

おれなりに話しているあいだ、アンドルーズは一度も口をはさまずに聞いていた。説明が終わると、アンドルーズは言った。「ミスター・ブッシュマンから八時四十五分に電話があったということだが、その時刻は正確かね」

「誤差は一、二分でしょうね。ちょうど腕時計を見たところだったんですよ。消灯して店じまいするまで、あとどのくらいかと思ってね」

「まちがいないようだな」アンドルーズは言った。「ミスター・ブッシュマンはミスター・ドラムから電話があったときにたまたま時計を見ていて、それが八時半だった。そのあとは時刻を確認していないが、まずこのクラブに電話して予約をとってから――」

「なぜトミーに頼まなかったんだろうな。そのほうが早いのに」

「電話を切るまで、そのことに思い至らなかったそうだ。とにかく、つづいて、出産祝いの集まりに出ていた奥さんに電話し、そのあとできみに電話した。きみにかけたころには、だいたい八時四十五分になっていただろう」

「だいたいそうでしょうね。でも、それが何か?」

「順序立てて理解しようとしているだけだ。正確な時刻にこだわる必要はないのかもしれない。廊下の向かいの住人は、テレビを観ていたときにどさっという物音を聞いた。三十分ドラマの途中のコマーシャルをはさんで、後半が半分ほど過ぎたころだったそうだ。つまり、八時五十分から五十五分のあいだだな。販売場からブッシュマンの自宅まで、車に乗って五分や十分で着くかね」

「十分なら着くかもしれません、かなり飛ばせばね。でも、おれはそうしなかった。まず販売場を閉めて、それで九時近くになってましたよ。それからふつうに運転していったんで、あそこに着いたのは早くてもさらに十五分後でしょう。でも、なぜです? まさか、おれがダニーを襲ったとお考えですか」

「いや、ちがう」アンドルーズは穏やかに言った。「ただ、どんな可能性も見落としたくないのでね。何しろ、きみは身長百八十センチ、体重九十キロほどで、ミスター・ブッシュマンが説明した犯人の特徴と一致する。着ているスーツも茶色っぽいし、きっとハンカチも持っているにちがいない」

おれは笑うしかなかった。「手錠をかけてもらいましょうか、警部補。降参ですよ。でも、おれがやった動機は？」

「彼の妻かな。昔はふたりとも彼女に恋していたらしいが、いまもそうなのかもしれない。ミスター・ブッシュマンがそう言っていたよ——つまり、ふたりとも惚れていたと。きみたちふたりがどれほど親しいのかを説明しながらね。だが、きみがいまもあきらめていないとしたら？」

おれは言った。「あきらめましたって。たとえあきらめてなくたって、ダニーを殴れば妻を奪えるとでも？　ばかげてますよ、警部補」

アンドルーズは深く息をついた。「そうなんだろうな。きみの友人に敵はいなかったかね」

「おれの知る敵はいないし、おれの知らない敵もいないと賭けてもいいですよ。昔はダニーをあまり好かない連中も少しはいたかもしれませんが——ミュージシャンならだれでも仲よし家族ってわけにはいかないんで、たまには争いもします——いまだにダニーを恨んでるようなやつはいません」

「なるほど。彼は賭け事をするのか」

「いいえ。演奏してたころは少しばかり競馬をやってましたけど、いまは足を洗いました。おれたちふたりともね」

「ほう。きみは何から足を洗ったんだ」

「仲間を殴り倒してあばら骨に蹴りを入れることからですよ」おれは言った。

アンドルーズはまた深く息をついた。「いや、ありがとう。どうやらわたしの負けらしい。

もどろうか」

中へもどると、コンボがセットを終えたらしいとわかった。三人そろって、ダニーとドリスのテーブルを囲んでいたからだ。一瞬、ダニーはドリスに事情を話せただろうかと心配したが、その時間はあったにちがいない。アンドルーズとおれがテラスにいるあいだに、コンボは二曲演奏していた。

室内に足を踏み入れてすぐ、おれはアンドルーズを引き留めた。「ねえ警部補、今夜は旧友たちと再会を祝うんです。一年以上も会ってなかった連中とね。その席で尋問をはじめたら、せっかくのお祝いが台なしだ。どうです、テラスの一角をあんたの仕事場にして、話したい相手をひとりずつ呼び出しては？　おれのときみたいに」

「いや、わたしは疲れたよ、坊や」アンドルーズは言った。明るい光のもとで間近に見ると、たしかに疲れた顔で、最初の印象より老けて見えた。「それに、退勤時刻をとっくに過ぎている。たしかに、あそこにいる全員と話すつもりだが、あすまで待っても問題はなかろう」

「よかった」おれは言った。「それがいちばんです」

「ああ。もう危険はないんじゃないか。きみの仲間を襲った暴漢は、彼を殴り倒して出ていった。もっとひどい目に遭わせたければそうできたはずだから、もどってつづきを繰り出す理由はあるまい？　ところで、きみにもうひとつ質問がある。さっきテラスで訊き忘れるとは、今夜はもう脳みそが働いていない証拠だな」

「どうぞ」

「きみの仲間が陰で女遊びをしていて、相手の夫や恋人の恨みを買った可能性はないか」

「ないですね」おれは言った。「ダニーにそういう悪い癖《くせ》はありません。それに、ダニーが浮気をすればぜったいにわかるくらい、おれたちは仲がいいんです。ドリスより先に感づくでしょうね」

「自信ありげだな。わかった、信じるとしよう。ありがとう、坊や。楽しい夜を」

おれはテーブルにもどってドリスに声をかけ、フランク・リッチーとミックと握手した。ダニーがおれに向かって片眉《かたまゆ》をあげたのは、あの警部補はどうしたのかと気にしているからだろう。おれは体を寄せて教えてやった。

深刻な話はいったんおしまいだった。それからの三十分間は、音楽の話や昔話やばか話で盛りあがった。そのあと、コンボがつぎのセットのために山へ引きあげていき、トミーが鍵盤をはじきだしたとたん、ドリスがダニーに言った。「ラルフと一曲踊ってもいい？」

ダニーはにっこり笑った。「ほんとうに踊りたいわけじゃねえのはわかってるぜ、ハニー。こいつを質問攻めにして、おれがすっかり白状したかどうかたしかめる気だ。どうぞご自由に」

フロアに出て踊りはじめると、ドリスが言った。「ダニーの言ったとおりよ、ラルフ。あなたを質問攻めにしたいの」

「悪いな、踊りが下手で」

「やめてよ。とっても上手だって自分でわかってるから、そんなこと言うんでしょ。で、ダニーだけど――わざと控えめに言ってるんじゃないのよね。その、怪我のことだけど」

「いくつかあざができただけだよ、ドリス。それはまちがいない。人づてにじゃなく、医者から直接聞いたんだ。ただし、あすにはかなり痛むかもしれないから、朝のシフトはやめたほうがいいかもな。こうしよう、おれが朝食どきに電話するから、ダニーの調子が悪かったら、おれが九時に販売場へ行く。午後になって出勤できなくてもかまわない。たまには十二時間通しで働いたってどうってことないさ」

「やさしいのね、ラルフ。だれがどうしてこんなことしたのか、思いあたらない？」

「さっぱりだよ。パトカーで来た警官たちにダニーが言ったんだが、人ちがいだったのかもしれない。だとしたら、犯人はだれか知らない相手を叩きのめすために雇われたプロで、ノックする部屋をまちがえたか、建物をまちがえたかしたんだろう。じゃなきゃ、異常者だったか」

「まちがえたとして、そいつがもどってきたら？」

おれは警部補の説を繰り返してドリスをなだめた。相手はダニーを殴り倒して出ていったのであり、もっとひどい目に遭わせるつもりなら、そのときその場でそうすればよかったのだから、わざわざもどる危険を冒すとは思えない、と。

おれは話題を変えようとして、新しいドレスをおろしたのかとドリスに尋ねた。それは肩紐のない黒いベルベットのドレスで、肩のところで内巻きにしたブロンドの髪を美しく引き立てていた。はじめて見るドレスなのはまちがいない。

ドリスはおれの腕にもたれ、上目づかいで笑った。「借り物なのよ、ラルフ。出産祝いの会にイブニングドレスを着ていくはずがないでしょう？　終わってからウィニーに電話が来たわけを話したら、貸してくれたの」どこか物ほしげに付け加えた。「ほんと、すてきよね」

それでほかに言うことがなくなり、おれたちは一曲踊っただけで引きあげた。

おれたちが席にもどったところ、ミック・オニールがステージをおりてきた。おれの肩に手を置く。「一曲吹かないか、ラルフ。おれのサックスを使えよ。マウスピースを拭いて、リードも新しいのに替えといたぜ」

ミックは滑《すべ》りこむように椅子にすわった。ためらうおれに向かってにっこり笑う。「ほら、行けって。あんたになら恥をかかされたってかまわない。思いきりファンキーにやってくれ」

ドリスがおれの腕にふれて言った。「行ってきなさいよ、ラルフ」おれはうなずき、山へのぼった。

「やあ、来たな。好きな曲でいいぜ」トミーが言った。

「まかせるよ」おれは言った。「イントロを頼む。ただし、このリードを湿らせてからだ」

おれはリードを舐《な》めてから軽くアルペジオを吹き、うなずいた。

「よし、〈ボディ〉だ」トミーが言った。「八小節のイントロのあとではいってくれ」トミーがさっと〈ボディ・アンド・ソウル〉の流れるようなイントロを弾き、おれたちは演奏をはじめた。

最初のコーラスはかなりストレートに吹き、それからソロをとった。突き抜けはしないが、少しずつ攻めていく。トミーが微笑《ほほえ》みながら転調し、新しいキーとスウィング・ビートをよこす。おれは自分の調子をつかんで吹く。じゅうぶんにやれると確信して、思いっきり大胆に。トミーがおれに振り向いて言う。「あのクレイジーなテナーをやってくれ」そのことばは耳に心地よく、体にはもっと爽快に響いた。

三十二小節でフランクにドラムソロを渡してから、自分たちのテーブルに目をやった。ダニーがひとりですわり、その奥でミックとドリスが踊っている。ダニーがそのせいでいらついていないといいが、と思った。ほかの男がドリスと踊ってもダニーは気にしないが、まだミックを恨んでいるなら事情がちがう。いや、たぶん平気だろう。ダニーは長いあいだ根に持つタイプではない。ミックと喧嘩になりかけたのは三年前だ。何が原因だったのかおれには思い出せないし、おそらくダニーだって覚えていまい。

曲が終わると、トミーがセットの終わりまでおれを引き留めようとした。おれはことわったが、数日のうちにまた来るから、こんどは自分のサックスを持ってきて、フルセットかそれ以上やろうと約束した。

おれはテーブルへもどり、ミックがドリスをダニーに返したばかりだったので、そのミックをコンボに送り返した。ダニーが「たいしたもんだ、ラルフ」と、ドリスが「最高ね」と言い、おれは控えめに照れてみせた。

ダニーがおれに身を寄せて言った。「ミックから聞いたが、トミーがおまえをコンボに入れたがってるんだってな。いいじゃねえか、ラルフ。連中がこの店に出演するあいだだけさ。なんとかなるだろ」

「だめだよ、ダニー」おれは言った。「約束しただろう。演奏で稼ぐのはやめたんだ。ジャムセッションや飛び入りなら、まあいい。だが、おれたちのどちらかでも副業をやりだしたら、販売場はくだり坂だ。ふたりで話し合って決めたじゃないか」

「でも、これは特別だ。トミーはおれたちの仲間で、なんとしてもサックスが必要なんだよ。仲間の期待を裏切るわけにいかねえだろ。販売場のシフトを交換して、おれが夜に出ることにすれば――」

おれは言った。「トミーがほんとうに困り果ててるなら、話は別かもな。でも、代役が見つかるまで付き合うとミックが承知してる。それに、この店にちがいのわかる客が何人いる？　せいぜい三十人にひとりだろう。トミーが契約を切られる心配はないさ」

ダニーは肩をすくめた。「おまえがそう思うなら、いいさ」これにには少し拍子抜けした。もっとしつこく説得してくるだろうと予想していたし、もしそのとおりだったら？　おれはダニーに従ったかもしれない。商売の信条を持つのは大事だが、一度も気をゆるめてはいけないわけでもあるまい。

ドリスが言った。「ラルフの言うとおりよ、ダニー。ふたりが怠《なま》けずにしっかり身を入れてこそ、商売が成功するんだから」

それで、おれが説得されてトミーと共演する可能性は消え去った。いまさら心変わりしたら、間抜けに見えてしまう。

おれたちはもう一杯ずつ飲み、ダニーは二曲、おれは一曲ドリスと踊った。ドリスと席へもどると、ダニーはあくびを嚙み殺していた。

「おい、ガキども」ダニーは言った。「おれは帰るよ、早起きの当番だからな。もう真夜中だし、うちまで一時間かかる」

朝には痛みが出るだろうから、たまにはおれに店をあけさせろと言ってやったが、ダニーは平気だと言って取り合わなかった。でも、ドリスと話し合ったとおり、おれが朝食どきに電話して働けるかどうかたしかめるという案には応じた。

ダニーはドリスに、残りたければあとでおれに送ってもらえばいいと言ったが、ドリスはそれを拒んだ。するとダニーは、自分たちはステージへ出向かないから、トミーたちに事情を話しておやすみと伝えてくれ、とおれに頼んだ。「これがひと晩きりのことなら」ダニーは言った。「おれも張りきって最後まで付き合うけどな。ひと月もここにいるんだ。またちょくちょく来るさ」

「そうだな」おれは言った。「なら、この曲が終わる前に退散したほうがいい。たぶん最後の曲だから、ぐずぐずしてたら捕まるぞ。体に気をつけてな、ダニー。おやすみ、ドリス」

それはほんとうにコンボの最後の曲だったので、ふたりが脱出できたのは運がよかった。〈カサノヴァ〉は、夜が早い町の夜が早いクラブだ。大半の客は夕食をとりにきてあまり長居せず、演奏は休憩をはさみつつ六時から零時までだ。クラブはそれから二時間、居残りたい客のために法令で定められた刻限まであいているが、あとは勝手に楽しんでくれというわけだ。

おれがひとり占めしていたテーブルにコンボがやってきた。ダニーとドリスが先に帰ったわけを説明してから、おれたちは閉店まで話に花を咲かせて楽しんだ。

そのあいだに、おれはもう一台車を売った。といっても、たいして儲かる話じゃない。トミーが、ここにいるあいだ車を借りようと思っていると言いだしたのだ。一行は飛行機に乗ってきたから、この町での交通手段がなかった。

三人に一台で足りる、たまに取り合いになってもかまわない、ということだった。おれは車一台をひと月借りるといくらになるか教えてから――かなりの額だ――安いけれど使い物になる車を買って、帰るときに売り払うほうが得だと指摘した。うちの販売場に四百五十ドルの四九年型フォードがあるから、三人で金を出し合って買い、一か月後に傷なしで返せば四百ドル、傷ありならそれ相応の値段で買いもどそう、と。やつらはその案を気に入り、あすの午後に販売場で実物を見てから、たぶんそのまま乗って帰ると言った。儲けのない取引だが、きっとダニーも賛成するだろう。

「どこに泊まってるんだ」おれは尋ねた。「送るよ」

やつらがモーテルに泊まっていたのは――名前を思い出すためにトミーは鍵を見なくてはならなかった――車がないことを考えれば少々意外だった。もっとも、あすには借りるつもりだったのだから不思議はない。やつらは空港からタクシーで移動中にこのモーテルを見かけた。大きなプールがあり、トミーとミック、特にミックが泳ぎ好きなので、そこでタクシーをおりることにしたわけだ。二室借り、トミーとフランクがふたりで一室、ミックがもう一室を使っていた。

モーテルに着き、部屋で寝酒をやらないかと誘われたが、応じればあと一、二時間は帰れないとわかっていたので、おれは車からおりなかった。もう午前二時半になっていたし、朝食どきには起きてダニーに電話しなくてはいけない。おれはトミーに販売場の事務所の電話番号を渡し、早い時間に――午後のだ――かけるように言った。ダニーとおれがふたりとも出勤していれば、おれは途中で抜けて三人を迎えにいき、あてがうつもりの車を見せてやれるだろう。

おれは三時に帰宅し、八時に目覚ましをかけてすぐ眠りに就いた。

目覚ましが鳴ったとき、おれはよろよろと電話まで歩き、できるだけ眠気を覚まさないようにしながらダニーの番号にかけた。ダニーがだいじょうぶなら、あと二、三時間寝ていけない理由はない。

だが、ダニーはだいじょうぶではなかった。電話にはドリスが出た。「体がひどくこわばって痛むらしいのよ、ラルフ。出勤できなくはないけど、できればきょうはシフトを交換して、あと数時間休ませてくれたら助かると言ってる」

「わかった」おれは言った。「いつでも気が向いたときに来ればいいと伝えてくれ。まったく出てこなくたってかまわない。一日ぐらい、おれひとりでも平気だ。そのうち一日休みをとって、埋め合わせさせてもらうよ」

「ありがとう、ラルフ。でも、午後には出られそうだって。もっと早いかも」

「連絡は要らないよ」おれは言った。「会えばわかるから」

そんなわけで、二度寝のチャンスは失われた。おれは目覚ましに冷たいシャワーを浴び、ひげを剃って身支度《みじたく》した。つぎは自分のサックスを持っていくとトミーに約束したのを思い出し、ダニーが交代しにきてくれれば今夜にでも行くかもしれないと考えて、車にサックスケースを積んだ。途中で朝食をとり、販売場には九時を少しだけ過ぎたころに着いた。

その朝は暇だった。おんぼろ車を売りにきたティーンエイジャーふたり組を数に入れでもしないと、儲けのかけらもなかった。おれたちの商売では、おんぼろ車は買いとらない。もう少しましな車を売る交換条件として、引きとらざるをえないときがあるが、どんな車であれ下取りしてそいつを売り払えたら、とんでもないほどの幸運だ。というわけで、おれは少年たちの申し出をことわるしかなかった。

正午少し前、別のおんぼろ車が販売場に乗り入れて、アンドルーズ警部補がおりてきた。ゆうべほど疲れては見えなかったが、元気いっぱいというわけでもない。

おれは言った。「申しわけないけど、そいつは買いとれませんよ。それとも、下取りに出してもっといい車と買い替えますか」

「それも悪くないが、きょうはやめておこう。ミスター・ブッシュマンはいるかな」

ダニーはまだ自宅だが、あとで出てくるかもしれない、とおれは言った。

「自宅にはいない。いま寄ってきたところでね。奥さんによると十一時ごろに出たそうだ。まあ、奥さんとも話すつもりだったから、それはできたがね。ミスター・ブッシュマンはどこへ行ったと思う？」

おれは肩をすくめた。「たぶん何かの用事でしょう。きょうはシフトを交換したんで、一時までは来ませんよ。例の件で何か進展でも？」

「こちらでは何もない。ひと晩眠ったことだし、きみの友人が何か思い出して話してくれるかもしれないと考えたんだがね」アンドルーズは帽子を脱ぎ、ハンカチで額をぬぐった。

「まだほかのだれも殴られていない」

一瞬なんのことかわからず、「はい？」と言ったあと、その意味がわかった。アンドルーズはつづけた。「あれが人ちがいや住所ちがいだったなら、そのまちがいに気づく者がいるはずだ」

おれは言った。「正しい被害者は襲われても通報しないかもしれません——自覚してたなら」

「それはありうるな。きみから何か付け足すことはないかね。わたしが帰ったあと、あのクラブで新しい情報を手にしなかったか」

おれは両方の質問にノーと答えた。それから、付け加えた。「コンボの連中と話したいとおっしゃってましたね。きのうの夜、車で送っていきましたから、宿泊先を知ってますよ——セントラリア通りの〈サイプレス・ロッジ〉というモーテルです」

「ありがとう。だが、きょうは会いにいくつもりがない。わたしの知るかぎり、そいつらが関与できたはずはないんだ。事件が起こったときはクラブで演奏していたんだから」

「そうですよ」おれは言った。「仮にあのとき演奏してなかったとしても、セットの合間にクラブと町を往復するなんてだれにもできません。最低でも片道四十五分はかかる」

「わかっている」アンドルーズは車にもどってエンジンをかけたが、走り去るかわりにドアに肘をかけ、おれを見た。

「坊やには正直に言おう。何か新しい展開がないかぎり、これ以上われわれにできることはない。被害者が相手の顔を見ても犯人だとわからないのだから、なおさらだ。もしこれが人ちがいによるもので、新たに暴行事件が発生すれば、手がかりがつかめる。もし人ちがいでなければ——」

アンドルーズが口ごもったので、おれは先を促した。「人ちがいでなければ?」

「きみの友人が打ち明けないかぎり、やはりどうにもならない。故意の暴行を受けた者は、その理由をまちがいなく知っている。何か事情があってその理由を話さないのなら、こちらも助けにはなれない」

「たしかに」おれは認めた。「あなたがあとで来るとダニーに伝えましょうか」

「いや、もうもどらない。きょうの午後はほかにやることがあるんだ。といっても事務仕事で、本部にいる。きみの友人にわたしが言ったことを伝えて、何か話したければ本部に会いにくるか電話するように言ってくれ」

「わかりました、警部補」おれは言った。

ダニーが一時数分前に出勤してきたが、おれは脈ありの客の相手をしている最中で、すぐには話しにいけなかった。おれが解放されると、こんどはダニーが忙しかった。

ようやく客足が途絶えた隙に、警部補が来たことと話の内容を伝えた。

「そのとおりなんだろうな」ダニーは言った。「つまり、警察にはこれ以上何もできねえってことだがね。それに、犯人がまちがいに気づいてこれから正しい標的を襲うか、もうそうしてたとして、おれたちの耳にははいらねえってことも」

「そうだな。体調はどうだ。夜まで働いてだいじょうぶなのか」

「ああ。リングで殴り合いをする気にはなれねえが、立ってもすわっても痛いのは同じなんだから、どうせなら働いたほうがいいだろ？　けさは何か売れたか」

何も売れなかったと伝えたが、そのとき、コンボの連中と約束した――もちろん、試乗して気に入ればの話だが――取引のことを思い出し、それを説明した。

ダニーに異存はなかった。「たったの五十ドル引きで買いもどすんならたいして儲からねえが、ひょっとすると返さねえってこともある。つぎの会場が車で行ける距離なら、そのまま乗っていくことにするだろう。早く昼食をとっておけよ、あいつらが電話してきたとき動けるように」

おれは通りの向かいにあるレストランへ行き、昼食をとった。販売場へもどると、早くもトミー・ドラムから電話があったとダニーが言った。準備万端というわけだ。

おれはフォードに乗っていくべきか——連中が買ったら、だれかの運転で送ってもらえばいい——自分の車で迎えにいって連中を販売場へ連れてくるべきかと迷った。どちらでもよかったが、自分の車で行くことにした。販売場へ連れてくれば、ひょっとしたら——連中の財布に余裕があった場合——こっちが勧めたのより上等な車を気に入るかもしれない。最初からフォードを見せてしまえば、もっとでかい売上を逃すことになりかねない。ダニーの予想どおり、連中が車を手放さずにつぎの会場まで乗っていくことになれば、しめたものだ。

部屋番号は聞いていたが場所まではわからなかったので、おれはモーテルの前に車を停めて歩いていった。ミックのひとり部屋を先に見つけてドアをノックしたが、反応はなかった。そこで、もう数ドアぶん先まで歩き、ふたたびノックした。はいれよ、とトミーが大声で言った。

トミー・ドラムは椅子にすわって《ダウンビート》誌を読んでいた。フランク・リッチーはベッドに横たわって手脚を大きくひろげ、さも忙しそうな顔で何もせずにいた。トミーが言った。「やあ、ラルフ。フォードを持ってきたか」

「いや。みんなを販売場へ連れていくよ。ほかにも何台か見てから決めたいだろうと思ってね。ミックはどこだ」

「自分の部屋だろう」

「いなかったぞ」おれは言った。「先にあいつの部屋の前を通ったから、ノックしたんだ」

トミーは肩をすくめた。「散歩にでも行ったんだろう、あいつは新鮮な空気にご執心だから。別にいいさ。ゆうべ、おまえに送ってもらったあと、三人で話し合って、車はフランクとおれのふたりで買うことにしたよ。代役が見つかれば、ミックはひと月待たずにここを去るんだから、ガス代だけ負担してくれればいいだろうってな」

「いい案だな」おれは言った。「それじゃ、出ようか」

「まずは酒だ」トミーは言った。「すきっ腹で車を見るなんてまっぴらだよ。ストレートでいいか、ラルフ。それとも、プレーン？」

トミーは鏡台の前へ行って三つのグラスに酒を注ぎ、おれとフランクに手渡した。おれはストレートもプレーンもやめておくと言い、自分のグラスを持ってバスルームへ行った。まだほんの昼さがり、これからもどって車を売らなくてはならないときに飲むには、ずいぶんたっぷりとついであったので、おれは中身を半分ほど流しに捨て、残りに五センチぐらい水を足して薄めた。

全員がグラスを手にすわると、フランクが言った。「これで少し時間をつぶそう。ミックは近所をぶらついてるだけじゃないかな。車は買わないにしろ、いっしょに町へ行きたいだろうしな」

「強くノックしたわけじゃないんだ」おれは言った。「まだ寝てるのかも」

トミーは首を横に振った。「とっくに起きてるさ。おれたちが十時ごろ起きたとき、あいつはプールで泳いでた。すぐそこに朝めしを食える店があるって教えてくれたよ。おれたちがもどったときにはプールにいなかったが、また寝たとは思えない。ミックは昼寝しないんだ」

無駄話をしているうちに酒を飲み終わり、ミック・オニールのドアをもう一度叩いたが、結果は二十分前と同じだった。おれたちはマーキュリーに乗りこみ、販売場へ向かった。

トミーとフランクは何台かほかの車を見たが、結局は四九年型のフォードに落ち着いた。いまの立場でいくらぐらい都合するか、おれの当初の見立てがあたっていたわけだ。ふたりが小切手を書き、おれが書類を用意して、車はふたりのものになった。近所のバーまで車で行って取引成立を祝おうと誘われたが、おれはダニーに行くように言った。おれはもうモーテルで飲んでいたから。

販売場でひとりになると、車を物色する客の波が押し寄せてきたが、ダニーがもどるとにぎわいが消え、たいしてやることもなくなった。

五時になるとダニーが言った。「もうあがれよ、ラルフ。あとは引き受けた」

「ほんとうに夜まで働けるか」

「問題ないさ。だが、店を閉めるころにはくたくただろうから、今夜は〈カサノヴァ〉は遠慮しとく。おまえは行くのか」

おれは言った。「あそこで夕食をとるつもりだ。ディナータイムがはじまる六時にな。そのあと、たぶんやつらと何曲かやる。車にサックスを積んであるんだ」

「楽しめよ。またあしたな」

「もっと前に会うかもしれないぞ。クラブは一、二時間で出るから、帰りがてら様子を見に寄るよ」
〈カサノヴァ〉へ車を走らせながら、やはりあそこで食べるのはやめることにした。五ドルのごちそうを堪能するほどには腹が減っていない。道中にある割安のレストランに車を停め、軽食をとって三ドル半節約した。クラブには六時十五分に着いた。

サックスケースを携えて店にはいると、トミー・ドラムとフランク・リッチーが演奏していた。ミック・オニールの姿はステージにもどこにも見あたらない。ふたりのもとへ向かおうとしたとき、だれかがおれの腕にふれた。「やあ、オリヴァー。すわって一杯付き合わんか」マックス・スタイヴァーズ、ゆうべおれに一杯おごった競馬の胴元でゆすり屋の男だ。ビア樽体型のジーノ・アイトゥーリもいる。

おれは言った。「先にコンボに会ってからにしますよ。ミック・オニールは来てないんですか」

おれはスタイヴァーズに、ミック・オニールはコンボのサックス奏者だと説明しなくてはならなかった。スタイヴァーズいわく、サックスは今夜まだステージにあがっていないという。

トミーがおれに気づき、おれがステージに着くのと同時に曲を終わらせた。

「ミックは?」おれは訊いた。

「わからない。まだなんだ。おまえが来てくれて助かったよ。さっき販売場に電話したら、ダニーが言ってたんだ、おまえがサックスを持ってこっちへ向かってるって」

おれはサックスをケースから取り出して、組み立てにかかった。「モーテルに迎えにいかなかったのか」

「行ったさ。遅刻ぎりぎりまで待った。そのあと、タクシーで来いと書いたメモをドアの隙間から差し入れて、大急ぎで来たんだ。もうこっちに来てるのかと思ったのに、いないんだよ」

「部屋で寝てるんじゃないのはたしかなのか」

「死体だって跳び起きるほど強くノックしたし、ミックは眠りが浅い。どこかへ出かけて、うっかり時間を忘れたにちがいない。きっともうすぐ来る」

「遅刻なんてミックらしくないな」おれは言った。「何かあったんじゃないか」

「おれもちょっと心配なんだ、ラルフ。とにかく、二曲やってセットを終えよう。それまでにミックが来なかったら――モーテルに電話して、経営者に親鍵でミックの部屋を見てもらおう。そして――ほかに何ができる？」

「警察に電話して、事故の報告がなかったか確認するくらいかな。とりあえず、六時半まで待ってからにしよう。〈スターダスト〉はどうだ」

おれたちは〈スターダスト〉を、それから〈ドント・ストップ〉を演奏した。観衆の拍手がもっと聴かせろとせがんだが、おれたちはそこでストップした。

「行こう」トミーは言った。「支配人室の電話を使う」

支配人室のドアは少しあいていたが、中にはだれもいなかった。入口でためらっていると、背後でマックス・スタイヴァーズの声がした。「どうかしたのか、おまえら」

「支配人をさがしてたんです」おれは言った。

「グリーンか？　どこかそのあたりにいるぞ。給仕にさがさせようか。わたしに何かできることは？」

おれが手短に説明すると、スタイヴァーズは言った。「かまわん、中にはいって好きなだけ電話を使え。用件が片づいたら、こっちのテーブルへ来てくれ、三人ともだ」

トミーはまずモーテルへかけ、経営者に事情を説明したが、やがて口論になった。悪態をついて受話器をおろす。「部屋を調べるのはいやだとよ。ミックが部屋にいて返事しないんなら、それはやつの勝手だと言うんだ。警察を呼べば親鍵を渡すが、自分では使わないと言ってる。そうするしかなさそうだな」

「おれがかけよう」たしかアンドルーズ警部補は本部で事務仕事をすると言っていた。まだ残業しているかもしれない。

予想はあたった。おれは事情を説明し、警部補の返事を聞いた。礼を言って電話を切る。

「両面から調べてくれるそうだ」おれはトミーとフランクに伝えた。「警部補はちょうど本部にいるんで、事故の報告を確認する。同時に、無線オペレーターに言って、付近のパトカーに部屋を調べさせる。何かわかりしだい折り返してくるよ」

トミーはため息を漏らした。「飲まなきゃやってられないな。なんだかこわくなってきたよ、ラルフ。ほかのやつならなんとも思わないが、ミックだからな。せめて電話くらいするはずだ」

おれはスタイヴァーズのテーブルにふたりを連れていった。おれの知らない三人目の男がいたが、トミーとフランクが知り合いで、支配人のハーヴィー・グリーンだと紹介した。おれが通報したことを伝えると、スタイヴァーズがまたあとを引き継いだ。グリーンの肩を叩いて言う。「あんたは支配人室でその電話を待っててくれ、ハーヴ。こいつらがリラックスして一杯やれるように」スタイヴァーズの指がぱちんと鳴ると、給仕がすぐさま駆け寄ってきて、おれたちが注文するときにはありえない速さで酒が運ばれた。

スタイヴァーズは場を盛りあげようとしたが、おれたちのだれもしゃべる気にならず、試みは失敗に終わった。ほとんど無言で少しずつ酒を飲んでいると、グリーンがもどってきて、おれに電話だと言った。

おれは飛んでいった。アンドルーズの声が言った。「悪い知らせだ、オリヴァー。きみの友達のミックは死んだ」

口が急にからからになる。「死んだって、どんなふうに?」

「殺された。きみの相棒と同じように暴行されたんだが、こんどはそれだけではすまなかった。倒れて気を失ったあとに頭を何度か殴打されている。おそらく棍棒で」

「モーテルの部屋で?」

「そうだ。きみたちもこっちへ来たほうがいい、三人ともだ。今夜ばかりは〈カサノヴァ〉に音楽なしでやってもらうほかない。異論のある者がいたら、警察の命令だと言うんだ」

「わかりました。本部へ行けばいいんですか、それともモーテルへ？」

「本部にしよう。わたしはいまからモーテルへ向かうが、きみたちがここに着くころにはもどる。もどれなくても、たいして遅くはならない」

こちらがそれ以上質問する間《ま》もなく、アンドルーズは電話を切った。おれはテーブルへもどり、立ったまま、言われたことをそのとおりに伝えた。トミー・ドラムは呆然としていた。口をあけ、おそらくおれを嘘つきかふざけた野郎だとなじろうとしたのだろうが、おれがそんな嘘やおふざけを言うはずがないと気づき、ふたたび口を閉じた。

フランク・リッチーが立ちあがって言った。「よし、すぐ行くぞ」

おれの車で向かったのは、そのほうが速いからだった。なぜ急ぐ必要があると思ったのかわからないが、おれたちは急いでいた。ほとんど口をきかなかったけれど、ある話題だけは別だった。トミーとフランクは、ゆうべダニーが暴行を受けたことを知っていたが、クラブでその話になったときは、何かのまちがいだろうと軽く流していた。ふたりがいまになってくわしく知りたがったので、おれはわずかだがふたりが知らない情報を話して聞かせた。

警察署に着き、全員そろって中にはいった。

おれたちの来署を知らされていた内勤の巡査部長が、待合室らしい場所におれたちを案内し、アンドルーズ警部補はもうすぐもどると言った。硬くてすわり心地の悪い椅子だったが、おれたちは腰をおろした。そして、待った。

フランクが言った。「よくわからんな。ダニーを殴ったのと同じ男がやったにちがいないが、ダニーとミックの両方を恨んでるやつなんているか?」

トミーもおれも答えなかった。それきりだれも何も言わず、三十分ほどしてダニーがやってきた。青ざめて震えている。こんなに不安がっているダニーを見たのははじめてだった。

ダニーによると、アンドルーズがモーテルへ向かう途中で販売場に寄り、ダニーにいくつか質問したあと、九時に販売場を閉めたら本部に来るように言ったという。ダニーはしばらく仕事をつづけたが、さっさと片をつけようと、早めに店じまいしてこちらへ向かったのだった。

「ドリスに電話したか」おれは尋ねた。ダニーはうなずいた。さらに三十分経ち、アンドルーズがはいってきた。アンドルーズはまずトミーを指名し、ドアに〝関係者以外立入禁止〟と記された小部屋へ連れていった。しばらくすると——時間は計らなかったが——トミーがもどり、警部補がフランクを呼んでいると言ったので、フランクが小部屋へ行った。

「もう帰っていいのか?　それとも、まだ残ってろって?」おれはトミーに訊いた。

「帰るって、どこへ?　ひとりじゃどこへも行きたくないな。フランクがもどったら、ふたりで酒の飲めるところへ行って、おまえらを待ってようか」

ダニーは腕時計を見た。「おれたちが終わるころにはだいぶ遅くなってるぞ。こうするのはどうだ。ドリスがひとりぼっちで、きっとひどく心配してる。おれのうちへ行って、相手をしてやってくれねえか。警察との話がすんだやつから順に行けばいい。酒もあるしな」

トミーはその案に賛成したが、フランクがもどるのを待ってからふたりでいっしょに行くと言った。それからトミーは、そのあいだにダニーがドリスに電話して、その案を気に入るかどうか確認するように言った。

ダニーはうなずき、公衆電話を使いに廊下へ出た。帰ってきて、またうなずく。「大賛成だとさ」

おれたちはブッシュマン家の住所をトミーに教えた。トミーたちの車は〈カサノヴァ〉に置いてきていたから、おれはマーキュリーのキーを渡そうとした。だが、知らない町で夜道を運転するよりタクシーに乗りたいとトミーが言うので、無理強いはしなかった。

それからフランク・リッチーがもどってきて、アンドルーズがこんどはおれを呼んでいると言った。一分後、警部補が机の向こうでおれを見ていた。そこの椅子は外の部屋の椅子よりも硬く、おまけにすわり心地が悪かった。

アンドルーズはくたびれた様子で言った。「まずはきょう一日の行動をざっと振り返ってもらおう。いつどこで何をしていたか話してくれ」

おれは八時に目覚まし時計が鳴ったことから、ひととおり説明した。

話し終えると、アンドルーズはうなずいた。「とりあえず、一連の時刻に関して言えば、きみたちの話は一致している。いまのところだれにもアリバイはないがね」

「ミック・オニールが殺されたのは何時ですか、警部補」おれは尋ねた。

「前後一時間の誤差があるとして、だいたい午後一時。つまり、正午から二時のあいだだ。

きみが彼のドアを叩いたのはちょうど二時ごろだったな。返事をして、きみを招き入れた可能性もあった」

「可能性はあった」おれは言った。「でも、ミックはそうしなかった。トミーとフランクはどうです？　お互いが相手のアリバイを立証してるんでしょう？　ふたりでミックを殺したとお考えなら別ですが」

警部補は深く息をついた。「わたしは何も考えちゃいないよ。しかし、ふたりは互いのアリバイを立証してはいない。一時半ごろ、ミスター・ドラムはミスター・リッチーをモーテルの部屋に残し、販売場に電話をかけるために外へ出た。きみがモーテルへふたりを迎えにいくきっかけになった電話だ。モーテルの事務所からかけなかったのは煙草を切らしていたからで、二ブロック先の店まで行って、そこから電話したんだ。行きか帰りにミスター・オニールの部屋に立ち寄ったのかもしれない。あるいは、ミスター・ドラムが出かけている隙に、ミスター・リッチーがやった可能性もある」

アンドルーズはつぶれた煙草の箱を取り出し、一本くわえて火をつけた。「そして、きみの相棒だが――やはりアリバイがない。十一時に自宅を出て、販売場に着いたのは一時だ。そのあいだ何をしていたのか、尋ねてみたかね」

「いや」おれは言った。「おれがとやかく言うことじゃありませんから」

「きみも気になったかと思ったんだがね。まあ、本人の話だと、ただ車であたりを走りながら考え事をしていたそうだ。妙だと思わないか」

「なぜです？　考え事くらいすると思いますよ、ゆうべあんなことがあったあとですし」

「それはそうだ。とにかく、やつが言うには、十一時に自宅を出たときにはまっすぐ販売場へ行くつもりだったが、一時より早く行っても意味がないと考えなおしたんだと。で、十二時半ごろ、販売場に出勤する少し前に、ダイナーに寄ってサンドイッチを食べたという。それについては裏をとるが、それが事実だとしてもアリバイにはならない。ミスター・オニールが殺害されたのが十二時だったなら、犯人は十二時半か少し前にはそのダイナーに行けたはずだからな」

　おれは言った。「そんなことは――いや、ありえませんよ。ダニーはミックよりずっと背が低いし、体重も二、三十キロは軽い。おまけに、ミックは運動神経も抜群です。たしかミックは、棍棒か何かで殺される前に殴られて気絶したんでしょう？」

「そのとおりだ。正直に言うと、わたしもきみの友人のミスター・ブッシュマンがやったとは思わない。そもそも自分だって肋骨や顎が痛むのに、喧嘩をふっかけるなんてな」

「それに、ダニーはゆうべの犯人をミックだと思ってたはずがありません。ミックはそのころ三十キロ以上も離れたところにいて、百人もの客の前でサックスを吹いてたんですから」

「ああ。だから、同一人物がふたりを襲ったと考えるのが自然だろう。だれだと思う？」

「さあ」おれは言った。「想像もつきません」

「犯行の動機もわからないか？　ふたりの両方については無理でも、ダニーとミックそれぞれが襲われた理由は？」

「わかりません。力になりたいのは山々なんですがね、警部補。でも、わけがわからない」

おれはしばらく考えて付け足した。「もしかしたら、単純なことかもしれませんよ。きのうの夜、ダニーとおれが考えたのは、たぶん人ちがいで襲われたんだろうってことでした。いまとなっては考えにくいですけどね。でも、おれたちの二番目の説なら——犯人が正気を失っていた可能性ですが——きのうより有望ですよ。ダニーとミックのふたりともを攻撃する動機なんて、正気の人間にはありえない」

「いかれた殺人者にだって動機はある。本人のなかでは理にかなっているんだ。ふたりの両方に恨みを持つ人間がいるとは考えられないか。ずっと前の話でもいい」

おれは言った。「ずっと前に決まってますよ。おれたちがここで商売をはじめて一年近くになりますが、そのあいだダニーとミックは直接にしろ間接にしろ連絡をとってません。最後に顔を合わせたのはそれよりさらに一年前だと思います。ニック・フレイザーのバンドで演奏してたころです」

「その期間は？」

「ダニーとおれがフレイザーのところにいたのは三か月くらいです。ミックがはいって二週間でおれたちは抜けました。ミックの加入とおれたちの脱退にはなんの関係もありません。ほかにいい働き口があったというだけで」

「その前は？」

「時期や場所はよく考えてみないとわかりませんが、ダニーとミックはその前に三、四回同じバンドで共演したと思います。一回につき長くて二、三か月で、いつもビッグバンドでした」

「なぜいつもビッグバンドなんだ」

「腕のあるミュージシャンならだれだって音符を読めるし、ビッグバンドがよくやるアレンジもこなせます。小さいグループでは――コンボはもちろん、小さいバンドでも――即興が欠かせません。即興演奏となると、ミュージシャンにはいろんなタイプがいます。ミックはディキシーランド・ジャズが専門の正統派なんですよ。ダニーもおれもああいうスウィングはしない。どういういきさつでコンボにミックがはいることになったか、トミーから聞きましたか」

「聞いたよ。きみとミックの仲はどうだったんだ」

「まあまあです。親しい友人じゃないにしても、うまくやってました」

「ダニーは？」

「あまり仲がよくなかったですね。かといって敵同士じゃなかったし、お互い何か根に持ってるわけでもありませんでした。ただ――いわゆる性格の不一致ってやつですよ。ダニーに訊けばおれよりくわしく答えられるし、あれこれ理由も言うでしょうけど、大げさにとらえちゃだめですよ。深刻なことは何もなかったんだから」

「きみを信じよう。ミスター・ドラムから聞いたが、ゆうべきみにミックの代役を依頼したところ、きみはことわったそうだな」

「そうです。ミックが気にするからじゃありません。ミックはおれに引き受けてほしがってました。でも、ダニーとおれは販売場を買ったときに決めたんです、もう演奏はしないって。プロとしては、ってことです。たまにはジャムセッションに参加しますよ。それか、おれたちだけでドリスのピアノに乗せて吹くこともあります」

「彼女は歌手だったんだろう?」

「ええ。けど、おれたちの伴奏程度ならピアノも弾けるんです」

「いまはどうだ。きみはコンボのためにサックスを吹くつもりか」

おれは言った。「まだ考えてません」

「少し考えたらどうだね。こうなったら話は別なんじゃないのか」

「かもしれません。トミーがこの町でほかのサックス吹きを見つけるのはむずかしいでしょう。ミック程度の腕前のやつすらね。たぶん店との契約を破棄しなきゃいけなくなるが、大事な仲間にそんな目に遭ってもらいたくはない。こういう状況だから、ダニーもきっと承知します。それどころか、ゆうべ引き受けてたって反対しなかったと思いますよ。そのときは緊急事態じゃありませんでしたけど」

「なるほど。では、あとひとつだけ質問しよう、ミスター・オリヴァー。なんでもいいが、役に立ちそうなことを知らないかね。わたしの質問が的はずれなせいで聞き出せなかったようなことを」

「何もありませんね」おれは言った。

「よかろう、きょうはここまでにする。きみに町を出る予定はないはずだ。販売場か〈カサノヴァ〉へ行けば会えるな」

「ええ」おれは言った。「ダニーを呼びましょうか」

外の部屋へもどり、終わるまで待っていようかとダニーに訊いた。でもダニーは、ふたりとも外に車を停めていて結局別々に行くんだから、待つのはばかげていると言った。

ドリスはひどく不安がっていた。トミーとフランクがふたりがかりでドリスをなだめ、これ以上ダニーが危険な目に遭うはずがないと言い聞かせていた。

「でも、どうして？」ドリスは知りたがった。「なぜミックは殺されたの？　それがわからなくちゃ、ダニーがまた襲われないとは言いきれないと思うけど」

おれはもう一度、根気強く説明した。ダニーを襲った男は、その気になれば好きなようにできた。あのときはなんの危険もなく、ダニーを殺すことも、もっとひどい怪我を負わせることもできたんだ、と。

「そうだよ、ドリス」トミーが言った。「おれの考えを言おう。犯人はミックを殺す気なんかまったくなく、ダニーと同じようにちょっと痛めつけるつもりだった。ただ、ダニーが最初の奇襲攻撃でひっくり返ったのに――たぶんミックはちがった。ミックはでかくて頑丈だから、いくらか抵抗したんだろう。そして、相手の顔からハンカチを引きずりおろして、顔を見たんだよ。な？　だから、相手はミックを失神させたあとでとどめを刺して、正体をばらされないようにした。筋が通るだろ？」

「通るよ」おれは言った。「言っとくが、もし犯人がつぎにおれを襲うつもりなら、おれはハンカチなんかつかまずに早々と気を失ってやるさ。死んだ英雄より生きた臆病者でいるほうがましだ」

「おれもさ」トミーが言った。「それに、犯人がダニーとミックを襲った理由がわからないから、自分たちがつぎの標的なのかどうか、なんとも言えないんだ。なあ、ラルフ、ここへ来るときにフランクと話してたんだが——いや、それより先に話したいことがある。おまえはコンボにはいってくれるんだろ？　おれたちを見捨ててこの契約を台なしにしたりしない、そうだろ？」

フランクが言った。「契約が流れたらおれたちは絶体絶命だぜ、ラルフィー。あのおまわりには町から出るなと命令されてるし、身動きできず仕事もないんじゃ、どうにもならない」

おれは言った。「ダニーと相談させてくれ。もしダニーがいいと言ったら——」

「ありがたい」トミーが言った。「それなら万事解決だな、ダニーは賛成するに決まってるんだから。これを祝して乾杯しようじゃないか。おれたちはまだ飲み足りないし、ラルフはまだ一杯も飲んでない。きみはひどいホステスだな、ドリス」

ドリスは笑い、キッチンへ酒を用意しにいった。トミーが言った。「さすがだよ、ラルフ。期待に応えてくれるのはわかってた。で、ここへ来る途中に話してたことなんだが、おまえはどんなところに住んでる？」

「独身者用のアパートメントだ。部屋がふたつに、使ったことのない簡易キッチン」

「三人寝られるか？」

「だれかがソファーに寝れば、いけるよ」

「じゃあ、おれたちがモーテルを出て、三人いっしょになるのはどうだ？　犯人がいくら大男でも、三人と同時にやり合おうとはしないだろうし、できるだけ固まって行動すれば、ひとりでいるところを襲うのはますますむずかしくなる」

それはいい考えだとおれが言っているとき、ドリスが飲み物を載せたトレーを手にもどってきた。

その取り決めについて話すと、理にかなっているとドリスは言った。

「それに、全員の節約になる」フランクが言った。「ラルフの家賃はもちろん割り勘で払うが、モーテルよりは安くすむだろう。いくら払ってるんだ、ラルフ」

おれたちが八十ドルの三分の一を計算しているとき、ダニーがはいってきた。ドリスがやつの飲み物をこしらえにいっているあいだ、要点をかいつまんで聞かせた。ダニーは一も二もなく賛成し、もしおれが演奏せずに見殺しにしたら、断じて絶交すると言った。

おれたちは販売場をまわすスケジュールを考えた。ダニーはこれまでのおれのシフトを担当し、午後一時から夜の九時まで働く。おれはダニーのシフトを担当するが、出勤時間を遅らせて退勤時間を早める。販売場を午前十時にあけ——最初の一時間はどうせ暇だ——その日の忙しさしだいで三時か四時まで働く。そうすれば二、三時間の余裕ができるから、シャワーを浴びて少し休み、トミーとフランクといっしょにクラブへ向かえば、六時の開演に間に合う。販売場での勤務時間がダニーより短くなるので、翌月の利益は折半ではなく、三分の二を受けとるようダニーを説得した。トミーからもらう出演料を加えれば、それでもダニーよりかなり実入りがいいのだから。ドリスがおれの味方をし、ダニーも折れて承諾した。コンボに新しいサックスが加入したからあすの晩は心配無用だと、トミーはクラブに連絡することにした。その電話をかけているあいだ、おれはダニーに、その後警部補が何か手がかりを得たかどうかと尋ねた。

ダニーは首を横に振った。「でもな、おれとの話は終わってねえんだよ。だいぶ遅い時間だったんで切りあげただけだ。あすの朝、警部補がうちへ来てもう少し話す。ドリスとも話してえんだろうな。じゃなきゃ、おれにまた署へ来るよう言ったはずだ」

おれたちは零時《れいじ》の少し前に解散した。おれはトミーとフランクをモーテルまで送り、ふたりが荷物をまとめるのを待ってから、うちへ連れ帰った。だれがどこに寝るかを決め、寝酒をやって、眠りに就いた。

それで二日目は終わった。

その後の一週間、驚くようなことは何も起こらなかった。警察の捜査で、ミックについておれたちの知らなかった事実がいくつか明らかになった。たとえば、十二年余りの演奏生活でしこたま金を貯めこんでいたことだ。おれたち全員の貯金を合わせても足りないほどの金持ちで、銀行預金と株と債券を合わせると二万ドル近かった。おれたちで葬式費用を出し合おうかと話していたが、そうとわかってその案はなくなった。さらに言うと、ここで葬式を出す案もだ。両親ともに健在で、シンシナティにいることがわかった。警察の許可が出るとすぐ、ミックの遺体は葬式のために航空機で運ばれた。トミーとフランクは、共演中に死んだのだから自分たちも参列すべきだろうと考えた。しかし、〈カサノヴァ〉の支配人が、またコンボなしの夜が来ることに難色を示したので、フランク・リッチーだけが代表として出ることで妥協し、おれが地元でかわりの太鼓叩きを見つけた。そいつはちょうど予定が空いていて、フランクが飛行機で往復するために抜けるひと晩の代役にはじゅうぶんな腕があった。ピアノはコンボの要《かなめ》で替えがきかないから、トミー・ドラムは残るしかない。もちろん、全員で花を贈った。帰ってきたとき、フランクはなんだか呆気にとられた様子で、あのディキシー野郎にあんなにたくさん友達がいるとは思わなかった、と言った。はるばるニューオーリンズやサンフランシスコからやってきた者もいたという。

その一週間の終わりにかけて、ダニーは二度、仕事のあとでドリスを連れてやってきた。二度目にはトランペットを持ってきて、おれたちといっしょに何曲かやった。ドリスにねだって二、三曲歌ってもらったから、その晩の客は代金のもとをとって余りあったわけだ。

それが水曜の夜で、つぎに木曜の夜、そのつぎに金曜の夜が来た。七時半ごろ、おれたちは二回目のセットを終えてテーブルを囲んでいた。マックス・スタイヴァーズとその相棒のジーノもいっしょだった。スタイヴァーズがまたおれたちを招待したのだ。酒をおごると言われたが、トミー・ドラムがコーラを頼んだだけで、おれとフランクはことわった。真夜中まで演奏するときは、あまり早くから飲むわけにいかない。特別な機会でもないかぎり、その日の最初の一杯は十時か十一時までとっておく。あとは、酔いの高ぶりに身をまかせて乗りきればいい。ともあれ、おれたちは腰をおろして話に興じていた。おもにスタイヴァーズとであり、ジーノはいつも無口だった。

そのとき、おれの肩に手が軽くふれ、見あげるとアンドルーズ警部補が横に立っていた。

「すわってもいいかね」

おれの隣は空席だった。「どうぞ、警部補」そう言ってから、訂正した。「いや、でも、これはミスター・スタイヴァーズのテーブルなんで、おれが招待しちゃまずいんですが」

ふたりを引き合わせようとしたが、スタイヴァーズは笑みを浮かべた。「この男とは知り合いだ、ラルフ。すわりたまえ、アンドルーズ。酒は？」

警部補は首を左右に振った。「坊やたちと知り合いとは知らなかったよ、ミスター・スタイヴァーズ」

「そりゃ知っているとも。わたしはここの常連だぞ。音楽も好きだしな」

「この連中とも取引を？」

マックス・スタイヴァーズは真顔になった。「あんたになんの関係がある、アンドルーズ。ここはあんたの縄張りじゃねえ。町の境界のずっと外だ」

「そうだな」警部補は言った。「いまのは忘れてくれ」

スタイヴァーズはまた笑みを浮かべた。「せっかく訊かれたから答えるが、ノーだ。こいつらはだれも競馬をやらない」

「仲間のミスター・ダニー・ブッシュマンはどうかな?」

笑みは唇に漂ったままだが、瞳からは消えた。スタイヴァーズはすぐに応じた。「会ったことはある。競馬好きかどうかまでは知らんがね。アンドルーズ、これは尋問か?」

警部補は大きく息を吐き、ポケットからパイプと煙草入れを取り出した。「いや、ちがう。ただ考えていただけだ。それに、ミスター・オニールが競馬好きだったのかどうかも考えている」

トミー・ドラムが口をはさんだ。「それならわかりますよ、警部補。ミックはギャンブルのたぐいが大きらいでした。小銭だって賭けやしませんよ」

警部補はパイプを吹かしはじめ、それ以上は何も尋ねなかった。あたりにそこはかとなく漂っていた緊張が、徐々にゆるんでいった。話題はデイヴ・ブルーベックへ移り、ブルーベックからなぜかビックス・バイダーベックへ移った。ミュージシャン同士の語らいだ。

おれは腕時計を見やり――トミーは腕時計をしないことが多く、休憩時間の管理をおれにまかせていた――演奏再開まであと数分あると判断した。そのとき、肩に別の手が置かれるのを感じ、おれはまた顔をあげた。顔見知り程度で苗字しか知らない男、ハートだった。販売場から二ブロックほどの場所にあるスポーツ用品店の店主で、おれは以前そこでゴルフクラブを一式買った。一度はハートも販売場に車を見にきたが、買ったことはない。

おれが「やあ」と言うと、ハートが言った。「やあ、オリヴァー。仲間に紹介してもらう必要はないよ。自分のテーブルにもどらないといけないから。ひとつ訊いてもいいか」

「いいとも」おれは言った。

「ここに来る途中、きみの販売場の横を車で通りかかったが、遅れそうだったから寄る時間がなくてね。あそこにあるキャデラックはいくらかな」

「キャデラック?」おれは困って言った。「販売場にキャデラックは置いてないよ。ほかの車を見まちがえたんじゃないか」

「いや、たしかにキャデラックだった。車を路肩に寄せて間近で見たからね。だが、きみの相棒がほかの客の相手に忙しくて、待っていたらここに遅れそうだったんだ。黄色のハードトップ、新型で、まだ一年も経っていないだろう。新品同然に見えたよ」

おれはかぶりを振った。「おれがきょうの午後三時にあそこを出たときにはなかった。ダニーが買いとったんだろうな」

ハートは肩をすくめて言った。「なら、あす寄ることにするよ。すごくいい車だからな」

ハートが背を向けようとしたとき、アンドルーズ警部補の声がした。「ちょっといいですか、あなた」気づけば、テーブルを囲んでいた全員がおれたちの会話に聞き入っていた。

ハートはまたこちらを向き、「なんでしょう?」と警部補に愛想よく言った。ふたりがことばを交わすのを見て、おれは紹介した。「アンドルーズ警部補、こちらはミスター・ハートです」

「はじめまして、ミスター・ハート。ひとつ質問させてください。そのキャデラックは客が乗ってきたものだったのではありませんか」

「そうは見えませんでしたよ、ほかの車と並べてありましたから。客だったらあんなふうに乗り入れて停めないはずです。オールズモビル・ロケット88のコンバーティブルとビュイック・スペシャルにはさまれていました。三台ともほとんど新品に見えましたね」ハートはこっちを見た。「あす寄ったとき、あのロケットも見たいな」

「ありがとう、ミスター・ハート」警部補は言った。

それから、警部補はおれをじっと見つめた。「ミスター・オリヴァー、きょうの午後、販売場には新型のビュイック・スペシャルがあったのかな」

おれは言った。「ビュイック・ロードマスターですよ。ハートは車種を勘ちがいしてる」

「オールズのコンバーティブルは？」

おれは首を横に振った。

「では、ミスター・ハートがビュイックの車種を勘ちがいしたとしよう。きみの相棒が、きみに相談もせず、たった半日のうちに新品同様の高級車を二台も買い入れるなんてことがあるのかね」

おれは言った。「めったにありませんが、ダニーにはそうする権利があります。いい値で手にはいったのなら――」

「二台買い入れるだけの現金が当座預金にあるのか」

「トレードだったのかもしれません。安い車と買い替えるんです。高級車に乗ってる人間でも、金欠で現金が入り用になる場合がときどきあるんでね。旧型の車と交換して、差額を現金で手に入れるんですよ。それか、委託販売かもしれない」

「それはどういう仕組みだ」

「しょっちゅうやるわけじゃありませんが、ときどき、客の希望額との折り合いがつかないことがあるんです。でも、客から要望があれば、車を販売場に置いておき、客の希望額にうちの手数料を上乗せして売るんですよ。以前はよくやってましたね。商売をはじめたばかりで、販売場に見栄えよく並べておける車が少なかったころは」

警部補は「なるほど」と言い、ゆっくりと立ちあがった。「きょうはもう終わりのつもりだったが、ミスター・ブッシュマンと話したほうがよさそうだ。きみたちがやつに電話してわたしが向かうと警告などしようものなら、ろくなことにならんぞ。その二台だか三台だかが販売場から消えていたら、そのまま置いてあるよりもずっと長々とやつに説明してもらうことになる」

警部補はテーブルを見まわしておれたち全員を一瞥《いちべつ》し、急に身をこわばらせた。マックス・スタイヴァーズに向かって声を荒らげる。「おまえの用心棒はどこだ」

「ジーノかい」スタイヴァーズは何食わぬ顔で言った。「さあね。いつの間にいなくなったのやら」

「おまえ、あいつを――」警部補はことばを切り、すばやく振り返っておれの肩をつかんだ。「電話はどこだ」

おれは警部補といっしょに支配人室へ急いだ。ドアが閉まっている。警部補はノックをせずに勢いよくドアをあけ、中へ飛びこんだ。だれもいない。机に駆け寄って毒づき、切断された電話線を手にとった。「ほかに電話は？　いや、この電話線を切ったなら、ほかの電話も同じだろう。坊や、きみの車は速いのか。飛ばせるかね？」

「はい」おれは言った。おれたちはもう駆けだしていた。トミーとフランクがあとを追ってくるのが見えたが、待たない。

警部補をマーキュリーまで連れていくと、トミーとフランクが追いついて後部座席に乗りこもうとした。アンドルーズがふたりを制した。「きみたち、ほかの車はあるか」

「ええ」トミーは言った。「でも、この車ほど速くは――」

「それは気にしなくていい。自分たちの車に乗って、いちばん近い公衆電話を見つけろ。仲間にかけても時間の無駄だ――警察に通報してくれ。そして、あの販売場へ至急警官をよこせと言うんだ。殺人事件が起こりかけているかもしれない、とな」

トミーとフランクがおれの売った車へ走っていくあいだ、おれはマーキュリーのエンジンを吹かして一気に加速した。おれは訊いた。「まさか、ほんとうに――」

「しゃべるなよ、坊や。きみは運転に集中して、しゃべるのはわたしがやる。きみは夜目がきくかね？」

「はい」

「わたしは標準よりやや劣る。日中は必要なだけ飛ばすが、夜はすいた道でも時速六十キロ以上は出せない。きみは安全に飛ばせるだけ飛ばしていい。違反切符のことは心配するな。

警察車がついてきても問題ない。サイレンを鳴らして先導させよう。無線があればそれも使わせる」

視界の端で、警部補がショルダーホルスターから拳銃を取り出すのが見えた。平たいオートマティックだ。スライドを引いて弾倉から薬室に銃弾をひとつ送りこみ、銃をホルスターにもどす。

「気をつけろよ、坊や」前の車を追い抜いたその瞬間、反対車線のトラックにあわやぶつかりかけたので、警部補は言った。「わたしには肝《きも》っ玉が具《そな》わっているが、それを高速道路で木《こ》っ端微塵《ぱみじん》にはしたくない。われわれが死んでは、きみの相棒を助けられないしな。きみはジーノが出ていくのに気づいたのか？　いなくなってどれくらい経つんだ」

「ハートがキャデラックのことを尋ねにきた直後だと思います」

「だとすると、ずいぶん先を越されているな。きみがミスター・ハートと言い合ったあと、少なくともきみとわたしでしばらく話した。電話線を切断するのに二、三分かかったとしても、少なくとも五分、おそらく十分は遅れをとっている。むろん、どんな車に乗っているかも、運転の手並みもわからない。きみの運転はなかなかだが、これ以上スピードを出すなよ」

明かりのついた商店が建ち並ぶブロックに差しかかり、おれは少しスピードを落とさなくてはならなかった。警部補が言った。「きみの仲間はあそこから電話できるだろう。われわれが着くのが先か、連中の通報を受けて警察が到着するのが先かは、五分五分といったところだな」

おれは言った。「ジーノを用心棒と呼んでましたね。あいつがミックを殺してダニーを殴ったと思うんですか。でも、ダニーによると、犯人の身長は百八十センチで、ジーノの体型は――」

「しゃべるなよ、坊や。たしかに、ジーノは背が低くてがっしりしているが、力は強い。かつてプロボクシングだの、レスリングだのをやっていた。そう、やつはスタイヴァーズの用心棒だ。用心棒に襲われた人間は、ときにわざとでたらめな供述をするものだ。その話はあとにしよう。妙なことに、わたしはスタイヴァーズがあれこれ手を出しているのは知っていたが、盗難車の密売にも手を出していたとは思いもしなかった。そして、きみたちの中古車販売場がその処分に利用されていた、ともな。たしかにうってつけだ。いまからする話を聞いても道から飛び出すなよ。きみは何が起こっているのか、ほんとうに知らなかったのか」

おれは言った。「いまだって何がなんだかわかりませんよ。特に、なぜミックまで関係あるのか」

「わたしにはだんだん読めてきたよ。さあ坊や、もうすぐそこだ」警部補はまた銃をホルスターから出し、こんどは手に持ったままでいた。「ひょっとして、銃を身につけているか、車に積んでいやしないか」

持っていない、とおれは言った。

「なら、きみは何が起ころうと巻きこまれないようにしてくれ」警部補は言った。「ただ車を寄せて――」

販売場の一ブロック半手前で、銃声が聞こえた。二発だ。半ブロック手前まで来たとき、ダークグリーンのクーペが販売場を出て、去っていった。

クーペはまだ加速していなかったから、おれたちのスピードならすぐに追いついて路肩へ追いこめたはずだった。けれども、信号が目の前で赤に変わり、交差点から別の車が飛び出してきたので、おれはブレーキを力いっぱい踏み、すんでのところで衝突を免《まぬが》れた。急ブレーキのせいでエンストを起こし、エンジンをかけなおそうとしているあいだに、別の甲高《かんだか》い音が聞こえてきた——サイレンだ。男がふたり乗った車がおれたちの横でスピードを落とすと、警部補はそのふたりに向かって、グリーンのクーペを捕まえろと怒鳴った——それから、武装した殺人犯が乗っているから気をつけろ、と。その車がサイレンを鳴らし、赤い光を点滅させて走り去ると、同じような車がもう一台後ろから来て、追跡に加わった。

「あいつらがジーノを捕まえる」警部補は言った。「やつに勝ち目はない。われわれはここにいよう」

エンジンがかかり、おれは販売場へ乗り入れた。

午前二時、医者が病院の待合室に来て、ダニーが死んだと告げた。「アンドルーズ警部補から伝言で、いましばらくこちらで待機していただければありがたい、とのことです。警部補はいま電話中ですが、みなさんにお話があるそうです」

ドリスは静かに泣いていた。おれの手をつかみ、ときおり痙攣《けいれん》したようにぎゅっと指を握りしめてくる。痛いくらいの力だった。

ダニーはいっとき意識を取りもどし、ドリスとおれはそれぞれ数分ずつ面会した。ダニーがドリスになんと言ったのかは知らないが、おれには、自分が死んだらドリスをよろしく頼む、と託した。きっと死を悟っていたんだろう。ダニーは警察にすべてを供述し、調書に署名するまで生き延びた。ともかく、ジーノよりは長く生きた。

あのグリーンのクーペは時速百三十キロ以上で飛ばしていたが、警察による銃弾が後ろのタイヤにあたり、道をはずれて木に突っこんだ。スタイヴァーズは逮捕された。警部補が待合室にやってきてその二点を伝えたあと、ダニーが意識を取りもどしたのだった。

いま、警部補がまた現れた。おれたちひとりひとりを——もちろん、トミーとフランクも来ている——見つめる顔つきは、これまでにないほど疲れ果てている。

警部補はドリスに声をかけた。「いま詳細をお聞きになりたいですか、ミセス・ブッシュマン。それとも日を改めましょうか」

ドリスはすすり泣きをこらえ、いま聞きたいと答えた。

警部補は言った。「あなたのご主人はまた競馬に手を出していました。この半年間というもの、派手につぎこんでいたのです。負けを取り返そうとして借金を重ねていくご主人に、スタイヴァーズが金を貸して、深みにはまらせました。先週の時点で、その額は三千五百ドルに達していました。スタイヴァーズはここぞとばかりにご主人を罠にはめました。

スタイヴァーズは、用心棒のジーノ・アイトゥーリをご主人のもとへ送りました。そこで起こったことは、ご主人の話したとおりではありません。ジーノは顔を隠していなかったし、部屋にはいるなりご主人を殴り倒したわけでもない。ジーノは彼に、翌日スタイヴァーズに会って現金で借金をそっくり返すか、そうでなければこちらの提案を呑むように言いました。販売場を盗難車の販路として使わせ、スタイヴァーズが払うべき委託手数料をそのまま返済にあてろ、というものです。ご主人が拒否したところ、ジーノは殴る蹴るの暴行を加え、考えを改めさせました。

翌日、十一時に自宅を出たご主人は、スタイヴァーズに会いにいき――提案に応じました。

しかし、ミスター・オリヴァー、彼はきみがこの案に賛成するはずはないと言った。それに、きみが非番のときですら、販売場に盗難車を置いておくわけにはいかない。きみが勤務時間外でもよく様子を見にくるからだ。スタイヴァーズはその解決法を知っていた。またジーノを使えばいい、脚の一本でも折ってやればきみが姿を見せることはしばらくあるまい、とね」

警部補はおれを見つめていた。「当然ながら、きみの相棒は友人でもあるから、それには賛成できなかった。しかし、彼にはほかの考えがあった。ミスター・オニールが腕を折る怪我でもしてサックスをひと月演奏できなくなれば、きみはぜったいにミスター・ドラムを見捨てたりしない、きっとコンボに参加するはずだ、と言ったんだ。

そこで、ミスター・オニールを叩きのめすためにジーノが送りこまれた。実際に起こったことはわれわれの想像どおりで、ミスター・オニールは抵抗し、ジーノの顔から覆面をはぎとった。もともと殺すつもりはなかったが――そういうしだいで変わった。

ミスター・ブッシュマンはそれを知って恐ろしくなったが、手を引くには遅すぎた。その暴行を提案したのはほかでもない自分であり、いまや殺人の共犯者だった。いずれにせよ、これで毎日ひと晩じゅう、きみを販売場から――たまたま顔を出すなどできないほどの彼方へ――遠ざけておける。一度に三、四台の盗難車が近隣の車庫に入れられ、きみが夕方〈カサノヴァ〉へ出かけたあと、ジーノの運転で販売場へ運ばれた。そして、閉店時刻にまた運び出された。きみの相棒は最初の一週間でそのような車を三台売った。あと四、五台売れば、借金を返して自由の身になれる――彼はそう思っていた。わたしには、スタイヴァーズがそれほどあっさり放免してやるとは思えないがね。まあ、いまさら言ってもしかたがない。

今夜の急展開のきっかけは、まったくの偶然から、ある人物がきみに販売場にあるはずのない車の話をしたことだった――そして、わたしが耳を傾けて、スタイヴァーズとジーノも居合わせた場できみに話した。スタイヴァーズの行動はすばやかった。会話の行き着く先をたちどころに見抜き、ジーノにすばやく命令をささやいた。しかし、ジーノは逃げおおせるほどすばしこくなかった。もしうまく逃げていたら、そのうち推測がついたかもしれないが、確たる証拠は手にはいらなかっただろう」

「わたし――すっかりわかったと思います、警部補」ドリスが言った。「それで全部ですか」

「いえ。もうひとつあなたにお知らせすべきことがあります。この事件におけるミスター・オリヴァーの役割についてです。彼の行動しだいでは、ミスター・ブッシュマンは死んでもいなければ、面倒な厄介事に巻きこまれてすらいなかったかもしれません」

おれは言った。「そんなばかな、アンドルーズ。おれが何をしたというんですか」

「何もなかったのさ、坊や。まったく何も。それこそが問題だった。きみは、相棒がまた賭け事に手を染め、首がまわらなくなるまでのめりこんでいるのをまちがいなく知っていた。そう、きみは相棒の痴情《ちじょう》のもつれを否定したとき、自分たちは仲がいいから、そういうことは奥さんが感づくより先にわかると言いきった。競馬なら女遊びほど隠し立てする必要もなく、きみの前ではなおさらそうだろう。それでもきみは、彼が借金まみれで困窮していたのに少しも気づかなかったと言うつもりか」

おれは言った。「何か困ってそうだとは思ってましたけど——」

「きみはそれがなんなのか知っていたか、察していた。あの夜、暴行された相棒を発見したきみは、彼が借金地獄に陥《おちい》っていると悟った。それで、きみは何をした？　どんな状況でも力になるから白状しろと説得したのか。それとも、彼の話を信じるふりをして、ますます深みにはまるように仕向けたのか」

おれは言った。「ほんとうに信じたんですよ。なぜおれがダニーを厄介な目に遭わせたがったと思うんですか。ダニーは親友なのに」

「彼が結婚するまでは、そうだった。しかし、きみたちはふたりそろって同じ女に恋をし、わたしが思うに、きみはいまでも彼女を欲している。そして、半年か一年後、わたしがこうして話をしていなければ、きみは彼女を手に入れたことだろう。坊や、それがきみの目論見《もくろみ》だったんだ。きみのダニーは意志が弱かった。学校の同級生だったころから、きみは一度ならずダニーを窮地から救ったにちがいない。そして、きみにはわかっていた。このまま友人のふりをしていれば、遅かれ早かれ、その意志の弱さがふたたび彼を苦境に陥《おとしい》れる。そうなったら、きみは今回したとおりのことをするだけでいい――つまり、何もしない、ということをね。わたしは正しいか？」

「正しくない。これは名誉毀損《めいよきそん》ですよ、警部補。その気になれば――」

「訴えるがいいとも、坊や。だが、きみはそんなことをしない。わたしが正しいからだ。きみはこんな事態になるのを簡単に防げたはずだよ、彼がまた賭け事をやりだしてすぐのころならね。暴行されたあとだって、説得してすっかり白状させていればよかった。そのときはまだ、借金が唯一の問題だったのだから」

ドリスはとっくにおれの手を放していた。

警部補は言った。「そして今夜、決定的瞬間が訪れた。きみはジーノがテーブルを離れるのを見た――販売場に自分の知らないキャデラックが置いてあるとわかった直後だった。わたしより多くを知っていたきみは、真実をいち早く見抜いた。それから、何をした？　わたしの注意をできるだけ長くそらしておくために、そいつは安い車とのトレードかもしれないとか、委託販売で販売場に置いてあるのかもしれないなどと説明した。きみはわたしの気をそらし、相棒が殺害されるのにじゅうぶんな時間を与えたわけだ。そして、わたしはきみをどうやってもしょっぴけない」

突然、ドリスが立ちあがった。「ありがとうございます、警部補。ほんとうに感謝します。

トミー、フランク、うちまで送ってくれる?」

ふたりはドリスのあとにつづいた。ドアのところで、トミー・ドラムが振り向いて言った。

「コンボは解散だ。契約はキャンセルする。〈カサノヴァ〉の支配人が小切手を送るよ」

三人の背後でドアが閉まった。完全に。

「これで満足かな、坊や」警部補が訊いた。

「この野郎」おれは言った。「坊や呼ばわりはよせ!」

「なんなら、もっと長くて下品なやつでもいいぞ」

デザート

死の10パーセント

Ten Percenter

越前敏弥 訳

初出：*Gent,* October 1963
初出時タイトル：“Tale of the Flesh Monger”

こわくてたまらない。あすが運命の日だからだけじゃない。あす、ぼくは小さな緑色のドアを抜けて、青酸ガスがどんなにおいなのか、身をもって知ることになっている。でも、それは問題じゃない。ぼくは死にたいんだから。ただ——

すべてはロスコーとの出会いからはじまったが、その話にはいる前に、それ以前のぼくがどんなだったかを手短に話しておこう。

ぼくは若く、無骨ながらもなかなか見栄えのする顔立ちで、知性も教養もなかなかのものだった。当時はまだビル・ウィーラーという名前だった。テレビや映画の俳優をめざして下積み生活を送っていたけれど、五年経ってもB級映画の端役どころか、ローカル放送のコマーシャルに出るチャンスすらつかめなかった。食いつなぐため、サンタモニカにあるドライブスルーのハンバーガーショップで、午後六時から午前二時まで夜間勤務のカウンター係として働いていた。

そもそも、その仕事を選んだのは昼の時間が自由になるからで、バスに乗ってハリウッドへ行き、エージェントや映画会社の事務所に足しげくかようためだった。でも、あの日の夕方、すべてがはじまって運命の歯車がいきなり逆回転しだしたときは、もうほとんどあきらめていたころだった。ハリウッドへ足を運ばなくなって一週間。ゆっくり骨休めをしてビーチで健康的に日焼けしながら、今後のことを真剣に考えて決めるつもりだった。どんな仕事なら自分に合うだろうか、どんな仕事ならできるだろうか、その仕事に就いたとして、その先の人生にほんの少しでも心を満たしてくれるものがあるだろうか、と。それまでは演技のことしか頭になかった。いつの日か俳優になるという夢まであきらめるには、ずいぶん大きな発想の転換が必要だった。

運命が変わりはじめたのは、ある日の午後六時、仕事が休みでなければちょうどドライブスルーに出勤していたはずの時刻で、場所はサンタモニカのオリンピック大通りが四丁目通りに差しかかるあたりだった。

そこで財布を拾った。現金は三十五ドルしかはいっていなかったが、クレジットカードはダイナース・クラブ、カルト・ブランシュ、インターナショナルなど何種類もあった。

ぼくはいちばん近いバーへ向かった。とにかく一杯やって——どうするか考えよう、と。それまでの人生で不正と言えるほどの大それたことをした経験はなかったけれど、まさにどん底のタイミングでこんなものを拾ったということは、今夜こそ勝負のときで人生の転機となるという、〝だれか〟あるいは〝何か〟のお告げにちがいないと考えた。

そのクレジットカードをいつまでも使っていたら危険だろうが、ひと晩だけなら問題ないはずだ。高級な食事、酒、豪華なホテル、コールガール、何もかもやってやろう（もちろんコールガールはクレジットカードなんかおことわりなのはわかっているが、どこかに立ち寄るたびにカードで小切手を現金に換えられそうなら換えればいいから、今夜はできるだけいろいろな場所に立ち寄ったあとでコールガールにお目にかかろう、と考えた）。

　多少なりとも運がよければ、かなりの額が手もとに残るだろう。朝になったら、最後にもう一回クレジットカードを使って、飛行機のチケットを買い、希望のないこの街とはおさらばして、どこかほかの土地で別の人生をやりなおそう。俳優以外ならなんだっていい。俳優はもう勘弁だ――いつの日か、プロになれなかった苦い挫折をすっかり忘れ去り、道楽でアマチュア劇団に参加する程度だ。

　ぼくは入念に計画を練りはじめた。時間が勝負だからだ。

　まずバーテンダーに、タクシーを電話で呼んでもらえるかと訊いた。タクシーで自分の部屋へ帰ったあと、三十分かけてクレジットカードのサインを真似る練習をし、カードを見なくても完璧にそのサインを書けるようにした。電話で別のタクシーを呼び、到着を待つあいだに荷造りをして準備を整えた。タクシーの運転手には、最寄りのレンタカー店へ行くよう指示した。

　キャデラックがよかったのにクライスラーで手を打たなくてはいけなかったのが少し残念だったが、どうせ駐車場の係員にしか見られないのだから、たいした問題ではなかった。

　その夜のあいだにあちこちで言おうとしていたことを、まずレンタカー店の男に言ってみた。手持ちの現金が足りなくなったので、もし白紙の小切手の用意があれば、都合のつく金額でかまわないから小切手を現金化してもらえると助かるんだが、と。もちろん、こちらは身元を証明するものには事欠かず、ありがたいことにクレジットカードの名義と一致する運転免許証も持っていた。店の男は記載事項をたしかめてから五十ドルの小切手を現金に換えてくれ、ぼくは犯罪者としての第一歩を踏み出した。

腹が減ってきたので、ウィルシャー大通りを車でハリウッド方面へ向かい、〈ダービー〉の駐車場係に車を預けて店内へはいった。テーブルは満席で、給仕長が言うには、席があくまでに十五分か二十分待たなくてはならないとのことだった。ぼくはそれでもいいと答え、バーにいるからテーブルの用意ができたら呼んでくれと伝えて、奥のバーへ向かった。

バーでひとつだけあいていたスツールに腰かけたとき、隣の男も一人客にちがいないと気づいた。というのも、男の向こう側にすわっていたカップルはふたりの世界に浸りきりで、男は会話に加わっていなかったからだ。粋《いき》な身なりの小柄な男で、真っ白に近い豊かな髪を丹念に整えて、小ざっぱりした白い口ひげを生やしていたが、血色がよく赤ん坊のようになめらかな肌から、白髪と白ひげから受ける印象よりもはるかに若いと感じられた。前に飲み物が置かれていないところを見ると、まだバーに来て何分も経っていないらしい。

ある意味では、ぼくたちを引き合わせたのはバーテンダーだったと言える。ふたり連れだと思いこみ、まとめて注文をとったうえ、同時に飲み物を出して、勘定はいっしょか別々かと尋ねてきた。粋な身なりの小男はこちらを向き、一杯おごりますよ、いっしょに飲みませんか、と声をかけてきた。ぼくも同じことを言おうとしていたので先を越されたわけだが、ありがたく申し出を受けることにした。グラスを合わせて乾杯し、会話がはじまった。

たしか、天気の話題を糸口にするようなことはせず、気がつくと真夏のロサンゼルスで二番目に多い話題、ドジャースの優勝争いの話をしていた。

ぼくは俳優として——あるいは、もと俳優志望者として——アクセントにはいつも関心を持っていたが、その男のものには特に興味を引かれた。教養人らしいイギリス英語にレバノン訛《なま》りがかすかに混じり、ところどころにハリウッドの業界人やジャズ・ミュージシャン風の味つけが加わる。その男の言ったことをあとで引用するとしても、あの口調をそのまま再現しようとは思わない。

ぼくはその男を気に入り、相手もこちらに好意を持ったようだった。かしこまった自己紹介抜きで、すぐさまファーストネームで呼び合うようになった。ロスコーと呼んでくれ、と男は言った。ぼくのほうは本名のビルではなく、ジェリーと名乗ることにした。クレジットカードの名前がJ・R・バーガーで、頭文字がJだったからだ。ぼくはすでに、ロスコーがまだ食事をすませていなければ自分から誘おうと決めていた。どうせ他人の金だから、ひとりぶんでもふたりぶんでもちがいはない。

どちらも野球にはあまりくわしくなく、そのあとは映画の話になった。実は業界の人間なんだよ、とロスコーは言った。いまは積極的にかかわってはいないが、何本かの独立系映画と二本のテレビ番組に投資していたという。三年前までに制作や監督を手がけた映画は十本余り。最初の数本はロンドンで、残りはハリウッドで撮った。俳優なのか、とぼくに尋ねた。見た目や話し方から、そうかもしれないと思ったらしい。

どういうわけか、ふと気がつくと、ぼくは俳優として芽が出なかった苦い事実を洗いざらい打ち明けていたけれど、不思議なことに、苦々しさのかけらもない軽い口調でおもしろおかしく話していた。もっと不思議だったのは、自分でも急にそれが愉快な話に思えたことだ。興《きょう》に乗って話しているところにウェイターがやってきて、テーブルをお待ちのかたですかと訊いた。そうだと答え、ロスコーに向かって、食事をごちそうさせてもらいたいと言うと、ロスコーは誘いに応じた。

注文をすませて、食事をしているあいだ、ほとんどぼくばかりが話していた。もちろん話の結末は変えて、いまは金まわりがよいことの辻褄《つじつま》合わせをする必要はあったが、そんなのはたやすいことで、おじからちょっとした遺産が転がりこんだという話をひねり出すだけでよかった。そして、この五年間やってみてわかった、もう同じことに人生を浪費するつもりはない、故郷に帰ってまともな職に就こうと思う、と話した。

ウェイターが来て、勘定書を置いていった。ぼくはそれを表に返し、気前よくチップの金額を書き加えてから、その上にクレジットカードを載せた。ロスコーが勘定は自分が持つとか割り勘にしようなどと言いださないのがありがたかった。ぼくとしては、クレジットカードで払って信用を得たうえで、店が小切手を現金に換えてくれるかをたしかめたかった。そして、ほとんど雑談のつもりで、ロスコーに現金が足りないと告げ、この店がどのくらいの額まで小切手を現金化してくれると思うかと尋ねてみた。

「おい、そんな面倒なことをしなくてもいいさ」ロスコーは言った。「わたしはいつもそれなりに多く現金を持ち歩いていてね。五百ドルで足りるかい」

ぼくは興奮を隠しながら、じゅうぶんだと答えた。レストランには、その何分の一の額も期待していなかった。クレジットカード払いの客ならいくらか用立ててくれるだろうが、どううせたいした額ではない。ウェイターが勘定書とカードをとりにきたので、頼んで白紙の小切手を持ってこさせた。ぼくがいちばん上の空欄に銀行名を書いて小切手を完成させているあいだに、ロスコーは金色のマネークリップを取り出し、百ドル札ばかり十数枚は束ねてあるなかから五枚を数えて抜き出した。

ロスコーはそれをこちらによこし、ぼくから小切手を受けとった。その小切手を見たとたん、ロスコーの両眉《りょうまゆ》がかすかに吊りあがった。「ジェリー」ロスコーが口を開いた。「きみとはもっと話がしたくて、うちに来てもらうつもりだったが、これで理由がもうひとつ増えたよ。どうやら、わたしたちは同じ名前らしい。それとも、もしかしてきみは財布を拾ったのかね？　わたしはきょうの午後、サンタモニカで財布をなくしたんだが」

ああ、とんでもない！　まさかそんな！　いや、いまにして思えば、ただの偶然ではないのは明らかだが――ロサンゼルスのような大都会でそんな偶然はありえない――このときのぼくにはそんなふうに思えるはずがあるまい？　ロスコーがぼくを〈ダービー〉まで追ってきたわけではなく、ぼくよりも先にいたのだから。

一瞬われを忘れ、逃げ出そうかと思った。本名は知られていないのだから、この場を逃げきれれば安全だ。でも、駆けだしたとたんに「待て、泥棒！」と叫ばれたら、五人かそこらのウェイターにつかみかかられるか足払いされるかで、万事休すだ。

ロスコーは穏やかに話をつづけた。「J・Rというのはジョシュア・ロスコーの頭文字でね。わかるだろ、無難なほうの名前を名乗っているんだ（ジョシュアはユダヤ系に多い名前）。さあ、そんな間抜けな顔をしなくていいさ。わたしからきみに、おもしろい提案ができそうなんだ。行こう」

ロスコーは立ちあがり、ぼくも無言でうなずいて席を立ちながら、いったいどんな提案をするつもりなのか、と考えをめぐらせた。同性愛者には見えないが、もしそうなら、なんとか切り抜けられるかもしれない。

ロスコーのあとを追って店を出ると、これはもちろん偶然だが、乗降スペースのすぐ先にパトカーが一台停車し、警官がふたり乗っていた。ロスコーはドアマンに一ドルを渡し——そういう小額の金はポケットに突っこんで、高額紙幣だけをマネークリップにはさんでいた——タクシーを頼んだ。ぼくはもう少しで口を開いて駐車場に車があると言いかけたけれど、よけいなことは言わずに成り行きを見ることにした。

タクシーに乗りこむと、ロスコーは運転手にラ・シエネガ通りの番地を告げた。車内でロスコーはひとことも口をきかず、ぼくは頭のなかで計算をしていた。金ならどうにか返せるだろう。もともと自分が持っていた二十五ドルで、ということだ。レストランの支払いは、チップを入れて十二ドル。クライスラーは、すぐに返せば三十キロほど走っただけだし、借りたのはせいぜい二、三時間だ。いかさまの小切手は、さっき手にした五十ドルでそのまま買いもどせるだろう。ロスコーが認めてくれるなら、洗いざらい打ち明けて、なんとかその手で切り抜けよう。

タクシーが停まったのは豪勢なアパートメントの建物の正面だった。さっきとは別のパトカーが通りの向かいに停まっているが、これも偶然なのか？　ともあれ、もう心は決まっていた。まず相手の話を聞き、こちらから提案をして、どれもこれもうまくいかなかったら、やむなく逃走をはかる。

自動式エレベーターに乗り、四階まであがったところでロスコーが鍵を使うと、なんとも快適な独身者向けアパートメントの居間が現れた。これはあとで知ったことだが、六部屋もあるのに住みこみの使用人がいないのは、ロスコーがプライバシーを重んじていたからだ。ロスコーは手ぶりでぼくをソファーに促し、居間の隅にしつらえられた小さなバーへ向かった。「ブランデーでいいか？」

ぼくはうなずき、ロスコーがふたつのグラスにブランデーを注いでいるあいだに、金を返したいという提案を切り出した。ロスコーは近づいてきて、一方のグラスをこちらによこした。「けちな話は勘弁してくれ、ジェリ——ああ、それは本名か？　それともカードの頭文字に合わせて適当にでっちあげたのかな」

「ビルです」ぼくは言った。「正式な名前はウィリアム・トレント」安全だとわかるまで、ほんとうのラスト・ネームを明かすつもりはなかったが、ファースト・ネームだけなら害はない。

ロスコーがぼくの横ではなく、ソファーと向かい合わせの椅子に腰をおろしたので、ほっとした。「ありきたりな名前だな」ロスコーは言った。「その赤毛に合わせて、赤煉瓦《ブリック》というのはどうだ。ブリック・ブラノン。気に入ったか？」

ぼくはうなずいた。悪くない。それに、おまわりを呼んだり言い寄ったりされなければ、どう呼ばれてもかまわなかった。

「きみの健康に乾杯だ、ブリック」ロスコーはブランデーグラスを掲げて言った。「さて、きみの話だがね。どこまでが実話なのかな」

「全部です」ぼくは答えた。「財布を拾ったことを、おじから遺産相続したことに変えた以外は」

ロスコーはグラスを置くと、部屋を横切って小ぶりの机まで行き、抽斗《ひきだし》から謄写版《とうしゃばん》刷りの映画台本を一冊取り出した。手にした台本を見ながらもどってきて、ページを開いたままぼくによこした。「ここから一ページ半、フィリップの台詞《せりふ》を読んでくれ。この男は荒っぽい無教養な木こりで、フランス系カナダ人の訛りがある。妻を深く愛しているが、これはその妻と喧嘩して怒りをぶちまけるシーンだ。まず黙読して、それから音読してくれ。妻の台詞のところは間《ま》を置けばいい」

ぼくは台詞に目を通したあと、声に出して読んだ。ロスコーはぼくに十ページほどめくるように言い、そこのシーンに登場する別の人物の台詞を読ませたあと、三番目のシーンへ行った。そのたびに、その人物の概略や話し方、会話の相手や話題にのぼっている人物との関係を簡単に説明した。

三人目の台詞をぼくが読み終えると、ロスコーはうなずき、台本を置いてブランデーのグラスを手にとるよう言った。

ロスコーはくつろいだ様子で、自分のブランデーをひと口飲んだ。「よし。きみは本物の俳優だ。まだ売れていないだけさ。わたしにマネジメントをまかせれば、二年以内にきみをスターにしてやれる」

「冗談でしょう?」相手がどうかしているのではないかと思いながら、ぼくは訊いた。

「十パーセントがわたしの取り分だ」ロスコーは言った。「ただし、何もかもの十パーセントだ――記録に残さずにね。いいか、ビル、わたしは認可を受けたエージェントではないから、きみは正式なエージェントを別に雇い、そいつにも十パーセントを払って、こまごました対応や契約書の作成などをやってもらう必要がある。わたしは陰の存在というわけだ」

「ぼくはかまいませんが、有名なエージェントとは契約できたためしがないんです。どうすればいいのやら」

「それはまかせてくれ。きみはそのエージェントにも稼ぎの十パーセントを払わなきゃいけない。何しろそいつは――いや、だれひとりとして――きみとわたしの取り決めを知る由《よし》もないからね。そいつに払う十パーセントについては税額控除を受けられるが、わたしのぶんは記録にないから対象外だ。いいね?」

「かまいません」ぼくはもう一度、本心からそう言った。ぼくをしっかり売りこんでくれるなら、エージェントに二十パーセント、なんなら五十パーセント渡してもかまわないと考えたことは何度もある。会えたエージェントの何人かに、実際にそう持ちかけたこともあるが、一蹴《いっしゅう》された。「ほかに条件は？」

「ひとつだけある。書面は取り交わさないから、きみの名誉にかけて願いたいのは、わたしを利用するだけ利用して有名になったらお払い箱なんて仕打ちをしないことだ。だから、こう決めておこう。

最初の一年間は、きみもわたしもこの取り決めを解消できる。だが、その一年のあいだに——陰で糸を引くわたしの巧妙な手口にきみが気づこうが気づくまいが——きみの収入総額が二万五千ドル以上になった場合、わたしたちの取り決めは永久に破棄できないものになる。いいかね？」

「いいですよ」ぼくは答えた。それまでに俳優業で百ドルも稼いだことがないぼくにとって、二万五千ドルというのはありえない数字に思えた。

たとえロスコーがただの変人だったとしても、ぼくに失うものはないし、逮捕されるわけでもない。そこでふと思い出し、財布を取り出して言った。「あの、金を返したいんですが——」

ロスコーはため息をついた。「わかったよ。しみったれた話は大きらいだから、さっさと片づけよう。財布を拾ってから何をしたか、残らず話してくれ」ぼくはすべてを打ち明けて、財布をテーブルに置いた。

ロスコーはそれを手にとり、はいっていた金を全部出して、財布をポケットにしまった。

「つまり」ロスコーは言った。「五百三十五ドルがわたしの金だな。それはきみへの貸しにしておこう。一か月かそこらで返せるさ。レンタカーは返却して、五十ドルの小切手は買いもどすんだ。わたしの名前でサインした〈ダービー〉の勘定書のことはもういい。食事はわたしのおごりだ。

ドライブスルーの仕事は辞めたまえ。今夜のうちにハリウッドでどこかの部屋を借りるんだ。いま着ているスーツも悪くはないが、それが一張羅だったら、あす、もっといいのを買って、必要な服飾品もそろえること。そう、まだ持っていないなら、バイク乗りの着る黒い革ジャケットとジーンズもだ」

「革ジャケット？」ぼくは尋ねた。「なぜですか」

「理由は気にしなくていい。ちょっと待て」ロスコーはマネークリップを取り出すと、はさんである百ドル札の束から八枚を数えて引き抜き、それをぼくに手渡した。「さらに八百ドルの貸しだ。これで車を買いたまえ。動きまわるのに必要になるからな。ユニバーサル・シティやカルヴァー・シティへも行ったり来たりすることになるし――この業界の何もかもがハリウッドにあるわけじゃないんでね。ここから五百ドルも出せば中古車が買えるだろう。数か月もしないうちに新車を買えるさ。

ほかに何かあったかな。ああ、ビル・トレントというのはほんとうの本名だったのか？」

「ビル・ウィーラーです」

「でした、だな。いまはもうブリック・ブラノンだ。さあ、これで全部だ。あすの午後、早い時間に電話をくれ。わたしの番号は電話帳に載っている」ロスコーはにやりとした。「名前は忘れっこないよな。署名偽造の練習をしたんだから」

計画は挫折したが、忙しい夜になった。タクシーで〈ダービー〉へもどり、クライスラーを引きとってからサンタモニカの店に返却した。そこで、うっかり口座残高を超える金額を小切手に書いてしまったけれど現金をよそで調達できた、という作り話をして、小切手を買いもどした。都合のいいことに、レンタカー店があるサンタモニカ大通りには夜も営業している中古車屋が並んでいたので、スーツケースをレンタカー店に預けて車をさがしにいった。二軒目でちょうどいい車が見つかった。五百ドルのランブラー。近所をひとまわり試乗してから交渉したところ、下取り車がないのにあっさり四百五十ドルに値下げしてきたので、その場で買いとった。

スーツケースを取りもどし、車でハリウッドへ引き返した。まだ早い時間だったので、サンセット大通りで独身者向けのアパートメントをさがし、部屋を見つけてすぐに入居した。ひと月百五十ドルで、住まいとランブラーの駐車場に、プールの利用権と電話交換サービスまでついている。まだ宵《よい》の口で、あと数時間は起きているつもりだったが、急に疲労が押し寄せてきて、スーツケースをほどくとすぐに床《とこ》に就いた。興奮しすぎて寝るどころではなかったのに、ベッドにもぐりこんだとたんに睡魔に襲われ、ぐっすり眠った。

朝になるとハリウッド大通りまで行って、吊るしにしては洒落《しゃれ》たスーツを買い、ほかにもいくつか手に入れた。なぜ要るのかわからないまま、黒い革ジャケットも買った。もうジーンズは何本か持っている。アパートメントへ帰ってプールで泳ぎ、向かいの店で昼食をとってから、ロスコーに電話をかけた。

「やあ、元気で何よりだ」ロスコーが言った。「レイ・ラムスポーというエージェントを知っているか？」

「噂だけなら」ぼくは言った。なんとも畏《おそ》れ多い。ショービジネス界では超大物の個人エージェントで、名実ともにナンバーワンの男だった。自分で選んだほんの数人だけを顧客にしている。そんな人物に会おうだなんて、夢にも思ったことはなかった。

「きみはラムスポーと二時に会うことになっている。出向いてくれ」

「わかりました」ぼくは言った。「結果を電話で報告しましょうか」

「もう知っている」ロスコーは言った。「ブリック、今後きみがわたしに電話するのは小切手を受けとったときだけだ。そのときは電話をくれ。どこかで会う約束をして、わたしの分け前を渡してくれればいい」

時間ぴったりにサウスバーノン通りにあるラムスポーのオフィスに着くと、一分も待たされることなく秘書が通してくれた。

ラムスポーはすぐさま本題にはいった。「ロスコーがきみは売れると言うんだから、わたしはそのことばを信じるよ。このとおり、契約書はできていて、あとはきみがサインするだけだ。ごくふつうの契約書だが、サインする前に目を通してくれ。外の待合室で読むといい。わたしは何本か電話をかけるから」

印刷された契約書だったし、そのまま信用してサインしてもよかったが、ラムスポーは電話するあいだは同席されたくない様子だったので、契約書を持って秘書のいる部屋へ退《しりぞ》き、小さい文字まですべて読んでからサインした。秘書がインターホンで話したあと、もういいそうです、中へどうぞ、と言ったので、ぼくはそれに従った。

ラムスポーが言った。「仕事がはいったよ。ちょい役だが、最初は小さな役で実績を積む必要があるからな。レビュー社が撮りはじめた新シリーズで、ワンカットだけの出演だ。配役は決まっていたんだが、出る予定だった若造が、けさがた交通事故で大けがをしたらしい。現場にすぐ来てくれと言っている。三時までに行けるか？」

ぼくは何も言えず、うなずいた。

「よし。テッド・クラウザーを訪ねろ。そうだ、衣装に着替えて行けば時間の節約になる。きみの役どころは荒くれ者の若いチンピラで、『乱暴者《あばれもの》』のマーロン・ブランドみたいになりたくてたまらないようなやつだ。黒い革ジャケットとジーンズは持っているな？」

ぼくは息を呑んで、またうなずいた。

「先にそれに着替えて行くといい。うまくやれよ、坊や。スターへの道まっしぐらだ」

そんなふうにして、ぼくはいともたやすく俳優としての最初のチャンスをつかんだ。それからずっと忙しすぎて考える暇もなかったが、いったいなぜロスコーは、黒い革ジャケットを用意しておけば初仕事で好都合だということを前日の夜に知っていたのだろう。ロスコーが買うように促した時点では、その役に決まっていた若者が出演できなくなる交通事故はまだ起こっていなかったのに。

だが、いまとなっては、ロスコーがなぜ革ジャケットの話をしたのかはわかる。超大物エージェントが一も二もなく契約してくれたこと――それ自体が奇跡だった――を除いては、ロスコーの〝巧妙な手口〟が目に見える形で表れることはほとんどなかった。仕事の話はすべてラムスポーが持ってきたし、すべてふたりのあいだだけで事が運んでいると考えられなくもなかった。あの初仕事の一回だけは、ぼくに何かを知らしめるために、ロスコーはあえて自分の手口を見せつけたのだ。考える手がかりを与えるために。

けれども、ぼくにはじっくり考える時間がなく、ましてや何かに怯える暇などなかった。あまりにも忙しかった。最初のころは小さな役ばかりで、ほんの端役のこともあったが、やれる役は全部やった。その年のうちに少し名前が売れて、というより、売られていき、かなり重要な脇役を演じるようになった。おそらくもっと稼げたはずだが、ラムスポーはときどきギャラの高い役をことわって、もっと安い役をぼくにあてがうことがあった。ひとつの型にはめられるのをきらったからだ。また、契約に縛られて同じ役を何度も繰り返し演じることになるので、シリーズ物のレギュラーも避けさせた。

それでも、その年のぼくの稼ぎは五万ドルをやや上まわり、すでにロスコーと取り決めた金額の倍に達していたので、ロスコーとの取り決めを帳消しにはできなくなった。まず、両方に十パーセントずつ――一方は課税控除の対象で、もう一方は対象外――を渡し、税金自体を払っても、まだ手もとには週五百ドル以上が残った。ジャガーの新車も、クロゼットいっぱいの上質な服も、とびきり豪華なアパートメントも手に入れた。

二年目は収入がその倍になった。これは手取りが二倍に増えて週千ドルになったということで、前年より上の課税区分で納税したから、稼ぎそのものは二倍よりはるかに多かったわけだ。つぎからつぎへと映画の準主役級の役が舞いこんでいた。もうすっかり名前が売れて、テレビのシリーズ番組には〝ゲストスター〟の扱いで出演し、オムニバスドラマの主役も何度か演じた。

ところがその年、ちょっとした出来事があって、ロスコーの予知能力とでも呼ぶべきものをあらためて思い知らされた。ぼくたちの関係の新たな側面を知った出来事だったが、ぼくが気づいていなかっただけで、ロスコーはふたりの関係をそんなふうにとらえていたのだ。

これは大事件というわけではないが、先に話しておく必要があるだろう。映画のロケでラスベガスに一週間滞在したときのことだ。ふだんは賭け事が好きなわけではないけれど、ある晩ふとカジノへ足が向き、千ドルぶんのチップを買ってクラップスのテーブルにすわった。はじめのうちは百ドルずつ賭けていたが、勝ちに勝って、すぐに一回につき上限額の五百ドルを賭けるようになった。持ち金が二万ドルを少し超えたあたりで、負けに転じはじめた。そのあと、一万一千ドルにまで減り、儲《もう》けが一万ドルちょうどになったところで、ゲームをおりた。帰ってすぐロスコーに会いにいき、前回会ったあとの収入からロスコーの取り分を手渡した。その金を数えたロスコーは、千ドル足りないと言った。ラスベガスで稼いだ一万ドルの臨時収入を忘れるな、ということだ。ぼくは千ドルを渡し、何も問い返さなかった。

隠しておこうとしたわけじゃない。ただ、何もかもの十パーセントとロスコーが言っていたのが、ほんとうに何もかものことだと気づかなかったのだ。ぼくが運よく儲けたことをロスコーが知っていたのは不思議でもなんでもない。同じテーブルに映画会社の人間が何人もいたのだから。

いま、ぼくの不安を掻き立てているのは、そのあとに起こった出来事だ。その理由は、じきにわかってもらえるだろう。一週間後、ぼくたちは撮りなおしのためにラスベガスにもどった。また少しばかり賭け事をして——なんたって、まだ勝っているんだから、当然だろう？——今回は四千ドル負けた。運が向いてこないので一か所に長くはとどまらず、大通りをぶらついて十数軒のカジノをはしごした。だれもいっしょにいなかったし、全部でいくら負けたかなんて、だれにもわかるはずがなかった。ところが、つぎにロスコーに会ったときに金を渡すと、ロスコーはそのなかから四百ドルを返してよこした。悪くない。賭けで勝ったら金をとるのだから、負けたときには返すのが当然だ。しかし、なぜ金額まで知っていたんだろう。

とにかく、これも〝何もかもの十パーセント〟の意味を知る手がかりになった。心底仰天したのは、ぼくが結婚したときだった。そう、想像はつくと思うが、事の成り行きを説明する必要はあるだろう。

三年目にはいったとき、ぼくは大作映画ではじめて主役を演じることになり、週五千ドルで契約を交わした。ダブル主演と呼ぶべき作品で、相手役はローナ・ハワードという若くて美しい新進女優だった。撮影開始前の打ち合わせでローナとぼくがプロデューサーのオフィスに居合わせたとき、プロデューサーが突飛なことを言いだした。「なあ、きみたち、これはただの思いつきなんだが、ふたりとも独身で、恋人がいるわけでもない。もし結婚したら――きみたちふたりがってことだが――どえらい宣伝になると思うんだ。映画のためにもなるし、きみたちの俳優人生のためにもなる」プロデューサーは笑みを漂わせた。「もちろん形だけのご都合結婚だがね」

ぼくはローナに向かって片方の眉を吊りあげた。「ご都合結婚になるだろうか」

ローナもぼくに片方の眉をあげてみせた。「そうね、ご都合の意味しだいだけど」

そんなわけで、ぼくたちは結婚した。

いま振り返ってもなぜだかよくわからないし、ましてや説明するのはむずかしいのだが、それまでの二年で一気にスターへの階段を駆けのぼったぼくには、女と出会う機会なんていくらでもあったのに、なぜか好機をほとんど活かしていなかった。いや、禁欲を貫いたわけじゃない。とはいえ、女性関係は控えめだったし、たいして重要だとも思っていなかった。とにかく目がまわるほど忙しかったから、きつい一日が終わるころにはいつも疲れきっていたうえ、明朝も早起きして仕事に行かなくては、という考えに取りつかれていた。何週間にもわたって、まったく女がほしいと思わないこともあった。

ところが、結婚したとたんにすべてが一変した。ローナとぼくは愛し合っていたわけではないが、ローナは美しいだけでなく色欲も盛んだったので、いざはじめてみるとご都合だけの結婚生活ではなかった。しばらくはふたりで転げまわるほど、ときには文字どおり転げまわって楽しんだ。ふたりとも、モラルにとらわれる必要はない、愛がないから嫉妬もありえない、という共通認識があった。ぼく自身がそれに乗じて何かをすることはなかったけれど、しばらくして、どうやらローナはぼくでは物足りないらしく、ひそかにほかの男と逢瀬を重ねているのだと気づいた。ぼくとの時間の十パーセント。そう確信したのは、相手の男がだれなのかを偶然知ったときだった。

不貞だなんだと文句を言うつもりはなかったが、すっかり興醒《きょうざ》めしたのはまちがいない。ローナもそれを察し、心が大きく隔《へだ》たった。共演映画が公開されたあと、ローナはリノへ去って、ひそかに離婚手続きをすませた。ついでに言うと、ぼくにはなんの損失もなかった。資産はローナのほうが多かったし、所得も同程度だったからだ。仮に慰謝料や生活費をこちらが払わされていたとしたら、払った金額の十パーセントをあの男が補填《ほてん》してくれたんじゃないかと思う。

離婚する少し前に、ぼくは別の作品で主役を演じる契約を交わしていた。今回のギャラはまさに天文学的な数字だったが、ふと気づいたことがあった。所得が一定水準を超えてから、稼げば稼ぐほど損をするようになっていたのだ。ほとんどの人が知らないことだし、ぼくもまったく気づいていなかったが、課税対象の所得が二十万ドルを超えると、独身者の場合は超過分の九十一パーセントを税金でとられ、残るのはわずか九パーセント――そしてもちろん、そこからさらに州所得税が引かれる。ぼくは稼ぎの十パーセントを裏でロスコーに渡していて、それは税額控除の対象外だから、所得のうち二十万ドルを超える部分はすべて赤字となるわけだ。もし一年で五十万ドルを稼ぐようなことになれば、破産するだろう。どうあがいても、ぼくはトップスターにはなれない。

しかし、それが理由でロスコーを殺そうと決めたのではない。あの取り決めを破棄する手立てがそれしかなかったとはいえ、金にも名声にもそこまでの執着はなかった。あまり気が進まないものの、一部のスターと同じように、年に一本の映画にしか出演しないと決める手もあった。ラムスポーは歓迎とはいかないまでも、承諾しただろう。

すべてを破綻《はたん》させたのは、ぼくの恋だった。唐突に、身も心も完全に虜《とりこ》になった、生まれてはじめての、まぎれもなく生涯に一度きりの恋だ。相手は女優ではないし、それを志《こころざ》したこともない。名前はベッシー・エヴァンス。コロンビア映画の記録係だ。はじめて会った瞬間、ベッシーのほうもぼくと同じように、すっかり夢中になった。

ロスコーには消えてもらわなくてはならない。ベッシーとは遊びで終わりたくなかった。結婚して自分だけのものにしたいが、ロスコーが生きているかぎり、それは不可能だ。この結婚からも十パーセントを奪うつもりなら、やつを殺すほかないし、実行は早いほうがいい。

もちろんベッシーには、なぜすぐに結婚できないかを説明するわけにいかない。ただひたすら、ぼくを信じてくれと頼みこむしかなかったが、ベッシーは聞き入れてくれた。ロスコーを殺して自由になる計画を練るあいだ、ぼくは偽名で借りたバーバンクの小さなアパートメントにベッシーをかくまうことにした。できるかぎりベッシーとの交流を控え、互いの情熱を抑えきれずに会うときは、尾行されないよう細心の注意を払った。

ロスコーの殺害計画をくわしく語るつもりはない。とにかく、足のつかない銃と、やつのアパートメントの鍵を手に入れた。それから、建物のなかや周囲でだれかに見られたとしても、顔がわかったり、あとで身元が割れたりしないように、完璧な変装をした。

ある日の午前三時に、ぼくはその鍵を使った。片手に銃を持ち、物音ひとつ立てずに居間を横切って、寝室のドアをあけた。部屋は真っ暗だったが、外から差しこむかすかな明かりのなかで、ドアがあく音に反応して急に上体を起こすやつの姿が見えた。六発撃ちこむと、もう起きあがってはいなかった。

銃声のあとに突然訪れた静寂のなか、すぐに立ち去ろうとしたとき、そっと閉まる窓の音が聞こえた。台所のほうからだ。たしか、そちらには非常階段へ出る窓がある。

突然、ある恐ろしい疑念に襲われ、ぼくは寝室の明かりをつけた。疑念は的中していた。ベッドにいたのはロスコーではなく、たまたまひとりでそこにいたベッシーだった。なぜそれまでに、まったく思い至らなかったのだろう。何もかもの十パーセントというのは、金や結婚だけではなかったのだ。

ある意味では、そのとき、その場で、ぼくは死んだ。とにかく、心の底から死にたいと思った。まだ銃に弾が残っていたら、たぶん自分の頭を撃ち抜いていただろう。しかし、ぼくは警察に電話で通報した。警察の面々が着いたころには、もう決心が固まっていた。あとはすべてをまかせ、ぼくをガス室へ送りこむ手筈《てはず》を整えてもらえばいい。

警察では黙秘を貫いた。供述をもとに、弁護士がぼくの意に反して心神喪失の主張を展開したりしないようにするためだ。そんなことになるのを避けるために、担当弁護士と話すときに嘘を並べ、この論拠なら弁護をうまく進められると思わせて、ぼくを証言台に立たせるように仕向けた。そのうえで、裁判ではわざと、反対尋問に立った検察官に叩きのめされ、確実に死刑判決がくだされるようにした。

ロスコーは姿をくらまし、いまも行方不明のままだ。殺人現場がロスコーのアパートメントだったことから、警察はやつを見つけて問いただすのを望んでいたようだが、立件に必要というわけではなかったので、捜索はおざなりに終わった。

だが、ロスコーがどこにいようとも、ぼくたちの取り決めは〝永久に破棄できない〟ままで、ぼくがこわくてたまらないのはそのせいだ。ここ数日は、あまりにこわくて夜も眠れない。

死の十パーセントは、どういうものなのか。ぼくは十分の一だけ生き残り、十分の一だけ意識を保ったままで、灰色の無限がつづくのだろうか。十日のうち一日だけ、あるいは十年のうち一年だけ、生き返ってふたたび苦しむのだろうか――そして、いったいどんな姿で？もし、ロスコーの正体が、ぼくが薄々感づいているものだとしたら、あいつは魂の十パーセントをどうするつもりなのか。

ぼくがわかるのは、あすになればわかるということ――そして、こわくてたまらないことだけだ。

コーヒー

最終列車

The Last Train

越前敏弥 訳

初出：*Weird Tales*, January 1950

エリオット・ヘイグは、これまで多くのバーでひとりすわって過ごしてきたが、きょうもバーでひとりすわっていた。あたりには夕闇が迫っていた。奇妙な夕闇だ。酒場のなかは薄暗く影に包まれ、外より暗いほどだった。それをバーの青い鏡が際立たせ、ヘイグはその鏡のなかに、青い月のほの明かりに包まれた自分の姿が映っているかのように感じた。薄暗いとはいえ、はっきり見えていて、すでに何杯か飲んでいるが、二重ではなく、ひとつに見える。まちがいなく、ただのひとつだ。

数時間飲むうちに、いつもと同じく、いまこそ実行すべきだという気がしてきた。

実行すべきことは、漠《ばく》としているが重大であり、ありとあらゆる含みがある。それは、ずっと前から考えてきたとおり、ある人生から別の人生へと大きく飛躍することだ。エリオット・ヘイグという名のまずまず成功した三流弁護士としての自分を捨て、人生のもろもろの瑣末《さまつ》な厄介事も、人とのしがらみも、どうにか合法かぎりぎり違法かといった屁理屈もすべて捨てることだ。そして、意義も重みも意欲もなくなった人生に自分を縛りつけている習慣の綱《つな》を断つことだ。

青い鏡像を見ていると気が滅入って、じっとしていられない気持ちがいつも以上に強くなり、もう一杯飲むためだけにでも、どこかほかのところへ行きたくてたまらなかった。ハイボールの最後のひと口を飲み終え、スツールを滑《すべ》りおりて硬い床に立った。「じゃあな、ジョー」そう言ったあと、ゆっくりと出口へ歩きはじめた。

バーテンダーは言った。「どこかで大きな火事ですね。ほら、あの空。町の反対側の材木置き場じゃないかな」バーテンダーは表の窓に寄りかかって、外を見あげていた。

ドアの外へ出たあと、ヘイグも目をあげた。空は薄赤い灰色で、遠くの火事が空を照らしているかのようだ。しかし、その場から見えるかぎりでは、空一面がその色で覆われているので、火事がどちらの方角で起こっているのか見当もつかなかった。

ヘイグはなんとなく南へ歩いた。遠くから汽笛《きてき》の音が聞こえて、思い出した。いいじゃないか、と思った。今夜で何がいけない？　いつもの衝動、満たされなかった何千もの夜の幻が、今夜はいつもより強く感じられた。このまま歩けば、鉄道の駅に着く。とはいえ、こういうことは前にもあった、それも頻繁《ひんぱん》にだ。汽車が出発するのが見えるところまで行って、そのたびにこう思う——あの汽車に乗るべきだった、と。実際に乗ったことは一度もない。

駅の半ブロック手前まで来ると、ベルが鳴り、蒸気の音がして、汽車が発つのが聞こえた。乗り損ねてしまった。もっとも、乗る度胸があったとしての話だが。

そのとき、急に思った。今夜はちがう、今夜はほんとうに決行しよう。着の身着のまま、いまポケットにある金だけを持って。前々から考えていたとおり、きっぱりと断ち切る。行方不明だと伝えられ、みんなが不思議がるだろう。自分が突然消えてめちゃくちゃになった仕事は、だれかに始末させればいい。

駅まであと数軒のところにまた酒場があって、開いたドアの前に店主のウォルター・イエーツが立っていた。ウォルターは言った。「こんばんは、ミスター・ヘイグ。今夜はきれいな北極光《オーロラ・ボレアリス》が見えますね。あんなすごいのははじめてですよ」

「あれがそうなのか?」ヘイグは訊いた。「大きな火事があって、それが空に映えてるんだと思ってたよ」

ウォルターはかぶりを振った。「いいえ。北を見ると、あんなふうに空が震えてる感じでしょう。あれはオーロラですよ」

ヘイグはもと来た道のほうへ体を向け、北の方角を見やった。そちらに赤みを帯びた光があり——そう、〝震えて〟いるという言い方がぴったりだった。たしかにきれいだが、正体がわかってもなお、少しばかり恐ろしかった。

ヘイグは向きなおり、ウォルターの脇を通って酒場にはいりながら言った。「喉が渇いてる男に一杯頼むよ」

その後、ガラス棒でハイボールを搔き混ぜながら尋ねた。「ウォルター、つぎの汽車が出るのはいつだ」

「どこ行きですか」

「どこ行きでもいい」

ウォルターは壁掛け時計を見あげた。「二、三分後ですね。いまにも発車の合図《ハイボール》が出てもおかしくない」

「それじゃ早すぎるな。この一杯は飲み終えたい。そのつぎは？」

「十時十四分にあります。それが今夜の最終でしょう。十二時までの最後はそれですよ。そのころには店を閉めてるから、よく知りませんけど」

「どこ行きかな――いや、教えてくれなくていい。知りたくないんだ。それでも、その汽車に乗る」

「どこ行きかも知らずに？」

「どこ行きかもかまわずに、だ」ヘイグは訂正した。「いいか、ウォルター、まじめに言ってるんだ。ひとつ頼みがある。もし新聞で、おれが失踪したという記事を読んでも、今夜おれがここにいたことも、いま話した内容も他言無用で頼むよ。だれにも教える気はなかったんだ」

ウォルターは取り澄ましてうなずいた。「口を閉じときますよ、ヘイグさん。前からひいきにしてもらってますからね。わたしから足がつくことはありません」

ヘイグはスツールの上で少しぐらついた。ウォルターの顔に目を据えると、かすかに笑っているのがわかった。いまのやりとりには、不快なまでのなじみを覚えた。自分が前にも同じ発言をして、同じ返事をされたことがあるような気がする。

ヘイグは鋭い口調で尋ねた。「おれは同じことを前にも言ったんだな、ウォルター。これで何度目だ」

「ええ、六ぺんか——八ぺんか——ひょっとしたら十ぺん目かも。覚えてません」

「まいったな」ヘイグは小声で言った。ウォルターをじっと見ていると、顔が徐々にぼやけ、分かれて顔がふたつになった。気を入れて見ていれば、顔がひとつにもどるが、そこにはやむをえまいと言いたげな、皮肉な笑みがうっすら浮かんでいる。十ぺんどころではないんだな、とヘイグは悟った。「ウォルター、おれは飲んだくれなのか」

「そんなことありませんよ、ヘイグさん。ええ、たしかに、たっぷりお飲みですけど——」

ヘイグはもうウォルターの顔を見たくなかった。

グラスをのぞくと、空《から》だった。おかわりを注文して、ウォルターが用意しているあいだ、カウンターの奥の鏡に映った自分の姿を見つめた。ありがたいことに、ここの鏡は青くない。ふつうの鏡で顔がふたつ見えるだけでもひどいものだ。これぞまさしく〝ヘイグ&ヘイグ〟(スコッチウィスキーの銘柄)というのは、もはやヘイグにとっては使い古したジョークであり、それもまた汽車で逃げたい理由のひとつだった。酔っていようと素面《しらふ》だろうと、かならずつぎの汽車に乗ろう。

だが、その言い方にも、不吉ななじみの響きがあった。

なんべん言ったのだろう。

四分の一ほど中身の残ったグラスをながめていて、つぎに気づいたらグラスには半分以上酒があり、ウォルターがこう言っていた。「たぶん、あれはやっぱり火事ですね、ヘイグさん。それも大きいやつだ。オーロラにしちゃあ明るすぎますから。ちょっと見てきますよ」

しかし、ヘイグはスツールにすわったままで、もう一度顔をあげると、ウォルターがカウンターの奥にもどってラジオをいじっていた。

ヘイグは尋ねた。「火事なのか」

「きっとそうです。十時十五分のニュースでたしかめましょう」ラジオがジャズを響かせた。騒がしい高音のクラリネットが、音量を抑えた金管と絶え間ないドラムにかぶさる。「あと一分ほどではじまります。この局なんですよ」

「一分ほど――」ヘイグは危うく転げ落ちそうになり、スツールからおりた。「じゃあ、もう十時十四分なのか」

ヘイグは返事を待たなかった。床がやや傾いているように感じつつ、開いているドアへ向かった。ほんの数軒先まで行って、駅舎を抜けるだけでいい。間に合うかもしれない。間に合ってもおかしくない。急に何も飲んでいないような気分になり、足もとがどんなにおぼつかなくても、頭は冴えわたった。汽車がぴったり定刻に発車することはめったにないし、ウォルターの言った〝一分ほど〟は、三分か、二分か、四分のことだったのかもしれない。見こみはある。

階段で転んだが、ほんの数秒無駄にしただけで、立ちあがってまた突き進んだ。切符売り場の前を通り過ぎ――切符は車内で買えばいい――ホームへ通じる裏のドアを、そしてゲートを抜けると、汽車の赤いテールライトが遠ざかっていくところだった。わずか数メートル先だが、どうにもならない数メートルだ。十メートル、百メートル。小さくなっていく。

駅員がホームの端に立って、出ていく列車を見送っていた。

ヘイグの足音を聞いたにちがいなく、振り向きもせずに言った。「残念、乗りそこないましたね。あれが最後でしたよ」

ヘイグは突然、この状況がおかしく思えてきて、声をあげて笑いだした。すんでのところで乗りそこなったことを深刻に悩むなんて、あまりにもばかばかしい。それに、早朝の汽車だってあるだろう。駅舎にもどって待てばいい。ヘイグは尋ねた。「あすの朝いちばんの列車は何時に出る?」

「わかっていませんね」駅員は言った。

駅員ははじめて体をこちらへ向け、その顔が見えた。背後に、燃え盛る深紅の空がある。

「わかっていませんね」駅員は言った。「さっきのが最終列車だったんですよ」

編者解説

小森　収

　やあ、いらっしゃい。今日のコースは楽しんでいただけたかな？　良かったらキッチン見てく？　構わないよ。長年の常連さんを、一回にひとりずつだけどね。ご案内してるんだ。なに、遠慮してるの。心配しなくても、肉づきのいい肩に手をかけたりなんてしないから。……だから、後ろを見るなって。

　越前敏弥シェフ以下、コックの皆さんは、まだ仕事中だから、ご挨拶は出来なくて、それはごめんなさい。越前シェフは、この世界では第一人者。クックブックも書いていて、つい最近出た『名作ミステリで学ぶ英文読解』は、ハヤカワ新書のトップバッターだからね。フレドリック・ブラウンにはうってつけです。あ、でも、魚は違うよ。魚料理は料亭半太の花板、高山真由美さんにお願いしました。ネタがエド前だからね。特別に腕をふるっていただきました。

　今回のコースは、フレドリック・ブラウンのミステリ短編を存分にご賞味いただこうということで、組み立ててみました。ご承知のとおり、ブラウンには二冊のミステリ短編集があります。『真っ白な嘘』と『不吉なことは何も』。どちらも、越前シェフによる新訳です。この二冊は、ブラウンの生前にアメリカで編まれた短編集の全訳（正確を期すと、後者には、アメリカではそれ一編だけで刊行されたノヴェラ「踊るサンドイッチ」が併録されています）です。『不吉なことは何も』は、旧来の題名が『復讐の女神』でした。このほかに、SFの短編集が五冊（うち一冊が再編集もの）、ブラウンが亡くなる一九七二年までに、アメリカで刊行されました。

フレドリック・ブラウンが、他のミステリ作家と異なるのは、死後十年ほどで、多くの短編が発掘出版されたことです。そういうのって、案外珍しいんですよ。一九八〇年代の半ばから刊行された一連の Fredric Brown in the Detective Pulps というシリーズです。版元はデニス・マクミラン・パブリケーションズで、その後、ペイパーバック版も何度か出ていますから、セールスも悪くなかったのでしょう。本書巻頭のウィリアム・F・ノーランの序文は、その第二巻 *Before She Kills* に寄せられたもので、日本ではあまり知られていない、ブラウンの横顔が描かれていると考え、収録しました。また、SFに限って言えば、フレドリック・ブラウンは、短編全集さえ編まれていて、これは東京創元社から邦訳も出ているので、皆さんご存じですね。

では、順番にご説明いたしましょうか。

オードブルの「5セントのお月さま」は、一九三八年の作品。ブラウンの商業誌デビュー作です。少々物騒な不況下のシカゴ。妻の手術費を捻出《ねんしゅつ》するために、あまり儲《もう》かりそうにない、望遠鏡でお月さまを見せる商売で、一回につき五セント稼ごうとしている男が、一ドルにつられて犯罪に巻き込まれるという話です。事件の顚末《てんまつ》をスピーディに描いて、気の利いた結末になだれ込む。いかにも短編小説という感じの一編でしょう?

スープの「へま」は、読んでお分かりのとおり第二次大戦中の話です。ドイツ系アメリカ人の男が、敵国となったドイツにいる親戚の身の安全と引き換えに、スパイになることを強要される。このころのアメリカは、娯楽読物でさえ(もしくは、娯楽読物だからこそというか)、独日憎しの感情を煽《あお》るものが珍しくありませんが、ブラウンには、そういうファナティックなところは、見られません。オチだって途方もないものね。

で、メインの料理に入っていきます。

まず、エド・ハンターものを二編。エドとアムの甥《おい》と伯父のコンビ探偵は、長編『シカゴ・ブルース』で登場しました。この作品で、ブラウンはMWA賞最優秀新人賞を獲得し、出世作となった一編です。このときのエドは、父親とふたりで印刷所の職人としてシカゴで働く十代の青年でした。父が殺人事件の被害者となり、初対面に近い伯父のアムと犯人を捜すうちに、それまでまったく知らなかった父の過去を知ることになります。ふたりがハンター&ハンター探偵事務所を開くまでの経緯《けいい》は、「消えた役者」の冒頭で手短かに説明されていますが、実際には、『シカゴ・ブルース』の事件ののち、カーニヴァル時代に『三人のこびと』事件に遭遇し、その後のスターロック探偵事務所時代に『月夜の狼』と『アンブローズ蒐集家』の事件に出会いと、曲折があったわけです。本書に収録した二編は、一九六〇年代の作品で、シリーズ中という意味でも、ブラウンの経歴全体から見ても、晩年の作品にあたります。

「女が男を殺すとき」は、妻が自分を殺そうとしているらしいので、遠く離れた西海岸にいる弟になりすまして自分の家の客になり、妻が本当に殺人を企《たくら》んでいるのかを探ってくれという、突飛な依頼から始まります。それに比べれば「消えた役者」は、失踪した息子探しの依頼という、私立探偵小説としては王道のような冒頭です。ともにきびきびした展開の捜査の小説で、二十代も後半になったエドが、いっぱしの探偵になったことに、感慨《かんがい》にふけるオールドファンもいるかもしれません。シリーズ全作を通じて、エドは成長していくわけですが、父親代わりにそれを見守り助けるアム伯父こそ、永遠の青年ともいうべきエドの指針です。「万年青年からひとつ年をとると万年青《おもと》」というのは、ずいぶん昔の野田秀樹のギャグですが、アム伯父こそ万年青年が年をとった——もっと言えば、経験を積んだ——人ではないかと思うことが、私にはあります。エドのパートナーとして、うってつけですね。なお、資料によっては“Homicide Sanitarium”を、エド・ハンターものとしていることがありますが、主人公のエディはどう見ても別人なので、採りませんでした。

口直しの小品が「どうしてなんだベニー、いったいどうして」です。サスペンスいっぱいのショートショートの佳作ですが、これについては、恥ずかしながら訂正しなくちゃいけないことがある。『短編ミステリの二百年』の第三巻で、この作品を紹介して「ステロタイプな話から、見過ごされがちな奥行を取り出してみせる。フレドリック・ブラウンの冴えた一編」なんて、いいこと書いておきながら、娘の名前をベニーだと勘違いしているという大間違い。でも、中味は折り紙付きです。

続く三編「球形の食屍鬼《グール》」「フルートと短機関銃のための組曲」「死の警告」は、パルプマガジンの匂いあふれるミステリを盛り合わせました。どれも一九四〇年代前半の作品で、アイデアを直接謎解きミステリに結び付けた作品です。「球形……」は、密室を構成する唯一の見張り役となった主人公が、それゆえ、常識的には自分しか犯行可能な人間がいないという窮地《きゅうち》に陥《おちい》ります。ただ、その疑いが殺人ではなく、死体を食らう食屍鬼だと思われるというのが、シャレた一ひねりでした。あとのふたつは、始めから犯人はほぼ見当のつくハウダニットです。「フルート……」は、日本の大家の有名な作品に類似のアイデアがあります。「死の警告」は、犯人のしゃあしゃあとした登場ぶりが、最後まで主人公を苦しめるところが読みどころでしょうか。

サラダの「愛しのラム」は、本書の短編の中で、「最終列車」とともに、邦訳のあるブラウンの既存の短編集でも読めるものです。とくに、この「愛しのラム」は、『未来世界から来た男』という手に取りやすい短編集に入っています。そんな一編をあえて選んだ理由は簡単です。『未来世界から来た男』はSF短編集だと考えられているからです。売れない画家の一人称で小説は始まり、丘の上にあるアトリエ兼用の家で、どうやら、愛しのラムの帰りを待っているらしい。丘の中腹には彼が屈託を感じている売れっ子の画家がいて……と、このあたりから、主人公の語りには、徐々に不思議な齟齬《そご》というか違和感が見えるようになる。

この小説を結末まで読み終えて、SFだと感じる読者が、どれくらいいるでしょうか？　十人読めば半数以上の人は、これはミステリだと感じるのではないでしょうか。

『未来世界から来た男』には、とくに第二部の〈悪夢の巻〉には、ミステリと呼ぶのが相応《ふさわ》しい作品が、「ばあさまの誕生日」「死信」「悪ふざけ」「人形」など、いくつも入っています。それらの作品は、多くがミステリ雑誌初出、せいぜいウィアードテールズに発表されたものです。本来『未来世界から来た男』に入れたこと自体が、無理矢理だったのかもしれません。そして、おそらくはそのおかげでしょう。これらの作品は、ブラウンのSF短編全集にも、収められることになりました。しかし、それがために、ミステリとしての評価がなくなるとすれば、それはおかしなことでしょう。「愛しのラム」を重複をおそれずに、一点だけ本書に紛《まぎ》れ込ませたのは、そのことに注意を喚起したかったためです。

続いては、ヴォリュームのある肉料理。「殺しのプレミアショー」と「殺意のジャズソング」です。一九五〇年代のアメリカのミステリ雑誌最盛期に、セイント・ディテクティヴ・マガジンに発表された、謎解きミステリです。

「殺しのプレミアショー」はエラリイ・クイーンの『ローマ帽子の謎』を連想させる、劇場での衆人環視下での殺人（被害者が恐喝者というのも共通しています）と、実弾とすり替えた空砲の処理方法が分からないという不可能興味で、魅力満点の出だしです。不可能を可能にする手段のハウダニットと思いきや、そこから犯人推定の論理を紡《つむ》いでしまうところが並みの手腕ではなくて、前半の酒場の場面での伏線の張り方とともに、ブラウンの謎解きミステリの巧さが出ています。

「殺意のジャズソング」は、ジャズ・ミュージシャンとしては成功しなかったふたり組が、故郷の町で、自動車販売店を営んでいます。そこへ、かつての仲間がコンボを率いて、一か月間の営業にやって来る。心が浮き立つところ——店が閉まったところで、ジャムセッションでもという下心——で事件が起きます。販売店の共同経営者であるコンビの相棒が何者かに襲われたのです。命はとりとめたものの、相方に犯人の心当たりはない。しかも、その翌日、今度はバンドのサックス奏者が殺されてしまいます。知人さえいない町で殺されたバンドマンという、動機不明の事件に、謎は深まります。そして、ラストでさらに不可解な事態——主人公の販売店に似合わぬ高級車がなぜか売られている——が起きて、謎がひとつ増えたと思った瞬間に、急転直下の解決が待っている。事件の起きる段取り、つまり構成の工夫ひとつで、面白い謎解きミステリは書けるという。これは恰好の実例でしょう。事件解決後に来るオチも、無論見事なものでした。

謎解きミステリを書きたいと志《こころざ》している人は、この五〇年代の二編と六〇年代のエド・ハンターもの二編を、パルプ時代の三作と、ぜひ比較検討してみてください。

デザートとコーヒーは、当店がとくにこだわっておりましてね。「死の10パーセント」は、すぐに〈悪魔との契約〉の話と分かるでしょう？　そういう意味で、勝負どころは一点のみですが、その一点には、ちょっと気づきにくい落とし穴があって……という話。考えに考えさせる考えオチとでも言いますかね。「最終列車」は、『短編ミステリの二百年』にも収録しましたが、今回は改めて、越前シェフに料理していただきました。ブラウンの傑作です。
本書の収録作で、既訳のあるものは示しておきましょう。

「へま」…「故国の人質」喜多良一訳　HMM（ハヤカワミステリマガジン）一九八〇年五月号
「女が男を殺すとき」…同題名　永井淳訳　日本語版EQMM（エラリイ・クイーンズ・ミステリ・マガジン）一九六二年五月号　HMM二〇一一年十一月号
「消えた役者」…「消えた俳優」石田善彦訳　HMM一九七五年六月号
「どうしてなんだベニー、いったいどうして」…「どうしてなんだベニー?」山下諭一訳　日本語版EQMM一九六五年三月号
「球形の食屍鬼《グール》」…「球形の食屍鬼」大山優（南山宏）訳　日本語版EQMM一九六三年八月号
「愛しのラム」…「いとしのラムよ帰れ」訳者不詳　マンハント一九五八年十月号／「いとしのラム」小西宏訳　『未来世界から来た男』／「愛しのラム」安原和見訳　『フレドリック・ブラウンSF短編全集4　最初のタイムマシン』
「殺しのプレミアショー」…「殺しの初演」岡本幸雄訳　HMM一九六六年二月号
「殺意のジャズソング」…「サックスに殺意をこめて」小菅正夫訳　HMM一九六八年二月

号
「死の10パーセント」：同題名　小鷹信光訳　奇想天外一九七四年六月号／「エージェント」安原和見訳　『フレドリック・ブラウンSF短編全集4　最初のタイムマシン』
「最終列車」：「終列車」稲葉明雄訳　HMM一九六七年五月号　HMM一九八九年八月号　『ミステリマガジン700海外篇』／「最終列車」安原和見訳　『フレドリック・ブラウンSF短編全集2　すべての善きベムが』『短編ミステリの二百年3』

リスト作成には、毎度のことですが、雨宮孝さんのウェブサイト〈翻訳作品集成〉の御世話になっています。いつもありがとうございます。昨今は、食材のトレーサビリティにうるさいからね。良いことだと思いますけど。

最後に『短編ミステリの二百年』で指摘しておいたことをくり返して結論にしますね。「後ろを見るな」や「最終列車」みたいな、ある種前衛的な短編も書けば、「消えた役者」や「殺意のジャズソング」のような達者な短編も書くのが、フレドリック・ブラウンのすごいところで、それが出来るのは、ひとえにブラウンの小説を作る巧さゆえです。この一冊でそのところを堪能していただけたらと思います。

さて、そろそろ頃合いかな。どう？　明日の下拵《したごしら》えが始まるんだけど、見ていく？　明日はスペシャリテでさあ。アミルスタン羊をお出しするんだ。その下準備。越前シェフの手際が、これが見事なんだ。ほら、遠慮なくこっち来てよ。……だからあ。後ろを見るなって！

訳者紹介

越前敏弥（えちぜん・としや）
一九六一年生まれ。英米文学翻訳家。D・ブラウン『ダ・ヴィンチ・コード』『オリジン』、クイーン『十日間の不思議』、F・ブラウン『真っ白な嘘』『不吉なことは何も』、ダウド『ロンドン・アイの謎』、スティーヴンス著、ダウド原案『グッゲンハイムの謎』など訳書多数。

国弘喜美代（くにひろ・きみよ）
大阪外国語大学中国語学科卒業。英日翻訳者。主な訳書に、マレン『塩の湿地に消えゆく前に』、ディーン『レックスが囚われた過去に』などがある。

高山真由美（たかやま・まゆみ）
青山学院大学文学部卒業、日本大学大学院文学研究科修士課程修了。英米文学翻訳家。ロプレスティ『日曜の午後はミステリ作家とお茶を』、クリーヴス『哀惜』、ベンツ『おれの眼を撃った男は死んだ』など訳書多数。

武居ちひろ（たけい・ちひろ）
一九八六年生まれ。英日翻訳者。訳書にカレンダー『フィリックス エヴァーアフター』がある。ニューヨーク在住。

廣瀬麻微（ひろせ・あさみ）
一九八七年生まれ。栃木県出身。東北大学文学部卒業。英日翻訳者。訳書にハーグリーヴス『パーパス・ドリヴン型ビジネス』がある。

広瀬恭子（ひろせ・きょうこ）
国際基督教大学卒業。英日翻訳者。主な訳書に、クラウス『フォレスト・ダーク』、フェイガン『若い読者のための考古学史』などがある。

（五十音順）

本書には、今日の人権意識に照らして不適切な語句や表現がありま
す。しかしながら作品の時代的背景や歴史的な意味の変遷などをか
んがみ、そのまま翻訳しました。

検 印
廃 止

編者紹介 1958年福岡県生まれ。大阪大学人間科学部卒業。編集者、評論家、作家。著書に『明智卿死体検分』などがある。『短編ミステリの二百年』で第75回日本推理作家協会賞および第22回本格ミステリ大賞（ともに評論・研究部門）を受賞。

死の10パーセント
フレドリック・ブラウン短編傑作選

2023年9月29日 初版

著 者 フレドリック・ブラウン

編 者 小《こ》 森《もり》 収《おさむ》

発行所 ㈱ 東京創元社
代表者 渋谷健太郎

162-0814/東京都新宿区新小川町1-5
電 話 03·3268·8231-営業部
03·3268·8204-編集部
URL http://www.tsogen.co.jp
DTP 工 友 会 印 刷
暁 印 刷 ・ 本 間 製 本

乱丁・落丁本は、ご面倒ですが小社までご送付ください。送料小社負担にてお取替えいたします。

ISBN978-4-488-14625-2 C0197